문 흥 술
문학평론집

환각의 인을 찾아서

문흥술 文興述

1961년 경남 사천에서 태어나 경희대 국문과를 졸업하고 서울대 대학원 국문과에서 석사, 박사 학위를 받았다. 1993년 ≪조선일보≫ 신춘문예에 문학평론 「인간 주체의 와해와 새로운 글쓰기」가, 2000년 ≪문학과의식≫에 소설 「쾨닉스베르히의 다리를 건너는 법」이 당선되었다.
저서로 『자멸과 회생의 소설문학』(1997), 『작가와 탈근대성』(1997), 『시원의 울림』(1998), 『한국 모더니즘 소설』(2003), 『존재의 집에 이르는 지도』(2004), 『형식의 운명, 운명의 형식』(2006), 『문학의 본향과 지평』(2007), 『언어의 그늘』(2011) 등과 장편소설 『굴뚝새는 어디로 갔을까』(2000) 등을 펴냈다.
2006년 김달진 문학상 평론상, 2012년 현대불교문학상 평론상을 수상했고, 현재 서울여자대학교 국어국문과 교수로 재직 중이다.

역락비평신서 27
환각의 인을 찾아서

초판 1쇄 발행 2016년 7월 28일
초판 2쇄 발행 2016년 12월 5일

지은이 문흥술
펴낸이 이대현

책임편집 이태곤 | **편집** 권분옥 홍혜정 고나희
디자인 안혜진 이홍주 | **마케팅** 박태훈 안현진
펴낸곳 도서출판 역락 | **등록** 1999년 4월 19일 제303-2002-000014호
주소 서울시 서초구 동광로46길 6-6(반포4동 577-25) 문창빌딩 2층(우06589)
전화 02-3409-2060(편집부), 2058(영업부) | **팩시밀리** 02-3409-2059
e-mail youkrack@hanmail.net
역락블로그 http://blog.naver.com/youkrack3888

ISBN 979-11-5686-348-9 04800
        978-89-5556-679-6(세트)
정 가 24,000원

* 잘못된 책은 바꿔 드립니다.
* 이 도서의 국립중앙도서관 출판예정도서목록(CIP)은 서지정보유통지원시스템 홈페이지(http://seoji.nl.go.kr)와
  국가자료공동목록시스템(http://www.nl.go.kr/kolisnet)에서 이용하실 수 있습니다.(CIP제어번호: CIP2016017584)

역락비평신서 27

문흥술 문학평론집

환각의 인을 찾아서

역락

문학의 길에 들어서서 '환각(幻覺)의 인(人)'을 처음으로 만난 것은 이상 문학을 연구할 때였다. 이상은 「동해(童骸)」에서 스스로를 '환각의 인'으로 명명하고 있다. 일제강점기 왜곡된 근대적 지식이 지배하는 근대 도시 경성과 그 속에서 동물화되어 살아가는 근대 인간에 절망하고, 이에 대한 격렬한 비판을 통해 근대를 넘어선 탈근대적 지식을 강렬히 욕망하는 글쓰기가 이상 문학이다. 그러나 1930년대 식민지 현실에는 탈근대적 지식에 대한 욕망을 충족시켜 줄 수 있는 대체물이 전무하다. 그럼에도 불구하고 이상 문학은 그 욕망을 절대화한 채 '환각' 속에서라도 욕망의 대체물을 찾고자 몸부림친다.

'환각의 인'은 이렇게 해서 한국문학사에 처음으로 그 얼굴을 내민다. 그러나 그 얼굴은 성장을 위한 자양분을 현실에서 구하지 못한 채 점차 어린아이 해골(童骸)로 형해화되어 가다가, 결국에는 어둔 방에서 외롭게 '오돌오돌' 떨다 죽어간다. 이상 문학은 그렇게 '종생(終生)'하지만, 그것이 남긴 '환각의 인'의 향기는 다시 '부활'하여 오늘날까지 한국문학사에서 그 강렬한 빛을 발하고 있다.

이 '환각의 인'을 다시 만난 것이 최수철의 『고래뱃속에서』이다. 고래뱃속 같은 닫힌 공간을 비판하고 진공 같은 열린 공간을 향해 치열한 싸움을 벌이는 작가 최수철의 작품을 읽으면서 나는 '환각의 인'의 향기를 맡을 수 있었다. 그때의 느낌을 한 편의 평론으로 썼고 그것이 신춘문예에 당선되면서 나는 본격적으로 문학평론가의 길에 들어섰다. 그리고는 20년 이상의 시간이 지났고, 그동안에 나는 또 다른 '환각의 인'을 찾기 위해 문학의 숲을 헤매고 돌아다녔다.

가끔 삶과 문학에 지치고 피곤할 때면 동해안의 바닷가를 찾는다. 끝없이 넓고 아득한 바다를 보면서 문학에 대한 마음을 다잡곤 한다. 그런데 얼마 전 그곳에 갔다가 충격적인 장면과 마주쳤다. 여름 바닷가를 거닐다가 해수욕장 근처에 도착했는데, 그곳에서 수많은 젊은이들을 만났다. 그들은 해수욕도 마다하고 모두 스마트폰을 들고 게임에 열중하고 있었다. '포켓몬 고' 게임이었다. 증강현실이라 했던가. 현실에서 가상의 게임 이미지를 겹치게 하다니. 가상현실 혹은 증강현실이라는 단어, 그리고 떼 지어 게임에 몰두하고 있는 젊은이들. 이제 정말 문학은 그 존재 의의를 상실한 것인가. 스마트폰 게임에 빠져 있는 젊은이들의 손에 '환각의 인'의 작품을 되돌려주기는 진정 불가능한가.

그러나 그럼에도 불구하고 문학은 그 존재 의의를 상실해서는 안 된다. 현실과 가상 세계가 뒤섞이고, 게임 캐릭터와 현실 인간이 뒤섞이는 이 시대야말로 비인간화의 극점 아닌가. 인터넷, 스마트폰, 가상현실, 증강현실 등이 지배하는 정보사회의 비인간적인 측면을 전면적으로 비판하고 인간의 인간다운 삶을 지향하는 것, 그것이 문학에 주어진 운명적 몫 아닌가. 그 몫을 성실히 수행하는 작가야말로 '환각의 인'이 아닐 수 없다.

이 '환각의 인'이 아직도 우리 문학을 지탱하고 있기에 우리는 문학을 통해 비인간화 시대에 진정 인간다운 삶을 계속해서, 그리고 보다 강렬하게 지향할 수 있지 않는가. 인간과 인간, 인간과 사물이 교감하고, 육체와 영혼, 물질과 정신이 합일되는 그런 세계는 정보사회에서 이미 사라졌다. 하지만 우리가 '환각의 인'의 작품을 읽고, 상실된 그 세계를 강렬히 지향할 때, 언젠가는 바벨의 신전 같이 견고한 정보사회도 허물어질 것이다. 그리고 그 폐허에서 순수한 영혼과 정신의 꽃이 피어나고, 그 꽃이 저 광활한 우주와 교감하는 그런 황홀한 세계로 나아갈 수 있을 것이다.

세상과 치열하게 맞서 싸우면서 저 황홀한 세계와 교감하게 해 준 작품들에 대한 글을 모아 한 권의 평론집으로 묶었다. 이번 평론집 발간을 계기로 나태해질 대로 나태해진 비평가로서의 자세를 새롭게 정립하면서, 또 다른 '환각의 인'을 찾아 문학에 더 치열하게 부딪쳐 보고 싶다. 이 무더위에도 정성껏 출간을 해주신 '도서출판 역락'의 모든 분들께 진심으로 고마움을 전한다.

2016. 7.
문흥술

차 례

제 2 부 폐허에서 피어나는 꽃

제3부 떡잎 하나로 우주를 품는

제1부

바벨의 신전을 허물고

추방된 타자와의 합일을 꿈꾸며

1. 정보사회의 모순 인식과 그 소설적 형상화

1990년대 초 구효서는 「깡통따개가 없는 마을」(『깡통따개가 없는 마을』, 세계사, 1995)에서 정보사회의 획일화된 일상에서 소설 쓰기의 어려움에 대해 토로하고 있다. 전업 작가가 있다. 그는 "이러니 저러니 해도 소설쓰기란 하찮은 것을 진지하게 생각하기거나 진지한 것을 하찮게 생각하기 둘 중 하나다."(11쪽)라고 생각한다. 그는 더 이상 획일화된 일상에서 쓸거리를 구하지 못한다. 그런데 획일화된 일상과 달리 미증유의 표현가능성을 보여 주는 것처럼 보이는 멀티미디어 상상력의 세계가 있다. 그는 그 세계를 소설에 차용할 수도 없다. 그는 그러한 소설 쓰기의 위험성을 감지하고 있기 때문이다. 그리하여 그는 종로에 가서 청국장을 허겁지겁 먹고, 새점 치는 노파를 보고 집으로 돌아오는 일상의 단조로움을 쓸 수밖에 없다. 아니면 「토마스만」이나 「캐리피셔」 따위의 책을 읽고 밑줄을 그을 뿐이다. 그러면서 그는 가난하다. 생활고로 인해 잘 팔리는 상업적 소설을 쓸까하는 생각도 한다. 그러다가 연재소설을 쓰기 위해 단조롭고 획일적인 일상에서 탈출하여 대청댐 근처에 있는 '깡통따개'조차 없는 오지로 간다. 그곳에서 그는 곡예단의 탈출사였던 사람을 만난다. 순간 그는 이 오지만큼은 아직 정보 메커니즘에 오염되지 않았다는 생각을 하고 드디어 소설을 쓸 수 있겠구나 하면서 기뻐한다. 그런데 탈출사의 꿈은 새로운 탈출 기술을 익혀 텔레비전에 나가 스타가 되는 것이다. 스타가 되어 돈을 벌어 보는 것이 탈출사의 꿈인 것이다. 순간 이 전업 작가의 획일화된 일상으로부터의 탈출은 실패한다. '깡통따개'조차 없는 오지도 이미 한탕주의와 상업주의라는 정보사회의 논리에 지배당하고 있는 것이다. 어디를 가더라도 정보사회 메커니즘이 지배하는 단조롭고 획일적인 일상성만 존재할 뿐이다. 그 순간 그의 탈출은 방향 상실 상태에 처한다. 그는 "어떡하지? 여기가 어딘지 모르겠어."(35쪽)라고 절규하며 '암전 상태'에 빠진다.

2010년대의 소설가는 1990년대 초 구효서의 전업 작가보다 더욱 불행하다. 2010년대 현재, 일상은 획일화되는 상황을 넘어, 스마트폰과 인터넷으로 표상되는 정보 메커니즘의 가상현실이 모든 것을 지배하는 상황으로 치달리고 있다. 이런 상황에서 소설을 어떻게 쓸 것인가. 오늘날 소설을 쓰고, 또 비평을 하는 모든 이들이 이 고민으로부터 자유로울 수는 없을 것이다.

그러나 그렇다 하더라도, 우리 시대의 소설이 소설로서의 존재 의의를 갖기 위해서는 2010년대라는 현 단계의 특수한 상황을 담아내면서 자본주의 일반이라는 보편적 특질을 담아내야만 한다. 그것이 오늘 우리 소설에게 주어진 몫일 것이다. 그러기 위해, 무엇보다 소설가는 가상현실이 지배하는 일상을 파고들어, 그 뒤에 숨겨진 본질적 모순을 포착해내고 이를 비판해야 한다. 이와 관련해, 소설과 관련된 다음 세 가지 측면에 대해 주목할 필요가 있다.

첫째, 소설(문학)은 궁극적으로 인간다운 삶을 지향한다는 점이다. 여기서 '인간다움'은 근대 자본주의 일반의 보편적 모순에 대한 비판과 관련이 있다. 이성적 인간 주체, 그 주체에 의한 자연(객체) 지배와 재가공, 이를 통한 물질적 진보에 기초한 근대는 인간 이성중심주의에 입각한 폭력적인 이항대립체계로 규정될 수 있다. 인간, 이성, 의식, 남성, 자본가, 정상인, 도시 등을 중심부로 하고, 자연, 비이성, 무의식, 여성, 노동자, 비정상인, 농촌을 주변부로 하여, 중심부에 의한 주변부의 폭력적인 억압과 착취가 횡행하는 세계, 그것이 근대 자본주의이다.

이러한 차별과 배제의 논리에 의해 주변부로 내몰린 것들이야말로 근대 인간이 '인간다운 삶'을 영위하기 위해 더불어 함께 해야 할 진정한 타자이다. 근대 인간은 이 타자를 상실한 채 '이가 빠진 동그라미'처럼 불구 상태로 살아가면서도 스스로를 완전한 주체라고 착각한다. 근대 인간의 이러한 측면을 비판하면서 상실된 타자의 회복과 그 합일을 궁극적으로 지향하는 위대한 예술 장르가 바로 소설이다.

소설 장르를 규정하는 고전적인 두 가지 아포리즘, 곧 "길이 시작되자 여행은 끝났다."와 "내 영혼을 증명하기 위해 길을 떠난다."는 인간다운 삶을 지향하는 소설의 본질을 압축하고 있다. 사회의 본질적 모순을 인식하고 있는 문제적 개인으로서의 주인공이 소설 속에서 떠나는 길은 더 이상 즐거운 여행이 아니라 인간다운 삶을 불가능하게 하는 적과의 치열한 대립과 갈등으로 점철되는 고통스러운 여정이라는 것, 그리고 그 여정의 끝에서 주인공은 거대한 적에게 종국에는 패배하겠지만 그 패배를 통해 상실된 영혼(타자)의 회복을 강렬히 지향한다는 것, 이를 통해 소설은 자본주의의 모순을 폭로하고 그 모순이 극복된 새로운 가능 세계를 지향한다는 것, 그것이 두 아포리즘이 내포하고 있는 소설의 본질이다.

둘째, 각 시대마다의 특수한 모순과 관련된 부분이다. 자본주의는 인간다운 삶을 불가능하게 하는 보편적 모순과 더불어 그 역사적 전개 과정에서 각 시대마다 특수한 모순을 배태한다. 소설은 보편적 모순과 더불어 시대마다의 특수한 모순을 비판해야 한다.

한국 사회와 관련해서, 1960~80년대에는 군사독재정권과 파행적인 산업화라는 특수한 모순이, 1990년대 이후부터 오늘날에 이르기까지는 정보사회로 명명되는 특수한 모순이 자본주의 일반의 보편적 모순과 결합되면서 인간다운 삶을 억압해 왔다. 좋은 소설은 이러한 보편 특수한 모순에 맞서 치열하게 맞서 싸우면서 인간다운 삶이 가능한 세계를 지향했고, 그러한 작품들이 우리 소설사를 질적으로 풍성하게 하고 있다.

셋째, 현상과 본질의 변증법적 지양을 통한 총체성 구현의 측면이다. 보편 특수한 모순을 인식하더라도 그것을 총체적인 측면에서 형상화하는 데 실패한다면 그것은 좋은 소설이 될 수 없다. 가시적인 개별 현상의 파편적인 측면만을 다루거나, 혹은 개별 현상을 재단하는 추상적 관념만을 다루는 작품은 좋은 작품이 아니다. 개별 현상과 그 현상을 이끌어가는 본질에 대한 변증법적 천착에 기초해 양자를 지양하여 총체적인 형상화의 장(場, 미적 특수성의 범주)으로 밀고 나아간 작품이야말로 좋은 작품이다. 물론 총체적 측면의 형상화는 전형적 상황에서 전형적 인물 창조를 기본으로 하는 장편소설을 염두에 둔 것이다. 하지만 단편이라 하더라도 좋은 작품인 경우 그러한 총체성 구현을 향한 작가의 치열한 인식이 작품 저류에 작동하고 있기 마련이다.

2. 엽기, 환상 아닌 환상, 서사성 부재

정보사회에 있어서 인간다운 삶을 불가능하게 하는 보편 특수한 모순에 대한 비판과 그 형상화를 판단 기준으로 설정하고 현재의 소설에 접근할 때, 무엇보다 먼저 점검해야 할 것이 젊은 작가의 작품이다. 2000년대 이후 등단해 정보사회에 깊숙이 발 디디고 활발할 작품 활동을 하고 있는 젊은 작가들의 작품에 나타나는 다음 세 가지 측면에 주목할 필요가 있다.

첫째, 이들 작품에는 '사지절단'과 같은 잔인하면서도 엽기적인 살인, 기괴한 변신, 정신분열 증세 등이 자주 나타난다는 점이다. 근대 인간은 스스로를 명증한 의식의 소유자이자 이성적이며 합리적인 존재로 자처한다. 그러나 그 본질을 파고들면 근대 인간은 타락하고 추악하며 폭력적인 측면을 지니고 있는 바, 살인, 변신, 정신분열증 등은 근대 인간이 갖는 이러한 부정적 측면을 역설적으로 비판하는 중요한 한 미적 장치에 해당한다. 가령 1990년대 최수철의 작품에 지속적으로 등장하는 정신분열증 인물, 한강의 「채식주의자」 연작이나 구효서의 「나무남자의 아내」 등에 등장하는 인물의 변신담, 그리고 잔혹극에 나타나는 인간의 잔인한 측면 등은 모두 불구 상태의 근대 인간을 통렬하게 비판하는 기능을 한다.

그런데 젊은 작가들의 작품에 등장하는 살인, 변신, 정신분열증의 측면이 그러한 비판 기능을 상실하고 있다는 점이 문제이다. 곧 정보사회의 보편 특수한 모순을 비판하지 못하고, 오히려 정보사회의 지배 논리를 더욱 공고히 하는 역할을 하고 있을 뿐이라는 점이다. 이들 작품에 나타나는 엽기, 변신 등은 정보사회를 지배하는 인터넷적 상상력, 영화적 상상력, 게임적 상상력 등과 같은 멀티미디어 상상력을 무비판적으로 차용한 것에 불과하다.

둘째, 현실과 환상의 경계 허물기이다. 환상이 중요한 미적 장치로 대두하기 시작한 것은 정보사회를 비판하는 포스트모더니즘에서이다. 보르헤스와 마르케스의 일련의 작품에 등장하는 환상에서 보듯, 포스트모더니즘으로서의 환상은 인간과 자연이 합일된 동일성의 세계를 궁극적인 지향점으로 삼는다. 환상은 정보사회의 현실에서 추방당한 동일성의 세계를 환상을 통해 구현함으로써, 정보사회의 황폐성과 불모성을 비판하는 기능을 한다.

그러나 젊은 작가들의 작품을 보면, 현실 이야기를 하다가 갑자기 환상의 세계로 치달린다. 지하도를 걷다가 환상의 세계로 들어가기도 하고, 오리배를 타다가 갑자기 하늘로 날아오르기도 한다. 현실에서 환상으로, 환상에서 다시 현실로 전개되는 과정에서 환상은 동일성의 세계에 대한 지향과 전혀 무관한 자리에 놓인다. 이러한 사태 역시 멀티미디어 상상력을 그대로 차용한 것에서 비롯된다. 인터넷의 가상현실에서나 볼 수 있는 환상, 영화에서나 볼 수 있는 황당무계한 환상을 무차별적으로 소설에 차용함으로써 현실과 환상의 경계를 허물고 이를 통해 소설과 인터넷 게임 혹은 영화와의 차별성을 지워버리는 것, 그것이 이들 작품에 나타나는 환상의 기능이다. 사태가 이 지경에까지 이르게 되면서, 젊은 작가들의 작품은 보편 특수한 모순 비판이라는 소설 본래의 기능을 상실한 채 정보사회를 선전하는 호객꾼의 유희적 글쓰기로 전락한다.

셋째, 정보사회의 보편 특수한 모순에 대한 천착 부재는 현상과 본질의 변증법적 지양을 통한 총체적 형상화를 불가능하게 한다. 이는 서사성의 부재로 구체화된다. 소설은 개인과 사회의 구성적 대립에 기초하여 현실의 모순을 비판하고 가능 세계를 지향하는 장르이다. 문제적 인물로서의 주인공이 특정 시간과 특정 공간을 축으로 해서 구체적인 시대적 모순과 첨예하게 대립하고 갈등하는 것이 소설이다. 그러한 구성적 대립에 의해 소설의 서사성이 확보되고, 이 서사성에 의해 형상화가 가능하다. 그런데 정보사회의 모순된 현실에 대한 인식이 차단되고, 나아가 정보사회를 가볍게 유영하다보면 그러한 서사성 확보가 어려워진다. 그 결과 서사 구조가 와해된 작품이 난무하게 되는 것이다.

물론 이처럼 서사 구조를 파괴한 작품을 두고 새로운 소설 양식이라 말할 수도 있다. 곧 정보사회라는 새로운 측면과 대결하기 위해서는 전통적인 서사 구조를 파괴한 새로운 소설 양식이 필요하다는 것이다. 그러나 새로운 소설 양식을 실험적으로 개척하는 작품에는 반드시 모순된 현실에 대한 작가의 치열한 인식이 살아 숨 쉬고 있다는 점은 강조되어야 한다. 가령 1930년대 모더니스트 이상과 박태원의 작품, 1990년대 해체소설로 명명되는 최수철, 이인성, 서정인의 작품이 그 대표적인 예가 될 것이다. 이들 작품들은 전통 서사 구조를 해체하고 있지만, 개인과 사회의 구성적 대립이라는 소설 본래의 서사성을 그 저변에 깔고 있다. 그러나 오늘날 젊은 작가들의 작품에 나타나는 서사 구조 파괴는 새로운 내용을 새로운 그릇에 담긴 위한 도전 의식의 결과물이 아니라, 현실 인식의 결여에 따른 서사성 부재와 형상화 실패가 낳은 필연적 결과물에 불과하다는 점에 문제의 심각성이 놓여 있다.

3. 획일화된 일상과의 대결, 그리고 기억의 소설화

스마트폰이 지배하는 일상을 맹목적으로 수용하거나 심지어 예찬하면서 서사 구조 자체를 도외시하는 작품들을 접하면서 현 단계 우리 소설에 대해 부정적인 평가를 내려야 할지 모른다. 그러나 그럼에도 불구하고, 소설의 본래적 의의를 분명히 인지하고 소설다운 소설을 쓰기 위해 무던 애를 쓰는 작가들이 있기에 아직은 그런 평가를 유보할 수 있을 것이다. 이와 관련해 다음 두 가지 측면에 주목하자.

먼저, 일상을 다루는 작품이다. 편혜영과 김애란의 작품은 정보사회의 획일화된 일상을 파고들어 그 문제점을 포착해내고 있어 돋보인다. 편혜영의 「블랙아웃」(『자음과모음』, 2012. 여름호)은 일상을 지배하는 두려움과 그

두려움을 생산해내는 실체에 대해 탐구해 들어간다. 재난이 닥쳤을 때의 공포스러운 상황을 강조하면서 대피할 '개인 벙커'를 판매하는 '올세이프' 회사에 근무하는 주인공 '조효석'을 통해, 일상은 평화로운 세계이지만 뒤집어 보면 인간을 파멸로 이끌 두려운 세계이기도 하다는 것을 보여 주고 있다. 일상의 배면에 감추어진 공포스러운 세계를 지속적으로 탐구해 온 작가다운 발상이 아닐 수 없다.

김애란의 「하루의 축」(『문장웹진』, 2012. 4)은 인천국제공항을 배경으로 하여 일상의 뒷면에 숨겨진 치부를 다루고 있다. 공항 화장실 청소를 하는 '기옥'씨를 주인공으로 하여 이 작품은 화려한 국제공항과 남루한 도시 빈민가를 대비시키고, 추석 연휴를 맞아 해외여행을 떠나는 이들과 비정규직 노동자인 '기옥'씨와 어학연수비를 마련하지 못해 택배를 훔치다 교도소에 갇힌 기옥씨의 아들을 대비시킴으로써 우리네 일상에 감추어진 어두운 측면을 폭로하고 있다. 이 작품의 공항과 빈민가라는 배경, 그리고 부유층과 빈민층이라는 등장인물은 작가가 일상을 충실히 천착해 들어간 결과 얻은 소재일 것이다.

두 작품 모두 일상의 뒷면에 숨겨진 실체를 문제 삼고 있다는 점에서 소설 본래의 몫에 충실하다는 평가를 내릴 수 있다. 그러나 다음과 같은 문제점도 내포하고 있다. 먼저, '지금 이곳'의 일상이 추상화되고 있다는 점이다. 이 점은 편혜영의 작품에 적용될 수 있다. 일상이 추상화된 결과, 주인공과 주인공이 처한 상황은 비일상적인 것, 곧 일종의 환상적인 것으로 변질된다. 일상의 환상적 추상화에 의해, 작품이 강조하고자 한 '공포' 와 '두려움'은 그 현실적 긴장감을 일정 부분 상실하게 된다.

다음, '지금 이곳'의 일상이 단편적인 경우이다. 김애란의 작품을 보면, 인천국제공항, 그것도 화장실이라는 공간만이 강조되고 있다. 물론 국제공항의 화장실이 '글로벌 시대의 한국'의 숨겨진 실상을 파헤치기에는 소설적으로는 적합한 공간일 수 있다. 김애란은 탁월한 이야기꾼답게 그 공간을 통해 국제공항의 숨겨진 측면을 유려하게 파헤치고 있다.

그러나 그 공간은 '지금 이곳'의 일상을 담아내기에는 대단히 협소하다. 이 협소한 공간에 도시 빈민과 그들의 삶, 그리고 비정규적 노동자의 삶이 용해되기는 매우 어려울 것이다. 국제공항 화장실과 관련된 서사와 주인공과 주인공 아들의 삶과 관련된 서사가 긴밀하게 연결되지 못하는 것은 이 때문이다.

이 두 가지 측면과 관련해, 일상을 비판하는 소설이 나아갈 지평을 확인할 수 있다. 그것은 거대한 바벨의 신전 무너뜨리기와 관련이 있다. 스마트폰으로 표상되는 정보 메커니즘이 바벨탑처럼 모든 것을 지배하는 지금 우리 사회는 '적이 보이지 않는 사회'로 규정될 수 있다. 총칼로 위협하는 가시적인 국가권력이 지배하는 사회가 아니라, 비가시적이면서 전 지구적인 권력이 지배하는 사회가 정보사회이다.

이처럼 '보이지 않는 거대한 적'과 싸우기 위해서는 작가 역시 싸움의 전문가가 되어야 한다. 작가는 자신이 관심을 갖는 분야의 전문가가 되어, 그것과 관련된 일상을 집요하게 파고들어야 한다. 가상 이미지로 덧칠된 두꺼운 일상의 각질층에 쉼 없이 부딪칠 때 그 각질층에 균열이 일어날 것이다. 각 작가마다 자신이 관심을 갖는 분야에 전문가가 되어 부딪칠 때, 정보사회를 지탱하는 거대한 바벨탑도 도처에서 균열이 일어날 것이며, 결국에는 무너지고 말 것이다.

다음, 기억을 회상하는 작품이다. 획일화된 일상, 가상현실이 지배하는 일상에서 소설 쓰기로 택할 수 있는 전략 중의 하나가 지난 기억일 것이다. 그런데 정보사회는 각종 정보 메커니즘을 통해 모든 것을 길들인다. 최수철이 1980년대 말 『고래뱃속에서』(문학사상사, 1989)에서 이미 지적했듯이, 정보사회는 고래뱃속 같은 닫힌 공간을 설정하고 그 속에 있는 모든 것을 통제한다. 도시는 물론이고 농촌, 심지어 오지라 할 수 있는 곳까지 고래뱃속에 놓여 있다. 나아가 인간의 무의식의 욕망까지 고래뱃속에서 용해된다. 이처럼 '자연과 무의식마저 통제'하는 정보사회에서 그 사회의 지배 담론에 오염되지 않는 기억은 존재하지 않는다. 그런 까닭에 작가들은 기억의 원천을 정보사회 이전의 산업사회로 후퇴시킨다. 1980년대가 기억의 주 무대로 등장하는 이유가 여기에 있다. 이러한 기억의 소설화와 관련해 백가흠과 김경욱의 작품을 살펴보자.

백가흠의 「더 송」(『세계의문학』, 2011. 가을호)은 지금으로부터 30년 전인 1980년대의 대학 신입생 시절에 대한 기억을 회상하고 있다. 대학교수인 주인공 박준은 제자를 성희롱한 혐의로 대학에서 쫓겨날 위기에 몰려 있다. 그런 그가 대학 생활을 회상하는데, 그 중심에 '정구'라는 개가 자리하고 있다. '정구'를 통해, 당시 운동권인 '미현'을 지독히도 혐오하던 기억을 떠올린다. 그 기억에 오늘날의 환경생태 운동이 결합된다. 이처럼 위악적인 박 교수와 갯벌운동을 하다 죽은 미현이 대비되면서, 이 작품은 지식인의 추악한 실상을 폭로하고 동시에 어떤 삶이 소중한가를 묻고 있다.

김경욱의 「염소의 주사위」(『문학동네』, 2012. 봄호)는 5·18광주민주화 항쟁에 대한 기억을 다루고 있다. 5·18 당시 군인들에게 억울한 죽음을 당한 동생의 복수를 위해 가해자인 '염소를 닮은 사내'를 찾아다니는 과정을 다룸으로써, 이 작품은 잊혀져 가는 광주민주화 운동의 비극을 되살리고 있다. 이를 통해 이 작품은 1980년 광주의 비극은 끝나지 않았고 지금도 되풀이되고 있다는 점을 강조하고 있다.

이러한 작품들은 기억의 재생을 통해 1970~80년대를 재해석하고 있다는 점에서 그 의의를 부여할 수 있다. 그러나 과거의 기억을 다룰 때 강조되어야 할 것은, 그것이 단순히 과거의 기억이 아니라 현재와 관련된 기억이어야 한다는 점, 그리고 개인의 사적 기억에 공적인 문제가 중요 동인으로 작동해야 한다는 점이다. 그렇지 않은 기억은 개인의 사치스러운 추억의 회상에 머물거나, 아니면 지난 역사를 왜곡할 위험성을 내포하고 있다.

이와 관련해 최수철의 「망각의 대가들」(『갓길에서의 짧은 잠』, 문학과지성사, 2012)에 제시된 다음 구절에 주목할 필요가 있다.

> 나는 내가 다시 기억할 수밖에 없는 인간이 되었고, 다시 망각할 수밖에 없는 인간이 되었다는 게 더할 나위 없이 기뻤다. 이제 나는 알고 있다. 망각은 배설이 아니다. 망각은 잘 기억하기 위한 수단이다. 망각의 품 안에서 잊혀야 할 것들은 잊히고, 내가 가장 나다운 존재가 되게 해줄 것들, 내가 원하는 그런 존재가 되게 해줄 것들은 살아남아, 내게 불멸의 추억을 선사하는 것이다. (51쪽)

작가에게는 수많은 기억들이 있다. 그리고 그 기억들은 모두 소중하다. 그러나 '내가 원하는 존재'가 되게 해 줄 것들만 기억하는 것, 그렇지 않은 것은 망각하는 것이 중요하다. '내가 원하는 존재'란 무엇인가. 작품에서 최수철은 황폐한 시대에 진정한 인간다운 사랑을 지향하는 존재를 '내가 원하는 존재'로 설정하고 있다.

기억을 되살리는 것만이 능사가 아니다. 아픈 기억을 잊기 위해 처절하게 몸부림치는 것, 그리고 그 아픈 기억을 되풀이하지 않기 위해 현재와 치열하게 맞서는 것, 그래서 과거의 '나'와 연결된 '나'이되 새로운 '나'인 '나'로 거듭나는 것. 작가에게 망각이 필요한 이유가 여기에 있다. "망각은 배설이 아니다. 망각은 잘 기억하기 위한 수단이다."

기억에만 고착될 때, 현재에 대한 시선은 차단된다. '지금 이곳'의 현실의 모순을 파악하기 위해 몸부림칠 때, 망각의 자리에 새로운 기억이 자리 잡는다. 소설은 그러한 새로운 기억을 담아내어야 할 의무가 있다. 그것이 소설의 본래적 존재 의의이기 때문이다.

현 단계 우리 소설에서 유행하는 기억의 소설화와 관련해 이 점은 강조되어야 할 것이다. 1980년대의 독재정권 시절에 대한 기억의 재생과 그 소설화가 무의미하다는 것은 아니다. 다만 현재의 정보사회 역시 자본주의의 특수태이며, 방법은 일부 다르지만 1980년대 독재정권 시절처럼 여전히 인간다운 삶을 억압하는 사회라는 점을 잊어서는 안 될 것이다.

4. 해외여행소설의 본령

2000년 이후 한국 소설에 두드러진 특징 중의 하나가 해외로 공간적 배경을 확장하는 것인데, 2010년대에도 이런 작품이 많이 발표되고 있다. 이러한 소설 공간의 확장은 한국의 사회경제적 위상 향상과 밀접한 관련이 있으며, 이와 맞물려 한국 소설의 영역을 세계로 확장한다는 측면에서 유의미한 일이라 할 수 있다.

그런데 해외로 공간을 확장한 소설을 읽으면서 왜 굳이 해외를 무대로 하는지를 알 수 없는 경우가 많다. 국내를 무대로 하여도 충분히 쓸 수 있는 내용을 굳이 해외로 끌고 가고 있다. 이 경우 대개 관광 수준의 여행기의 형태를 취한다. 관광을 다녀온 뒤 적당한 핑계를 대고 그곳에 갈 수밖에 없었음을 말하면서 아무 내용도 없는 것을 말장난과 수사적 장치로 치장하고 있다.

굳이 해외로 작품 배경을 끌고 나갈 필요가 없음에도 불구하고 해외로 나가는 것은 그만큼 소재 빈곤에 허덕이기 때문이다. 해외로 공간 확장을 꾀하는 소설이 한국 내의 소재 빈곤에서 비롯된 것이라면, 그것은 작가 정신의 빈곤을 드러내는 것에 다름 아니다. 정신의 빈곤이란 정신의 깊이 없음과 천박함을 의미하며, 그것은 자신이 살아가는 삶과 현실에 대한 인식의 깊이 없음을 드러내는 것이다.

소재의 빈곤을 탓하기 전에, 본질적인 현실 문제를 인지하지 못하는 작가 정신의 빈곤에 대한 반성이 선행되어야 한다. 소설은 현실의 모순을 비판하는 것이라 할 때, 소설의 소재는 모순된 제반 현실이 될 것이다. 한국 사회가 모순이 전혀 없는 사회가 아님이 분명할진데, 한국 사회에서 모순과 관련된 소재를 찾지 못하는 작가가 해외에서 그런 소재를 찾을 리는 만무하다. 따라서 그런 작품이 과연 어떤 의의를 가질 수 있는지 의문스럽다.

그렇다면 해외로 공간을 확장하는 소설이 그 의의를 갖기 위해서는 공간을 확장하는 뚜렷한 필연성을 지녀야 할 것이다. 곧 해외로 영역을 확장할 수밖에 없는 뚜렷한 이유와 목적이 있어야 한다는 점이다. 이때의 필연성이란 외적 필연성을 의미하는 것이 아니다. 가령 작품에 명시적으로 드러나는 여행 동기, 곧 친구를 만나기 위해, 혹은 가족을 만나기 위해 여행을 떠나는 동기 등을 두고 외적 필연성이라 할 수 있다. 그런 따위야 얼마든지 위장할 수 있는 것이고, 여기서 말하는 필연성이란 그곳에 여행을 가지 않으면 문학이 끝장날 것이라는 내적 필연성을 의미한다.

한국만을 배경으로 해서는 쓸 수 없는 내용이 있고, 그 내용을 형상화하기 위해 해외로 시선을 확장, 심화시킬 수밖에 없는 필연성이 확보되어야 한다. 이러한 자리는 작가가 자신의 작품 세계를 한 단계 질적으로 비약시키고자 하는 치열성에서 비롯된다. 그런 치열성에 입각해서 공간 확장이 이루어질 때, 그럴 때 독자로서의 우리는 국내를 무대로 한 작품에서 볼 수 없는 색다른 삶의 진실을 맛볼 수 있고, 이를 통해 우리 문학의 공간이 확장되고, 질적 양적으로 풍성해짐을 느낄 수 있을 것이다.

다시 한번 강조하거니와, 소설은 현실의 제반 모순을 비판하면서 인간다운 삶을 지향하는 것이다. 오늘날 한국 소설의 공간 확장이 의미를 지니기 위해서는, 작가가 한국적 특수 상황이라는 한계 영역에서 벗어나 점차 인식의 폭과 깊이를 넓혀, 한국의 특수 상황과 함께 세계사적 측면에서 인류의 보편적인 조건과 가치를 문제 삼아야 한다. 이 지점에 해외로 공간을 확장하는 소설의 의미가 자리 잡고 있다. 한국이라는 특수한 상황을 문제 삼으면서 그것을 인류 전체의 삶과 관련하여 인간의 보편적 가치를 탐구하기 위해 해외로 공간을 확장할 때 그 의미가 있는 것이다.

이와 관련해 윤후명의 소설에 나타나는 해외로의 공간 확장이 갖는 의미를 강조하고자 한다. 윤후명의 작품은 현실에 부재하는 이상을 설정하고, 그 이상을 절대화한 채 이상 실현을 위해 긴 여정을 끝없이 떠난다. 그 과정에서 윤후명 소설은 해외로 공간을 확장한다. 이상 실현을 위해 러시아의 설원에서 여우 사냥을 하면서 자연과의 황홀한 합일을 경험하고(「여우 사냥」), 고흐의 무덤 앞에서 새로운 생명의 냄새인 별들의 냄새를 맡으며(「별들의 냄새」), 중앙아시아 초원에서 조선어와 한국에 대한 형언할 수 없는 그리움을 간직한 채 살아가는 인물을 만난다(「하얀 배」).

이런 관점에서, 박형서의 「끄라비」(『대산문화』, 2012. 여름호)를 보자. 이 작품은 사랑의 불모지대인 한국에 대비되어 외국의 '끄라비'라는 공간이 제시된다. '끄라비'는 맹그로브가 우거져 있고, 새하얀 고양이가 있고, 낯선 음식이 있고, 새하얀 석회동굴이 있는 곳이다. 그곳은 마치 '어머니'처럼 아늑하고 평화로운 곳이다. 주인공은 "저 먼 인도차이나 반도에 내 마음과 공명하는 어떤 인간적인 의지가 도시의 형태로 존재"한다고 느낄 정도로 '끄라비'를 사랑한다. '끄라비'와의 사랑과 그 사랑의 변모 과정을 보여 주기 위해 주인공은 네 번에 걸쳐 '끄라비'로 여행을 떠난다.

이처럼 이 작품은 '끄라비'로 공간을 확장하여 그것과의 지독한 사랑을 이야기하면서 이국적 풍경을 서정적 문체로 담아내고 있다. 대단히 매혹적인 작품임에 분명하다. 하지만, 해외로 공간을 확장한 이유와 관련해서 볼 때, 왜 굳이 '끄라비'여야 하는지 그 이유를 찾기가 어렵다.

5. 인간의 존재론적 조건에 대한 천착

어느 시대든 소설이 다루어야 하는 가장 본질적이면서 보편적인 주제가 인간의 존재론적 조건일 것이다. 특히 정보사회는 각종 정보 메커니즘을 통해 유기적 생명체로서의 인간을 코드 기호화한다. 그런 점에서 인간 존재의 의미에 대한 탐색은 오늘 우리 소설에서 가장 중요한 주제가 아닐 수 없다. 이 주제가 우리 소설에서 어떻게 다루어지고 있는지를 정미경과 한강의 작품을 통해 확인할 수 있다. 정미경과 한강의 작품은 인간의 존재론적 조건과 관련해 정보사회의 보편 특수한 모순을 첨예하게 파고들어 가고 있다.

정미경의 작품은 두 가지 방향으로 전개되고 있다. 먼저, 상처와 고통 그리고 그 극복의 과정을 다루는 작품이다. 소설에서 다루는 상처는 개인과 사회의 구성적 대립에 기초한 것이어야 한다. 곧 주인공의 상처는 우리 시대의 보편 특수한 모순에서 비롯된 상처여야 하며, 그 상처를 통해 인간 존재의 보편적이면서 특수한 실존적 조건을 심도 있게 제시해야 한다.

「성스러운 봄」(『문학사상』, 2003. 4)과 「무화과나무 아래」(『현대문학』, 2004. 10)를 보면, 작가는 자본주의와 그 특수태로서의 정보사회에서 파생되는 인간 존재의 상처와 고통을 깊이 있게 천착해 들어간다. 「성스러운 봄」에서는 백혈병을 앓던 아이를 저 세상으로 보내고 말할 수 없는 고통으로 절망에 빠진 주인공과, 지식인의 허울을 쓰고 온갖 나쁜 짓을 하다 그것이 폭로되자 고통스러운 표정을 짓는 대학교수가 대비되고 있다. 한편 「무화과나무 아래」에서는 신장이식을 받아 고통스러운 삶을 사는 주인공과 이라크 전쟁이라는 참혹한 현실 앞에서 고통스러워하는 인물이 대비되고 있다.

이러한 대비를 통해, 살아가면서 느끼는 고통과 슬픔의 원인을 이기적인 탐욕, 위선적이고 가식적인 삶, 상품물신주의적 가치관, 폭력적인 전쟁 등과 연결시킴으로써, 개인의 고통을 우리 시대의 보편 특수한 고통으로 심화, 확장시키고 있다. 그러면서 고통으로 인한 절망을 그 극한까지 밀고 나감으로써 절망 극복의 방법을 탐색하고 있는 바, 그것이 서로의 삶의 아픔을 공유하고 함께 넘어서려는 이타적인 사랑이다. '우리'라는 공동체적 사랑에 의해 삶의 아픔을 함께 하고 그것을 극복하고자 할 때, 비인간화로 치닫는 우리 시대의 모순을 극복하고 진정 인간다운 삶을 영위할 수 있다는 것, 그것이 정미경이 다루는 상처와 아픔의 영역이다.

한편 작가는 우리 소설에서 은연중 금기시되는 '최상류층'의 인물을 내세워 그들의 삶의 넘침과 부족함을 다루고 있다. 「내 아들의 연인」(『작가세계』, 2006. 여름호)에서 「파견 근무」(『문예중앙』, 2011. 봄호)로 이어지는 일련의 작품들이 여기에 해당한다. 「내 아들의 연인」의 경우, 최고급 아파트에서 살면서 물질적 풍요를 만끽하는 화자를 통해, 우리 시대에 만연한 물질만능주의의 한 측면을 보여 준다. 그러면서 화자는 가난하지만 그 가난에 절망하거나 부끄러워하지 않고 꿋꿋하게 살아가는 아들의 연인 '도란'을 통해 자신의 속물화된 측면에 대해 회한에 잠긴다.

이처럼 부유층을 다루는 작품은 우리 소설의 지평을 확장시키는 중요한 계기를 제공하고 있다는 점에 그 의의가 있다. 소설은 가난하고 소외된 이들을 다루어야 한다는 일종의 암묵적 금기가 지금까지 우리 문단을 지배하고 있다. 정미경은 이 금기를 깨뜨리고 최상류층의 삶을 작품화함으로써, 소설은 어느 한 계층에만 치우칠 것이 아니라 다양한 계층을 다양한 각도에서 포괄하는 열린 시선을 지녀야 한다는 점을 강조하고 있다. 물질적으로 부족할 것이 없지만 순수한 정신적 만남이 결여된 건조한 삶이 있는가 하면, 가난하지만 그것을 꿋꿋이 이겨 내고 자신의 길을 묵묵히 가면서 정신적 가치를 추구하는 삶도 있다는 점, 작가는 이런 열린 시선을 통해 우리 시대의 보편 특수한 모순을 보다 넓고 깊게 조망하고 있다.

한편, 한강 역시 인간의 보편적 존재 조건을 깊이 있게 탐색해 들어간다. 『여수의 사랑』(문학과지성사, 1995)에 나타나는 불행한 존재로서의 인간에 대한 탐색이 현실로부터 다소간 거리를 둔 관념적 영역에 머물고 있다면, '채식주의자 연작'부터 그 탐색은 우리 시대의 보편 특수한 모순과 연결되면서 그 구체성을 획득해 들어간다. 이 구체성은 인간 존재의 불행을 극복하기 위한 타자의 구체화를 동반한다.

「아기 부처」(『문학과사회』, 1999. 여름호)에서 「몽고반점」(『문학과사회』, 2004. 가을호)으로 이어지는 작품을 통해, 작가는 정보사회의 일상을 폭력적이고 동물적인 세계로 규정한다. 그런 황폐한 세계의 논리에 길들여진 인간들 역시 지극히 독단적이며 동시에 동물적인 폭력성을 드러낸다고 본다. 이를 극복하기 위해서는 황폐한 현실로부터 도피해서는 안 되고, 그것에 적극적으로 대응하면서 '마음속의 부처'라는 타자를 잉태해야 한다. 그 부처는 모든 것을 용서하고 사랑하는 부처이자, 어머니의 자궁 속처럼 인간과 자연이 합일되는 식물성의 세계를 지향하는 부처이다. 그 마음속 부처를 통해 척박한 삶을 극복하고자 하는 것, 그것이 한강 소설의 지향점이다.

그런데 폭력적인 '지금 이곳'의 현실에서는 이러한 마음속 부처의 세계를 현실적 가능태로 현현하는 것이 거의 불가능하다. 그럼에도 불구하고 한강의 인물들은 그 세계를 강렬히 지향한다. 그 세계에 대한 지향은 일상으로부터의 과격한 일탈을 동반할 수밖에 없으며, 급기야 그것은 죽음과 같은 희생을 요구하는 급진적 측면을 띨 수밖에 없다. 이처럼 한강의 작품에 나타나는 매우 도전적인 글쓰기는 인간다운 삶을 억압하는 우리 시대의 보편 특수한 모순과의 치열한 대결 의식에 비롯된 것이다. 그러기에 그의 작품은 지극히 위험하면서 또한 형언할 수 없을 정도로 매우 황홀하다.

한강은 『희랍어 시간』(문학동네, 2011)과 「에우로파」(『문예중앙』, 2012. 봄호)

에서 인간의 존재론적 조건과 관련해 그 시선을 더욱 깊고 넓게 천착해 들어간다. 장편『희랍어 시간』은 현실에 적응하지 못하는 인물들을 통해 지배 담론의 모순에 오염된 일상 언어를 비판하고, 오염되기 이전의 언어, 곧 기원으로서의 언어, 순도 영도(零度)로서의 언어를 강렬히 지향함으로써, 한강 소설의 새로운 지평을 열고 있다.

『희랍어 시간』이 언어와 관련해 존재론적 측면을 문제 삼는다면, 「에우로파」는 남녀의 사랑을 통해 존재론적 문제를 다루고 있다. 이 작품은 하이힐을 신은 남자와 운동화를 신은 여자의 사랑을 다루고 있다. 두 사람의 사랑은 목성과 그 위성인 에우로파처럼 영원히 합치될 수 없는 것이다. 남자이면서 여자이고 싶은 사람과 여자이면서 남자이고 싶은 사람과의 사랑은 애초에 불가능한 것이 아닌가. 한강은 그런 이루어질 수 없는 사랑을 통해, 우리 시대에 있어서 진정한 사랑은 무엇이며, 인간의 존재론적 의의는 무엇인가라는 질문을 던지고 있다.

진정한 사랑은 무엇인가. '남자'와 '여자'라는 이분법적 구분에 입각한 사랑은 현실에서의 사랑이다. 그것은 '나'는 '나'이고 '너'는 '너'라는 기준에 입각한 사랑일 뿐이다. '나'와 '너' 사이에는 사회적 통제가 개입한다. 상품물신주의에 입각한 사랑, 물욕적이고 쾌락적인 사랑은 그런 사회적 통제에 의해 길들여진 사랑이다. '나'도 주체이고 '너'도 주체라 생각하지만, 그 주체는 허상에 불과하다. 정보사회의 지배 메커니즘에 길들여지고 통제된 가짜 주체만이 있을 뿐이다.

한강은 그런 사랑을 거부한다. 대신 '나'는 '너'이고 '너'는 '나'인 사랑, 이른바 나르시스적 사랑을 갈망한다. 모든 것을 자신의 분신이자 영상으로 생각하는 사랑, 모든 것을 어머니의 사랑으로 생각하는 사랑이 나르시스적 사랑이다. 그런 사랑은 정보사회에 길들여지기 이전의 사랑, 이른바 언어를 통해 사회문화의 지배 논리에 길들여지기 전의 사랑에 해당한다.

언어 이전의 사랑, 남성과 여성 그리고 '나'와 '너'로 분화되기 이전의 상상계적 사랑이 나르시스적 사랑이다.

그런 사랑을 갈망하는 '인'과 '나'는 결코 현실에 동화될 수 없다. 둘은 비인간화된 현실에서 맺어지는 모든 인간관계와 단절되어 살아가야 한다. '살이 발라지고 뼈만 남아서 꿈틀거리는 물고기'처럼 현실에서 박제화되어 갈 수밖에 없다. 그럼에도 불구하고 두 사람은 나르시스적 사랑을 갈망하는데, 그 까닭은 그 사랑이야말로 오늘날 인간 존재가 궁극적으로 지향해야 할 '위대한 사랑'이기 때문이다.

그 위대한 사랑을 위해 '바다 밑면 같은 거리를 나아가는' 두 사람이야말로 우리 시대의 인간이 진정 인간다운 삶을 위해 지향해야 할 좌표 아니겠는가. 바다 밑면 같은 거리를 걸어가면서 '위대한 사랑'을 나누는 두 사람을 만나보자.

> 이따금 나는 인아의 몸에서 가장 이상한 곳에 입맞추는 꿈을 꾼다. 그녀의 골반뼈 바로 안쪽, 파르스름한 실정맥 두어 가닥이 섬세한 매듭처럼 뭉쳐져 불쑥 솟아오른 부분이다. 창백하고 얇은 살갗 안쪽에 비쳐 있는 그 미미한 기형의 흔적 위로 나는 끈덕지게 입술을 문지른다. 꿈속에서, 그 일이 너무 행복해 언제까지나 끝내고 싶지 않다. 그녀의 골반이 뒤척일 때마다 더 부드럽게 입맞춘다. 내 혀와 그 살갗이 달라붙어 영원히 떨어질 것 같지 않다.
>
> 그것이 아주 오래전, 그녀가 위태롭게 어두웠을 때, 단 하룻밤의 몇 시간 동안 허락된 일이었다는 것을 알고 있다. 그런 일을 겪은 뒤에도 우리가 계속 살아가야 한다는 것을 알고 있다. 모든 것이 환영처럼 잠시 이뤄지거나 단박에 파괴된 뒤에도, 검은 바다의 밑면 같은 거리를 한 걸음씩 못을 치며 나아가는 일만 남는 것을 알고 있다. (『노랑무늬 영원』, 문학과지성사, 2012. 95쪽)

6. 새로운 소설과 그 운명적 몫

엽기적 살인, 기괴한 변신, 서사 구조의 해체를 작가들의 특권인 양 여기고 무분별하게 남용하는 작품들에 대해 최수철은 그러한 서사 요소들이 갖는 본래적 의미가 무엇인지를 아프게 깨우쳐 주고 있다.

1980년대 중반부터 '진공에 의한, 진공을 향한 새로운 글쓰기'를 지속적으로 감행해 온 최수철은 2000년 이후 창작집 『분신들』(문학과지성사, 1998), 『몽타주』(문학과지성사, 2007)를 발표하는 한편, 『매미』(문학과지성사, 2000), 『페스트』1, 2권(문학과지성사, 2005), 『침대』(문학과지성사, 2011) 등과 같은 일련의 장편소설을 잇달아 발표한다.

여기서 주목되는 것이 장편소설인데, 최수철은 이들 장편소설을 통해 새로운 소설 양식을 실험함으로써 한국 소설의 지평을 가일층 심화, 확장시키고 있다. 특히 『침대』가 그 대표적인 경우에 해당하는데, 이 작품은 시베리아 무당에 의해 성스러운 목적으로 처음 만들어진 이후 러일전쟁 시기의 러시아를 거쳐 오늘날 한국 사회에 이르기까지의 침대의 일생을 다루고 있다. 다음 세 가지 측면에 주목하자.

첫째, 이 작품은 총 9장으로 이루어져 있으며, 각 장은 다시 몇 개의 절로 나누어져 있다. 각 장과 각 절은 침대의 일생이라는 관점에서 유기적으로 연결되어 있는 듯이 보인다. 그런데 중간중간에 본 이야기에서 떨어져 나온 침대와 관련된 일화들이 삽입되어 있는 관계로, 전체적으로 각 장과 절은 독립된 형태로 존재하면서 또한 연결되고 있다. 이런 측면에서 이 작품은 장편소설도 연작형소설도 아닌 새로운 형식의 소설이다. '백과사전적 소설'이라는 표현에서 보듯, 이 작품은 종래 한국 소설에서 보지 못했던 새로운 형식에 해당한다.

이 새로운 양식 실험은 젊은 작가들의 양식 파괴와는 질적으로 완전히 구별된다. 젊은 작가들이 주로 유희적 글쓰기를 위해 양식 파괴를 일삼고 있다면, 최수철은 인간에 대한 전면적인 비판을 위해 소설 양식을 해체하고 있는 것이다.

이 작품은 전해오는 온갖 문헌들, 항간에 떠도는 일화들을 수집하고 그것에 꿈의 상상력을 가미하여 침대에 관한 이야기를 다루고 있다. 이러한 방법은 실증적인 자료에 입각한 전통적인 역사적 관점과는 거리가 멀다. 이 방법은 유물과 유적을 샅샅이 뒤져 전통 역사의 이면에 감추어진 내용들을 고고학적으로 발굴하여 새로운 관점으로 역사에 접근하는 것에 해당한다. 이를 두고 고고학적 글쓰기라 명명할 수 있을 것이다.

작가는 이러한 글쓰기를 통해 침대의 타락한 역사를 재구성한다. 그러나 작가는 이에 멈추지 않고 침대의 역사를 통해 인류의 '의식의 역사' 저층에 감추어지고 은폐된, 그러나 의식의 역사를 근원적으로 움직이는 '무의식의 역사'를 복원하고자 한다. 그것이 이 작품의 궁극적 목적이다.

이 작품에서 침대는 오늘날 타락하고 세속화된 인간이 진정 인간다움을 회복하기 위해 되찾아야 할 타자에 해당한다. 신과 더불어 평화롭게 공존하던 인간은 상업화되고 세속화되면서 신의 계시가 담긴 꿈을 더 이상 꾸지 않는다. 대신 그들은 재미있고 자극적인 꿈을 원한다. 그리하여 인간은 '이상'과 '신'과 '잠'과 '꿈'과 '공동체의 규범'을 상실한 채 타락해간다. 침대도 타락해간다.

이처럼 인간의 타락과 침대의 타락의 역사를 복원함으로써 상실된 타자를 회복하기를 강렬히 갈망하는 것이 이 소설이다. 따라서 이 작품은 인류사의 전진과 진보를 다루는 역사소설이 아니다. 이 작품은 고고학적 글쓰기를 통해 인류사의 타락의 과정을 보여 주고, 이 타락을 극복하기 위해서는 상실된 타자(침대=타락하기 전의 진정한 인간)를 반드시 회복해야 함을 강조하고 있다.

둘째, 이 작품은 "소설가가 침대의 입을 빌려 침대의 목소리로 들려주는 이야기"이다. 곧 침대라는 사물을 화자로 하여 인류 역사에 있어서 고대에서부터 현대에 이르기까지 다양한 인물들을 다루고 있다. 이때 다양한 인물들은 전통 역사에서 배제된 민중들이다.

침대는 꿈(무의식)을 통해 다양한 시대, 다양한 나라의 민중들과 교감한다. 고대 시베리아에서 출발하여 러일전쟁→군국주의 일본→식민지 조선→분단과 전쟁의 한국→독재자의 한국→현대 한국 사회로 이어지는 과정에서 숱한 민중들과 만난다. 시베리아의 샤먼에서 출발하여 러시아 벌목공, 러시아 시인 안드레이 마야콥스키, 흑인 노예, 군국주의 일본 병사 무라사키, 기생 후쿠쓰케, 망명객 장선우, 식민지 조선의 송병수, 해방 후의 유랑극단 단원들, 전쟁터에서 만난 박기수, 독재자 박기수, 고문관 김홍일, 현대의 예술가 최불, 연쇄살인마 기량에 이르기까지 수많은 민중을, 때로는 실존 인물을, 또 때로는 패러디된 역사적 인물을 만난다.

그 과정에서 침대는 또한 다양한 형태로 변주된다. 잠자는 침대를 기본으로 하여, 악령을 물리치는 침대, 전쟁터의 병원 침대, 서구 제국주의 침대, 독재자의 침대, 고문실의 침대, 예술가의 침대, 연쇄살인마의 침대 등으로 다양하게 변주된다. 이 변주를 통해 침대는 때로는 타락한 인간에 의해 오염되기도 하고, 때로는 타락한 인간을 저주하기도 하고, 때로는 타락한 인간을 정화시켜주는 역할을 한다. 그러면서 침대는 꿈을 통해 교감한 민중의 역사를 재구성한다. 거시사의 이면에 감추어진 민중의 아프면서도 고통스러운 꿈(무의식)의 역사를 패러디와 상징, 알레고리와 비유를 적절하게 동원하여 재해석한다.

셋째, '무섭고도 환상적인 이야기'를 다룬다는 점이다. 이 작품은 인간에 의해 행해지는 폭력과 살인과 죽음을 침대를 통해 잔혹하게 형상화하고 있다. 특히 작품 말미에 등장하는 침대 연쇄살인마 '기량'의 살인 및 동물로의 변신 장면은 한 편의 잔혹극을 보는 듯하다. 악령과 대결하면서 변신하는 이 장면은 "위험하고 불온한 상상력"에 기초하고 있다.

최수철이 이러한 인간의 잔혹성에 주목하는 첫 번째 이유는 '위험하고 불온한 상상력'의 실체를 폭로하기 위해서이다. 살인과 동물 변신은 제도에 길들여진 인간의 입장에서 볼 때 '위험하고 불온'하다. 그러나 타락한 인간이 지배하는 제도를 부정할 때, 그것은 불온하지 않다. 그러기에 제도를 파괴하는 "범죄 행위도 행위예술"이 될 수 있는 것이다. 그런 측면에서 최수철은 잔혹성에 주목하고 있는 것이다.

두 번째 이유는 잔혹극 형태를 통해 타락한 인간의 부정적인 측면을 극대화함으로써, 이에 대비하여 '꽃을 피우는 침대'의 의미를 강조하기 위해서이다.

> 또한 나는 침대였고, 나무였으며, 인간이었다. 침대로서 인간들의 몸을 기꺼이 받아들였고, 나무로서 인간들의 영혼 속으로 뿌리를 내렸으며, 인간들의 꿈으로 꽃을 피웠다.
> 이 세상의 모든 침대는 꽃을 피운다. 침대가 피우는 꽃의 향기를 맡는 사람은 모두가 하나의 꿈을 꿀 수 있다. 그 하나 된 꿈속에서 우리는 모두가 하나의 뿌리를 가진다. 서로가 서로에게 하나의 침대가 된다.
> 나는 침대다. 당신은 나의 침대다, 모든 것은 모든 것을 위한 침대다.
> (579~580쪽)

타락한 인간에 의해 타자를 상실하고 끝없이 인류사를 떠돌던 침대라는 기표가 도달하고자 하는 궁극적 기의가 바로 '꽃을 피우는 침대'이다. 그 침대는 인간과 인간, 인간과 자연, 인간과 신이 함께 어우러져 영혼의 교감을 할 수 있는 세계를 상징한다. 모든 존재하는 것들이 제도에 오염되지 않은 순수한 꿈을 꾸고, 그 꿈으로 모두 하나가 되는 보편적 공동체의 세계를 상징하는 것이다.

영혼의 교감을 통해 모두가 하나 되는 세계야말로 인간다운 삶을 방해하는 모든 보편 특수한 모순과 맞서 싸우는 소설의 궁극적인 지향점이다. 소설에 주어진 이러한 운명적 몫을 성실히 수행하면서 우리를 그런 황홀경의 세계로 이끄는 작품들을 지금보다 훨씬 더 많이 만나고 싶고, 또 그런 작품들과 교감하고 싶다. '꽃을 피우는 침대'와 교감하는 인간 존재의 영혼, 그런 영혼을 담아내는 소설. 아프지 않은가.

고령 사회에서 노인 문학은 무엇을 다루어야 하는가

1. 고령 사회와 문학

21세기가 시작되기 전 한 과학자는 과학기술이 발달함에 따라 인간 수명이 연장되면서 인간은 영생불멸의 삶을 영위하게 될 것이며, 이에 따라 사후 세계의 구원과 관계된 세계 3대 종교도 사라질 것이라고 예언했다. 과학자의 예언이 실현이라도 되려는 듯, 산업과 과학기술, 의술의 발달에 힘입어 전 세계적으로 평균수명이 연장되면서 노인 인구가 급격하게 증가하고 있다.

일반적으로 '고령화 사회(aging society)'는 총인구 중 65세 이상 인구가 7%를 넘어서는 사회를 지칭한다. 65세 이상 인구가 14%를 넘는 사회는 '고령 사회'로 규정된다. 한국 사회의 경우에도 2010년에 노인 인구가 10%를 넘어 고령화 사회로 접어들었으며, 2026년에는 노인 인구가 20%가 넘는 고령 사회가 될 것으로 예상되고 있다. 한국 사회가 고령 사회로 진입하는 데에는 22년 정도가 걸릴 것으로 예상된다. 고령 사회로 진입하는 데 스웨덴이 85년, 미국이 70년이 걸렸고, 가장 빨리 진행된다는 일본도 25년 걸린 것에 비교할 때, 한국 사회의 진행 속도는 매우 빠른 편이라 할 수 있다. 이러한 급격한 변화로 인해, 노인의 삶과 관련된 제반 측면이 한국 사회에서 중요한 문제로 대두되고 있다.

노인 인구가 증가하고, 65세 이후부터 사망할 때까지의 노년기 기간이 엄청나게 증가하는 이러한 상황에서 문학은 어떤 의의를 지닐까. 이와 관련해, 노인의 삶에서 문학이 갖는 의의는 무엇인가라는 문학 외적 측면에 대해, 그리고 노인 문제를 문학은 어떻게 다루어야 하는가라는 문학 내적 측면에 대해 살펴볼 필요가 있다.

첫째, 노인의 삶에서 문학이 갖는 의의를 문제 삼을 때, 다음 두 가지 측면에 대한 검토가 필요하다. 먼저, 노인의 여가 시간 활용과 문학과의 상관관계이다. 물론, 노인 개개인이 처한 경제적 상황, 성별, 사회적 위치에 따라 '여가 시간'에 대한 관점은 다를 것이다. 가령 극빈 계층 노인의 경우, 여가 시간 자체가 아예 없고 생존을 위한 치열한 노동의 시간만 있을 것이다. 그러나 이 글에서는 이러한 계층적 차이를 일단 사상한 채, 노인 일반의 평균적 삶이라는 측면에서 접근하고자 한다.

일반적으로 노년기에는 자의든 타의든 사회적 생산과 소비를 위한 수입 노동시간으로부터 자유로워진다(아니, 배제된다). 그 결과 의무 생활시간은 줄어들고, 대신 여가 생활시간은 늘어난다. 통계청 자료(2009년 자료)에 따르면, 생산과 소비의 주체로 활동하는 20세 이상의 경우 여가 시간은 5시간 11분이다. 이에 반해, 65세 노인의 경우 여가 시간은 7시간 12분 정도가 되어 전체 생활의 1/3의 정도를 차지한다. 이렇게 늘어난 여가 시간이지만 노년기에는 이 시간을 제대로 활용하지 못하고 있다. 대부분의 노인들은 여가에 대한 특별한 정보가 없는 상태에서 여가 활동에 참여하면서, 여가를 단순히 '시간 보내기'라는 측면에서 접근한다. 이들은 텔레비전을 시청하거나 산책하거나 낮잠 자는 데 여가 시간의 대부분을 보낸다. 그렇지 않으면 쇼핑이나 외식, 인터넷 검색이나 채팅과 같은 취미 내지 오락 활동을 하거나, 종교 활동, 사회봉사 활동을 하면서 여가 시간을 보낸다. 곧 소극적이고 수동적으로 여가 활동을 하면서 여가를 일종의 '소일거리'로 여기고 있는 것이다. 자기 계발을 위한 문화 예술 관람 및 창작 활동, 스포츠 관람 및 참여 활동 등은 극히 미흡한 상태이다.

다음, 이와 관련해 문학이 왜 노년기의 삶에서 중요한 의의를 띠는지에 대해 검토할 필요가 있다. 2010년대에 한국 사회에서 노인층으로 분류되는 이들은 일제강점기와 한국전쟁을 경험했고, 파행적인 군사독재정권 시대, 민주화 시대, 정보화 시대라는 매우 이질적인 시대를 연속적으로 살면서 청춘을 바친 이들이다. 표면상 이들 각 시대의 특질은 다를지라도, 이들 시대를 그 심층적 측면에서 하나의 공통분모로 묶을 때, 그 핵심 담론은 상품물신주의, 물질만능주의, 출세지향주의일 것이다.

이 담론이야말로 파행의 역사로 점철된 한국 자본주의의 구조적 모순을 압축하는 지배 담론에 해당한다. 중심부에 인간, 물질, 육체, 자본, 도시, 서양 등이, 주변부에 자연, 정신, 영혼, 노동, 농촌, 동양 등이 자리 잡고 있는 상태에서, 중심부에 의해 주변부가 철저하게 지배되고 배척되는 이 항대립체계가 한국 사회를 지배하는 담론의 실체이다. 중심부의 논리에 따라 인간을 상품화하고 상품을 신격화하며, 돈과 황금만을 최고 가치로 여기고, 권력을 쥐고 출세를 하는 것만이 삶의 유일한 목표가 되는 것이야말로 한국 사회의 지배 담론이다.

오늘날 한국 사회를 살아가는 노인층은 이러한 지배 담론에 전면적으로 노출되어 자신도 모르게 길들여진 채 한평생을 살아왔다. 그들은 '조국 근대화', '우리도 한 번 잘살아 보세'라는 슬로건 하에서 조국의 미래를 책임지는 산업 역군으로, 또 '보릿고개 가난'에서 벗어나 '가족을 따뜻하게' 먹이고 입히고 재워야 한다는 사명감으로 뭉친 가장으로, 그렇게 한평생을 바쳤다. 그런 그들이 65세가 되자 모든 생산과 소비의 영역에서 자의든 타의든 배제 내지 추방되면서 사회의 비주류 계층으로 소외된다. 그럴 때, 그들은 지독한 무력감과 공허감에 빠지게 되면서 자신이 지금까지 살아온 삶을 뼈저리게 후회한다.

문학은 바로 이 회한을 치유해 주면서, 노인 계층을 비롯해 모든 구성원들로 하여금 보다 인간다운 삶을 영위할 수 있도록 해야 한다. 문학은 경험 세계의 모순을 비판하고 그 모순이 극복된 새로운 가능 세계를 지향한다는 점은 강조되어야 한다. 문학은 폭력적인 이항대립체계가 지배하는 자본주의의 현실을 비판하고, 이항대립체계에 의해 주변부로 배척된 것들, 곧 자연, 정신, 영혼과 같은 타자의 회복을 지향함으로써, 궁극적으로 인간과 자연, 물질과 정신, 육체와 영혼이 합일되는 세계를 지향한다. '좋은' 문학 작품은 지배 담론에 길들여져 비인간적인 삶을 살아가는 이들에게 진정 인간다운 삶을 위해 되찾아야 할 타자가 무엇인지를 강렬하게 일깨워 준다. 우리가 문학작품을 읽고 잃어버린 고귀한 정신적 가치와 순수한 영혼의 숨결을 느끼는 것은 이 때문이다.

따라서 문학은 상품물신주의와 물질만능주의에 함몰된 채 살아온 노인층에게 그들이 그동안 잊고 있던 인간다운 가치가 무엇인지를 깨우쳐 주고, 그러한 가치를 회복하는 삶을 앞으로 살아가도록 이끄는 역할을 해야 한다. 그런 점에서 노년기에 있어서 문학작품을 읽고 감상하는 것, 나아가 문학작품을 직접 창작하는 것은 노년기의 삶을, 그리고 노년기의 여가 시간을 의미 있게 하는 데 핵심 역할을 할 것이다.

그러나 현재 한국 사회에서는 문학이 갖는 이러한 중요한 역할에 대한 인식이 거의 전무한 듯해 보인다. 노인이 중심이 되어 문학작품을 읽고 문학작품을 창작할 수 있는 여러 가지 제도적 장치가 미흡하다는 것이 이를 단적으로 보여 준다. 고령 사회를 맞이하여 노인이 여가 활동을 통해 문학과 호흡하면서 자기를 한 단계 더 계발하고, 더불어 인간다운 삶의 가치를 온전히 지향할 수 있게 하는 각종 제도적 장치를 마련하는 일이 무엇보다 필요하다.

2. 노인문학이 다루어야 할 특수한 장(場)

둘째, 고령화 시대에 노인의 삶을 다루는 문학, 이른바 노인문학은 성립 가능한가, 만약 성립 가능하다면 노인문학이 다룰 수 있는 영역은 무엇인가를 묻는 것이다. 이에 대한 해답을 찾기 위해 다음 두 가지 측면에 대한 고찰이 필요하다.

먼저, 노인문학이 성립하기 위해서는 노동자문학이나 농민문학, 혹은 분단문학이나 환경문학처럼 노인문학만의 특수한 장(場)을 확보해야 한다는 점이다. 이와 관련해, 노인문학은 문학 일반의 하위 영역에 속한다는 점에 주목해야 한다. 앞에서 살펴보았듯이, 문학은 자본주의로 표상되는 경험 세계의 모순을 비판하고 그 모순이 극복된 가능 세계를 지향하는 예술이다.

여기서 노동자문학은 경험 세계를 다루되 노동자의 삶과 관련된 영역을 그 특수한 장으로 삼으면서, 노동자의 삶을 억압하고 소외시키는 현실의 객관적 규정성을 문제 삼아 그 모순을 비판하고 이를 극복하려 한다. 농민문학 또한 농민의 삶과 관련된 영역을 그 특수한 장으로 삼아, 농촌을 황폐화하고 농민의 삶을 소외시키는 현실의 객관적 규정성을 형상화한다. 이러한 기준에 따라 노인문학의 범주를 설정할 수 있을 것이다.

곧 노인문학은 경험 세계를 다루되 노인의 삶과 관련된 영역을 그 특수한 장으로 삼아야 한다. 이때 특수한 장은 노인의 삶의 제 양상을 규정하는 구체적인 사회역사적 현실에 기초해야 한다. 이 특수한 장을 중심으로 하여, 오늘날 사회에서 노인의 삶은 어떠하며, 그러한 삶이 갖는 문제는 무엇이고, 또 그 문제가 사회의 전체적인 구조적 모순과 어떤 연관을 맺는 지를 탐색함으로써, 노인 문제를 해결할 가능성을 제시해야 한다.

다음, 노인문학의 성립 조건을 큰 틀에서 이렇게 설정할 때, 다시 다음 두 가지 세부 항목에 대한 점검이 필요하다. 첫 번째로, 노인의 삶을 소재 적 차원에서 다루는 작품의 경우이다. 곧 작품이 노인 문제가 아닌 다른 영역을 주된 내용으로 다루면서 노인의 삶을 부분적으로 제시하는 경우이 다. 이러한 작품은 그 작품이 다루는 주제와 관련해 중심인물과 중심 서사 가 설정되고, 그 주제를 강화하기 위한 보조 인물로 노인이 설정되고 그 노인과 관련된 보조 서사가 설정된다.

이처럼 노인 문제를 중심 주제로 다루지 않는 작품의 경우, 설령 노인의 삶이 등장하더라도 그 작품을 노인문학에 포함시키기는 어려울 것이다. 이들 작품을 모두 노인문학의 범주에 포함시킬 경우, 노인문학은 그 외연 이 지나치게 확장되어 노인문학으로서의 특수성을 상실하게 될 것이다.

두 번째로, 노인문학을 다루는 작가층의 경우이다. 흔히 여성 문제를 다 루는 작가층을 여성 작가로 한정하는 경우가 있다. 그러나 여성 작가뿐만 아니라 남성 작가도 여성 문제를 심도 있게 다루는 경우가 허다하다. 가령 김영하의 「거울에 관한 명상」(『호출』, 문학동네, 1997)은 '백설공주'와 '마녀' 라는 여성의 두 이미지를 제시하고, 그러한 이미지가 남성에 의해 강제적 으로 조작된 여성상이라고 비판을 가한다. 이러한 측면에 비추어 볼 때, 노인문학의 경우에도 작가층을 굳이 노인 세대로 한정 지을 필요가 없다. 후술하겠지만, 노인문학이 다룰 노인의 삶과 관련된 문제는 노인 세대에 게만 국한된 것이 아니라 젊은 세대를 비롯해 우리 사회의 전 구성원들과 관련된 것이기 때문이다.

노인문학을 이렇게 범주화할 때, 오늘날 정보사회에 있어서 노인 문제를 본격적으로 다루는 노인문학은 아직 찾아보기 힘들다. 따라서 정보사회 이전의 작품 중 노인의 삶을 그 특수한 영역에서 다루는 것으로 판단되는 작품을 통해 오늘날 노인을 다루는 문학이 나아갈 방향을 설정할 수 있을 것이다.

첫째, 젊은 세대의 노인에 대한 의식과 이로 인한 노인의 소외된 삶과 관련된 영역이다. 이 영역은 박완서의 「옥상의 민들레꽃」(1979)을 통해 그 특수성을 확인할 수 있다. 이 작품은 고급 아파트인 '궁전 아파트'에서 벌어진 두 할머니의 자살 사건을 두고 아파트 주민들이 반응하는 태도를 어린 화자의 눈으로 비판적으로 관찰하고 있다. 두 할머니는 자식들로부터 물질적으로 부족함이 없는 봉양을 받지만, 자식들이 진정한 사랑과 애정으로 자신들을 돌보지 않는다고 생각했기 때문에 자살한다. 그런데 아파트 주민들은 자살 사건의 근본적인 원인을 찾아 그 해결책을 모색하기보다는 할머니들의 자살로 인해 아파트 값이 떨어지는 것을 걱정하면서 급기야 베란다에 쇠창살을 설치하자고 한다. 이에 대해, 어린 '나'는 할머니의 자살 원인을 알고 그 해결책으로 '민들레꽃'을 제시한다. 여기서 '쇠창살'이 물질적 가치만을 중시하는 아파트 주민들의 의식을 상징한다면, '민들레꽃'은 생명의 소중함, 가족들의 관심과 사랑, 그리고 정신적 가치를 상징한다. 곧 이 작품은 할머니에게는 물질적인 풍요로움보다는 가족의 따뜻한 관심과 사랑이 절실하게 필요하다는 것을 강조하고 있다.

사람은 사랑하는 사람이 자기가 없어져 줬으면 할 때 살고 싶지 않아집니다. 돌아가신 할머니의 가족들도 말이나 눈치로 할머니가 안 계셨으면 하고 바랐을 것이 틀림없습니다. 그리고 살고 싶지 않아 베란다나 옥상에 떨어지려고 할 때 그것을 막아 주는 것은 쇠창살이 아니라 민들레꽃이라는 것도 틀림없습니다.

이 작품에서 할머니 세대는 '손자를 업어 기르고' 싶어 하고, '바느질을 하고' 싶어 하고, '흙에다 뭘 심고, 거름을 주고, 김을 매고' 싶어 한다. 가족 간의 사랑이 넘치는 삶, 자연과 합일된 삶을 지향하는 할머니의 간절한 염원을 자식 세대는 이해하지 못하고 자식 세대만의 가치관으로 할머니를 대함으로써, 그 결과 할머니를 자살에 이르게 한다.

여기서 이 작품에 나타나는 물질만능주의 가치관은 오늘날 정보사회에서도 중요한 지배 담론에 해당한다는 점은 강조되어야 한다. 이 작품을 통해, 정보사회에서 노인의 소외 원인과 그로 인한 노인의 절망감의 정도를 형상화하고자 할 때 문제 삼아야 할 것이 무엇인지를 짐작할 수 있을 것이다. 이와 관련해, 산업사회는 물론이고 정보사회에서도 노인 세대는 젊은이가 마지못해 부양해야 할 세대, 병약하고 무능하고 무력한 세대, 자식 세대의 문화적 감각과는 너무 동떨어진 고루한 세대로 인식되고 있다는 점에 주목해야 한다. 따라서 노인 세대의 소외감과 절망감을 정보사회의 구체적 현실태와 관련시켜 그 원인을 본질적 측면에서 다루는 경우, 그것은 노인문학의 중요한 한 주제가 될 수 있을 것이다.

둘째, 노인이 가족과 자식을 위해 한평생을 헌신한 삶과 관련된 영역이다. 이 영역의 특수성을 확인하기 위해서는 이청준의 「눈길」(1977)과 『축제』(1996)에 주목할 필요가 있다.

(i)
"그래서 어머님은 그 발자국 때문에 아들 생각이 더 간절하셨겠네요"
"간절하다뿐이었겠냐. 신작로를 지나고 산길을 들어서도 굽이굽이 돌아온 그 몹쓸 발자국들에 아직도 도란도란 저 아그의 목소리나 따뜻한 온기가 남아 있는 듯만 싶었제. 산비둘기만 푸르륵 날아올라도 저 아그 넋이 새가 되어 다시 되돌아오는 듯 놀라지고, 나무들이 눈을 쓰고 서 있는 것만 보아도 뒤에서 금세 저 아그 모습이 뛰어나올 것만 싶었지야. 하다 보

니 나는 굽이굽이 외지기만 한 그 산길을 저 아그 발자국만 따라 밟고 왔
더니라. 내 자석아, 내 자석아, 너하고 둘이 온 길을 이제는 이 몹쓸 늙은
것 혼자서 너를 보내고 돌아가고 있구나!"

"어머님, 그때 우시지 않았어요?"

"울기만 했겠냐. 오목오목 디뎌 논 그 아그 발자국마다 한도 없는 눈물
을 뿌리며 돌아왔제. 내 자석아, 내 자석아, 부디 몸이나 성히 지내거라.
부디부디 너라도 좋은 운 타서 복받고 살거라…… 눈앞이 가리도록 눈물
을 떨구면서 눈물로 저 아그 앞길을 빌고 왔제……." (『눈길 외』, 한국소
설문학대계 53, 두산동아, 1995. 415쪽)

(ii)
할머니들은 나이를 먹을수록 키가 거꾸로 작아지고 기억력도 사라져
간다. 그렇게 자꾸 더 작아져 가는 키와 기억들은 다 어디로 가는가? 그것
은 모두 우리 뒷사람들의 삶과 지혜로 전해져 있다.

할머니들은 그렇게 당신들의 귀한 삶을 모두 우리 뒷사람들에게 아낌
없이 나누어주신다. 그래서 더 자꾸만 작아져 가는 키를 누가 함부로 만만
해 할 것인가. 그래서 자꾸만 정신이 흐려가는 것을 누가 함부로 우스워할
것인가. 나누어 받고 이어받은 우리는 오직 감사하고 위해 드려야 할 일인
것을.

키가 작아져 가고 정신이 흐려져 가는 모든 할머니들을 위하여, 보다는
그로 하여 그 늙음이 난감하고 꺼려지기 시작한 이땅의 모든 아들딸과 손
주들을 위하여, 우리들의 편한 도리와 행복한 삶을 위하여, 이 아름다운
할미꽃 전설을 오늘에 다시 풀어본다……. (『축제』, 열림원, 1996. 121쪽)

(i)은 「눈길」의 한 구절이다. 이 작품은 집안이 몰락하면서 자식에게 해
준 것이 아무것도 없다는 죄책감을 지닌 어머니가 평생 몰락한 고향집을
지키면서 자식에게 무한한 사랑을 베푸는 모습을 다루고 있다. 그 사랑은
고등학생 아들을 퇴락한 고향집에 하룻밤 재우고 다음날 새벽 버스 정거
장에 데려다 준 뒤, 어머니 홀로 돌아오는 눈길의 장면으로 감동적으로 묘

사되고 있다.

(ii)는 『축제』 중 '할미꽃은 봄을 세는 술래란다'라는 제목의 이야기에 해당한다. 여기서, 할머니들이 치매에 걸려 기억을 잃고 키가 작아지는 것은 뒷사람들의 삶과 지혜로 그것이 전해지기 때문이라 하면서, 마지막까지 자식과 후손을 위해 자신을 희생하는 어머니의 사랑이 갖는 위대함을 제시하고 있다.

이청준의 작품에서, '어머니'와 '할머니'로 표상되는 노인 세대는 자식에 대한 무한한 사랑을 베푸는 존재로 묘사되고 있다. 이러한 모습은 오늘날 정보사회에서도 자식을 둔 노인 세대의 공통적 측면에 해당할 것이다. 따라서 정보사회에서 노인 세대의 자식 사랑이 갖는 의미에 대한 탐색도 노인문학의 중요한 한 주제가 될 것이다.

셋째, 노인의 건강 악화와 지병, 그것이 성과 관련해 갖는 의미에 대해 박완서의 「친절한 복희씨」(『창작과비평』, 2006. 봄호)에 주목할 필요가 있다. 이 작품은 오랜 세월 남성으로부터 억압받는 여성의 모습을 세대별로 제시함으로써 폭력적인 남성중심주의 사회를 비판하고 있다. 그런데 이 글의 논의와 관련해 이 작품에서 주목되는 것은 반신불수가 된 남편이 갖는 성적 욕망의 측면과 노인의 질병의 측면이다. 노인의 질병은 죽음이라는 문제와 직결되기도 하지만, 그보다는 성적 욕망에 직접적으로 연결되어 있다. 노인의 질병과 성적 욕망에 대한 탐구는 사실상 한국 문학에서 금기시되어 온 영역이다. 그러나 오늘날 노인 인구가 급증하고 노년기의 삶이 길어지면서 노인의 질병과 성 문제는 '한 인간'으로서의 노인의 삶의 욕구와 관련해 매우 중요하면서도 내밀한 주제가 될 수 있다는 점을 강조하고 싶다.

3. 정보사회와 노인문학

정보사회 이전에 노인 문제를 다루는 작품들을 통해 정보사회에서 노인 문제를 다루는 문학이 나아갈 방향을 어느 정도 정립할 수 있을 것이다. 이를 바탕으로, 산업사회와 달리 정보사회에서 노인을 다루는 문학만이 갖는 특수한 영역은 무엇인가를 이제 탐구할 차례이다.

노동을 중요한 생산수단으로 삼는 산업사회와 달리 정보사회는 지식을 중요한 생산수단으로 삼는다. 그리고 정보사회에서 지식의 변화 속도는 고속열차의 속도에 비유된다. 가히 '파시스트적 속도'로 명명할 수 있는 현재의 사회 변화 속도를 노동 중심의 생산수단에 익숙한 노인 세대가 따라가기는 매우 어렵다. 이에 따라 직장에서 은퇴한 노인이 생산과 소비를 계속 하기 위해서는 산업사회처럼 노동이라는 익숙한 수단에 기댈 수밖에 없다. 그러나 그것 역시 노화로 인해 육체적으로 취약한 노인에게 그렇게 만만한 영역이 아니다.

여기서 두 가지 문제점이 파생한다. 첫째, 생산과 소비의 주류 계층(젊은 계층)과 비주류 계층인 노인 간의 단절이 이전보다 더욱 심화된다는 점이다. 이러한 단절의 심화는 자식 세대와 부모 세대 간의 사회문화적 단절과 소통 부재라는 심각한 문제를 야기한다. 노인 세대를 두고 '말이 통하지 않는 세대', '뒷방 늙은이', '마지못해 부양해야 할 대상', '병들고 무능한 세대'라고 폄하하는 의식이 갈수록 심화되는 이유는 이러한 사회문화적 단절에 기인한다.

둘째, 생산과 소비로부터의 배제는 노인 세대로 하여금 인간다운 삶을 영위할 수 있는 조건을 그 근본에서부터 뒤흔드는 중요 요인으로 작동한다. 노인의 '4고(苦)'로 명명되는 '빈곤, 질병, 역할 상실, 소외와 고독'은 노인의 삶의 곤궁함을 가장 잘 나타낸다. 가족과 자식을 위해 희생했지만 그 자식으로부터 아무런 노후 대책을 보장받지 못하고 생산 활동도 하지 못하는 노인 세대가 유일하게 기댈 장치는 노인복지 제도이다. 노인을 위한 각종 연금 제도와 의료보험 제도 등이 그것이다.

그러나 현재 노인 인구가 빠른 속도로 증가하는 한국 사회를 염두에 둘 때, 연금 제도나 기타 노인복지 제도의 효율성은 길어야 한 세대를 지탱하기 어려울 것이다. 노인들의 노후 연금을 위해 사용할 수 있는 돈은 수년 내에 바닥이 날 것이다. 만약 노인을 위한 연금을 뒷받침해 줄 생산 계층에 있는 젊은 세대의 수가 많다면 이 문제는 해결될 수도 있다. 하지만 젊은 계층은 상대적으로 점점 줄어들고 있다. 현재 고령화 사회로 치달리는 전 세계 주요 국가들의 경우를 보면, 노인 1명의 연금을 위해 생산 활동을 하고 있는 노동 인력은 4~5명으로 집계된다. 노인 인구가 점차 급증하고 상대적으로 출산율이 낮아지면서 노동 인력은 점점 줄어들 것이다. 2030년이면 미국의 경우 노인 1명의 연금을 위해 활동하는 노동 인력은 3명으로, 유럽 각국의 경우에는 2.5명으로 줄어들 것으로 예상된다. 이들 나라보다 노령화 속도가 빠르고 출산율이 더 떨어지는 한국 사회의 경우에는 이보다 더 줄어들 것이다. 결국 훗날 생산 활동을 하는 젊은 세대가 노인 연금을 뒷받침해 주지 못하는 사태가 발생할 것이고, 그 결과 노인 세대의 문제는 중대한 사회문제가 될 것이다.

정보사회에서 노인문학이 다루어야 할 가장 특질적인 영역이 바로 이 부분이다. 국가의 재정적 파산이라는 대재앙과 노인 문제는 떼려야 뗄 수 없는 관계로 점점 치달리고 있다. 이에 대한 문학적 접근이야말로 정보사회에 있어 노인문학이 다루어야 할 핵심에 해당한다.

노동자문학, 농민문학, 분단문학, 환경문학 등, 문학의 모든 하위 범주들은 대립항을 지니고 있다. 인간과 자연, 남성과 여성, 자본가와 노동자, 도시와 농촌, 서양과 동양이라는 대립항에서 문학은 주변부로 소외된 타자들의 회복을 통해 양자가 공존하는 유토피아적 세계를 지향한다. 그렇다면 노인문학과 관련해 노인의 대립항은 무엇인가. 노인을 소외시키는 적은 무엇인가. 그 적의 실체를 파악해 들어가는 것, 그것이 오늘날, 그리고 향후 노인문학이 본질적으로 다루어야 할 영역일 것이다.

노인은 무능하고 무력한 존재가 아니다. 노인은 우리 모두가 진정 인간다운 삶을 영위하기 위해 삶의 지혜를 배워야 할 존경스러운 존재이다. 그러한 인식이 전제될 때, 노인의 대립항의 실체를 파악할 수 있을 것이고, 그 대립항에 대한 본질적 비판을 가할 때 노인문학은 '위대한 문학'으로서 그 존재 의의를 가질 것이다.

'고투'와 '사투', 좋은 소설과 신춘문예

1. 신춘문예와 좋은 소설

한국 문단에 작가로 이름을 올리는 경로는 다양하지만, 아직까지 신춘문예는 최고의 신인 등용문으로 각광받고 있다. 그래서 오늘도 많은 문학 지망생들이 피 끓는 청춘의 전부를 문학에 걸고 신춘문예 등단을 위해 밤낮을 잊고 작품을 쓰고 또 쓰고 있다. 이미 신춘문예에 당선된 작가들은 현재 왕성하게 작품을 발표하면서 한국 문학을 질적, 양적으로 풍성화하는 데 큰 기여를 하고 있다.

흔히, 각 신문사마다 누가 심사를 하느냐에 따라 당선작이 달라진다고 한다. 그건 맞는 말이다. 그렇다고 하더라도 심사위원이 마음대로 당선작을 고를 수 없는 법이다. 일단 일정 수준에 도달하지 않은 작품을 뽑을 수는 없기 때문이다. 따라서 심사위원의 취향을 논하기 전에 어느 정도 수준을 갖춘 작품을 투고하는 것이 기본일 것이다.

일정 수준과 관련해 흔히 신춘문예 스타일을 언급한다. 각 신문사마다 어떤 심사위원이 심사하는지를 예상해서 그 심사위원의 스타일에 맞는 작품을 투고해야 당선된다는 믿음 아닌 믿음이 널리 퍼져 있다. 신춘문예 심사에서 그런 측면이 전혀 없는 것은 아니다. 하지만 그 어떤 심사위원이 심사를 하더라도 공통된 하나의 기준은 작동하기 마련이다. '좋은 작품'을 당선작으로 뽑는다는 것이 그것이다.

좋은 작품은 무엇인가. 이 역시 심사위원의 취향에 따라 달라지는 것 아닌가. 그럴 수 있다. 그렇지만 신춘문예 심사를 떠나, 당선작을 두고 '좋은 작품' 여부를 따져나가다 보면 '하나의 공통된 기준'이 무엇인가를 어느 정도 정립할 수 있을 것이다. 세 가지 측면에서 '좋은 작품'에 접근해보자.

먼저, 묘사의 측면이다. 좋은 작품은 당연히 작품이 전달하고자 하는 내용을 유려한 문장, 세부적이면서도 참신한 묘사, 독특한 상징적 장치 등을 동원해 표현하기 마련이다. 그러나 그것이 전부가 아니다. 우리 문단에서 묘사와 표현의 측면이 강조된 것은 일제강점기의 이태준의 『문장강화』에서부터이다. 『문장강화』 이후 한국 문단은 세련되고 절제된 문장과 묘사를 좋은 작품 여부를 평가하는 중요한 기준으로 삼았고, 그 결과 '거칠고 야성적인 문장'을 '좋지 않은 작품'으로 평가하여 왔다.

이와 관련해 두 번째 측면으로 지적할 것이 소설의 내용적 측면이다. 인물과 인물이 특정한 시간과 공간에서 만나 갈등하면서 어떤 결말로 나아가는 것이 소설의 장르적 특성임은 분명하다. 그러나 이 또한 좋은 작품 여부를 따지는 데 있어서 중요한 기준이 되기 힘들다. 무릇 모든 소설은 인물과 사건과 배경을 지니고 있기 때문이다.

그렇다면 내용의 측면과 관련하여 좋은 작품이 무엇인가를 물을 때, 중요한 기준으로 삼을 수 있는 것이 바로 '소설은 경험 세계의 모순을 비판하고 그 모순이 극복된 새로운 가능세계를 지향한다.'이다. '당대 사회의 모순 파악'과 '당대 사회가 나아갈 올바른 방향성 탐색'으로 요약되는 이러한 기준은 소설이 자본주의의 모순을 비판하는 장르라는 관점에 기초하고 있다. 경험 세계의 모순은 우리가 살아가는 당대의 현실 사회의 문제점과 관련 있다. 따라서 소설은 경험 세계의 모순을 구조적으로 반영하고 있는 시간과 공간, 그 시공간이 씨줄과 날줄로 교직하는 의미망 속에서 현실 사회의 구조적 모순과 대결하는 인물을 창출해야 한다.

소설을 자본주의 산물로 규정한 루카치는 소설 장르의 특성을 두 가지 아포리즘으로 제시하고 있다. 곧 '길이 시작되자 여행은 끝났다.'와 '내 영혼을 증명하기 위해 길을 떠난다.'가 그것이다. 인물과 인물 혹은 인물과 사회가 대결하면서 당대 사회의 구조적 모순을 첨예하게 드러내는 작품에서, 인물의 여로는 즐거운 여행이 아니라 고통스러운 갈등으로 점철된다는 것, 그리고 그러한 대립과 갈등을 통해 우리 시대 상실된 인간다운 영혼의 세계를 회복하고자 하는 것, 그것이 소설이다. 산업사회든 정보사회든, 아니면 미래의 또 다른 어떤 사회 형태든, 그것이 자본주의 체제에 바탕을 두고 있는 한 소설에 관한 루카치의 두 가지 아포리즘은 좋은 작품을 평가하는 유효한 준거가 될 수 있다.

좋은 작품을 평가하는 세 번째 측면으로, 개성적이면서 독창적인 작가 의식을 들 수 있다. 소설은 '인간 소외', '사랑과 죽음', '인간 존재의 의미' 등을 탐색하면서 인간의 인간다운 삶을 지향한다. 이러한 주제는 어느 시대, 어느 나라의 소설에서도 공통적인 관심사에 해당한다. 문제는 그러한 보편적 주제를 다루되, 작가는 그것을 자신이 살아가는 특정 시대, 특정 사회와 관련시켜 자신만의 고유한 영역으로 끌고 와 다룬다는 점이다. 가령 인간의 소외와 관련해, 산업사회에서의 소외와 정보사회에서의 소외는 그 질적 특질에 있어서 차이가 날 것이다. 따라서 작가는 자신이 살아가는 사회의 구조적 모순을 치열하게 천착해야 한다. 그러면서 자신만의 고유한 영역, 고유한 작가 의식을 확보해야 한다. 정보사회에서 인간 소외를 다루되, 그것을 여성 문제와 관련시킬 것인지, 환경 문제와 관련시킬 것인지, 아니면 다른 어떤 측면으로 관련시킬 것인지를 결정해야 한다. 아마도 그 결정은 작가가 '살아온' 삶과 '살아가고 있는' 삶에 따라 달라질 것이다. 결국, 작가 스스로 가장 관심 있고 자신 있어 하는 영역에서 당대 사회의 모순을 문제 삼으면서 작품을 쓸 때, 그 작품은 좋은 작품이 될 수 있는 가능성을 확보한다.

이 측면을 염두에 둔다면, 신춘문예 심사 기준을 대충 짐작할 수 있을 것이다. 작가가 살아가고 있는 사회의 구조적이면서 본질적인 모순을 문제 삼으면서 그러한 문제의식을 유려한 문장과 탄탄한 서사 구조로 형상화해 낼 때 좋은 소설이 될 수 있을 것이고 신춘문예 당선작이 될 수 있을 것이다. 그러나 이제 출발선에 선 신인의 작품에서 그러한 측면을 기대하기는 어렵다.

그렇다면, 구조적 모순에 대한 천착 없이 '유려한 문체'로 이루어진 작품과, 구조적 모순을 '거칠지만 야성적인 문체'로 드러내는 작품 중, 어느 것이 좋은 작품이 될 가능성이 높은가를 묻지 않을 수 없다. 이 질문은 신춘문예에 당선된 신인 작가가 앞으로 어떤 소설적 지평을 개진할 것인가를 묻는 것이기도 하다. 신춘문예 당선 작품이 '최초의 작품이자 최고의 작품이자 최후의 작품'이 되는 경우가 비일비재하다는 점을 염두에 둔다면 이 또한 피할 수 없는 질문이 아닐 수 없다.

이러한 관점에서 최근의 신춘문예 당선작을 분석해보면, 당선된 작품의 수준은 어느 정도이며, 당선작 중 돋보이는 작품은 무엇인지, 그리고 신춘문예 등단을 위해 어떤 소설 작품을 써야 하는지에 대한 해답의 일단을 찾을 수 있을 것으로 보인다. 이 글에서는 2013년과 2014년 신춘문예에 당선된 소설 작품을 논의의 대상으로 삼고자 한다.

2. 경험 영역의 소설화 넘어서기

신춘문예 당선작 중 가장 많은 비중을 차지하는 것이 작가의 경험적 측면과 관련된 것으로 보이는 영역을 다루는 경우이다. 중 고등학교 시절과 대학교 시절, 혹은 젊은 시절을 대상으로 하여 젊은 세대의 고뇌와 방황을 다루는 작품이 이 경우에 해당한다. 「펑크록스타일 빨대 디자인에 관한 연구」(2013, 『동아일보』), 「페이퍼 맨」(2014, 『세계일보』), 「유랑의 밤」(2014, 『문화일보』), 「구제, 빈티지 혹은 구원」(2014, 『동아일보』)이 여기에 속한다.

이 작품들은 작품이 다루는 시공간적 배경이 2010년대의 그것과 직접 연결되어 있다는 점에서 일단 기성의 작품과 구분된다. 이를 두고 '참신하다'라는 평가를 할 수 있는데, 실상 이 측면이 독창적 개성을 중시하는 신춘문예에 있어서는 큰 강점이 될 수 있다. 또한 작가 스스로 경험한 영역과 직, 간접적으로 연결되어 있기에 표현과 묘사의 측면에서나 서사를 구성하고 이끌어가는 측면에 있어서 또한 강점을 지닐 수 있다.

「페이퍼 맨」은 중 고교 시절을 대상으로 하여 종이를 먹는 학생과 관련된 서사가 중심 서사를 이루고 있으며, 여기에 자살한 학생과 관련된 서사가 보조 서사로 결합되어 있다. 이 작품은 2010년대의 학교 현장과 종이를 먹는 사람을 다룬다는 점에서 참신하다. 그러나 작품의 시간이 중학교에서부터 고등학교 시절까지 길게 늘어져 있고, 공간이 집과 학교로 한정되어 있다. 이러한 시공간으로 인해, 이 작품에서 오늘날 사회 현실과 관련된 본질적인 문제가 개입될 여지가 차단된다. 이러한 사태는 이 작품이 중 고교 교육 환경과 부모의 무관심을 다루지만, 그것을 경험적 영역에서만 다루고 있다는 점과 관련이 있다. 경험적 영역에 기초하되 그것을 현 사회의 보편적이면서 본질적인 문제로 작가 인식을 심화, 확산할 때, 이러한 한계를 극복할 수 있을 것이다. 작품 중간중간에 제시되는 환상적인 측면과 작품 결말의 모호함은 이 작품이 가진 큰 결함이 아닐 수 없다. 이 결함은 작가의 시선이 구체적인 사회 현실 문제로 열릴 때 해결될 수 있을 것으로 보인다.

이러한 지적은 대학생의 생활고를 다루는 「유랑의 밤」에도 그대로 적용될 수 있다. 「유랑의 밤」의 경우, 'B'와 동거를 하면서 과외를 하는 현재 서사에 'A'와 동거하던 서사와 주인공의 고교 시절의 교육 상황을 다루는 서사가 결합되어 있는데, 이러한 서사들이 대학생이라는 경험적 영역에 한정되어 있다. 그리고 서사 간의 결합이 느슨해서 작품 전개가 매끄럽게 전개되지 못하고 있다. 이로 인해 작품 중간중간에서 서사의 연결 고리가 끊어지고 있고, 그러면서 세 가지 서사가 중첩되어 의미를 모호하게 만들고 있다.

다음, 젊은 세대의 문화적 영역을 다루는 경우이다. 「펑크록스타일 빨대 디자인에 관한 연구」는 펑크록이 유행하던 시절에 고등학생이던 주인공이 20대 후반이 되면서 점차 평범한 일상인으로 안주해가는 내용을 다루고 있다. 일단 이 작품은 2010년대를 사는 젊은층의 독특한 문화 감각을 다룬다는 점에서 참신성을 확보한다. 그러나 '펑크키드'가 넘쳐나는 거리에서 '도서대여점'으로 주인공이 이동하는 과정에서, 펑크록으로 표상되는 문화가 갖는 의미나, 그러한 문화가 사라지게 된 상황에 대한 탐색은 없다. 펑크록 문화는 작품 후면으로 사라지고 오히려 도서대여점의 일상이 전면에 제시되고 있다. 따라서 어찌 보면 지극히 평범하고 진부한 내용이라 할 수 있다. 그렇지만 이 작품은 펑크록에 대한 단편적인 언급, 빨대맨 일화, 고대어라는 상징적 장치를 통해 이 진부한 내용을 어느 정도 상쇄시키고 있다. 그러나 그러한 몇 가지 장치는 일종의 기교적 차원에 해당하지, 펑크록 문화가 갖는 세대적, 문화적 의미에 대한 탐색과는 거리가 먼 자리에 있다. 이는 작가의 시선이 협소한 경험의 영역에 한정되어 있고,

그 경험을 젊은 세대의 문화와 관련된 사회문제로 연결하지 못한 것과 관련이 있는 것으로 보인다.

「구제, 빈티지 혹은 구원」 역시, '빈티지 옷가게'를 중심으로 하여 젊은 층의 생활을 다루고 있다. 이 작품 역시 '빈티지 옷가게'로 표상되는 젊은 층의 문화 감각과 그 의미에 대한 본질적인 천착이 결여되어 있다. 대신 익명의 주인공이 다수 등장하고 그들의 알 수 없는 대화와 행동이 중심을 이루고 있다. 이로 인해 이 작품은 일종의 일화 형태에 머물고 있다는 느낌을 준다.

신춘문예 등단과 관련해 이러한 경험 영역의 서사화는 큰 강점이 될 수 있다. 하지만 등단 후 작가로서 본격적인 작품 활동을 할 경우 이는 일정한 제약으로 작동할 수 있다. 소설은 중 고등학생이나 대학생, 젊은 세대를 다루기도 하지만, 그것을 넘어서 사회의 보편적 문제를 다루어야 한다. 곧 경험 영역의 보편화를 통해 작가의 인식을 사회의 보편적 문제로 심화, 확장해야 한다. 이를 위해서는 경험 영역의 문제가 사회의 보편적 문제로 연결되는 특수한 장(場), 혹은 고리를 찾아내야 한다. 그러나 그것은 하루 아침에 이루어지는 것이 아니다. 자신이 살아가는 시대와 사회의 구조적 모순에 대한 치열한 천착이 오랜 기간 이루어질 때 그것은 가능하다. 따라서 신춘문예 등단을 위해서 경험 영역의 서사화가 한 방법이 될 수 있겠지만, 등단 후 그것이 큰 제약이 될 수 있다는 점을 고려할 때, 경험 영역에 기초하되 그 경험을 사회 보편적 문제로 확장, 심화시키려는 노력이 필요하다.

3. 소설 형식 실험의 위험성

신춘문예에서 요구되는 덕목 중의 하나가 독창성과 참신성이라 할 때, 새로운 소설 형식을 창출하려는 작품, 곧 전통적인 서사 방법을 파괴하는 작품이야말로 큰 강점을 지닐 수 있다. 그런 점에서 「폐쇄, 회로」(2013, 『조선일보』), 「피아노」(2014, 『한국일보』), 「로드킬」(2014, 『경향신문』), 「검란」(2014, 『경인일보』)는 주목된다. 그런데 이들 작품에 나타나는 형식 실험이 그야말로 '파괴를 위한 파괴', '실험을 위한 실험'에 그치고 있다는 점이 문제이다.

「피아노」는 천재 피아노 소년의 일생을 다루고 있다. 이 작품은 다양한 시점을 뒤섞고 있으며, 시공간 역시 한국 사회가 아니라 미국 사회와 연결되어 있다. 그런데 시점의 혼효가 인물의 내면이나 사건 전개와 관련되어 다양한 관점을 제시하는 기능을 하지 못하고 있다. 시점의 혼효를 통한 전통 서사 구조의 파괴는 독자로 하여금 다양한 해석을 가능하게 하는 데 주목적이 있다. 단일 시점이 독자의 열린 해석을 차단하는 문제점이 있다면, 시점의 혼효는 '열린 결말'을 통해 독자를 작품 해석에 참여하게 하는 것으로, 저자와 독자의 경계를 허무는 해체적 글쓰기의 중요 장치에 해당한다. 그런데 이 작품에서 시점 혼효를 통해 제시되는 내용을 보면 그런 기능과는 무관한 자리에 있다. 따라서 단일 시점으로 처리하는 것이 차라리 작품의 가독성을 높여 줄 것으로 보인다.

이런 까닭으로 미국 사회와 연결된 시공간도 어떤 의미망을 창출하지 못하고 있다. 국가와 민족의 경계를 허무는 해체적 글쓰기를 염두에 둔 것인지 모르지만, 이 작품의 경우 미국 사회와 관련된 시간과 공간은 그런 기능과는 무관한 자리에 있다. 이런 까닭에 이 작품은 국적불명의 작품이 될 수도 있다. 미국을 배경으로 하는 시공간을 한국 사회의 그것으로 변환해도 아무 문제가 없다는 점이 이를 잘 보여 준다.

따라서 이 작품에 나타나는 시점의 혼효는 전통 서사 구조가 갖는 문제점에 정면으로 도전하는 해체적 글쓰기의 그것과는 거리가 먼 자리에 있다. 이 점은 형식 실험을 꾀하는 신춘문예 당선작 거의 모두에 지적되어야할 것이다. 현 단계 한국 소설, 특히 젊은 작가들의 작품이 전통 서사 구조를 파괴하는 경향을 선호하지만, 그러한 파괴나 해체가 정보사회의 모순을 비판하고 새로운 가능 세계를 지향하는 측면과 연결되지 못하고 다분히 '파괴를 위한 파괴', '해체를 위한 해체'에 머무는 경향이 농후하다.

「로드 킬」에 나타나는 전통 서사 구조의 파괴에 대해서도 이러한 비판을 할 수밖에 없다. 남자와 아내의 이야기를 다루는 이 작품에서 당대 한국 사회의 어떤 측면을 문제 삼는지를 파악할 수 없다. 또한 어떤 의도에서 사건을 지연시키면서 전통 서사 구조를 파괴하고 있는지도 판단하기 어렵다. 전통 서사 구조의 파괴를 통한 사건의 지연은 장정일의 '재즈적 글쓰기'(장정일, 『너희가 재즈를 믿느냐』, 미학사, 1994)에 그 전범이 제시되어 있다. 장정일 소설에서 재즈적 글쓰기는 각종 정보 메커니즘이 지배하고 상품물신주의가 만연한 한국 정보사회와 그 사회에서 왜곡된 성을 비판하는 기능과 연결된 중요한 서사 장치이다.

「폐쇄, 회로」의 경우, 도시에서 살아가는 주인공의 무미건조한 삶을 다루고 있다. 이 작품에는 인물 간의 갈등과 인과관계에 의한 사건의 연결 등은 배제되고, 마치 캠코더로 찍어 낸 듯한 장면 장면을 일종의 몽타주 기법으로 결합하고 있다. 장면 장면을 통해, 반복되는 도심의 일상과 그러한 일상에 매몰되어 살아가는 현대인의 모습을 담아내고 있다. 그런 점에서 이 작품은 일상성에 함몰된 현대 도시인의 모습을 새로운 소설 형식으로 담아내는 작품으로 평가될 수 있다.

그러나 그러한 일상성에 대해 피상적인 측면에서의 접근이 이루어지고 있다는 점에서 이 작품은 한계를 지닌다. 무미건조하게 반복되는 일상을 다루면서 그 일상에 내재된 비인간화의 본질적인 측면에 대한 탐색으로 나아가지 못한 상태에서의 형식 실험은 '실험을 위한 실험'에 머물 뿐이다.

소설에서 형식 실험은 반드시 작가의 현실에 대한 깊은 인식이 동반되어야 그 의의를 지닐 수 있다. 곧 작가가 현실의 구조적 모순을 치열하게 천착한 결과, 그러한 모순을 기존의 전통적인 소설 쓰기 방법으로는 담아낼 수 없을 때, 그럴 때 새로운 소설 쓰기가 필연적으로 요청되는 것이다. 1930년대 모더니스트 이상과 박태원의 소설, 1950년대 장용학의 소설, 1960년대 최인훈과 이청준의 소설, 1970년대 조세희의 소설, 1990년대 최수철, 이인성, 서정인의 소설 등에 나타나는 새로운 소설 형식의 실험이 시대의 구조적 모순에 대한 첨예하면서도 본질적인 인식과 맞물려 있음은 늘 강조되어야 한다. 이상이 남긴 "절망이 기교를 낳고 기교가 절망을 낳는다."라는 경구를 새삼 음미할 필요가 있다. 시대에 대한 절망이 새로운 기교를 낳고, 새로운 기교 때문에 절망하는 것, 그것이 새로운 형식을 실험하는 소설이 갖는 의의이다.

그런 점에서 신춘문예에서 소설 형식 실험을 들고나올 때 반드시 점검되어야 할 사항은 그 작품에 담긴 작가의 현실 인식이 기존의 소설 쓰기로는 담아낼 수 없는 단계로까지 나아갔느냐 하는 점이다. 그렇지 않은 소설 형식 실험은 '실험을 위한 실험', '파괴를 위한 파괴'에 머물 뿐이다. 신춘문예를 준비하거나 작가가 되기 위해 습작을 하는 문인 지망생은 이 점을 명심해야 할 것이다. 전통적인 서사 방법을 제대로 익히고 그 방법에 따라 현실의 모순을 본질적인 측면으로 밀고 나가는 훈련이 뒷받침된 후, 그러한 전통적인 방식으로는 담아낼 수 없는 내용을 다룰 때 비로소 소설 형식 실험은 그 의의를 지닌다. 그런 점에서 신인이 소설 형식 실험을 통해 기성 문인과는 다른 독창적인 내용을 담아내기는 무척이나 어렵다는 점을 강조하고 싶다.

서사 형식의 파괴와 함께 신춘문예 작품에 자주 등장하는 것이 환상과 현실의 교직이다. 이와 관련해 주목되는 것이 「검란」이다. 이 작품은 현실과 환상이 교직되면서, 인간 존재의 외로움과 소외를 다루고 있다. 여기서 '나'와 어머니의 서사는 현실적이고, '나'와 고양이 서사는 환상적이다. '나-어머니' 서사는 어머니의 죽음과 아내와의 이혼을 다루며, '나-고양이' 서사는 알에서 깨어난 고양이의 죽음을 다루고 있다. 여기에 '거미', '우물' 등과 같은 상징적 장치까지 서사 구조에 용해시킴으로써 소설적 깊이를 확보하고 있다. 이러한 장치들을 통해, 이 작품은 오늘날 한국 사회에서 삶과 죽음, 인간의 혈연적 혹은 사회적 인연의 의미가 무엇인가를 탐색하고 있다. 따라서 신춘문예 당선작 중 돋보이는 작품으로 평가할 수 있을 것이다. 하지만 두 가지 문제점이 있다.

하나는, 고양이와 관련된 환상적 측면이다. '거미'와 '알'과 '고양이'가 '고향집 우물'과 '어머니'와 연결되는 것으로 보아 환상적 측면은 인간 존재를 비인간적인 존재로 연결, 확장하려는 것과 관련 있는 것으로 판단된다. 이들 요소들이 긴밀하면서도 유기적으로 연결되어 소설적 주제를 심화시키고 있음은 분명하다. 그러나 환상적 장치가 너무 강화되다보니 현실적 측면이 약화되고 있다.

이로 인해, '나-어머니' 서사는 현실적 서사임에도 불구하고 현실 문제를 담아내지 못하고 있다. 어머니의 죽음, 아내의 이혼 등이 '지금 이곳'의 한국 사회의 현실 문제와 긴밀하게 연결되지 못하고 있는 것이다. 어머니의 죽음과 아내의 이혼과 관련된 서사는 구체적 현실성을 확보하지 못하고 추상화되어 '지금 이곳'의 한국 사회가 아니더라도 그 어떤 시대, 어떤 사회에도 적용될 수 있는 요소로 작동하고 있다. 이에 따라 '나'의 고독과 외로움과 소외 의식 또한 추상화되어 있다. 여기에 '나-고양이'의 환상적 측면이 강화되면서 '나'의 고독과 외로움 또한 환상적 측면에 심하게 노출되어 있다.

소설에서 환상은 현실 문제와 밀접하게 관련되지 않는다면 '망상'이나 '공상'이 된다. 오늘날 한국 소설에서 유행하는 환상이 소설적 의의를 갖기 위해서는 정보사회에 대한 비판과 연결되어야 한다. 정보사회는 획일화와 비인간화로 규정될 수 있다. 1990년대 유하가 "압구정동은 욕망의 통조림 공장"이라고 지적하였듯이, 정보사회는 각종 정보 메커니즘을 통하여 모든 것을 지배하고 통제하면서 일상은 물론이고 욕망마저 통조림을 찍어내듯이 획일화한다. 어디를 가든 정보 메커니즘에 의해 조작되고 통제된 일상과 욕망만이 있을 뿐이다. 더욱 심각한 것은 이런 획일화를 통해 유기적 생명체로서의 인간을 정보 메커니즘의 코드 기호로 전락시킨다는 점이다.

환상은 이러한 정보사회의 문제점을 극복하고자 하는 데 그 미학적 의의가 있다. 환상은 정보사회에서 추방된 것들이 회복된 세계를 그 궁극적인 지향점으로 하고 있다. 그 세계는 인간과 자연, 영혼과 육체, 정신과 물질이 조화롭게 공존하는 곳이다. 정보사회에서 환상이 가지는 의의는 바로 인간과 자연이 합일되는 세계를 환상을 통해 드러냄으로써, 그런 세계를 불가능하게 하는 정보사회의 황폐함과 불모성을 역설적으로 비판하는 데 있다. 환상의 이러한 측면을 보르헤스와 마르케스의 작품, 최수철, 송경아, 김영하, 이승우의 작품에서 확인할 수 있다.

정보사회에 대한 비판 기능이 전무한 환상은 환상이 아니라 공상이고 망상일 뿐이다. 그럼에도 불구하고, 오늘날 많은 작가들이 환상이라는 이름을 내세우고 망상적이고 공상적인 내용을 소설 전면에 내세우고 있다는 점은, 앞서 문제 삼은 '해체를 위한 해체' 내지 '파괴를 위한 파괴'와 더불어 반드시 지적되어야 한다. 「검란」의 작가가 앞으로 어떤 소설적 행보를 보여 줄지 알 수 없다. 그러나 이 작품에 나타나는 작가의 소설 쓰기의 능력을 염두에 둘 때, 앞으로 환상적 측면보다 현실적 측면에 보다 작가의 시선을 집중하기를 기대해 본다.

4. 사회문제의 소설화와 피상적인 현실 인식

경험의 영역에서 벗어나 사회 현실의 문제로까지 작가 인식을 확장한 작품의 경우이다. 「고양이버스」(2013, 『문화일보』), 「유품」(2013, 『세계일보』), 「당신의 아름다운 세탁소」(2013, 『한국일보』), 「무너진 식탁」(2013, 『경향신문』), 「길을 잃다」(2014, 『서울신문』)가 여기에 해당한다.

먼저, 「당신의 아름다운 세탁소」와 「무너진 식탁」이다. 「당신의 아름다운 세탁소」는 '세탁소'를 배경으로 해서 3년 전 손님이 맡긴 옷을 찾지 못해 전전긍긍하는 단일 서사를 다루고 있다. 「무너진 식탁」은 '대학교'와 '병원'과 '아파트'를 배경으로 하여 시간강사인 주인공이 성적을 올려 달라는 학생으로 인해 고민하다가 아들이 교통사고를 당한다는 단일 서사를 다루고 있다. 두 작품 모두 경험의 영역에 바탕을 두되 그 경험을 사회 현실의 일반적인 문제로 연결하려는 시도를 하고 있다. 그런데 그러한 사회 문제에 대한 인식이 매우 피상적이라는 문제점을 지니고 있다.

「당신의 아름다운 세탁소」의 경우, 2010년대 한국 사회의 문제와 관련해 '세탁소'가 갖는 의미를 다루어야 한다. 그러나 이 작품은 세탁소, 3년 전 맡긴 옷, 갚지 않은 돈이 결합되면서 그것이 일종의 삽화 형태로 제시되고 있다. 이 삽화 장치로는 2010년대 '세탁소'가 함의하고 있는 사회의 구조적 문제를 담아낼 수 없다. 「무너진 식탁」의 경우에도 시간강사를 통해 2010년대 한국 사회의 구조적 문제를 드러내지 못하고 있다. 이 작품은 시간강사가 갖는 본질적인 사회문제를 작품 바탕에 깔지 못한 채, 각 사건이 긴밀하게 연결되지 못하고 역시 일종의 삽화 형태로 제시되고 있다. 작품 결말에 식탁을 중심으로 환상적 측면이 제시되고 있는데, 이러한 환상적 장치를 끌고 온 이유는 이 작품이 갖는 한계와 관련이 있다. 곧 이전까지 서로 분리되고 단절되어 제시되던 아내와 학생과 '나'와 아버지에 관한 이야기를 결말에 한꺼번에 결합시키려다보니 그 방법으로 선택된 것이 환상적 장치인 것이다.

결국 두 작품은 작가의 시선을 현실 문제로 끌고 나왔지만, 그러한 현실적 배경을 2010년대의 한국 사회의 문제와 연결하지 못하고 있다. 그로 인해 '세탁소'는 2010년대의 세탁소가 되지 못하고, 1990년대, 1980년대, 나아가 1970년대의 '세탁소'가 될 수 있는 위험성을 내포하고 있다. '시간강사' 역시 그러한 위험성을 내포하고 있다.

위 두 작품이 사회 현실 문제를 하나의 단일 서사로 다루고 있는 반면, 두 가지 서사를 결합해서 사회 현실 문제를 다룸으로써 사회문제에 보다 깊이 발을 들이민 작품들이 있다. 「길을 잃다」는 다문화 가정 출신인 주인공과 외국인 불법체류자 '소니'와 관련된 서사를 중심으로 하고, 여기에 주인공의 가정 상황과 관련된 서사가 결합되어 있다. 「고양이버스」는 고아로 태어나 입양된 주인공과 관련된 서사와 주인공에게 외국어를 배우는 학생의 서사가 결합되어 인간적인 외로움에 대해 다루고 있다. 「유품」은 유품 정리사가 고독사한 어느 노인의 유품을 정리하는 서사와 유품 정리사와 어머니의 관계를 다루는 서사가 결합되어 오늘날 노인의 소외를 다루고 있다. 그런데 이들 작품에서 두 서사가 하나의 주제로 긴밀하게 통일되지 못하고 있으며, 두 서사 중 어느 한 서사만이 강화되고 다른 서사는 약화되는 문제점이 드러나고 있다.

「길을 잃다」는 출입국관리 사무소의 보호실을 배경으로 하여 다문화 가정과 외국인 불법체류자를 다루고 있다는 점에서, 당대 한국 사회의 문제점에 한발 다가서고 있다. 외국인 불법체류자 문제와 다문화 가정 문제를 동시에 다루고자 하는 의도에서 두 서사가 결합된 듯하다. 그런데 두 서사 중에서 불법체류자 서사 쪽에 치우쳐 있고, 다문화 가정 서사는 대단히 약화되어 있다. 또한 불법체류자 서사도, 보호실에서 외국인끼리 싸우는 장면이나 '소니'가 보호실을 탈출해서 지하철에서 머무는 장면 등을 통해 불법체류자의 아픔을 잘 제시하기도 하지만, 전체적으로 매우 피상적인 차원에서 다루어지고 있다.

다문화 가정과 불법체류 외국인 노동자 문제를 다루는 기존 작품들과 이 작품을 대비하면 이 작품이 갖는 한계가 분명해진다. 기존의 '좋은' 작품들의 경우, 다문화 가정과 불법체류자 문제를 오늘날의 한국 사회의 문제점과 연결해서 그 본질적인 측면에서 다루고 있다. 곧 이들 작품들은 이 문제를 한국 사회를 지배하는 황금만능주의, 아시아 노동자들에 대한 한국인의 우월 의식 등과 연결하여 다룸으로써 보다 깊고 넓은 소설적 감응력을 확보하고 있다. 물론 신인이 기성 문인이 도달한 단계에서 시작하기는 힘들 것이다. 그러나 신인으로서 앞으로 자신만의 고유한 소설 영역을 확보하고자 한다면, 기성 작가의 작품들에 대한 면밀한 검토와 당대 한국 사회의 문제점에 대한 보다 깊은 천착이 반드시 이루어져야 할 것이다.

「고양이 버스」의 경우, 주인공과 학생의 서사를 통해 인간의 외로움에 대해 이야기하지만, 그것이 밀도 있게 결합되지 못함으로써 현재 한국 사회에서의 인간적 외로움으로 심화되지 못하고 있다. 이는 작품 곳곳에 자리 잡고 있는 영화와 꿈에 대한 진술과 관련이 있다. 곧 사회 현실 문제를 그 근원적이고 본질적인 측면에서의 탐색으로 끌고 가지 못하고, 이를 영화와 꿈이라는 비현실적 측면으로 치환하고 있는 것이다. 이처럼 영화나 꿈을 작품 속에 끌고 오는 것은 사회 현실 문제에 대한 작가의 인식이 깊지 못함을 보여 주는 한 예가 될 수 있다.

「유품」에서 두 서사가 긴밀하게 결합되지 못하는 이유 역시 오늘날의 노인 소외 문제에 대한 인식의 얕음과 관련이 있다. 특히 어머니와 관련된 서사에서 이를 확인할 수 있는데, 왜 어머니가 외로운 상황에 처하게 되었는지에 대한 내용이 제시되지 않고, 어머니와 주인공의 겉도는 대화 중심으로 서사가 이루어지고 있다. 어머니 관련 서사가 약화됨으로써, 이 작품은 이름 모를 노인이 왜 고독하게 죽었는지에 대한 원인을 사회문제와 관련시켜 독자가 유추할 수 있는 단서를 제공하지 못하고 있다.

작가의 경험적 요소에 치중한 작품의 경우 경험적 측면이 갖는 강점으로 인해 작품의 참신성을 확보할 수 있지만, 사회문제에 대한 작가의 고뇌를 읽을 수 없다는 한계를 지닌다고 했다. 그리고 그러한 한계가 등단 이후 작가 활동에 일정한 제약으로 작동할 것이라고 했다. 이에 반해, 현실 문제로 인식 지평을 확장한 작품들의 경우 작가의 인식이 현실 문제로 열려 있다는 점에서 큰 강점을 지닌다. 이 점은 등단 후 작가 활동을 하는 데 큰 밑거름이 될 수 있다. 그렇지만 이들 작품들의 경우, 작가의 현실 인식이 아직은 피상적이라는 점, 그리고 그러한 피상적 현실 인식으로 인해 서사 내의 사건 단위나 서사 간의 결합이 느슨하다는 단점을 지니고 있다. 그래서 자칫 이러한 작품들의 경우 신춘문예에 당선되는 데 일정한 제약이 될 수 있다. 그러나 그러한 제약을 돌파해낸다면, 그래서 등단 후 현실에 대해 작가 인식을 더 치열하게 펼친다면, 등단 후 제대로 작품을 발표하면서 활동하는 작가가 될 수 있을 것이다.

5. '고투'와 '사투', 그리고 좋은 소설

신춘문예 당선작이 도달할 수 있는 최고 수준은 무엇일까. 그 해답의 일단을 「젤리피시」(2013, 『서울신문』)와 「달로 간 파이어니어」(2014, 『조선일보』)를 통해 확인할 수 있다.

「달로 간 파이어니어」는 매우 특이한 작품이다. 이 작품은 일차적으로 시체를 처리하는 직업을 가진 주인공의 삶과 관련된 서사를 다루고 있다. 이 서사에 '달 이주 계획'과 '스톤헨지에서의 집단자살'과 관련된 서사가 결합되어 있다. 이 두 서사를 통해 불특정인의 자살과 그 시체 처리 과정을 다룸으로써, 이 작품은 오늘날 한국 사회의 불모성과 황폐함을 비판하면서, 동시에 이를 극복할 수 있는 방법을 제시하고 있다.

이 작품에서 주목되는 것은 무엇보다 이 작품이 1970년대 조세희의 '난쟁이'와 문학사적으로 연결되어 있다는 점이다. 조세희의 '난쟁이'는 '부자/ 빈자', '정상인/ 비정상인'이라는 폭력적인 이항대립이 지배하는 1970년대 한국 사회에 절망하고 '미국 존슨 우주센터 관리인 로스씨'의 도움을 받아 우주선을 타고 달나라로 가려다 굴뚝에서 뛰어 내려 자살한다.

이 작품은 1970년대의 조세희의 '난쟁이'의 이러한 서사 구조를 2010년대의 한국 사회에 투사하고 있다. 조세희의 '난쟁이'는 '시체 처리사'로, 조세희의 난쟁이가 지향한 '달나라'는 '달 이주 계획'과 '스톤헨지에서의 집단자살'로 대체되고 있다. 하지만 대체는 그것뿐이다. 이 작품은 조세희의 소설에서 기본적인 장치를 차용하되, 그 장치들을 전혀 새로운 장치로 변화시켜 2010년대의 한국 사회의 문제점을 비판하고 있다.

이 점은 신인 작가나, 혹은 신춘문예 등단을 꿈꾸는 예비 작가 모두에게 대단히 중요한 측면임을 강조하고 싶다. 작가가 자신의 고유한 문학 세계를 구축하기 위해서는 무엇보다 자국의 문학사적 전통을 분명히 파악해야 한다. 이청준 작가와 최인훈 작가는 자신이 살던 시대와 사회의 어떤 문제점을 어떻게 형상화하고 있으며 그 의의는 무엇인가. 또 조세희는 왜 난쟁이를 주인공으로 내세웠고, 왜 뫼비우스 띠와 클라인의 병을 작품집 앞뒤에 포진시켰고, 왜 난쟁이를 굴뚝에서 자살하게 했는가. 최수철은 『고래뱃속에서』라는 작품의 14장 '진공'에서 왜 난쟁이를 등장시켰고, 그 난쟁이가 조세희의 난쟁이와 문학사적 관점에서 어떤 공통점과 차이점을 지니는가.

이에 대한 치밀한 검토가 없다면, 2010년대 한국 사회의 본질적인 모순을 파악하기는 불가능하며, 기껏해야 피상적이고 현상적인 측면에서만 사회문제를 포착할 수 있을 뿐이다. 더불어 작가 자신만의 고유한 소설적 장치도 확보하기 어려울 것이다.

「젤리피시」역시 한국소설사에서 볼 때 대단히 낯설고 도전적인 작품이다. 성인용품 판매점의 장애 여성을 주인공으로 한 이 작품은 장애인의 황폐한 삶을 타락한 성 문화와 관련시켜 다루고 있다. 한국소설사에서 장애인과 타락한 성을 동시에 다루는 작품은 드물다. 장애인을 다루는 작품으로 김원일의 『아우라지 가는 길』(문학과지성사, 1996)이 있으며, 성 담론을 다루는 작품으로 장정일의 『너에게 나를 보낸다』(미학사, 1992), 『너희가 재즈를 믿느냐』(미학사, 1994) 등이 있다. 이처럼 한국소설사에서 매우 드물게 다루진 두 영역을 이 작품은 한꺼번에, 그것도 아주 유려하게 다루고 있다. 그 방법이 '성인용품 가게'라는 공간과 '장애 여성'이라는 인물을 결합시키는 것이다.

나아가 이 작품의 서사 구조 또한 매우 탄탄하다. 등장인물은 장애 여성, 집주인 부부, 자동차 공업사에서 일하는 사내, P공업사 사장인데, 이들 인물들이 서사 구조에 완전히 용해되어 인물이 맡은 바 역할을 충실히 해내고 있다. 또한 이 작품에는 '해파리'와 관련된 내용이 환상적 장치를 통해 제시되고 있는데, 이 장치 또한 서사 내에 용해되어 장애 여성의 고통스러운 내면 의식을 드러내는 역할을 하고 있다. 다음 두 장면을 보자.

(i) 그가 천진하게 웃었다. 방바닥에 앉아 있는 나는 창문 너머 그의 집을 볼 수가 없었다. 그제야 눈치 챈 듯, 순식간에 그의 얼굴에서 웃음기가 사라졌다. 그는 창문 앞에 놓인 나무받침대를 흘끗 쳐다보고 내 옆에 와 앉았다. 나는 전기주전자 쪽으로 몸을 끌었다. 양손으로 바닥을 짚고, 손을 짚은 곳까지 엉덩이를 끌어당겼다. 작고 가느다란 두 다리가 아무짝에도 쓸모없는 꼬리처럼 흐물흐물 따라왔다. 그가 보고 있다는 생각이 들자 몸이 더 무거워졌다.

(ii) 나는 침을 삼켰다. 나는 다시 몸을 낮추고 창밖을 내다봤다. 하얀 다리 사이로 그의 커다란 몸뚱이가 보였다. 하얀 다리가 그의 허리를 감쌌다. 곧은 뼈와 그것을 감싸고 있는 탄력 넘치는 근육. 근육이 움직이며 만들어 내는 아름다운 곡선. 관절의 거칠고도 부드러운 움직임. 실리콘도, 비닐 튜브도 아닌 살아 있는 다리. 만져 보고 싶었다.

이처럼 이 작품은 작가의 철저한 소설적 기획에 의해 인물과 배경과 사건 등의 제반 요소들이 유기적으로 밀도 있게 결합되면서 주제를 형상화하고 있다.

두 작품에 나타나는 작가의 소설적 역량은 신인의 수준을 넘어서 있다. 그 점에서 앞으로의 활동이 기대된다. 두 작품과 같은 수준에 도달하기 위해서는 엄청난 노력이 필요할 것이다. 엄청나게 쓰고 엄청나게 읽고 엄청나게 현실 문제에 고민하는 것에 삶의 전부를 걸 때, 이러한 수준에 도달할 수 있다. 이와 관련해 다음 지적을 하고 싶다.

신인 작가의 경우, 문학사적 측면에서 각 시대의 일급의 작가들이 그들이 살던 시대와 사회와 어떻게 대결하고 절망하는가, 또 그것을 어떻게 형상화하고 있으며 그 의의는 무엇인가에 대한 치밀한 검토가 필요하다. 그럴 때 신인 작가는 선배 작가들의 작품과 연결되면서 동시에 그들을 넘어서 자신만의 고유한 소설 세계를 확보할 수 있을 것이다.

위의 두 신인 작가는 이러한 치열한 과정을 겪은 것으로 보인다. 아마도 두 작가는 수많은 선배 작품들을 읽으면서, 앞선 시대의 작가들은 무엇을 고민하고 어떻게 소설화했는지를 파악하기 위해 '고투'를 벌였을 것이고, 또 이를 바탕으로 스스로는 어떤 소설 세계를 구축해서 선배들과 맞서야 할지를 두고 '사투'를 벌였을 것이다. 그 결과물이 이번 당선작이 아닐까.

작가가 되고자 하는 모든 이들이 이러한 '고투'와 '사투'의 과정을 겪을 때, 자신이 살아가는 사회의 구조적 모순에 눈 뜨게 될 것이다. 그리고 그 모순을 깊이 파고들다 보면 '유려한 문체'보다는 '거칠고 야성적인 문체' 쪽으로 나아가게 될 것이다. 그러나 문체에 신경 쓸 필요가 없다. '거칠고 야성적인 문체'라도 그 문체는 오롯이 그 작가만의 개성적인 문체가 될 것이기 때문이다. 앞으로 두 작가가 한국 사회와 한국 문학을 두고, 그리고 자신의 소설 세계를 두고 벌이는 '고투'와 '사투'가 더욱 치열해지기를 기대해 본다.

신춘문예 소설이 도달할 수 있는 이 최상의 영역에 도전하는 것이야말로 모든 신춘문예 지망생의 최종 목표일 것이다. 신춘문예 당선도 중요하지만 당선 후의 활동이 없다면 신춘문예 당선은 아무 의미가 없다. 따라서 신춘문예에 당선되더라도, 두 작가처럼 가장 최고의 수준에서 등단할 필요가 있는 것이다.

오염되지 않은 욕망, 그리고 환각

1. 환각, 오염되지 않은 욕망과 인간 주체 비판

오늘날 한국 시의 다양한 흐름을 크게 해체시 계열체와 그 안티테제로서의 정신주의시 계열체로 분류할 수 있을 것이다. "기계보다는 인간을 강조하면서 궁극적으로는 인간과 자연과 문명이 하나의 전체로서 조화되는 생성적 세계"를 지향하는 정신주의시 계열체는 시의 본질이라 할 수 있는 서정시의 계보를 잇고 있는 것으로 평가된다. 그것은 자아와 세계의 동일화를 지향하는 서정적 자아의 의식과 그 의식이 지향된 대상과의 상호 관계를 통해 시적 상상력이 펼쳐진다. 한편 해체시 계열체는 기존의 시 형식을 해체하고 새로운 시 형식을 모색한다. 이들 해체시 계열체에서 비로서 환각에 대해 이야기 할 수 있다.

환각 작용 혹은 피해망상, 과대망상이라는 단어에서 알 수 있듯이, 환각은 명증한 의식과는 거리가 먼 자리에 있다. 이 환각을 예술 영역에 최초로 끌고 온 것이 모더니즘 예술에 해당하는 입체파로부터 시작된 추상예술이다. 추상에의 경향은 흄(T. E. Hulme)의 기하학적 예술관에서 비롯된다.

흄은 예술을 생명적인 것과 기하학적인 것으로 구분한 후, 근대의 새로운 예술을 기하학적인 것이라 보고, 그 특성을 다음과 같이 언급하고 있다.

> 생명 있는 형상의 하잘것 없고 우연적인 특질들에 대한 혐오, 생명적인 사물이 결코 지닐 수 없는 엄숙성, 완전성 및 생경한 것에의 추구가 여기서는 거의 기하학적이라고 부를 수 있는 형식의 사용으로 이끌어 나가고 있다. (T. E. Hulme, 『휴머니즘과 예술철학』, 박상규 역, 삼성출판사, 1984, 56쪽)

흄은 실재회의론에 입각하여 이전의 단일한 세계를 세 개의 동심원으로 나누어, 제일 바깥을 수리물리학의 세계(i)로, 가운데를 생명의 세계(ii)로, 제일 중앙을 종교의 세계(iii)로 명명하고, 각각의 동심원은 불연속을 이룬다고 본다. 그런데 근대 인간은 (ii)인 생명의 세계만이 실재라고 주장하면서, 그 세계의 논리로 (i)과 (iii)을 설명함으로써 오늘날의 혼돈이 시작된 것이라 비판한다. 이처럼 (ii)만을 중시하는 것이 근대의 휴머니즘이며, 그것이 문학에서는 감정의 과잉 공급이라는 문제를 내포하고 있는 로맨티시즘으로 발현된다. 흄은 예술을 생명적인 것과 기하학적인 것으로 구분하면서, 생명적인 것을 중시하는 근대 예술을 부정하고, 새로운 예술은 생명적이고 인간적 요소를 배제하고 엄숙한 직선이나 곡선 같은 기하학적 완전성을 구유하기 위하여 기하학적 예술이 되어야 한다고 주장한다.

흄의 이러한 주장은 칸딘스키류의 추상예술과 이미지즘의 바탕이 된다. 나아가 흄의 주장은 모더니즘 문학에 나타나는 개인적 주체로서의 인간을 비인간화하는 기하학적 추상으로 연결된다. 추상예술은 입체파, 몬드리안 (P. Mondrian)의 신조형주의(Neo-Plasticism)를 거쳐, 이후의 러시아 추상미술 운동인 광선주의(Rayonism), 절대주의(Suprematism), 구성주의(Constructivism)에서 그 정점에 이른다. 양자는 자연 대상물을 해체하고 단순화해가는 논리의 발전이라는 측면에서 동일하나, 전자는 대상물을 해체해 나갔지만 완전한 추상에 도달하지 못하고 언제나 대상 표현에 머물러 있는 반면, 후자는 대상의 이탈에 도달하고 있다는 점에서 차이가 난다.

추상운동 중에서 말레비치로 대표되는 절대주의는 현실적인 사고에 의해 훼손되지 않는 순수한 상태의 의식이나 무의식을 신비스러운 방법으로 표현하는 데 목적을 두고, 가장 단순한 형태로서의 기하학적 형태를 선택한다. 그것은 대상 없는 세계를 추구하는데, 곧 보이는 것의 세계가 아니라 보이지 않는 것의 세계, 객체적인 것이 아니라 정신적인 오브제를 추구하며, 일체의 구상적 형태를 제거하면서 종국에는 기하학적 형태마저 제거함으로써 영원적인 실재에 도달하고자 한다. 말레비치의 회화 「백 위의 백」은 이를 잘 보여 준다. 그는 "나 자신을 제로의 포름으로 전환시키고 싶다."고 한 바, 캔버스 위에 그려진 흰 사각이야말로 화면에서 색채를 일소시키고 포름을 최대한으로 극소화시킨 것으로, 형태를 초극하여 명확한 형태를 완전히 소멸함으로써 본질에 도달하려는 것이다. 이른바 '형의 제로'가 그것이며, 이것이야말로 절대주의 이념을 가장 잘 드러낸다.

추상예술에 나타나는 요소들, 곧 현실적인 사고에 훼손되지 않은 순수 의식이나 무의식, 그리고 대상 없는 세계, 보이지 않는 세계야말로 예술에서 처음 접하게 되는 환각이다. 이전의 시각예술이 현실 대상을 있는 그대로 재현하는 것임에 반해, 환각으로서의 추상예술은 이처럼 현실에 부재하는 것, 보이지 않는 것을 무의식을 통해 신비스러운 방법으로 표현한다.

이러한 환각으로서의 예술은 초현실주의에 이르러 더욱 강화된다. 그것은 의식에 대한 무의식의 드러냄과 관련이 있다. 무의식은 이성적 인간 주체에 결정적 타격을 가한 프로이드의 정신분석학에 바탕을 두고 있다. 인간은 의식과 무의식으로 쪼개져 있으며, 의식은 무의식에 의해 조종된다는 프로이드의 주장은 실재회의론과 관련하여 인간이 의식적이고 이성적 존재라는 것에 대한 회의에서 비롯된다. 이성적 주체에 대한 비판은 의식에 대한 무의식의 드러냄에 의해 수행된다. 프로이드의 이 무의식에 의해, 초월적 이성이라는 절대 보편적 진리가 모든 것을 지배하며, 그것을 가장 확실히 담지할 수 있는 것이 이성적 주체로서의 인간이라는 믿음은 붕괴된다. 초현실주의는 이성적 주체를 부정하고, 인간의 욕망에 있어서 시민화되지 않고 표현되지 않은 무의식의 욕망, 곧 이성에 의해 광기나 비이성으로 배척된 것을 표출함으로써 도구적 이성으로 전락한 근대 인간 주체를 비판한다. 따라서 무의식의 자동기술이라는 초현실주의는 바로 시민화되지 않은 무의식의 욕망을 아무런 의식적 통제 없이 표출함으로써 탈근대적인 세계를 강렬히 지향한다.

이처럼 환각으로서의 예술은 근대적 지배 담론을 비판하고자 하는 무의식의 욕망과 그 욕망의 언어로 욕망을 충족시켜 줄 수 있는 대체물을 환각에서 구하고, 그러면서 대체물이 부재하는 현실을 비판하는 것이라 할 수 있다.

2. 환각의 인에서 무의미시를 거쳐 비대상시로

환각이 모더니즘의 추상예술 및 초현실주의와 관련된 것이라 할 때, 그러한 환각이 한국문학사에서 처음 등장한 것은 1930년대 한국 모더니즘을 대표하는 이상 문학에서부터이다. 이른바 '환각의 인'이 그것이다.

暴風이 눈앞에 온 경우에도 얼굴빛이 변해지지 않는 그런 얼굴이야말로 人間苦의 根源이리라. 실로 나는 울창한 森林 속을 진종일 헤매고 끝끝내 한 나무의 印象을 훔쳐 오지 못한 幻覺의 人이다. 無數한 表情의 말뚝

이 共同墓地처럼 내게는 똑같아 보이기만 하니 멀리 이 奔走한 焦燥를 어떻게 점잔을 빼어서 救하느냐. (이상, 「童骸」, 『이상소설전작집』1, 갑인출판사, 1980. 117쪽)

'환각의 인'으로 대표되는 이 구절은 칸트의 선험적 이성에 기초한 근대 이성적 주체를 부정하고, 탈근대적 지식을 인식한 분열된 주체가 그 욕망을 포즈화한 것에 해당된다. 곧 포즈화로 위장된 탈근대적 지식에 의하여 타락한 근대 도시 경성과 그 속에서 생활하는 근대 인간 주체를 비판하는 것이다. "폭풍이 눈앞에 온 경우에도 얼굴빛이 변해지지 않는 그런 얼굴"은 분출되려는 욕망을 위장하고 포즈화하는 행위이다. 욕망을 억제한다는 것, 그리하여 '박제화'가 되어가는 것이야말로 '인간고의 근원'이다. 그러나 욕망은 위장되더라도 그 욕망을 포기하지 않는 한, 끊임없이 욕망 충족의 대체물을 언어로 매개되는 대상에서 찾게(훔쳐 오게) 된다. 하지만 탈근대적 지식이 전무한 경성의 일상에서 대체물을 찾는 것은 거의 불가능하다. "울창한 삼림 속을 진종일 헤매고 끝끝내 한 나무의 인상을 훔쳐 오지 못"하게 되는 이유는 욕망의 대체물이 일상에는 전무하기 때문이다. 따라서 '환각의 인'이란 바로 충족되지 않는 욕망을 포기하지 않고 계속 위장한 채 지니고 있는 상태를 의미한다.

탈근대적 지식의 세계를 강렬히 욕망하면서 무의식의 욕망의 대체물을 환각 속에서 찾고, 그것을 욕망의 언어로 드러내면서 타락한 근대 도시와 그 인간을 비판하는 해체적 글쓰기의 자리에 이상 문학의 '환각의 인'이 놓여 있다. 이상 문학에 등장한 이러한 '환각의 인'의 계보를 이어받은 것이 김춘수의 무의미시와 이승훈의 비대상시이다.

사생이라고 하지만, 있는(實在) 풍경을 그대로 그리지는 않는다. 집이면 집, 나무면 나무를 대상으로 좌우의 배경을 취사선택한다. 경우에 따라서는 대상의 어느 부분은 버리고, 다른 어느 부분은 과장한다. 대상과 배경과의 위치를 실지와는 전연 다르게 배치하기도 한다. 말하자면 실지의 풍경과는 전연 다른 풍경을 만들게 된다. 풍경의, 또는 대상의 재구성이다. 이 과정에서 논리가 끼이게 되고, 자유연상이 끼이게 된다. 논리와 자유연상이 더욱 날카롭게 개입하게 되면 대상의 형태는 부숴지고, 마침내 대상마저 소멸한다. 무의미의 詩가 이리하여 탄생한다. (김춘수, 『김춘수 전집』 2권, 문장사, 1984. 387쪽)

　　김춘수의 무의미시는 「처용단장」 제1부에 그 완전한 모습을 드러낸다. 김춘수는 이 시에서 관념을 배제하고 서술적 이미지의 추구로 나아간다. 그는 이미지를 서술적 이미지와 비유적 이미지로 구분한다. 전자는 이미지 그 자체가 목적인 이미지이며, 후자는 이미지를 관념의 수단으로 쓰는 불순한 것이다. 따라서 관념 배제를 위한 이미지는 전자의 이미지로, "묘사된 어떤 상태만을 인정하되 그 상태에 대한 판단(관념의 설명)은 삼가"하는 이미지이다. 여기서 그는 다시 서술적 이미지를 대상과의 거리를 유지하면서 사생적 소박성을 유지하는 이미지와 시와 대상과의 거리가 없어진 이미지로 구분하고, 이 중 후자를 무의미시로 채택한다. "현대의 무의미시는 대상을 놓친 대신에 언어와 이미지를 실체로서 인식하게 되었다고 할 수 있다."

　　무의미시는 인상파풍의 사생(寫生)과 세잔느풍의 추상과 액션페인팅(action painting)이 혼합된 방법론이다. 이 세 가지 방법은 모두 회화에 있어서 기존의 전통적인 방법에 반기를 든 20세기 초의 추상예술에 해당된다. 그러면서 각각은 그 나름대로의 특성을 지닌다. 인상파의 경우, 그것은 물체의 고유한 색채에 대한 부정, 대상 파악 방법으로서의 윤곽선의 제거를 특징으로 한다. 대상에의 종속에서 색채를 해방시킨 이 인상파에서, 우리는 전통적인 의미에서 회화의 대상이 서서히 그 중요성을 잃어 가게 되는 맥락을 파악할 수 있다. 그리고 큐비즘의 원조라 할 수 있는 세잔느의 추상은 원근법이라는 일원 시점에서 탈피하여 여러 지점에서 볼 수 있는 복수 시점을 통하여 분할된 대상을 기하학적으로 재구성하는 방법이다. 한편 액션페인팅은 추상표현주의에 해당되는 것으로, 미국의 잭슨 플록(J. Pollock)이 대표적인 인물이다. 액션페인팅은 미술의 원천이 무의식에 있다는 초현실주의자들로부터 큰 영향을 받은 것으로, 그 중요한 특징은 '대상을 지운다'는 것이다. 곧 캔버스는 대상을 재현, 재구성, 분석하거나 현실적이며 구체적인 이미지가 있는 어떤 것을 표현하는 장으로서보다는 행위하는 장으로서 의미를 띤다. 행위의 자발성은 그리는 것에의 부단한 함몰을 뜻한다. 창조하는 것 자체가 테마가 되는 플록의 그림은 한마디로 구성주의적인 짜임새를 깨뜨리는 세계, 의식을 벗어난 세계, 의식의 통제를 비껴난 세계로서의 자동기술과 일치한다. 몰아 상태에서 지속되는 행위야말로 자동기술에 다름 아니다.

대상으로부터 색채의 해방, 다원 시점을 통한 대상의 재구성, 무의식의 자동기술에 의한 창작 행위 자체의 드러냄, 이 세 가지 방법론에 입각해서 김춘수의 무의미시가 궁극적으로 지향하는 것은 원초적인 동일성의 공간이다. 그 공간은 김춘수의 시적 자아의 상징물이라 할 수 있는 '처용'이 시대적, 사회적 폭력(일제강점기와 한국전쟁 당시 시인이 경험한 폭력)을 당하기 이전의 평화로운 저 깊은 바다 속의 공간이다. 또한 그 공간은 시인의 무의식 속에 각인되어 있는, 말을 배우기 이전에 공유하던 아늑하고 평화로운 공간이며, 나아가 인류가 궁극적으로 지향해야 할, 인간과 사물이 조화롭게 공존하는 공간이다. 그 공간을 강렬히 지향하는 무의식적 욕망의 대체물을 환각에서 구하고 그 욕망의 언어로 기존의 시 형식을 파괴하는 글쓰기가 바로 김춘수의 무의미시이다.

돌려다오
불이 앗아간 것, 하늘이 앗아간 것, 개미와 말똥이 앗아간 것,
女子가 앗아가고 男子가 앗아간 것,
앗아간 것을 돌려다오
불을 돌려다오 하늘을 돌려다오 개미와 말똥을 돌려다오,
女子를 돌려주고 男子를 돌려다오.
쟁반 위에 별을 돌려다오.
돌려다오
　　　　　　– 김춘수, 「들리는 소리 I」, 『처용단장』, 미학사, 1991. 44쪽

　　한편 이승훈의 경우는 김춘수의 무의미시의 방법론의 연장선상에 있지
만 그만의 독특한 방법론을 창출한다. 그것이 비대상시이다.

　　　김춘수의 시편에서 읽었던 비대상의 세계는 그러나 하나의 전율로까지
　　는 다가오지 않았다. 씨에게서 나는 비대상의 세계가 나갈 수 있는 방법론
　　적 암시를 읽고 있었다. 70년대 초였다. 나는 산문에서 비대상이라는 말을
　　사용하기 시작했다. 첫 시집 『事物A』(1969)를 낼 때까지 나는 비대상이라
　　는 말이 아니라 내면성이라는 말을 쓰고 있었다. 그러나 70년대 초, 특히
　　연작시 「毛髮의 展開」, 「지옥의 올훼」 등을 쓰면서 나는 비대상이라는 말
　　을 사용했던 것 같다. 그것은 실존의 투사였고, 외부세계의 無化였고, 언
　　어 자체의 도취였으며, 플록의 경우처럼 이지러짐의 세계, 무형의 형태를
　　지향했다. 결국 나는 김춘수의 방법론적 성찰이 도달했으나 포기한 비대
　　상이라는 논리의 연장선에 나 자신이 서 있음을 깨달았다. (이승훈, 「비대
　　상」, 시와세계 기획, 『이승훈의 문학 탐색』, 푸른사상, 2007. 342~343쪽)

　　대상을 배제하고 대상을 재구성한 김춘수의 서술적 이미지에 영향 받은
이승훈은 대상이 소멸된 비대상의 세계를 그의 시작 방법론으로 택한다.
그리고 이승훈은 내면성으로의 대표적인 시인으로 이상을 들고, 이상 문
학 역시 대상과 외부 세계를 무화시키고 실존을 투사하였으므로 비대상이

된다고 본다.

> 사나이의 팔이 달아나고 한 마리의 흰 닭이 구 구 구 잃어버린 목을 좇아 달린다. 오 나를 부르는 길은 명령의 겨울 지하실에선 더욱 진지하기 위하여 등불을 켜놓고 우린 생각의 따스한 닭들을 키운다. 닭들을 키운다. 새벽마다 쓰라리게 정신의 땅을 판다. 완강한 시간의 사슬이 끊어진 새벽 문지방에서 소리들은 피를 흘린다. 그리고 그것은 하아얀 액체로 변하더니 이윽고 목이 없는 한 마리 흰 닭이 되어 저렇게 많은 아침 햇빛 속을 뒤우뚱거리며 뛰기 시작한다.
>
> — 이승훈, 「사물A」, 『이승훈의 문학 탐색』, 98쪽

이 시는 일종의 초현실주의적인 의식의 흐름 기법을 통해 '사나이의 팔'과 '닭의 목'을 병치시키면서 자아의 불안정한 내면 풍경을 제시하고 있다. 의식 밑에 억압된 무의식이 표출되면서 의식상의 것과 충돌하여 파열되고 있는 것이다. 이 들끓는 무의식으로 인해 자아는 분열되어 있다. 이처럼 분열된 자아의 내면의 불안한 심리 상태를 드러내는 것, 그것이 이승훈 시의 출발점이다. 두 가지 측면에서 이 시의 의미를 고찰해보자.

먼저, 억압된 무의식의 드러냄을 통한 자아분열은 이성적 지배 담론에 대한 비판에 직결되어 있다. 본래 인간은 자연과 더불어 조화롭게 공존하는 존재였다. 그런데 근대가 시작되면서 칸트의 선험적 이성에서 출발한 근대 이성적 인간은 자신을 주체로 하고 자신 이외의 것(자연 등)을 객체로 삼아, 객체를 지배하게 된다. 이를 두고 인간 이성중심주의라고 명명하는 바, 근대 자본주의는 이성중심주의에 입각하여 '인간 : 자연, 이성 : 비이성, 의식 : 무의식' 등의 이항대립체계를 구축하고 중심부인 전자가 주변부인 후자를 지배한다.

무의식의 드러냄은 이러한 인간 이성중심주의에 대한 비판에 다름 아니

다. 인간은 본래 이성적 주체가 아니다. 인간 주체는 이성 중심의 지배 담론에 길들여진 '가짜' 주체일 뿐이다. 이성중심주의 사회에서는 무의식의 욕망을 위험한 것으로 취급하여 극력 억제한다. 그리하여 인간은 태어날 때부터 의식과 이성만을 가진 존재로 길들여지게 되고, 그 길들임에 의해 인간은 자신을 주체라고 착각하는 것이다. 이 시에 나타나는 무의식의 드러냄은 바로 이성적 지배 담론에 길들여진 주체가 되는 것을 거부하고 인간 본래의 정체성을 찾고자 하는 것과 관련이 있다.

다음, 무의식의 드러냄은 필연적으로 이성적 지배 담론의 언술체계를 파괴한다. 의식상의 언술에 무의식의 욕망의 기표가 표출되면서 정상적인 언술체계는 파괴된다. 언술행위의 '나'와 언술내용의 '나'의 분열이 그것이다. '나는 장미꽃을 사랑한다'에서 문장 속의 '나'가 언술내용의 주체라면, 그것을 발화하는 '나'는 언술행위의 주체이다. 언술행위 주체의 욕망의 기표가 언술내용에 개입되면서, '나는, 장미꽃을, 아니 진달래꽃을, 아니 민들레꽃을, 사랑, 아니 증오, 아니' 식으로 언술체계는 분열된다.

시인 스스로, 일체의 대상을 배제하고 내면의 심리 상태만을 다루는 이와 같은 자신의 시를 두고 '비대상시'라고 명명하고 있다. 이후 이승훈의 시는, 이성적 주체는 이성적 지배 담론의 담지자인 이성적 언어에 의해 구성되고 의미가 부여된 '가짜' 주체에 불과하며, 따라서 그런 가짜 주체가 이성적 언어를 조작하여 시를 쓴다는 것은 허구에 불과하다는 비판으로 나아간다. 주체가 시를 쓰는 것이 아니라 이성적 지배 담론의 체계와 규칙이 시를 쓰는 것이고, 그 언어에 의해 주체는 의미 부여가 되는 것이다. 그것은 기존의 관습적이고 인습적인 시에 불과하다. 지배 담론의 언어를 버리고 지배 담론의 논리에 전혀 오염되지 않는 순도 '영도(零度)의 언어'로 시를 쓰는 것. 그런 오염되지 않은 무의식의 언어가 시를 쓰고 그 무의식의 언어에 의해 '나'가 새롭게 탄생하는 것, 시인은 그런 시를 쓰고자 갈망한다. 그 갈망의 글쓰기에 환각으로서의 그의 시가 자리 잡고 있다.

3. 정보사회를 넘어 동일성의 세계로

김춘수와 이승훈의 시에서 보듯, 환각은 지배 담론에 오염되지 않은 무의식의 욕망의 대체물을 환각에서 찾으면서 그 대체물이 전무한 현실을 욕망의 언어로 비판하는 것이다. 이러한 환각이 최근 우리 시에서 중요한 항목으로 대두되고 있는데, 이와 관련하여 다음 세 가지 측면에 주목할 필요가 있다.

먼저, 정보사회를 지배하는 담론인 인간 이성중심주의와 관련된 것이다. 인간 이성에 대한 절대적 믿음에 기초한 근대는 그러한 이성적 인간을 주체로 설정하고, 객체로서의 자연을 비이성적인 것으로 평가절하한다. 근대 이성적 인간은 스스로 만물의 영장이라 뽐내면서 자연을 지배하고 재가공하여 물적 풍요로움을 이룩하는 등, 모든 것을 인간 중심으로 재편한다. 그 결과 인간과 자연, 현실과 꿈, 육체와 영혼은 분리되어, 후자는 비현실적이고 초자연적인 것으로 치부되면서 과학적이고 합리적인 이성의 왕국으로부터 영원히 추방당한다.

그러나 이 추방으로 인해 근대 인간은 불구자로 전락한다. 근대 인간은 '육체'와 '물질'과 '인간 자신'만을 중시함으로써, 스스로 완전한 존재가 되기 위한 필수 조건인 타자로서의 '자연'과 '영혼'과 '정신'과 '꿈'을 상실해버린 것이다. 근대 인간은 잃어버린 반쪽을 찾아 방황할 수밖에 없는 운명에 처한다. 하이데거는 근대의 이러한 상황을 두고 '존재의 집'이 황폐화되었다고 규정한다. 인간과 자연이 어우러져 생명의 녹색 향기를 발산하던 '존재의 집'은 자본주의가 시작되면서 황폐화된다. 밤하늘에 빛나는 별이 내 영혼의 별이 되고, 어디를 가더라도 마치 집안에 있는 것처럼 낯설지 않은 세계, 인간과 자연이 어우러져 평화롭게 공존하던 세계는 오만한 근대 인간에 의해 사라져버린 것이다. '신이 사라진 시대'는 자본주의의 이러한 불구 상태를 단적으로 드러내는 대목이라 할 수 있다. 하지만, 그것은 영원히 사라진 것이 아니다. 그것은 근대적 인식의 눈에 포착되지 않을 뿐, 우리 곁에 늘 공존하고 있다. 오만한 근대 인간의 자세를 버릴 때, 그것은 언제든지 우리들 곁에 현현하는 현실적 가능태이다. 환각은 바로 이성의 왕국에서 추방된 타자에 대한 강렬한 욕망과 그 욕망의 대체물 찾기와 맞물려 있다.

다음, 정보사회의 욕망의 획일화와 관련된 문제이다. 정보사회는 푸코의 지적처럼 원형감옥에 비유될 수 있다. 정보사회 이전에는 가시적인 정치권력이 지배했다면, 정보사회는 비가시적인 초국가적 권력이 지배한다. 그것은 이전보다 더 교활하고 음흉스러운 형태로 사회를 통제한다. 이전에는 뚜렷하게 보이는 총칼로 사회를 통제했다면, 오늘날의 한국 사회의 지배 세력은 자신의 실체를 철저히 감시탑에 감춘 채 각종 정보 메커니즘으로 모든 것을 통제한다. 구성원들은 자신이 감방에 갇혀 길들여지는 것을 깨닫지 못하고, 모두가 자유롭고 평등하게 생활한다고 착각한다. 그러나 실상은 눈에 보이지 않는 초월적 권력에 의해 삶의 세목까지 지배, 통제된다. 정보사회가 자랑하는 '평균화된 삶'은 각종 정보 메커니즘에 의해 모든 개인의 삶이 획일적으로 통제되는 삶을 미화한 것에 불과하다.

정보사회는 '파시스트적인 속도'의 변화와 함께 모든 것을 획일화한다. 이전의 사회 변화가 완행열차의 속도에 비유될 수 있다면, 정보사회의 변화는 고속열차의 속도에 비유될 수 있다. 완행열차를 타고 가다보면, 느릿하게 창밖을 스쳐 지나가는 풍경들을 보면서 지난 삶을 반성하고 미래에 대한 꿈을 꿀 수도 있다. 그리고 간이역에 잠시 내려 자신이 타고 가는 열차의 모습을 관찰할 수도 있다. 그리하여 열차가 얼마나 흉측한 몰골을 하고 있는지 비판을 가할 수도 있다. 그러나 고속열차를 타고 가면 그런 풍경 감상이나 삶에 대한 반성과 미래에 대한 전망 따위를 할 수 없다. 열차의 가공할 속도로부터 일탈되지 않기 위해 그 열차의 속도에 편승할 수밖에 없다. 고속열차에서 내려 열차의 전체적인 모습을 비판적으로 조망할 여유도 전혀 없다.

고속열차의 속도로 급변하는 시대, 그 변화에 적응하기 위해 온 신경을 곤두세우고 정신없이 따라가야만 하는 시대가 오늘날이다. 결국 개성이나 독창성, 인간다움, 혹은 비판 정신을 상실한 채 모두가 획일화되어 갈 수밖에 없다. 똑같은 옷을 입은 마네킹들이 거리를 활보하는 사회, 그것은 똑같은 제복을 입은 로봇 전사들이 위협적으로 거리를 행진하는 끔찍한 전체주의 사회와 다르지 않다.

가공할 변화 속도에 의한 획일화로 인해 정보사회의 구성원들은 개성을 상실한 채 정보 메커니즘의 코드 기호로 전락한다. 곧 각종 정보 메커니즘에 의해 모든 개인의 삶이 정보 메커니즘의 한 코드 기호로 획일적으로 통제되고 있는 것이다. 정보 메커니즘에 의해 철저히 길들여지고 통제되는 획일화된 틀이 있고, 이 틀을 결코 벗어나지 못하는 코드 기호화된 삶만 있다. 제임슨의 지적처럼, 우리들 무의식의 욕망마저 이 틀을 벗어나지 못한다. 이제 어디를 가든지 정보사회에 의해 코드 기호화된 집단적 욕망과 획일화된 일상성만 남는다.

환각은 이처럼 획일화된 일상과 획일화된 욕망으로부터의 일탈과 관련이 있다. 환각은 정보 메커니즘이 지배하는 현실을 비판하고자 하는 욕망, 정보 메커니즘에 오염되지 않은 순수 욕망, 그리고 그런 욕망의 언어를 통해 욕망의 대체물을 환각에서 찾는 것이다.

　　실내에 샘물이 걸어 들어온다 가녀렸던 샘물이 번쩍이는 잉어떼와 山
을 두 팔에 안고 가득 차오른다 성큼 미친 걸음으로 山이 불타오른다 타
는 山 한 정적에 수억 년 꽃밭이 밀려온다 단정한 꽃밭이…… 채송화 봉
숭아 다알리아 맨드라미 손을 휘젓자 머리칼이 미친 빛으로 헝클어진다
뒤돌아보지 마라 불씨가 꺼지기 전에 이윽고 연주되는 악기처럼 자물쇠가
열린다 자물쇠가 녹는다 알전구가 터진다 형광등이 폭발한다 갑자기 태어
난 마네킹이 조명을 받으며 춤춘다 쓰라린 무용수 맨발 등뒤에 흐르는 식
은땀 눈감지 마라 실내 한켠에서 썰물처럼 샘물이 마른다 눈시울처럼 뜨
겁게 마르는 샘물의 손에 어느덧 들어찬 새벽숲 넓은 이파리들이 어깨를
들썩인다 흰 천사의 속치마가 몰래몰래 펄럭거리고 누군가의 곤충들이 교
미를 한다 아아 뜻밖의 고통 눈감지 마라 숲속의 환기통이 열린다 오렌지
가 익어간다 무화과가 잎을 맺는다 번성해 버린 숲 굴뚝이 무너진다 무너
진 굴뚝 분수처럼 쏟아지는 크레용 빨강 파랑 노랑 애드벌룬이 침범한다
조약돌이 날아와 둥둥 떠다닌다 색종이가 휩싸고 돈다 나, 부끄러운 얼굴
감추지 마라 실내에 어느 틈엔가 가을과 겨울이 오고 낡은 레코드판이 돌
아간다 (……)
　　　　　－박서원, 「어떤 황홀・1」, 『난간 위의 고양이』, 세계사, 1995. 47~48쪽

　　샘물과 잉어떼와 산과 꽃이 어우러져 불타는 세계, 마네킹이 춤을 추고
넓은 이파리들이 춤을 추는 세계, 인간들이 곤충처럼 교미를 하고 형형색색
의 애드벌룬과 색종이가 떠다니는 세계. 이 세계야말로 시가 본래 지향하
는, 자아와 세계가 합일된 동일성의 세계일 것이다. 박서원은 그런 세계에
대한 강렬한 욕망을 통해 환각 속에서 그 대체물을 구하고 그것을 욕망의
언어로 시화하면서 획일화되고 황폐화된 현실을 비판하고 있는 것이다.

4. 가상현실과 환각

　　마지막으로, 환각이 이처럼 지배 담론을 비판하는 것이라 할 때, 우리

가 문제 삼아야 할 것은 정보사회의 가상현실에서 환각의 요소를 차용하는 것이다. 오늘날 많은 시들이 해체니 환각이니 외치면서 정보사회의 가상현실로부터 환각적 요소를 차용하고, 그러면서 그런 시가 마치 우리 시대의 새로운 시인 것처럼 자화자찬하고 있다. 그러나 그것은 지배 담론의 모순을 비판하고 자아와 세계의 동일화를 지향하는 시 장르의 본질과는 너무나도 동떨어져 있다. 그 이유는 다음과 같다.

정보사회는 모든 것을 획일화하고 코드 기호화하면서 다른 한편으로는 멀티미디어 상상력의 세계를 제공한다. 획일화된 일상의 틀에 갇힌 우리들은 가끔씩 그 틀로부터 벗어나고자 한다. 그러나 정보 메커니즘의 통제로부터 벗어날 수 있는 공간은 없다. 우리들은 재갈을 물린 것 같은 답답함을 느끼게 되고, 틀로부터의 일탈을 꿈꾼다. 정보사회의 입장에서 볼 때 이러한 일탈에의 갈망은 정보사회의 체제를 뒤흔드는 위험한 요소이다. 그래서 정보사회는 멀티미디어 상상력의 세계를 제공한다. 이른바 가상현실로 명명되는 이 상상력의 세계는 획일화된 틀에 갇혀 있는 우리들이 전혀 접해 보지 못했던 새롭고 신비로운 세계로 우리들에게 다가온다. 틀에 갇혀 답답함을 느끼던 우리들은 '미증유의 표현 가능성'을 지닌 멀티미디어 상상력의 세계에 탐닉함으로써 잠시 기분 전환을 하고 다시 획일화된 틀에 복귀한다. 곧 멀티미디어 상상력의 세계는 우리로 하여금 틀에 갇혀 있음을 인식하지 못하게 하면서 동시에 틀에 꾸준히 복무하게 만드는, 일종의 기분 전환을 위한 주말여행과 같은 기능을 하는 것으로, 정보사회가 그 지배를 더욱 용이하게 하기 위하여 허용한 욕망의 배설구 내지 억압된 상상력의 세계일 뿐이다.

따라서 정보사회의 획일화된 일상에서 볼 수 없는, 그러면서 가상현실에서나 볼 수 있는 것을 환각적인 것으로 시에 차용하는 것으로는 결코 지배 담론의 모순을 비판할 수 없다. 지배 담론이 설정한 욕망의 배설구에

서 환각적 요소를 차용하는 순간, 그것은 지배 담론의 모순을 비판하고 자
아와 세계가 합일되는 동일성의 세계를 지향하는 시로서의 의무를 상실하
게 된다.

제 2 부

폐허에서 피어나는 꽃

백정 설화에 내재된
전통적 가치와 '이야기의 소설화' : 황순원

1. 머리말

황순원(1915~2000)의 장편소설 『일월』은 『현대문학』에 1962년부터 1965년까지 연재된 작품이다. 총 3부로 구성된 이 작품은 1950년대 말의 어느 해 8월 초에서 그해 겨울 크리스마스이브 때까지를 시간적 배경으로 하고, 서울을 중심으로 광주 분다나뭇골 등으로 공간을 확장하고 있다.

이 작품에 대한 기존 논의들을 보면, 황순원 문학이 '인간의 근원적 존재 양식으로서의 고독과의 싸움'을 다루고 있다는 점에 기초해 이 작품에 접근하는 경우가 대부분이다. 곧 이 작품은 백정의 후손으로 태어난 본돌영감과 상진영감, 그리고 그 자식들인 기룡과 인철 등이 겪게 되는 비극을 중심으로 하여 '인간의 숙명적 고독'을 다루고 있다고 평가한다.

그러나 작품의 서사 층위에 주목할 때, 이 작품은 백정이라는 신분적 차별 문제와 인간의 숙명적 고독의 문제를 뛰어넘어 당대 남한 사회와 관련되어 보다 본질적인 문제를 다루고 있는 것으로 판단된다. 이 작품은 크게 세 가지 서사 층위로 이루어져 있다. 첫 번째 서사 층위는 상진영감을 중심으로 하여 1950년대 말 남한 사회의 현실 문제를 다루고 있고, 두 번째 서사 층위는 본돌영감을 중심으로 하여 백정 문제를 다루고 있으며, 세 번째 서사층위는 인철과 기룡을 중심으로 하여 백정 설화로 대표되는 전통적 가치와 남한 사회를 지배하는 서구적 가치와의 관계를 다루고 있다.

이 세 가지 서사 층위와 관련해서 이 글은 다음 세 가지 점에 주목하고자 한다. 첫째, 이 작품에 대해 '현대인의 숙명적 고독과 그 극복의 문제'를 다룬다고 보는 기존 평가의 측면이다. 이러한 평가는 이 작품이 탈사회 역사적 측면에서 인간의 본래적인 고독을 다룬다고 보는 관점에 기초한다. 이러한 관점은 황순원의 작품을 두고 사회역사적 맥락이 배제된 '진공관의 문학'으로 평가하는 관점과 맞물려 있는 것으로 보인다. 그러나 이 작품의 서사 층위와 관련하여 볼 때, 이러한 평가는 이 작품이 갖는 다양한 의미층을 사상하고 어느 한 측면만을 지나치게 확대해석한 것으로 보인다.

둘째, 이 작품이 단순히 백정이라는 신분적 한계로 인한 가족의 비극만을 다루고 있느냐의 문제다. 그렇다면 왜 하필 '백정'인가를 묻지 않을 수 없다. 『카인의 후예』(1954)에서 북한 사회의 토지 문제를, 『나무들 비탈에 서다』(1960)에서 6·25전쟁의 참상을 첨예하게 다루던 작가가 『일월』에 이르러 작품 발표 당시의 남한 사회의 주요 모순과는 거리가 먼 것으로 평가되는 '백정' 문제를 다루는 이유는 무엇일까. 혹시라도 이 작품에서 '백정'은 백정이라는 특수한 신분 문제를 넘어서서 남한 사회의 본질적인 문제를 담고 있는 하나의 표상으로 작동하고 있는 것은 아닐까.

셋째, 이 작품은 황순원 작품 세계 전체를 관통하는 창작 원리와 주제를 담고 있다는 점이다. 이와 관련해 초기 단편소설에 주목할 필요가 있다. 「늪」의 주인공 '태섭'은 '소녀'로 표상되는 건강한 이상 세계와 소녀의 '부모'로 표상되는 타락한 현실 세계의 경계선에서 어느 쪽으로도 나아가지 못하고 '떨고' 있다. 이후 황순원의 단편은 건강한 이상 세계를 전통적인 세계로 질적으로 변용시키고 그 세계에 대한 지향을 강렬하게 드러낸다. 「그늘」은 전통적 세계(주영구슬로 표상)가 사라져 가는 것에 대한 아쉬움과 슬픔을 다루고 있으며, 「독짓는 늙은이」의 경우 송영감을 통해 죽음을 무릅쓰고서라도 전통적 세계를 지켜야 한다는 것을 강조하고 있다. 후술하겠지만, 이러한 전통적 세계에 대한 지향성이야말로 『일월』을 이끌고가는 핵심적인 한 축에 해당한다.

한편 「산골아이」의 경우 '이야기의 소설화'라는 황순원 고유의 창작 방법을 압축적으로 보여 주고 있다. 이 작품을 보면, (A) 어린아이 현실, (B) 설화적 이야기, (C) 꿈을 통한 설화의 현실화로 구조화되어 있다. 곧 어린아이가 어른으로부터 전설이나 설화와 관련된 이야기를 듣고 잠을 자다가 그 이야기와 관련된 꿈을 꾸게 되고 그러면서 성장한다는 것이다. 황순원 소설은 이처럼 단편적 일상과 설화적 이야기를 매개하는 요소를 다양하게 변용시키면서 '이야기의 소설화'라는 고유의 창작 방법을 확보하게 된다. 황순원 소설의 전개 과정에서 볼 때, 남북 분단 이후부터 일상에 대한 총체적 시선이 확보되면서 장편소설로 나아가지만, 이 세 가지 구조층은 작품에서 그 형태를 달리하면서 지속된다.

『일월』은 그러한 창작 방법이 일종의 완결된 형태로 제시된 작품으로 보인다. 세 가지 서사 층위에서 백정과 관련된 설화와 구전되는 민간 풍속이 역사적 문헌 기록, 꿈, 상상, 환상, 과거 회상 등의 장치를 매개로 해, 대화 형식으로, 서술자에 의한 요약 서술 형식으로, 대담이나 편지 형식 등으로 삽입되어 제시되고 있다. 그러면서 현실 사회 문제를 비중 있게 다루고 있다. 이런 요소들을 통해, 이 작품은 '이야기의 소설화' 내지 '설화의 현실화'가 하나의 균형태를 갖추게 되면서, 자본주의 산물로서의 '소설'도 아니고 전통적인 설화적 '이야기'도 아닌 전혀 새로운 형태의 서사

장르로 기능하고 있는 것이다.

이 글은 문학과지성사판『일월』(1993)을 텍스트로 삼아 이 세 가지 점을 중심으로 하여 논의를 전개하고자 한다.

2. 서구 물질문화가 지배하는 남한 사회를 비판하는 '소설'

이 작품의 첫 번째 서사 층위는 상진영감을 중심으로 하여 펼쳐지는 1950년대 말 남한 사회와 관련된 일련의 사건들로 이루어져 있다. 따라서 이 서사 층위는 남한 자본주의 사회의 모순을 비판하는 '소설' 본래의 영역에 해당한다고 볼 수 있다.

이 사건들에서 주목할 것은 남한 사회의 모습이다. 이 작품에서 남한 사회는 전통적 가치는 사라지고 서구 문화가 지배하며, 그러한 지배 담론에 길들여진 인간들이 난무하는 공간으로 제시되고 있다.

(i) 그 사람들의 역량하구 우리나라 어중이떠중이의 그것과를 혼동해선 안돼. 말하자면 그사람들은 제 발루 걸어다니다 자동차를 타기두 하구 또 자동차에서 내려 걷기두 하는 어른이라면 말이지, 우리나라 연극인은 이제 겨우 엄마의 손을 잡구 걸음마를 시작한 어린애 한가지거든. (33쪽)

(ii) 레코드의 노래 구절을 좇아 입밖에 내어 흥얼거렸다.

Toi qui m'aimais, et je t'aimais;

(너 나를 사랑했고 또 내 너를 사랑했지)

"흥, 내가 언제 누굴 사랑해본 일이 있구 누구한테 사랑을 받아본 일이 있었다는 거야?" (37쪽)

(iii)

"오, 체홉의 희곡집. 참 좋지. ……다 읽었어? ……이제 읽으려구 빌려 간다구? …… 여기 참 재미있는 대사가 많았는데……"

책장을 뒤적거리다가 한곳을 펴들고 눈으로 잠시 더듬어 내려가다가,

"좀들 들어보세요 …… 체브도우이킨—(감동하여) 나의 아름답고 사랑스런 이리이나…… 나의 귀중한…… 당신은 이미 저 멀리 가버렸습니다. 도저히 내가 쫓아갈 수 없을 만큼 멀리 …… 결국 나는 뒤에 남겨진 신세가 되고 말았습니다." (80~81쪽)

(i)에서 서구 연극은 '어른'으로 한국 연극은 '어린애'로 비유되고 있으며, (ii)에서 인물은 다방에서 레코드 '그레11의 낙엽'을 들으면서 그 가사에 따라 생각을 하고 있다. 여기서 보듯, 이 작품에서 인물들은 서구 문화를 맹목적으로 추종하고 그것에 미치지 못하는 한국 문화를 비하한다. 이러한 측면은 (iii)에서 보듯 연극 연습을 체홉의 희곡집으로 하는 장면에도 제시되고 있다.

이처럼 전통적 가치는 사라지고 서구의 문화가 절대화된 곳이 바로 남한 사회이다. 그런데 여기서 주목할 것은 남한 사회는 서구 문화의 본질적인 측면은 사상한 채 껍데기만을 차용하고 있다는 점이다. 곧 남한 사회를 지배하는 서구 문화는 다분히 물질적이고 소비적이고 향락적이고 퇴폐적이고 감각적인 문화에 불과하다는 점이다.

'싼 술을 마음껏 마시게 해주겠다'는 공약을 내세운 국회의원 출마자를 통해, 서구 민주주의의 실체에 대한 무지함을 드러낸다. 또한 서구 실존주의를 절대시하는 문학평론가가 '자연주의'를 '자연으로 돌아가자'로 오독하는 장면을 통해, 서구 문화에 대한 이해가 얼마나 피상적인가를 드러낸다. 그리고 '헌팅철'에 사냥을 하는 치과 의사를 통해서는 향락적인 소비 문화가 지배하는 상황을 비판한다.

남한 사회의 모든 가치 평가의 기준은 서구의 감각적인 문화가 되는 셈이다. 첫 번째 서사 층위를 이끄는 중심인물 중의 하나가 '나미'인데, '나미'를 중심으로 펼쳐지는 '다방 몽파르나스', '대폿집', '해운대 호텔', '정릉 청수장 호텔', '영화관' 등은 모두 서구의 감각적인 물질문화가 지배하는 공간이다.

이를 통해 작가는 남한 사회에 만연한 서구 물질문화의 소비적이고 향락적이고 퇴폐적인 측면을 제시하고 있다. 돈에 대한 탐욕(상진영감), 권력에 대한 탐욕(국회의원 출마자), 육체적 향락 추구(나미와 극작가 남준걸의 불륜)가 난무하는 공간, 그것이 남한 사회이다. 이 사회에서 생활하는 인물들은 자신들의 뿌리라 할 수 있는 전통적 가치를 상실한 채 가면을 쓰고 살아가는 주체들에 다름 아니다. 그들은 자신의 뿌리가 무엇인지를 알려고 하지도 않은 채, 다만 서구의 감각적인 문화를 절대화해서 추종한다.

이러한 서구지향주의에 빠진 인물들의 만남 또한 서구적 개인주의에 입각한 만남으로 귀결된다. 그들 관계에는 인간과 인간의 진정한 사랑이나 정이 부재한다.

> 인간의 정글. 서로 술잔을 주고받고 할 때는 가까운 친지이다가도 일단 자신에게 불리한 일에는 제각기 아주 무관한 남남이 되는 상태. (226쪽)

이해타산적이고 작위적인 만남만 난무하는 '인간의 정글' 같은 사회, 한 편의 부조리한 '인간극'이 펼쳐지는 사회, 그것이 남한 사회이다. 그곳에서 인물들은 자신의 본래적인 뿌리를 상실한 채 서구의 감각적이고 소비적인 문화 공간을 부유할 뿐이다.

향락적이고 소비적인 서구 문화에 길들여진 이들 인물들의 압축적 결정체가 '나미'이다. 은행장을 아버지로 둔 나미는 서구 문화를 절대적 기준으로 삼아 현실을 살아가는 인물이다. 나미는 영화 '비 내리는 밤의 기적'을 보고, 그런 기적이 자신에게도 일어나기를 바라면서 청수장 호텔에서 인철과 하룻밤을 보내기도 한다. 그녀는 인생은 "다아 연극예요 사는 것두 연극, 연애하는 것두 연극, 슬퍼하는 것 기뻐하는 것 모두가 다 연극예요, 연극."(79쪽)이라면서 진정한 사랑은 부재한다고 말한다.

이처럼 나미는 서구 영화, 서구 연극, 서구 음악에서 익힌 문화적 감각을 삶의 기준으로 삼고 살아간다. 그녀가 자신의 아버지를 '파파'라 부르는 것이나, 새로 짓는 집을 서구적으로 꾸미는 것 등은 모두 그러한 문화적 감각에서 비롯된다. 그러기에 나미가 맺는 인간관계는 지극히 이해타산적이고 계산적이며 개인주의적이다. 남준걸과의 불륜, 인철과의 연애에서 나미의 진정성은 결여되어 있다.

한편 '대륙상사'를 경영하면서 돈에 대한 탐욕을 드러내는 상진영감 또한 서구의 물질문화에 예속된 대표적인 인물이다. 나아가 상진영감은 당대 남한 경제의 외세, 특히 미국 자본주의에 의한 예속화를 드러내는 역할을 하기도 한다. 당대 남한 경제가 미국 원조에 의존하고 있으며, 미국 경제에 의해 좌지우지된다는 것을 상진영감의 제분회사의 번성과 몰락 과정을 통해 제시하고 있다.

> 모두가 허망하기 짝이없었다. 무엇에 한껏 속아넘어간 것만 같은 심정이었다. ICA에서 융자를 해주어 제분공장 시설을 해놓은 것이 어이없게도 그 융자를 해준 바로 ICA의 본국으로부터 밀가루가 대량 반입되어 이쪽 생산가격보다 헐값으로 시장에 나돌게 함으로써 업자를 속속 넘어뜨리고, 이쪽 정부는 거기 대한 아무런 대책도 세워주지 않고 방관하고 있는 상태고, ICA는 ICA대로 융자반제금을 당장 납부치 않으면 법적으로 차압 경매를 하려 하고…… (335쪽)

이러한 남한 사회에 대해 작가는 박해연의 무언극 대본과 남준걸의 희곡 대본이라는 메타텍스트적 장치를 통해 간접적으로 비판하고 있다. 박해연의 무언극은 황량한 벌판에서 기댈 것이라곤 전선주 하나뿐임을 제시함으로써, 서구 문화가 지배하는 당대 남한 사회의 삭막함을 비판하고 있다. 또한 남준걸의 희곡 대본은, 맏딸이 부유한 미국 군인과 결혼해 미국에서 살다가 파탄을 일으켜 귀국한 후 파멸하는 과정을 다루고 있다.

> 나미가 말한, 남준걸이 쓰련다는 가정 비극이란 이런 것이었다. (중략) 여자가 돌아와서는 미국 생활양식대로 살아가려고 한다. 아침이면 침대에 누운 채 모닝커피와 간단한 서양식 아침 식사를 가져오게 하고, 머리카락은 그냥 노오랗게 염색을 계속하고, 줄창 담배를 입에서 떼지 않는 것이다. 이러한 그네를 차차 집안사람들이 백안시하게 된다. 그런데 사실은 그네를 미국 군인과 결혼을 하도록 권한 것은 그집 부모이고, 그 덕택으로 맏딸네가 한국에 있을 때는 물론 미국으로 건너간 뒤에도 끊임없이 막대한 경제적인 도움을 받았던 것이다. 이를테면 그 집이 현재 남부럽지 않게 된 것도 그 맏딸의 힘이었던 것이다. 이러한 집안사람들의 어떤 적의를 받게 되자 그네는 의식적으로 집안을 파괴하기 시작한다. 올케를 못살게 굴어 오빠네를 셋집으로 내보내고, 여동생의 약혼자와 관계를 맺어 여동생을 자살케 하고, 부모를 행랑방 할아범 할멈처럼 취급하는 등등.
> "끝에 가서 결국은 아버지가 그 맏딸을 독살하구 미치구 만대요. 재밌죠?"
> (188쪽)

이러한 내용을 통해, 미국의 경제원조를 받고, 미국으로 대표되는 서구 소비문화만을 추종한 결과 끝내는 비참한 파국을 맞이할 것임을 강조하고 있다.

서구의 향락적이고 소비적인 문화만을 절대시하여 추종하는 남한 사회는, 박해연의 무언극 내용처럼 기댈 '전선주'가 거의 없는 불모의 공간에 해당한다. 이것이 이 소설의 첫 번째 의미층이다.

3. 백정 설화로 표상되는 전통적 가치를 지향하는 '이야기'

이 작품의 두 번째 서사 층위는 본돌영감을 중심으로 해서 펼쳐지는 일련의 사건들로 이루어져 있다. 이 서사 층위에는 각종 메타텍스트적 장치가 삽입되어 있다. 백정과 관련된 설화와 구전되는 민간 풍속이 역사적 문헌 기록, 꿈 등의 장치를 매개로 해 대화 형식, 서술자에 의한 요약 서술 형식, 대담이나 편지 형식 등으로 삽입되어 제시되고 있다. 따라서 이 층위는 자본주의 사회 현실 비판이라는 '소설' 본래의 영역보다는 전통적인 설화 모티브에 바탕을 둔 '이야기'의 영역에 가까운 것이라 할 수 있다. 이 서사 층위에서 다음 두 가지 측면에 주목할 필요가 있다.

첫째, 백정의 수난과 관련된 측면이다. 본돌영감과 동생 상진영감은 어릴 적 백정이기에 겪게 되는 수모와 관련해 두 가지 사건을 기억하고 있다. 무거운 나뭇짐을 지고 가다가 동네 아이가 다리를 걸어 상진영감이 넘어지던 일, 단옷날 씨름대회에서 두 형제의 아버지가 굴욕을 당한 일(90~91쪽)이 그것이다. 그러나 이 수모는 백정이라면 누구나 으레 당하게 되는 수모이기에 본돌영감과 상진영감만이 겪는 특수한 수모라 볼 수 없다.

문제는 수모와 관련된 다음 두 가지 사건이다. 6·25전쟁 때 본돌영감의 맏손자가 인민군에게 죽임을 당하자 본돌영감이 맏손자를 죽게 한 백정 청년의 아버지를 살해(실제로는 아들 기룡이 살해함)하는 사건과, 백정 신분을 감추고 시집을 간 고모가 남편에게 신분을 고백한 후 시집에서 천대를 받다 결국 자살하는 사건이 그것이다.

먼저, 6·25전쟁으로 인한 살인 사건을 통해 강조하고자 하는 것은 무엇일까. 6·25전쟁 때 의용군으로 끌려갔다가 도망쳐 온 본돌영감의 아들을 밀고한 자가 또 다른 백정이라는 사실은 매우 중요하다. 흔히 6·25전쟁을 두고 계급 대립에 입각한 이념 전쟁으로 규정짓는다. 이 계급 대립에 의하면 백정 계급은 북한 공산주의 진영 쪽에 해당한다. 그런데 인민군이, 그것도 같은 백정 계급인 '선전 책임자'가 본돌영감의 아들을 죽였다는 것은 계급 대립에 의한 이념 전쟁이라는 것이 얼마나 허구적인가를 단적으로 보여 주는 것이다.

본돌영감의 아들 기룡이 백정의 칼로 밀고자의 아버지를 죽이는 사건은 피지배계급의 편에 섰다는 북쪽 공산주의 이데올로기가 얼마나 거짓인가를, 그리고 이념 대립이라는 6 · 25전쟁이 실상은 아무 이유 없이 동족을 죽이는 살상 전쟁에 불과하다는 것을 강조하고 있다. 따라서 본돌영감의 입장에 설 때 북한 사회는 거부와 비판의 대상이 된다. 이 본돌영감의 입장에 작가가 서서 6 · 25전쟁과 북한 사회를 비판한 것이 『나무들 비탈에 서다』와 『카인의 후예』이다.

다음, 고모의 자살 사건이 갖는 의미이다. 그것은 남한 사회에 대한 비판으로 직결된다. 고모는 진정으로 남편을 사랑했고, 그런 "남편에게 뭣을 감추구 산다는 게 죄스럽게 생각"(89쪽)되어 신분을 고백했는데, 이후 남편을 비롯한 시집 식구들이 고모를 천대한 것이다. 고모가 자살할 수밖에 없는 남한 사회 또한 본돌영감에게는 거부와 비판의 대상이 될 수밖에 없다. 6 · 25전쟁 때 백정을 죽인 본돌영감이 북한 사회를 거부하는 것은 물론이고 남한 사회를 거부하게 된 배경이 여기에 있다.

백정을 이용하고 죽이는 북한 사회, 또 백정을 멸시하고 자살하게 만드는 남한 사회, 이 모두에 대한 거부의 몸짓이 바로 백정 설화와 삶을 절대시하는 것이다. 본돌영감은 소 잡을 때 쓰는 칼을 '영험한 칼'(24쪽)로 신성시하고 우상화하며, 백정의 풍속을 죽을 때까지 지킨다. 남한 사회를 살아가되 남한 사회의 질서에 편입되기를 거부하고 백정 풍속을 절대화하고 신성시하면서 홀로 살아가는 자리에 본돌영감이 서 있는 것이다.

반면, 상진영감은 백정의 풍속을 버리고 남한 사회에 편입되는 길을 택한다. 상진영감은 백정이라는 신분을 감추기 위해 '차돌'이라는 이름을 '상진'으로 개명한다. 일제강점기 때 측량기사 조수로 일하면서 부당하게 토지를 얻은 상진영감은 남한 사회에서 '대륙상사'라는 제분 회사를 세우고 돈을 버는 일에만 집착하면서 경쟁 회사인 '삼환제분'을 무너뜨리려 온갖 술수를 동원하기도 한다. 그러면서 값있는 옛날 서화, 이조백자 같은 골동품 등을 수집하면서 자신의 출신 성분을 철저히 감추고, 또 바람도 피운다. 그러다가 결국엔 백정 신분이 드러나면서 자살한다. 한편 상진영감의 큰아들 인호 또한 백정 신분을 감추려고 도피한다.

둘째, 본돌영감이 목숨을 걸면서 지키려 하는 백정 설화와 그 세계가 갖는 의미는 무엇일까라는 점이다. 실상, 이 작품은 많은 부분을 백정의 생활과 풍속에 대한 소개에 할애하고 있다. 곧 삼국 시대부터 일제강점기에 이르기까지 백정의 역사적 기록을 대화, 편지, 서술자 인용 등의 장치를 통해 제시하면서 백정의 기원과 각 시대별 백정의 사회적 위치와 그 역할을 재구성하고 있다. 이 작품에 동원된 백정 관련 역사적 기록물은 다음과 같다.

고려사 <최충헌전> 기록(51~52쪽)
조선총독부 편찬 <조선의 취락> 기록(104~105쪽)
<한국축산기업조합 대관 편찬 내용 개요> 기록(207~211쪽)
진주 형평사 운동의 발단과 전개 과정을 증언한 기록(212~214쪽)
지교수 책상에 놓인 <백정에 관한 노트> 기록(296~298쪽)
<하회 별신 가면무극 대사> 기록(315~316쪽)

이러한 역사적 기록물 외에도 민간에 구전되는 백정의 풍속 또한 소상

하게 제시하고 있다. 백정의 생활과 의관, 음식에 대한 이야기(22~23쪽), 백정의 출생과 사망, 소 잡을 때 외우는 염불 가사 등에 대한 이야기(99~101 쪽) 등이 그것이다.

이처럼 이 작품은 백정과 관련된 설화, 역사적 기록, 구전되는 민간 풍속 등 각종 자료를 제시하면서 백정 풍속을 재구성하고 있다. 이를 통해 이 작품이 말하고자 하는 것은 무엇일까. 그것은 각 시대마다 백정이 천시를 받는 상황을 강조하기 위해서가 아니다. 그보다는 백정의 뿌리가 우리 민족의 역사만큼 오래 되었다는 것, 백정과 관련된 풍속은 우리 민족의 전통적 가치에 해당한다는 것을 강조하기 위해서이다. 남북 분단 이전, 아니 일제강점기 이전만 하더라도 백정과 관련된 설화와 풍속은 한민족의 전통적 가치와 질서를 담은 중요한 한 요소로 작동하였음을 강조하기 위해 백정과 관련된 많은 자료를 동원하고 있는 것이다. 그렇다면 백정 설화와 풍속에 내재된 전통적 가치 내지 질서는 무엇일까. 작품에 소개된 '소에 대한 설화'를 보자.

> "그이들이 자기네 하는 일을 여간 신성하게 생각하는 게 아니에요. 소두 예삿짐승으루 여기지 않습니다. 옛날 상계 천왕님에게 왕자가 하나 있었는데, 그 왕자가 다른 일은 않구 여색에만 빠져있었드라나요. 그래 천왕님이 노해 왕자와 궁녀 하나를 소루 변하게 해서 하계루 내려보냈다는군요. 그때 천왕님이 한 말이 하계루 내려가 사람에게 고된 부림을 받다가 나중에 죽으면 혼백만은 다시 상계루 올라오게 해주마구 약속을 했답니다. 그리구 소를 죽여 상계루 올라가게 하는 사람두 같이 극락으루 가두룩 해주구요. 말하자면 소를 죽이는 건 극락에 가기 위해 도를 닦는 걸루 생각하죠." (23~24쪽)

백정과 관련된 설화 내지 풍속은 신과 인간과 자연이 합일되고, 삶과 죽음, 육체와 영혼, 천상과 지상이 하나 되는 전통적 세계관을 압축하고 있다. 이러한 백정 설화에 내포된 전통적 질서는 한국인의 집단무의식에 내재되어 설화나 민간 풍속으로 이어져 왔다. 그런데 그 맥이 일제강점기 때 일제의 문화 정책과 공산주의자들에 의해 왜곡(212~213쪽)되다가, 급기야 6·25전쟁을 거쳐 남북이 분단되면서 남한과 북한 사회 모두에서 끊기고 말았다는 것, 그것을 강조하기 위해 무수한 자료가 동원되고 있는 것이다.

백정 설화로 표상되는 전통적 질서는 그 설화를 절대화한 본돌영감에 의해서만 유지될 뿐이다. 본돌영감의 삶 자체가 백정 설화에 내포된 전통적 세계의 재현에 해당한다. 그리고 본돌영감 주변 사람들 중 칼의 영험함을 경험한 몇몇만이 백정 설화에 내재된 전통적 세계의 소중함을 인지하고 있을 뿐이다.

서구의 감각적이고 물질적인 소비문화가 지배하는 남한 사회에서 백정 설화와 관련된 전통적 세계관은 더 이상 발붙이지 못하고 추방당한다. 백정 설화로 표상되는 전통적 가치가 상실되고 서구 물질문화만이 지배하는 남한 사회의 삭막한 모습은 변화된 '도수장'의 모습을 통해 압축적으로 제시되고 있다.

> (i) 붉은 보자기를 치룽에서 꺼내어 구유를 덮고 거기다 정화수를 뿌린 다음 그 위에 기름한 칼을 걸쳐놓았다. 그러는 손이 좀더 떨리는 듯했다. 본돌영감은 그 앞에 꿇어엎디어 두 번 절을 했다. (중략) 그러더니 붉은 보자기에 칼을 싸 들고 일어나 도수장 안을 구석구석 휘두르며 돌고 나서 그 칼을 도로 구유에 걸쳐놓고는 또 두 번 천천히 절을 했다. 제의 끝이었다. 제 전체를 통해 손 하나 들고 내리는 데도 그지없이 정성이 들어있었다. (138쪽)

> (ii) 아직도 그의 귀에는 소 이맛전을 내리치던 멧소리, 육중한 몸뚱이가 쓰러지며 내던 둔탁한 음향, 그리고 멧소리와 몸뚱이 쓰러지는 음향 사이에 소가 지른 것도 같고 안 지른 것도 같은 신음소리가 엇갈려 들리고, 눈

앞에는 그 허물거리던 경련, 목에서 쏟아져나오던 거품 뜬 피, 가죽 밑으로 면적을 넓혀가던 허연 기름에 싸인 육괴, 물기 머금은 빛을 발하며 쏟아져내리던 내장, 이러한 것들이 뒤범벅이 돼 나타나는 것이었다. (113쪽)

(i)은 본돌영감이 소를 위한 제를 지내는 장면이다. 인간과 자연, 삶과 죽음, 정신과 육체가 하나 되는 전통적 세계관에 입각해 본돌영감은 소를 위한 제를 엄숙하게 진행한다. (ii)는 인철이 사촌 기룡을 찾기 위해 동대문 도수장에 들렀다가 본 도수 광경에 해당한다. 영혼이 없는 짐승 고기로, 하나의 가축으로 소가 대량 살육당하는 곳이 바로 인철이 본 현재의 도수장이다. 정신도 영혼도 거세되고 하나의 살덩어리로 취급되어 소가 도살되는 곳, 그 끔찍한 곳이 바로 서구 물질문화가 지배하는 남한 사회에 다름 아니라는 것, 그것이 이 대비적 장면을 통해 전달하고자 하는 내용일 것이다.

전승되어야 할 소중한 민족적 전통이 사라진 남한 사회는 백정 설화와 같은 전통적 세계를 지향하는 이들에게 '어둠'의 세계일 뿐이다. 서구의 물질적 가치로만 '빛'나는 남한 사회, 정신과 영혼의 가치를 잃어버린 '어두운' 남한 사회에 백정 설화와 풍속으로 표상되는 '빨간 놀 불꽃'을 밝히고자 하는 것, 그것이 이 소설의 두 번째 의미층이다.

4. 전통적 가치에 입각한 새로운 인간관계의 정립과 '이야기의 소설화'

백정 설화로 표상되는 전통적 세계를 통해 타락한 서구 문화가 지배하는 남한 사회를 어떻게 질적으로 정화시키고 변용시켜 올바른 방향으로 나아가게 하느냐의 문제, 곧 서구 문화와 전통문화를 어떻게 조화시키느냐의 문제를 다루고 있는 것이 이 작품의 세 번째 서사 층위이다. 이 층위는 인철과 기룡을 중심으로 한 여러 사건들로 이루어져 있다.

이 세 번째 서사 층위에 의해 '이야기의 소설화'가 완성된다. 그것은 이 서사 층위의 중심인물이라 할 수 있는 인철, 인주, 인문, 기룡, 그리고 다혜와 나미 등의 꿈과 환상과 상상 등을 통해 이루어진다. 이 층위에 나타나는 꿈과 환상은 서구 물질문화에 적응하기를 거부한 인물에게 집중되고 있으며, 이러한 꿈과 환상을 통해 인물들은 백정 설화로 표상되는 전통적 가치의 소중함을 자각하게 된다.

이러한 과정은 특히 인철과 관련된 사건에 집중된다. 앞서 「산골아이」에서 살펴보았듯이, 인철의 무의식 속에 내재되어 있던 백정 관련 전통적 질서(A 구조)가 인철의 꿈이나 환상, 상상으로 제시(B 구조)되고 그 꿈과 환상의 결과 인철의 새로운 자각(C 구조)이 이루어지는 것이다.

인철의 새로운 자각을 살펴보기 위해서는 먼저 인철의 사촌형인 기룡에 대해 고찰할 필요가 있다. 본돌영감의 아들인 김기룡은 백정 신분을 숙명으로 받아들이고 스스로를 사회로부터 유폐시킨다. 기룡의 이러한 태도는 6·25전쟁 때 자신이 저지른 살인의 결과에서 비롯된다. 자신으로 하여금 살인을 저지르게 한 북한과 남한 사회 그 어디에도 기룡은 적응하기를 거부하는 것이다.

그러면서 기룡은 아버지 본돌영감처럼 백정 설화의 세계를 절대시하는 방법을 택하지 않고 스스로를 사회로부터 완벽하게 고립시키는 방향으로 나아간다. 따라서 작품에서 기룡과 관련된 사건은 탈사회적인 측면을 띠게 되고, 그 결과 기룡이 겪는 고뇌와 외로움은 남한 사회라는 구체적 현실과는 유리된, 일종의 추상화된 인간의 보편적 숙명 내지 존재론적 외로움으로 비쳐지게 되는 것이다. 그러나 기룡을 통해 제시되는 인간의 숙명적 측면은 이 작품의 일부분일 뿐이다. 따라서 이 작품을 인간의 숙명론적 고독을 다루고 있다고 평하는 것은 작품의 한 측면만을 지나치게 확대해 석한 것이라 볼 수 있다.

> 사람은 외롭게 마련야. 그래서 역사가 이뤄지구 사람을 죽이구 또 죽구 하는 게 아닐까. 본시 인간이, 그리구 땅과 하늘이 피를 요구하구 있다구 봐. 어떤 외롬에서 벗어나려구 말야. 그 피란 반드시 붉은 색의 유형의 것 만을 말하는 건 아냐. 보이지 않는 가슴 속에 흐르는 피를 의미할 수두 있 지. (304쪽)

본시 인간과 땅과 하늘을 비롯한 세상의 모든 존재가 외로운 존재이고, 그 외로움을 벗어나기 위해 사람을 죽이고 죽는 피를 요구한다는 것이다. 기룡은 6·25전쟁 때 그 피를 살인을 통해 바쳤다. 기룡은 그것을 백정 신 분 때문이라기보다는 인간을 비롯한 모든 존재의 숙명으로 받아들인다. 기룡이 외로움을 인간 존재의 숙명으로 받아들이고 있다는 것은, 기룡이 6·25전쟁 때 바닷가 마을 사람들을 총으로 모두 죽인 병사의 일화를 소 개하면서, 병사가 사람을 죽인 원인에 대해 "그 병사는 외로웠던 것뿐 요."(310쪽)라고 말하는 것에서 확인할 수 있다. 그 숙명적 외로움과 맞서 기 위해 기룡은 도수장에서 소의 피를 바치고, 또 스스로를 유폐시켜 더욱 외로워짐으로써 자신의 '가슴의 피'까지 바치는 것이다.

> "어쨌든 인간이 소외당한 자기자신을 도루 찾으려면 각자에 주어진 외 로움을 우선 참구 견뎌나가는 데서부터 시작해야 할 거야. 그런데 많은 사 람들이 예수의 피에 의해 이런 것을 잊어버리려구들 하지. 그리구 그들 거 의가 다 이미 자기 외로움은 해소된 걸루 착각하구들 있어." (305쪽)

'예수의 피'와 같은 다른 어떤 힘을 빌리지 않고 홀로 외로움을 참고 견디는 것, 마치 '누구에게나 정을 주는 법 없이 자기 혼자' 살아가는 '고양이'(302쪽)처럼 살아가는 것, 그것이 기룡이 택한 방법이다. 그러기에 기룡은 남한 사회에서 백정 설화에 내재된 전통적 세계를 현실적으로 되살리는 것에는 전혀 관심이 없다. 그런 기룡의 눈에 비친 남한 사회의 인간 군상들은 인간 존재에게 숙명적으로 부여된 외로움을 망각하고 희희낙락하는 인간들에 불과하다. 그런 인간들을 두고 기룡은 "사람이란 고양이만큼 되기두 힘들어."(310쪽)라고 비판한다.

외로움을 홀로 견뎌내는 기룡, 그 기룡으로부터 "어떤 꺾을 수 없는 외로운 의지"(225쪽) 같은 걸 느낀 인철, 이 두 인물에 의해 어떤 외부의 절대적 힘을 빌려 외로움을 극복하는 방법은 이 작품에서 부정적으로 묘사된다.

칼을 절대적으로 신성시하고, 죽으면서 눈 위에 칼을 올려놓고 '보인다'고 외친 본돌영감이나, 남편이 바람을 피울 때 자신이 난 아이(인문)를 죄의 씨앗으로 여기고 그 죄를 속죄한다는 명분으로 기도에 광신적으로 몰입하여 예수의 환각을 보았다고 믿는 인철의 어머니나, '마리아집'에서 예수의 힘을 빌려 갱생했다고 믿는 기룡의 애인 최에스더가 그 예에 해당한다. 이러한 외부 힘에 의해 외로움을 해소하는 것에 대한 비판은 인주가 연극에 탐닉하는 것이나, 죄의 씨앗으로 치부되어 어머니로부터 버림받고 따뜻한 정을 얻지 못한 인문이 곤충과 동물에 탐닉하는 것에도 적용된다.

이에 반해, 인철은 기룡과도 다르고, 본돌영감과 어머니와도 다른 방법으로 '외로움'을 극복하고자 한다. 인철은 백정 출신임을 알게 되면서부터 그로 인해 심한 내적 갈등을 겪게 된다. 지금까지 친근하게 대하던 모든 것들, 가령 다혜나 나미, 지교수, 다혜의 집 등에서 낯설음을 느끼게 되고 그래서 '기룡'처럼 '외로움'에 휩싸인다. 그로 인한 인철의 내적 갈등이 다섯 가지 꿈으로 제시되고 있다.

빨간 놀 불꽃 꿈(106~107쪽)

계단을 내려가는 꿈(107~108쪽)

자신이 한없이 위축되는 꿈(108~109쪽)

어두운 동굴 속 꿈(109~110쪽)

도수장을 본 뒤 꿈꾸는 붉은 피의 꿈(120쪽)

이들 꿈은 내용상 차이가 있지만, 모두 인철이 큰아버지인 본돌영감의 사진을 보는 순간 느꼈던 '피의 알림'(85쪽)과 관련이 있다. 곧 인철의 무의식에는 백정과 관련된 '피', '붉은 불꽃', '붉은 눈'이 내재되어 있었고, 그 무의식이 자신의 신분을 알게 되면서 이후 꿈으로 나타나게 되는 것이다. 그 꿈을 통해 인철은 새로운 자각을 하게 되고 결국 백정 설화의 세계를 되살리는 쪽으로 나아간다.

> 백정의 시조가 거란족이든 후백제의 귀족이든 그게 어쨌다는 것인가. 그저 문제는 현재에 있는 것이다. 모든걸 무시하고 자기가 갈길을 가는 것. (299쪽)

'현재'에서 백정 신분으로 자기의 갈 길을 찾아 나아가는 것, 그 나아감은 서구 물질문화가 지배하고 백정 설화로 표상되는 전통적 가치가 상실된 남한 사회 속으로 뛰어들어 새로운 인간관계를 맺는 쪽으로 구체화된다.

> (i) 인주는 자기가 오늘밤 이렇게 화장을 한 것도 남선생님이 오실 것같기 때문인지 모른다는 생각에 미치자 거의 이전의 안색으로 회복된 얼굴이 화악 상기되는 것이었다. (331쪽)

(ii) 어머니가 계시게 될 곳의 문을 동생이 손수 짬으로 해서 어머니와 동생 사이만이라도 모자의 감정 소통이 유지돼주기를 바랐다. 그러기를 진정으로 바랐다. 인철은 재목 살 돈을 미리 인문에게 주었다. (284쪽)

(iii) 사실 자기가 그래도 사랑한 여잔 이애 엄마가 아니었던가. 일에 쫓기다가도 이애 엄마만 대하면 모든걸 잊어버릴 수 있었으니. 왜 생전에 조금이라도 더 위해주지를 못했을까. 상진영감은 여전히 인주를 바라보고만 있었다. (336쪽)

인철이 새로운 자각을 하게 되는 지점에 이르면서, 그 동안 이 작품에서 사람 사이에 '높다란 장벽'(278쪽)을 쌓고 이해타산적이고 유희적인 만남으로 일관되던 인간관계에 변화가 일어난다. (i)은 서구 연극으로 도피한 인주가 남선생에 대해 진정한 사랑을 느끼는 장면이다. (ii)는 인철이 동생 인문과 어머니 사이에 모자간의 진정한 정을 회복하기를 염원하는 장면이다. (iii)은 상진영감이 자살하기 직전 자신이 사랑했던 인주 생모를 그리워하면서 사업에 미쳐 있던 자신을 반성하는 장면이다.

이처럼 인철의 새로운 자각과 함께 인물 간의 인간관계도 남녀 간의 진정한 사랑, 모자간의 진정한 정을 통한 만남으로 변화한다. 이러한 인물의 관계 변화를 통해 인철이 궁극적으로 지향하는 새로운 인간관계가 진정한 인간의 정 혹은 사랑에 기초한 것임을 알 수 있다. 인철의 이러한 지향성은 이 작품에서 네 번에 걸쳐 분산되어 제시되고 있는 현대판 '춘향이와 이도령'의 이야기에 압축되어 있다.

'몸집과 키가 훌쩍 큰 노인'이 '기생' 출신으로 '키가 작고 파리한 노파'를 정성껏 시중드는 현대판 이도령과 춘향이 이야기는 신분을 초월한 남녀 간의 사랑, 나아가 인간 간의 진정한 사랑의 필요성을 강조하고 있다.

한 열흘 전 동네 춘향이노파가 오랜 빈혈증 끝에 세상을 떠나고 말았다.

숨질 때까지 춘향이노파는 손에서 회초리를 놓지 않고 몸이 쑤셔 못견딜 때면 이도령영감의 정수리를 때리곤 했다. 장례는, 한번도 얼씬하지 않던 딸이라는 중년여인이 와서 치르었다.

장례를 치르고 돌아온 날 밤, 그 초겨울밤 냉기를 무릅쓰고 영감은 툇마루에 나와 앉아 밤을 새웠다. 노파를 묻은 묏자리에 물이 나있었던 것이다. 딸이 와서 치르는 장례라 아무말 않고 있었으나, 신체를 물구덩이에 뉘고 온 것만 같아 방안에서 편히 잠을 잘 수가 없었던 것이다.

그 다음날부터 서둘러 영감은 여러가지 시끄러운 절차와 적잖은 비용을 들여 기어이 딴 자리로 이장을 하고야 말았다. 그 돈을 마련하느라 유일한 재산인 집을 저당잡혔다는 말도 있었다.

아침저녁 상식이 또한 대단하여 혼백이 추울세라 영좌를 방안 아랫목에 모셔놓고 냉수 아닌 뜨거운 숭늉으로 수말이를 하곤 한다는 것이다. 지금 사가지고 오더라는 동태도 아마 저녁 상식에 올릴 것이리라. (275쪽)

노파가 빈혈증으로 사망하자 노인은 물이 든 묏자리가 걱정되어 유일한 재산인 집을 저당 잡혀 비용을 마련한 후 이장을 한다. 그리곤 노파의 혼백이 추울까봐 영좌를 방안에 모셔놓고 '뜨거운 숭녕으로 수말이'를 한다.

이렇듯 노인과 노파의 사랑은 서구 물질문화가 지배하는 사회에서는 찾아보기 힘든 그런 사랑이다. 이해타산적인 만남이 횡행하는 사회에서 노파와 노인은 삶과 죽음, 정신과 육체의 경계를 넘어서 그것이 합일되는 그런 사랑을 하고 있는 것이다. 삶과 죽음, 정신과 육체의 합일이야말로 백정 설화의 핵심적 세계관이며, 그 세계관은 다름 아닌 한민족의 전통적 세계관에 해당한다. 현대판 춘향이와 이도령 이야기는, 서구 물질문화가 지배하는 사회에서 상실된 전통적 가치와 세계관을 회복하여야 진정한 인간관계가 가능하다는 것을 함축하고 있다. 서구의 타락한 문화가 지배하는 남한 사회를 전통적인 가치로 정화시켜 새로운 인간관계를 형성하고자 하는 인철의 지향성은 다혜와 나미를 동시에 포용하는 것으로 작품에서 구체화된다.

다혜는 돌아가신 어머니를 대신해 아버지 지교수를 정성껏 모신다. 그녀는 늘 '조선옷'을 입고 '맑고 부드럽고 은근하고 점잖'은 성품의 소유자로, '가정주부' 같고 '누이' 같은 인물로 묘사되고 있다. 이러한 다혜의 성격적 특성은 다혜의 상상과 인철과의 어린 시절에 대한 회상에 압축되어 있다. 해수욕장에 가서 물에 빠진 남자를 구하는 상상(43~44쪽), 어린 시절 인철이 빈혈로 졸도하자 양호실에서 인철을 걱정스런 낯으로 지켜보던 일(55쪽), 산수연습 시간에 혼자 늦게까지 남은 인철을 추위에 떨면서 기다리던 일(55~56쪽) 등에서 보듯, 다혜는 인철에게 모성적 사랑을 베푸는 여인으로 제시되어 있다. 이를 통해 다혜는 백정 설화로 표상되는 전통적 질서에 뿌리를 내리고 있는 인물에 해당함을 알 수 있다.

한편 작품 전반부에서 서구의 향락적이고 소비적인 문화에 길들여져 자유분방하고 감각적인 생활을 추구하는 나미는 인철과 이해타산적이고 유희적인 만남을 한다. 그러다가 인철이 백정 신분임을 밝히는 순간부터 나미는 변화하기 시작한다. 서구 물질문화가 지배하는 남한 사회에 길들여져 있을 때 나미는 꿈을 꾸지 않았다. 하지만 인철과 청수장에서 관계를 맺은 후 나미는 꿈을 꾼다. 나미가 꿈을 꾼다는 것은 나미가 남한 사회를 지배하는 서구 물질문화에 더 이상 길들여지기를 거부한다는 것을 의미한다.

나미는 인철이 붕어가 되어 쏼쏼 끓는 못물에 헤엄치다 급기야 하얀 뼈만 남는 꿈(312쪽)을 꾼 후, 이해타산적인 인간관계를 표상하는 '다방 몽파르나스'와 '대폿집' 출입을 거부한다. 대신 인철을 진정으로 사랑하게 된다.

   (i) 이즈음 골목에서 보는 영감의 부쩍 여윈 어깨며 새하얗게 센 머리가

다혜의 눈꺼풀 안에 스며들었다. (중략)

다혜는 자기가 아직 옷도 갈아입지 않고 있다는 걸 깨달았다. 안방으로 들어가 집안옷으로 갈아입으면서 그네는 별안간 자기자신에 놀랐다. 무엇으로 누군가를 때리거나 맞고 싶다는 생각이 들었던 것이다. 이런 외로움을 느껴보기는 처음이었다. (275쪽)

(ii) "인철씬 젯거예요 ……언젠가 이런 말 인철씨에게 물은 적 있죠? 남녀간에 진정한 러브가 있다구 보느냐구요 생각 나세요? 그때 제가, 사는 것두 연극, 사랑하구 슬퍼하구 기뻐하는 것두 다 연극이란 말을 했죠? 그 말 취소!"

그 말이 그네에게서 취소된 것은 이미 얼마 전의 일이 아닌가 인철은 생각했다. 그리고 실은 인철 자신이 벌써 전부터 모든 이유나 계류를 뛰어넘어 다가오는 이 나미를 대할 때 어떤 진실 앞에 서있는 듯함을 느껴온 터였다. (342쪽)

현대판 춘향이와 이도령처럼 삶과 죽음, 정신과 육체가 합일되는 그런 전통적인 사랑을 추구하고자 하는 다혜(i), 서구 문화를 추구하되 남녀 간의 '진실'한 사랑을 갈망하는 나미(ii), 이 두 사람의 사랑을 인철은 동시에 껴안고 '거리'로 나아간다.

이대로 나는 관객의 입장에서 다혜와 나미를 대해야 하는가. 나는 나, 너는 너라는 인간 관계란 있을 수 없지 않은가. 인간이 소외당한 자기자신을 도루 찾으려면 우선 각자에 주어진 외로움을 참구 견뎌나가는 데서부터 시작해야 할 거야. 기룡이의 말이었다. ……그건 그렇다. 하지만 그 외로움이란 인간과 인간이 격리돼있는 상태에서만 오는 게 아니지 않는가. 서로 부딪칠 수 있는 데까지 부딪쳐본 다음에 처리돼야만 할 문제가 아닌가. 기룡을 만나야 한다. 만나 얘기해야 한다. (343쪽)

다혜와 나미의 사랑을 동시에 끌어안고 '서로 부딪칠 수 있는 데까지 부딪'치기 위해 인간의 거리로 나서는 이 마지막 장면은 서구 문화와 전통 문화의 변증법적 지양을 통한 새로운 인간관계의 설정을 강조하는 장면이기도 하다.

서구 문화가 지배하는 남한 사회를 비판하는 '소설', 백정 설화로 표상되는 전통적 세계를 지향하는 '이야기', 이 양자가 인철을 비롯한 젊은 세대의 꿈과 환상으로 결합되고, 그 꿈과 환상이 현실에 영향을 미친다. 그결과 백정 신분으로 표상되는 소외된 이들을 포용하고, 나아가 백정 설화와 풍속으로 표상되는 전통적 가치를 되살리기 위해 인철이 나서는 자리, 이 자리야말로 작가 황순원이 이 작품을 통해 제시하는 작품의 세 번째 의미층이자 이 작품의 궁극적인 의미층이며, 당대 한국 사회가 나아가야 할 올바른 역사적 방향성일 것이다.

5. 맺음말

장편소설 『일월』은 백정이라는 신분적 차별 문제와 인간의 숙명적 고독의 문제를 뛰어넘어 당대 남한 사회와 관련된 보다 본질적인 문제를 다루고 있다. 이를 이 작품의 세 가지 서사 층위와 관련해 살펴볼 수 있다.

첫 번째 서사 층위는 상진영감과 나미를 중심으로 하여 펼쳐지는 1950년대 말 남한 사회와 관련된 일련의 사건들로 이루어져 있다. 이 서사 층위를 통해, 남한 사회는 전통적 가치는 사라지고 물질적이고 소비적이고 향락적이고 퇴폐적이고 감각적인 서구 문화가 지배하는 사회이며, 인간관계 또한 지극히 이해타산적이고 계산적이며 개인주의적임을 비판한다. 따라서 이 서사 층위는 남한 자본주의 사회의 모순을 비판하는 '소설' 본래의 영역에 해당한다고 볼 수 있다.

　두 번째 서사 층위는 본돌영감을 중심으로 해서 펼쳐지는 일련의 사건들로 이루어져 있다. 이 서사 층위에는 백정과 관련된 설화와 구전되는 민간 풍속이 역사적 문헌 기록, 꿈 등의 장치를 매개로 해 제시되고 있다. 이를 통해 이 작품은 백정과 관련된 풍속은 우리 민족의 전통적 가치에 해당한다는 것을 강조한다. 백정 설화는 신과 인간과 자연이 합일되고, 삶과 죽음, 육체와 영혼, 천상과 지상이 하나 되는 전통적 세계관을 압축하고 있다. 이러한 백정 설화에 내포된 전통적 질서는 한국인의 집단무의식에 내재되어 설화나 민간 풍속으로 이어져 왔다. 그런데 그 맥이 일제강점기 때 일제의 문화 정책과 공산주의자들에 의해 왜곡되다가, 급기야 6·25 전쟁을 거쳐 남북이 분단되면서 남한과 북한 사회 모두에서 끊기고 말았다는 것이다. 그러나 백정 설화와 풍속으로 표상되는 전통적 세계야말로 서구의 물질적 가치만이 횡행하는 황량한 남한 사회에서 기댈 수 있는 본래적 가치에 해당한다고 강조하고 있다. 따라서 이 층위는 자본주의 사회 현실 비판이라는 '소설' 본래의 영역보다는 전통적인 설화 모티브에 바탕을 둔 '이야기'의 영역에 가까운 것이라 할 수 있다.

　세 번째 서사 층위는 백정 설화로 표상되는 전통적 세계를 통해 타락한 서구 문화가 지배하는 남한 사회를 어떻게 질적으로 정화시키고 변용시켜 올바른 방향으로 나아가게 하느냐의 문제를 다루고 있다. 이 층위는 인철과 기룡을 중심으로 한 여러 사건들로 이루어져 있다. 이 세 번째 서사 층위에 의해 '이야기의 소설화'가 완성된다. 서구 문화가 지배하는 남한 사회를 비판하는 '소설', 백정 설화로 표상되는 전통적 세계를 지향하는 '이야기', 이 양자가 인철을 비롯한 젊은 세대의 꿈과 환상으로 결합되고 그 꿈과 환상이 현실에 영향을 미친다. 그 결과 백정 설화로 표상되는 전통적 가치의 소중함을 자각하게 된다. 백정 설화와 풍속으로 표상되는 전통적 가치를 되살리기 위해 인철이 나서는 자리야말로 작가 황순원이 이 작품을 통해 제시하고자 하는, 당대 한국 사회가 나아가야 할 올바른 역사적 방향성일 것이다.

나르시스적 사랑과 자기동일화,
그리고 서사 구조의 분리 : 최인훈

1. 머리말

1960년대 최대의 작가로 평가받는 최인훈의 작품은 한국소설사에서 1930년대 모더니스트 이상의 작품에 비견될 만큼 복잡하고 난해한 것으로 정평이 나있다. 최인훈 작품은 욕망의 기표들이 단어나 문장 단위에서 표출되는 것은 물론, 서사 구조 단위에까지 확장되어 표출되는 경우가 대부분이다. 이처럼 전통 서사 구조를 해체하고 있는 최인훈 문학에 대해 그 글쓰기의 원형(sub-text)을 재구성할 필요가 있다. 이를 통해 최인훈 문학의 분열된 주체가 상징계의 어떤 측면을 비판하고 있으며, 그리고 궁극적으로 욕망하는 것이 무엇인지를 깊이 있게 천착할 수 있을 것이다.

이러한 측면에서 최인훈 문학에 접근할 때, 『광장』보다 조금 앞서 발표된 『가면고』(『자유문학』, 1960. 7)가 일차적인 주목의 대상이 된다. 이 작품은 최인훈의 다른 작품들에 비해 상대적으로 큰 주목을 받고 있지 못한 것이 사실이다. 그러나 최인훈 문학의 글쓰기의 원형을 재구성하고자 할 때, 이 작품은 몇 가지 중요한 요소들을 내포하고 있다. 이 작품은 세 가지 상이한 서사 구조가 중첩되면서 분열 형태를 띠고 있다. 여기서 이러한 분열을 통해 이 작품이 궁극적으로 다루고 있는 것이 '자아완성'이란 점이 중요하다.

> 자기 자신의 완벽한 초상화를 갖고 싶다는 생각이었다. 자기를 보고 싶다는 욕망과는 거꾸로, <자기>는 자꾸 뒤로 물러가 버렸다. 자기의 얼굴을 다스리지 못하는 것은 마음이 덜됨을 말하는 것이 아닌가. 어떤 미소를 짓고 난 후 다음 순간 그 부자연함과 섣부른 배우 같은 생경함에 얼굴을 붉히곤 한다. 가장 엄숙한 낯빛의 바로 등뒤에서 혀를 날름하며 비웃는 <불성실한 방관자>를 붙잡아 목을 조르려는 애씀은, 더해지는 고달픔과 울화를 만들어 낼 뿐, 얻음이 없었다. 표정과 감정 사이에 한 치의 겉돎도 없는 그런 비치는 얼굴의 소유자였으면 하는 욕망은, 자아 완성이라는 르네상스적 <개념>이 빈 말이 아니라 어떤 시대 사람들의 <감각>이었다는 것을 알게 해줬다. (『크리스마스 캐럴/가면고』, 문학과지성사, 1976. 205쪽)

'자아완성'은 르네상스적인 근대적 자아의 완성처럼 특정 시대에만 국한된 것이 아니다. 그것은 고대든 현대든 상관없이, 특정 시대를 살아가면서 그 시대에 맞서 자신의 자아를 완성하는 것과 관련이 있다. '자아완성'은 '표정과 감정 사이에 한 치의 겉돎도 없는 얼굴'에 해당한다. 그러나 '표정과 감정', '얼굴과 마음'을 일치시키기는 어렵다. 여기서 '표정'과 '얼굴'은 의식상과 관련이 있고, '감정'과 '마음'은 무의식적 욕망과 관련이 있다. 곧 무의식의 욕망과 의식이 일체가 되고자 하나, 상징계의 모순으로 인해 '불성실한 방관자' 같은 무의식의 욕망이 분출되고, 그 분출된 욕망을 '섣부른 배우'처럼 위장하거나, 혹은 '방관자의 목'을 조르는 것처럼 억압하면서 살아갈 수밖에 없다. 이를 통해 이 작품에 나타나는 '자아완성'이 라캉의 주체구성이론에서 볼 때 '주체의 자기동일화'에 다름 아님을 알 수 있다.

주체는 상징계의 모순으로 인해 분열을 일으키면서 억압된 욕망을 분출하는데, 그러한 욕망을 충족시킴으로써 분열을 극복하고 주체의 자기동일화를 이루고자 한다. 일반적으로 인간은 상상계에서 상징계로 진입하는 과정에서 두 번에 걸친 동일화를 통해 주체를 구성해 나간다. 먼저, 주체는 상상계의 거울 단계를 통해 내면세계와 주위 세계와의 관계를 정립하는데, 이 단계에서는 '조각난 몸의 옛 환상'으로 인해 남에 대한 공격성이 표출되기도 한다. 이러한 공격성은 거울 단계에서 극복되는데, 그 원형이 '이상적 자아(le Je-idéal)'이다. '이상적 자아'가 갖는 자기동일성은 타인과의 변증법적 틀 속에서 스스로를 객관화시키기 이전의 상태, 곧 남을 배제하는 나르시스적 관계(이자적 관계 la relation duelle)에서 나타난다. 이자적 관계는 어린아이가 자기 자신이나 자기 영상 또는 자기 어머니만의 단계가 이 우주의 모든 것이라고 여기는 환상을 뜻한다. 아기는 타인 즉 거울 속의 자기나 자기 어머니 속에서 자기와 꼭 같은 것만을 생각한다.

인간이 사회생활을 수행해 나가기 위하여 이자적 관계가 극복되지 않으면 안 되는데, 이때 상상적인 것의 단계가 제삼자적 관계(la relation triadique)인 상징적인 것에 자리를 양보해야만 한다. 곧 상상계를 거쳐 주체는 언어를 매개로 하여 사회문화 규범 체계를 배우는 상징계로 진입하면서 인간화의 길을 걷는다. 그러나 그 인간화는 타인과의 관계(삼자적 관계)에서 형성되기에, 불가피하게 억압과 욕구 불만을 필연적으로 내포하게 되고, 그것이 억제되지 않을 때 공격성을 표출하게 된다. 상징계는 사회문화적 실현을 통해 그런 공격적 본능을 정상화시킨다. 주체는 이 과정을 통해 아버지의 이름으로 표상되는 상징계의 사회문화 규범 체계 앞에 복종하고 그 아버지를 모형으로 하는 '자아이상(l'ideal du moi)'이라는 동일성을 획득한다.

이러한 주체의 자기동일화는 최인훈 문학에 있어서 중요한 논의의 대상이 되고 있는 주체 형성 문제에 직결된다. 주체 형성 문제는, (i) 최인훈 문학의 주체가 자기중심적인 주체인가 아니면 타자를 수용하는 주체인가의 문제, (ii) 그리고 이와 관련하여 사랑의 기능은 무엇인가 하는 문제와 관련이 있다. 이 문제에 대해, 『가면고』는 중요한 한 단서를 제공하고 있다. 이 작품의 분열된 주체는, 분열을 극복하기 위해 욕망을 충족시켜 주는 타자를 처음에는 상징계에서 구하다가 이에 실패하고, 결국에는 여인과의 나르시스적 사랑을 통해 욕망을 표출함으로써 '이상적 자아'라는 상상계적 동일화를 이룩한다.

이 작품의 주체가 상징계에서의 동일화를 거부하고 상상계에서의 동일화를 지향한다고 해서, 이를 두고 유아기로의 심리적 퇴행이라 보는 것은 타당하지 않다. 이 작품이 지향하는 상상계적 동일화의 세계는 '나'와 '너'의 구분 없이 '우리'로 합일되는 세계이다. 모든 것이 자기의 분신이고 영상이자 어머니 그 자체이기에 이 세계에는 대립과 갈등이 있을 수 없다. 서로를 아끼고 배려하고 사랑하는 나르시스적 사랑과 어머니의 사랑으로 충만할 뿐이다. 따라서 그 세계에서는 인간과 인간, 인간과 자연, 남성과 여성, 육체와 영혼, 물질과 정신이 구분되어 서로 대립하지 않고 미분화 상태로 조화롭게 공존한다.

최인훈 문학의 전체적인 전개 과정을 보면, 이 상상계적 동일성의 세계를 욕망의 원형으로 설정하고 이것을 심화, 확대시키면서, '나'와 '너'의 이분법적 구도 속에서 서로 대립하고 갈등하는 상징계를 비판하고 있다. 따라서 '자아완성'을 다루는 『가면고』는 최인훈 문학의 글쓰기의 원형 중 가장 핵심적인 측면을 다루고 있으면서, 동시에 이후 작품에 나타나는 주체 형성과 관련되어 중요한 준거틀을 제공하고 있다.

2. 자기동일화의 세 단계와 서사 구조의 분리

총 4개의 장으로 구성되어 있는 이 작품은 민의 서사를 중심으로 하여, 민의 분신인 다문고 왕자의 서사, 민의 창작 무용극인 신데렐라 서사가 결합되면서 복잡한 서사 구조를 띠고 있다. 세 가지 서사는 각 서사 주체들의 '자아완성'과 관련하여 하나로 연결, 통합되면서 작품 전체의 서사를 이끌어 나가고 있다. 그런데 후술하겠지만, 자아완성과 관련하여 민 서사와 다문고 왕자 서사는 자아완성의 방법 탐구라는 공통점을 지니고 있는 데 반해, 신데렐라 서사는 두 가지 서사와 다른 기능을 하고 있다. 따라서 먼저 두 가지 서사를 통해 이 작품에 접근할 필요가 있다.

> (i) 내가 그 거울을 들여다볼 때마다, 거기에는, 무엇인가에 쫓기는 자의 초조와 짐짓 평정을 꾸며 보는 가짜 성자의 둔감이 하나로 엉겨붙은 탈이 비친다. 자신을 가장한 눈의 표정. 저 탈을 피가 흐르도록 벗겨냈으면. 그 뒤에 분명 숨겨진 깨끗하고 탄력 있는 살갗의 얼굴을 가리고 있는 이 탈을 벗겨 낼 수만 있다면. (225쪽)

> (ii) 경대 앞에 다가섰다. 거울 속에는 쫓기는 사람의 초조함을 숨기느라고 짐짓 평정을 꾸민 가짜 성자의 탈이 있었다. 신의 창조에 들러리 선 사람만이 가질 만한 자신을 꾸민 눈. 바로 그것을 어기고 있는 입의 선. 탈의 대상은 위태로와 어느 선 하나 차분함이 없다. 양식의 모방에 과장된 필체로 그려진 서투른 초상화였다. 저 탈을 피가 흐르도록 잡아 벗겼으면. 그 뒤에는 깨끗하고 탄력 있는 살갗으로 싸인 얼굴이 분명 감춰진 것을 알고 있다. (205쪽)

주체가 자신이 가면을 쓴 '가짜' 주체라는 인식을 가지게 되는 것은 상징계가 지니고 있는 모순을 인식할 때 가능하다. 곧 민과 다문고는 상징계에 적응하지 못하고 이로 인해 분열되면서, 자신이 상징계의 가면을 쓰고 있다는 것을 간파하게 된다.

이러한 분열 상태에서 주체는, 욕망을 억압하는 상징계에 대해 전면적인 비판을 가할 수도 있고, 아니면 억압된 욕망을 충족시킬 수 있는 타자를 획득하여 분열을 극복하려고 할 수도 있다. 이 작품은 전자보다는 후자의 방법을 택한다. 이로 인해 두 가지 서사 구조에는 상징계의 구체적 현실에 대한 비판이 거의 사상되거나 약화되고, 대신 욕망 충족을 위한 타자 찾기가 강화되어 있다.

상징계의 탈을 벗고 자아완성을 이루고자 하는 타자 찾기는, 다문고에게는 "모든 일을 따뜻이 끌어안으면서 그 만사에서 훌훌히 떨어진 영원의 얼굴"인 '브라마의 얼굴'로, 민에게는 '얼굴의 본'으로 표상되고 있다. 두 서사는 민과 다문고가 자신들이 욕망하는 얼굴을 갖기 위한 방법론 탐구와 직결되어 있다. 그것은 달리 말하면, 분열된 주체가 욕망 충족을 통하여 자기동일화를 추구하는 과정에 다름 아니다. 이를 보다 구체화하면 다음과 같다.

<다문고 왕자 서사>에 나타난 주체의 동일화 방법
  A1. 학문을 통한 구도
  B1. 여색의 길과 배우지 못한 이의 얼굴 가죽을 벗겨서 왕자의 얼굴에
      붙이는 것
  C1. 마가녀 공주와의 사랑

<민의 서사>에 나타난 주체의 동일화 방법
  A2. 대영백과사전
  B2. 여성과 인형을 통한 자아완성

C2. 정임을 통한 자아완성

이 두 구조를 주체의 안(내부)과 밖(외부), 그리고 상징계적 동일화와 상
상계적 동일화라는 기준에서 단계별로 묶으면 다음과 같다.

(A) 단계 : 주체의 안(마음의 밀실)에서 상징계적 동일화 추구(A1＝A2)
  - 다문고와 민은 '학문'과 '대영백과사전'으로 표상되는 상징계의 지
    식(관념)을 통해 동일화를 추구한다.
(B) 단계 : 주체의 밖에서 상징계적 동일화 추구(B1＝B2)
  - 관념의 성채에서 상징계로 나와, 상징계의 타자(여성)를 통해 동일화
    를 추구한다.
(C) 단계 : 주체의 밖에서 상상계적 동일화 추구(C1＝C2)
  - 상징계적 동일화에 실패하고, 상상계적 인물인 여성을 타자로 하여
    상상계의 동일화를 이룬다.

이처럼 두 서사 모두 주체가 분열을 극복하기 위해 욕망을 충족시켜 주
는 타자를 처음에는 상징계에서 구하다가 이에 실패하고, 결국에는 상상
계적 동일화를 추구한다는 공통점을 지니고 있다.

그렇다면 왜 작가는 동일한 내용 구조를 두 개의 서사로 분리시켰을까?
그 해답을 민이 심령학회에서 읽은 '시몬 밀러' 논문의 내용을 다루고 있
는 다음 대목을 통해 찾을 수 있다.

  (i) 현대 사회에 있어서의 인간의 정신적 분열은, 세계관의 상실에 유래
하는 윤리 감정의 결핍에서 오는 것인데, 이것을 구하기 위하여는 새로운
세계관을 준다는 방법으로써는 불가능하다. (중략) (ii) 종교의 핵심은 교리
와 전설의 상징적 매개를 통하여 인간이 자기의 영혼 가운데서 획기적인

영혼의 혁명을 일으키는 데 있음에도 불구하고, 그런 행복한 성공이란, 저 <은총>, <소명> 등의 말이 가리키듯이 어느 뛰어난 정신의 소유자에게, 그것도 아주 우연한 형태로 이루어지는 것이므로, 보통 사람에게는 바라 볼 수 없는 귀족적 방법이라 할 수밖에 없다. (중략) (iii) 어떤 우상—신이 든, 가치든, 핏줄이든, 자연이든 간에—에도 기대지 않는 인류 자신의 손 에 의한 인류의 건짐, 십자가에 달린 선의의 한 인물의 가슴 아픈 희극을 번연히 알면서 그 선의 속에 자학적인 신뢰를 건다는 저 서양이 이천 년 동안 받들어 온 주술적 믿음 대신에, 이 영역에 있어서도 우리는 완전히 방법론상으로 자각적이어야 한다는 것이다. (중략) (iv) 한 마디로 말하면 빵집 아주머니 <엘자>나, 담배가게 <조지>나 이발소집 <짐> (중략)도 익힐 수 있는 구원의 길을 심리학적 법칙성으로 터주자는 것이다. 만인이 쓸 수 있는 영혼의 공식을 알아내는 것이 우리의 목표다. (217~218쪽) (로 마자: 인용자)

현대인의 분열 극복은 (i)처럼 새로운 세계관으로도, (ii)처럼 동양 종교 에서 볼 수 있는 성자의 구도 의식과 같은 귀족적 방법으로도, (iii)처럼 서 양의 기독교적 세계관으로도 불가능하다. '방법론상 자각적'이면서, 성자 나 귀족이 아니더라도 '만인이 쓸 수 있는' 방법을 확립할 때 분열 극복은 가능하다. 곧 이 작품은 현대인의 분열 극복을 위한 다양한 방법을 모색하 고, 그 중 가장 적합한 것이 무엇인지를 찾아내기 위해 민과 다문고의 서 사로 분리시켜 놓고 있는 것이다.

따라서 민과 다문고의 서사가 내포하고 있는 차이점에 주목할 필요가 있다. 다문고 서사의 경우 시대가 고대이며 주인공이 왕자(귀족, 성인)이자 지배층이라는 점, 민 서사의 경우 시대가 현대이며 주인공이 일반인이자 전쟁에 내몰린 피지배층이라는 점에서 차이가 난다. '자아완성'이라는 동 일한 내용 구조를 다루면서 두 개의 서사로 분산시킨 핵심 의도가 이 차 이점에 압축되어 있다. 곧 고대든 현대든, 지배층이든 피지배층이든, 귀족이든 범인이든, 그 모두를 포괄하면서 시대와 장소를 초월하여 보편적으로 자아완성을 이룰 수 있는 방법, 곧 '만인이 쓸 수 있는' '자각적'인 방법 탐색(iv)을 위해 서사를 분리시킨 것이다. 이에 따라 다문고의 자아완성의 방법과 민의 자아완성의 방법에 있어서 편차가 드러나는데, 그것이 앞서 살펴본 동일화의 세 단계에 구체적으로 제시되어 있다.

3. 다문고 서사에 나타난 자기동일화

먼저, 다문고 왕자의 주체의 동일화 과정을 살펴보자. (A) 단계에서, 다문고 왕자는 상징계의 탈을 벗고 브라마의 얼굴을 갖기 위해 '학문을 통한 구도'의 방법을 택한다.

> 나의 학문이 깊어지면 깊어질수록 내 얼굴이 오히려 그리는 얼굴에서 멀어져 가고 있다는 일이다. 이 생각은 나를 미친 듯한 초조에 몰아넣는다. 깊은 학문을 하면 할수록, 내 표정은 점점 맑아 가고 수정처럼 영롱해 가야 할 터인데, 그 반대로 되어가는 까닭은 무엇일까? (225쪽)

"바라문의 전통인 구도 정신의 고귀함을 믿고, 인간이란 오직 그 길을 거쳐서만 아트만을 내 것으로 만들 수 있다고 배워 온" 다문고는 그러한 학문을 통해 브라마의 얼굴을 찾고자 한다. 그러나 이 방법은 실패로 끝난다. 그 이유가 무엇인지 명확하게 작품에 제시되어 있지는 않다. 다만 앞서 살펴본 방법론과 관련하여, 이 방법은 종교에 의한 구도 의식과 관련된 귀족적인 것이기에 애초부터 실패로 규정될 수밖에 없다. 그러나 그런 이유를 떠나, 주체의 자기동일화와 관련하여 살펴볼 때에도 이 방법은 실패할 수밖에 없다. 그것은 상징계의 가면을 벗기 위해 상징계의 지식(학문, 관념)을 타자로 삼고 있기 때문이다. 다문고가 추구하는 바라문의 전통이나 브라마의 이법은 상징계의 모순을 전면적으로 극복한 것이 아니라 당대 상징계를 지탱하는 또 다른 지식이기에, 그 지식으로 상징계의 가면을 벗는다는 것은 불가능하다.

(B) 단계에서, 다문고는 '서재' 밖으로 나와 자아완성의 방법을 모색한다. 그것이 '여인과의 육체적 관계'와 '인간의 낯가죽을 얼굴에 쓰는 방법'으로 구체화된다. 그런데 이 방법 역시 실패로 끝난다. 먼저, '여인과의 육체적 관계'를 통한 자아완성이 실패로 끝나는 가장 큰 이유는 다문고와 타자의 관계가 '주인과 노예'에 해당되는 지배와 피지배의 관계에 있기 때문이다. 궁녀 '아라녀'의 경우 '왕후마마의 분부'로 왕자를 모시는 노예이다. 따라서 왕자와 '아라녀'의 관계에는 지배와 피지배, 주인과 노예의 육체적인 관계만 있을 뿐이다. 이 관계를 통해서는 '영원의 얼굴'을 가질 수 없으며, 오히려 노예 '아라녀'의 또 다른 탈만 하나 더 다문고의 얼굴에 각인될 뿐이다.

한편 '인간의 낯가죽을 얼굴에 쓰는 방법'의 경우이다. 여기서 주목할 것은, 마술사 부다가가 다문고에게 진정한 자아완성을 이룰 수 있는 방법을 암시하고 있다는 점이다. 그것은 다음 두 가지이다. 먼저, 다문고가 왕자로서의 모든 것을 버리는 것이다. 왕자가 되기 전, 곧 "태어나기 이전의, 저 어슴푸레한 해질녘의 그늘"이자 '생각'이 없는 '아름다운 나라'로 돌아가는 것이다. 이는 상징계의 모든 것과 절연하고, 상징계로 편입되기 전인 상상계적 동일성의 세계로 회귀함을 의미한다. 다음, 상징계의 지식과는 무관한, '배움이 없는 여인'을 진심으로 받아들이는 것이다.

이 얼굴의 임자는 생각을 모르고 살아 온, 히말라야의 나무꾼입니다.

당신이 아트만을 찾으려 먼 길을 두루 헤맬 때, 이 사람은 아트만에게 가장 가까운 자리에서 머문 채 한 발도 움직이지 않으며 죽음의 날을 기다린, 이 인간의 슬기를 안아 들이십시오 이 가장 낮은 것과 순순히 결혼하십시오 당신의 몸을 돌려, 등뒤에 기다리는 당신의 반쪽을 맞이하십시오 (261쪽)

자아완성을 이룰 수 있는 진정한 타자는 상징계의 지식에 길들여지지 않은 여자여야 한다. 그런 여자의 슬기를 진정한 사랑으로 받아들일 때(결혼) 다문고의 자아완성은 이룩될 수 있다는 것을 암시하고 있다.

그러나 다문고는 이러한 마술사의 암시를 눈치채지 못하고, 자신의 노예에게 일방적인 희생만을 강요하는 극단적인 방법을 택한다. 살아 있는 사람의 낯가죽을 벗기는 잔혹한 행위를 택한 것은 다문고의 자아완성에 대한 조급성과 절박성에 연유한 것이지만, 결과적으로 이 방법은 주인이자 지배자로서의 다문고의 잔혹성과 지배욕을 강화시킬 뿐이다. "<그래서는 안 된다> 하는 뉘우침 대신, <그렇더라도 그렇더라도> 하는 저 차가운 눈"이 다문고를 지배하면서, 다문고는 자기 행위에 대한 가책 없이 '미친 불길'처럼 이 일을 되풀이한다. 그러면서 상징계의 지식에 함몰되어 그 지식을 지니지 못한 이들을 '무지하다'고 탓하면서, 그들을 "흙과 아교로 빚어 놓은 한갓 물체"로만 취급한다. 이러한 주인과 노예의 자리 역시 상징계의 질서에 다름 아니기에, 이를 통해 상징계의 가면을 벗는 것은 불가능하다.

(C) 단계에 이르러 다문고는 비로소 자아완성을 위한 타자를 획득하는데, 그것이 마가녀와의 사랑이다.

> (i) 민첩하게 운동하는 인물이 자아내는 건강하고 싱싱한 아름다움으로 빛나고 있었다. 나는 여태껏 찾아온 얼굴—저 브라마의 얼굴이, 살아있는

팔다리에 붙어서 움직이는 모습을 내 눈으로 똑똑히 보았다. (292쪽)

(ii) 이 왕녀가 고귀한 신분과 총명에도 불구하고 전혀 배움은 없다는 사실이었다. 나는 여태껏 이처럼 자유자재한 몸짓의 인간을 보지 못했다. 그녀의 마음과 얼굴은 하나였다. 마음이 웃는 것은 얼굴이 웃는 것이며, 얼굴 밑에 숨겨진 아무 것도 없었다. 밤이 미지 때문에 신비하다면, 창창한 대낮은 그 너무나 투명한 폭로 때문에 오히려 신비한 것이 아닐까. 내가 밤이라면 그녀는 낮이었다. 그녀의 웃음과 이야기는, 거침없는 사람의 아름다움이었다. 혼돈을 모르는 데서 오는 힘이 넘치고 있었다. 그러한 그녀의 얼굴은, 한 번 본 이래 나의 마음에 자리잡고, 무한한 뒤쫓음으로 나를 몰아넣고 있는, 저 브라마의 얼굴에 대한 쌍둥이 꼴이었다. (292~293쪽)

(iii) 나의 관심은, 이런 분방한 운동의 초점에 몸을 둔 한 인간의 얼굴이 보여 주는, 놀라운 무잡성(無雜性)에 있었다. 저런 얼굴. 브라마의 이법에 아랑곳 없이 살아 온 이 여인이 눈앞에서 보여 주는 얼굴은, 나에게 치욕을 느끼게 했다. (298쪽)

마가녀야말로 상징계의 질서와는 무관한 상상계적 동일성을 지향하는 인물이다. 상징계에 오염되지 않은 그녀에게서, 코끼리(동물)와 인간, 마음과 얼굴 등 모든 것은 미분화된 채 합일되어 있다. 이러한 상태는 상징계의 삼자적 관계에서는 불가능하고, 상상계의 이자적 관계에서나 가능하다. 이자적 관계에서 자신의 주변에 있는 모든 것을 거울에 비친 자신의 영상이자 분신으로 여기는 나르시스적 사랑이 성립된다. 마가녀는 자신을 버리고 다문고의 모든 것을 받아들이고 사랑하고자 한다. 그녀는 다문고와의 사랑을 위해 부모와 나라까지 버리기로 결심하는데, 이는 그녀의 사랑이 이해관계를 따지고 육체적 관계만을 중시하는 상징계의 그것이 아니라, 상상계의 나르시스적 사랑임을 보여 주는 것이다. 이런 마가녀야말로 앞서 마술사가 암시한 상상계적 동일성을 추구하는 '순수한' 여인에 해당되며, 다문고는 이 마가녀를 타자로 해서 상상계적 동일화를 추구할 수 있게 된다. 그러나 그러기 위해서는 다문고 스스로 상징계와의 모든 관계를 절연해야 한다. 다문고는 그 동안 그가 저지른 잘못에 대해 참회의 과정을 거치면서 왕자로서의 지배욕과 상징계의 질서에 대한 미련을 떨쳐버리게 되고, 마가녀를 통해 상상계의 나르시스적 사랑을 획득하면서 동일화를 이룩한다.

4. 민 서사에 나타난 자기동일화

민 서사 역시 다문고 서사에서처럼 세 단계를 거치면서 주체의 동일화를 추구하지만, 그 구체적인 방법에 있어서 편차를 보이고 있다.

먼저, (A) 단계를 보자. 다문고처럼 민 역시 "대영백관사전을 발바닥에 얹고 거꾸로 서기 연습"을 하면서 상징계와 일정한 거리를 두고 상징계의 학문(관념)을 통해 동일화를 이루고자 한다. 이 방법은 다문고 서사에서처럼 실패로 귀결될 수밖에 없는데, 그러나 민은 그러한 결말에 도달하기 전에 전쟁터로 내 몰린다. 이로 인해 민 서사에서 (A) 단계는 다문고 서사에 비해 대단히 약화되어 있다.

(B) 단계에서 민은 미라를 통해 동일화를 이루고자 한다. 여기서 다문고 서사에서는 주인과 노예의 관계에 의해 다문고와 여인들의 관계가 설정됨에 반해, 민 서사에서는 그런 관계가 적용되지 않는다. 이로 인해 이 단계에서 다문고 서사와 민 서사는 뚜렷한 차이를 지닌다. 그 차이는 다음 두 가지로 압축될 수 있다.

먼저, 전쟁이 끼친 영향이다. 민은 전쟁을 치른 후 사회로 복귀하면서 전쟁터에서 자신이 사회의 한 구성원으로 살아갈 '대가'와 '세금'을 충분히 치렀다고 생각하고, 퇴역 후에는 '선량한 시민'으로 살아가고자 한다. 곧 민은 '백과사전' 시대처럼 상징계에 반항하면서 살기보다는, 타락한 아버지와 타락한 딸이 있는 전쟁 전의 사회, 곧 '그녀들의 황금시대'에 순응하면서 살기로 작정한다. 그러나 이러한 결심은 '기미 있는 여자의 사건'으로 깨진다.

> 전쟁 중 <진짜 그 자신>은 소리 없이 숨어 있었다. 환경에 어울리기 위한 짐승의 슬기였다고 할까. 군이라는 테두리 밖으로 나오자마자 겪은 그 사건은 까불고 있는 그의 뒤통수를 쳤다. (201~202쪽)

이 사건은 퇴역 직후, 전쟁에서 사망한 동료 M 소위의 여자 친구인 '가슴에 까만 기미'가 있는 '설아'를 만나는 것과 관련이 있는데, 민은 이 사건을 통해 자신이 잊고 있던 백과사전 시대의 '진짜 자기'를 다시 되찾게 된다. 이를 통해 전쟁은 아무것도 변화시키는 것 없이 한 개인으로 하여금 '진짜 그 자신'을 숨기게 하면서, 인간을 짐승으로 만드는 참혹한 것이라는 것을 제시하고 있다. 전쟁 전과 전쟁 후에 달라진 것은 아무것도 없다. 아니 타락한 상징계는 더욱 타락했고, 그 상징계를 비판하면서 자아완성을 욕망하던 민도 "바늘 끝으로 살짝 건드리면 소리만 요란스럽게 터지고 말, 저 풍선의 밀도마냥 얄팍"해졌다. 전쟁은 전쟁에 참여한 사람의 팔과 다리를 동강내고, 숯덩이처럼 나뒹구는 주검을 양산하면서, 이전보다 더욱 더 모든 것을 악화시켰을 뿐이다.

이러한 전쟁 모티브가 개입하면서 민 서사는 다문고 서사에 비해 구체적 현실에 근접하게 된다. 그러나 그것이 압축적으로 서술되고 있기에, 작품 속의 현실은 단편적이고 피상적이며 추상적으로 제시되고 있을 뿐이다.

이는 앞에서 밝혔듯이, 민의 동일화가 상징계에 대한 비판보다는 타자 찾기 쪽으로 치우쳐 있음에 연유한다.

다음, 미라와의 관계이다. 이것은 다문고 서사가 이 단계에서 궁녀와의 육체적 관계 맺음과 사람의 얼굴 낯가죽 쓰기로 나아간 것과 구분된다. 민은 다문고와는 달리 여인과의 사랑을 통해 동일화를 추구한다.

여인을 통한 동일화 추구 방향은 '기미 있는 여자의 사건'에 암시되어 있다. '설아'와 죽은 M의 관계는 "몇 번이라도 뜨거워 질 수 있다는, 페치카의 참으로 나쁜 생김새"와 관련이 있다. 곧 설아와 M은 '페치카의 사랑'처럼 육체적인 관계만을 나누었을 뿐이다. 그것은 마치 다문고가 하룻밤 수단으로 여자의 육체를 탐했던 것과 같다. 민은 그런 만남을 거부한다.

> 사랑이란, 죽음의 선뜻한 냉기를 눈치챈 자의 채난(採暖) 작업이랄까. 서로 몸을 오그려붙이며 하얀 얼음판 위에서, 처음, 몸과 몸으로 비벼댄 빙하 시대(氷河時代)의 불씨의 이름을 사랑이라 하는가. 그렇게 알아낸 불씨를, 사람들은 몸에서 몸으로 전해 오는 것이지. (중략) 이 사랑이란 불씨는, 사람들이 어쩌지 못할 죽음의 냉기를 막기 위하여 만들어 낸, 인간 자신의 재산이다. (중략) 삶을 을러대 추위 속에서 태어난 인간의 발명품이다. 사랑이 아무리 불타도, 눈이 닿는 곳까지 허허한 얼음 벌판의 추위를 막을 수는 없었을 게다. 그러나 사람들은 태우고 또 태웠다. 지구의 양 꼭지에만 남기고 대부분의 땅을 녹여버린 것은, 그 얼마나 많은 세월을 사람들이 태워 온 사랑의 열매일까. 그러나 지구는 또다시 얼어붙기 시작했다. 이 눈에 보이지 않는 얼음은 더욱 차갑다. 눈에 보이지 않는 탓으로 우리는 옛사람들보다 불씨를 허술히 다룬다. 휘몰아치는 바람 속에, 깊은 얼음 구멍 속에, 우리의 불씨를 빠뜨렸을 때, 우리는 얼어죽는다. 춥다. 현대는 정말 춥다. 혼자서는 불을 못 피운다. 바람을 막으며 손바닥만한 얼음 위에 불을 피우려면 두 사람이어야 한다. 작업에는 짝패가 필요한 것이다. (233~234쪽)

민에게서 사랑은 육체적인 만남이나 일방적인 지배 관계에 의한 만남이 아니다. 그것은 얼어붙은 현대의 추위를 이겨낼 수 있는 불씨를 일으키는 것이다. 참혹한 전쟁이 벌어지는 현대의 추위 속에서 생존을 위한 마지막 보금자리를 확보할 수 있는 유일한 불씨가 바로 민의 사랑이다. 상징계의 모순으로부터 촉발된 절망을 이겨내기 위해 필요한 사랑의 불씨는 반드시 '짝패'가 필요하다. 민은 상징계의 모순을 극복하고 자기동일화를 이루기 위해 강렬한 불씨를 피울 수 있는 여인과의 사랑을 절실히 갈망한다. 그것이 미라와의 사랑으로 구체화된다.

그러나 미라를 통해서는 불씨를 피울 수가 없다. 미라는 국전 입선이 삶의 최대 목표인 인물로, 상징계의 모순을 비판하기보다는 상징계에 순응하여 그 질서에 편입되려고 하는 인물이기 때문이다. 따라서 미라는 자신이 속한 상징계를 추운 것으로 인식하지 않으며, 그러기에 불씨를 피울 이유가 없는 것이다. 그럼에도 불구하고 민이 미라를 통해 불씨를 피우려고 한 것은 그가 택한 동일화의 방법이 갖는 문제점 때문이다.

민은 자신과 함께 불씨를 피울 여인을 "교양이 있으면서도 꼬치꼬치 캐지 않는 순수한 여자"로 설정한다. 여기서 '교양'은 상징계의 지식과 관련이 있다. 곧 상징계의 지식을 가지고 있으면서, 또한 '순수한' 여자를 찾는 것이다. 그러나 미라는 '교양'은 있지만, '순수'하지는 않다. 상징계의 교양에 길들여져 순수성을 잃어버렸기 때문이다. 그 결과 미라는 불씨를 피우려는 민의 사랑을 이해하지 못하고, '자기 세계'에만 충실하면서 상징계에서 성공하고자 한다. 이것은 민이 자신의 자아완성을 위해 무용극을 택한 것과 대조를 이룬다. 민이 불씨를 피울 수 있는 사랑은 상징계의 '교양'과는 무관한, 미라의 말처럼 상징계의 '문화를 모르는' '순수한 여성'에 의해 가능하다. 그럼에도 불구하고 민은 이를 깨닫지 못하고 미라에 집착하면서 파국으로 치달린다. 그러다가 정임이라는 여자를 만나면서 비로소 자아완성을 이룬다.

(C) 단계에서 민은 정임을 통해 자아완성을 이룬다. 정임은 미라와 달리 상징계의 교양과는 거리가 먼 자리에 있다. 그녀는 '싱싱한 사슴'과 같은 존재이다. 민은 정임을 처음 보는 순간부터 '숨김없는 얼굴'에 이끌린다.

> 정임은 화제야 어떻든 자기 세계를 고집하지 않고 나와의 대화를 늘 바란다. 어쩌면 나는 대화를 할 줄 모르는 놈인가. 늘 독백만 하고 귀를 기울여 고즈넉이 들으며 다정히 응답하는 대화의 예절을 모르는 나.
> "아니야 난 정임이하고 이야기하는 게 좋아."
> 정말이다. 적어도 반은 정말이다. <반은>이란 말에 고까와 말라. 내딴에 찬사야.
> "제 이야기가요, 정말?"
> 그녀는 활짝 웃는다.
> "정말이야. 내 침묵을 달리 생각지 말아 줘."
> 이번도 정말이다. 나는 어쩌면 너한테서 빛을 찾고 있는지도 몰라. 내가 쓴 저 작품의 끝이 너에게서 나올지도 몰라. 어쨌든 그건 너에게 관계없는 일. 자꾸 말하여 다오
> (중략)
> "정임이, 나면서부터 선인은 애쓴 끝의 성자보다 복된 거야. 힘쓰지 않고 착하다면 군소리가 무슨 소용이야?"
> 이것은 정말 정말이다. 너는 이 말이 얼마나 정말 정말인지 모를 거야. 모르는 게 너의 매력이고 모르는 게 단 한 가지 흠이지만. (277~278쪽)

이 부분은 다문고 서사에서 다문고와 마가녀가 나누는 대화와 엄밀히 대응한다. 이를 통해 이 (C) 단계야말로 다문고 서사와 민 서사가 합일되는 유일한 부분임을 알 수 있다. 그러니까 민의 자아완성은 다문고의 동일화처럼 스스로 상징계와 절연하고 상상계적 동일성을 지향하면서, 동시에 상상계의 나르시스적 사랑을 추구하는 여성(타자)과 합일될 때 가능한 것이

다.

　인용문에서 보듯, 정임은 '나면서부터 선인'인 인물이다. 곧 정임은 상징계에 길들여지지 않고 태어날 때 지니고 있던 '선인'의 측면을 아직도 간직하고 있는 상상계의 인물이다. 정임은 미라와 달리 '자기 세계'를 고집하지 않고, 자신을 버리고 민을 아무 조건 없이 기꺼이 받아들인다. 이것은 '나'와 '너'의 구분 없이, 모든 것을 거울에 비친 자신의 분신 내지 영상으로 사랑하는 나르시스적 사랑에 다름 아니다.

　민 역시 그런 정임을 사랑하지만 망설이는 태도를 취한다. 이는 미라로 표상되는 상징계의 '교양'에 아직도 갇혀 있기 때문이다. 그러면서 민은 정임을 처음 보고 자신이 쓰고자 했던 작품, 곧 "단순한 순박성이 현실의 벽을 뚫고 구원"이 된다는 내용의 작품을 쓰는데, 그것이 신데렐라 무용극이다. 이 무용극을 완성하면서 민은 비로소 상징계의 '교양'이 아닌 상상계의 나르시스적 사랑만이 자아완성의 길임을 깨닫는다. 무용극이 끝나고 미라가 유학을 가자, 민은 비로소 자신이 동일화를 완성할 수 있는 타자가 무엇인지를 깨닫는다.

　　자기만 <사람>이고 다른 사람은 인형으로 알고 살아오던 사람이, 처음으로 또 다른 자기 밖의 <사람>을 발견한 현장에서 느끼는 멀미였다. 사막과 인형들을 상대로 저 혼자만의 독백을 노래하며, 포탄에 찢어진 <남의 팔 다리>를 가로채면서 살아온 자에게는, 지금 테러스 위에서 맞서 오는 <사람>의 모습은 어지러웠다. (291쪽)

5. 맺음말

　민 서사와 다문고 서사는 고대이든 현대이든, 성자든 범인이든, 지배자이든 피지배자이든, 그 모든 것을 초월하여 자아완성은 나르시스적 사랑에 기초한 상상계적 동일화를 통해 가능하다는 것을 강조하고 있다. 그리고 그러한 동일화 방법은 어떤 새로운 세계관이나 종교적 구도 의식을 필요로 하지 않는다. 그것은 주체의 상상계에 대한 강한 지향과 그 지향을 통한 타자 찾기에 의해, 언제, 어디에서든지, 그리고 누구에 의해서든지 가능한 것이기도 하다.

이러한 나르시스적 사랑과 상상계적 동일화를 통한 주체 형성은 이후 『광장』과 『구운몽』에 선명하게 제시되면서, 『화두』에 이르기까지 최인훈의 글쓰기의 원형으로 작동하고 있다. 『가면고』에는 구체적으로 나타나고 있지는 않지만, 상상계적 동일성의 세계는 『광장』과 『구운몽』에서 인류사의 유년기에 해당되는 황금시대로, 『화두』에서는 이상적인 문명체로 변이되면서 최인훈 작품을 이끌어가는 핵심 동인이 되고 있다. 그 과정에서 작가는 상상계적 동일성의 세계를 심화, 확대하면서, 동시에 한국전쟁과 5·16군사혁명으로 이어지는 파행적인 한국의 근대사에 천착해 들어감으로써 그 소설사적 의의를 굳건히 확보하게 된다.

이 외에도 이 작품은 두 가지 측면에서 최인훈 문학의 원형질을 내포하고 있다. 이것은 신데렐라 서사가 갖는 기능이 무엇인가 하는 물음과 관련이 있다. 일차적으로 이 서사는 민과 정임의 상상계적 동일화를 뒷받침하는 기능을 한다. 민이 정임을 처음 만나고 단 하루 만에 쓴 이 무용극은 '민-미라-정임'의 관계를 함축하면서, 동시에 정임의 순수한 측면과 그런 정임에 의한 민의 자아완성을 암시하고 있다. 가령 미라 스스로 민에게 보낸 작별 편지에서 밝혔듯이, 이 무용극에서 계모의 딸은 '아름답고 건방진 여성의 본보기'인데, 이는 미라를 상징한다. 상징계에서의 출세를 갈망하는 미라처럼, 계모와 그 딸들은 '잘 사는 집 아들을 우려내게 하는 현대 부르조아 집안'의 모녀에 해당된다. 반면, 신데렐라는 "곧은 마음의 아름다움을 지닌 술작"하면서도 "슬프지 않은 체하는 탈의 연기를 모르는" 인물로, 정임처럼 상징계와는 무관한 자리에서 상상계적 동일화를 추구하는 인물이다. 이러한 신데렐라에 의해 탈을 벗고 구원을 받는 왕자는 민에 해당된다.

그러나 신데렐라 서사가 작품에서 이러한 기능만을 하는 것은 아니다. 그것은 보다 본질적으로 작가의 세계 인식과 창작방법론과 관련되어 있다. 먼저, 세계 인식의 방법이다. 이는 유럽 동화에 대한 언급에 제시되어 있다. 유럽 동화는 '불쌍한 공주와 기사 이야기'를 그 핵심 요체로 삼고 있다. (i) 가련하고 선량한 공주가 (ii) 나쁜 악마의 저주로 불행해진 다음, (iii) 씩씩한 기사가 구원한다는 내용이 그것이다. 작가는 이러한 작품의 원리를 현실 세계에 적용하여 (i)의 공주는 인간에, (ii)는 흉악한 마귀할멈에 (iii)은 착한 기사에 대비시키고 있다. 곧 인간이 상징계의 모순에 의해 불행에 빠질 때, 이를 초월적인 신이나 가치, 진리, 혹은 이념이 구해준다는 것이다. 그럴 때, 인간은 "악과 선 사이에서 자기는 아무 참여 없이 운명에 주물리는 무엇"에 불과한 존재일 뿐이다. 그런 존재는 신에게 복종하는 종, 주인에게 복종하는 노예에 불과하다. 그들에겐 자유의지나 주체성이 없다. 그것이 지금까지 세계를 지배해온 세계관이다.

작가는 이 세계관을 부정하고, 상징계의 모순을 주체적으로 극복하려는 인간의 자유의지를 강조하고 있다. 그 자유의지의 담지자가 이 작품에 나타나는 민과 정임, 다문고 왕자와 마가녀 공주이다. 그리고 신데렐라 서사에서는 '헌신과 사랑'으로 왕자를 구원하는 신데렐라가 여기에 해당한다. 이러한 측면은 이후 최인훈의 작품에 나타나는 등장인물들의 중요 특징으로 자리 잡는다. 이 작품에 나타나는 '민-다문고', '마가녀-정임'이는, 『광장』에서는 이명준과 은혜로, 『구운몽』에서는 독고 민과 그의 여인으로 대체되면서, 자유의지와 주체성이 점점 심화되고 있다.

다음, 창작방법론이다. 이는 『서유기』에 대한 언급에 제시되어 있다. 『서유기』는 유럽 동화의 주된 모티브에 해당하는 '공주와 기사' 모티브와는 전혀 거리가 먼 작품이다. 그것은 공주 대신에 덕 높은 중인 현장법사를, 기사 대신에 원숭이 난봉꾼을 내세우고 있다. 또한 그것은 "느닷없는 사건 전개와, 전혀 우연의 연쇄인 등장인물들의 행동은 무설명이 주는 심미감으로 가득차 있다." 그래서 『서유기』는 '바이블'보다, '『파우스트』'보다 더 나은 '기막힌 작품'이다. 그것을 '악'이라 하는 것은 '윤리의 안경'으로 본 것이고, '요기'라 하는 것은 '미학의 안경'으로 본 것이다. 윤리는 예술, 곧 미학이 될 수 없다. 윤리가 아닌 미학으로서의 문학작품, 이것이 작가가 내세운 창작방법론에 해당한다. 『가면고』 작품만 하더라도, 세 가지 서사를 결합시킴으로써 '윤리'에 해당되는 전통적인 서사 구조를 해체시키고 있다. 이러한 창작방법 역시 이후 최인훈 작품들을 이끌어가는 중심축으로 작동한다.

이상에서 보듯, 이 작품은 이후 전개되는 최인훈 작품의 원형질에 해당되는 중요한 요소들을 내포하고 있다. 그러기에 최인훈 작품의 글쓰기의 원형을 재구성하는 데 있어서 이 작품은 중요한 역할을 하는 것으로 판단된다. 다만, 이 작품에 제시된 세 가지 구조가 작품 속에서 밀접하게 연결되지 못함으로써, 구성의 응집력이나 밀도의 면에서 다른 작품에 비해 떨어지는 점은 지적되어야 할 것이다.

여성의 정체성 찾기와 페미니즘적 시각이 갖는 소설사적 의의 : 손장순

1. 1970년대와 손장순 소설

손장순의 『세화의 성』은 『조선일보』에 1971년 6월 16일부터 2년에 걸쳐 연재된 장편소설이다. 이 작품에 접근하기 위해서는 작품이 연재될 당시의 시대적, 문단적 상황을 고찰할 필요가 있다.

1961년 5·16 군사 쿠데타로 정권을 잡은 군사독재정권은 1972년 10월 유신체제를 통해 장기 집권에 들어간다. 이 과정에서 군사독재정권은 '긴급조치'로 대표되는 검열과 감시와 통제 체제를 통해 개인의 자유를 억압한다. 그러면서 '우리도 한번 잘 살아보자'와 '조국 근대화'라는 미명하에 1962년부터 경제개발 5개년 계획을 시행한다. 1962년부터 1966년까지 1차 경제개발, 1967년부터 1971년까지 2차 경제개발, 1972년부터 1976년까지 3차 경제개발을 통해 한국 사회는 산업사회로 급속하게 진입한다. 그러나 이러한 산업화는 '위'로부터 강제적으로 행해진 것이기에, 그 결과 '부익부 빈익빈(富益富貧益貧)'이라는 구조적 모순을 배태한다.

이처럼 자유의 억압 그리고 파행적 산업화로 인한 경제적 불평등으로 요약되는 1960~70년대 한국 사회의 모순에 대해 한국 문학은 치열하게 맞선다. 그 응전의 대표적 상징물로 다음 세 작품을 들 수 있다. 이문구의 「관촌수필」은 급속한 산업화로 인한 농촌공동체의 붕괴를 다루고 있다. 황석영의 「객지」는 부랑노동자를 대상으로 열악한 노동환경과 비인간적인 처우를 비판하면서, '동혁'의 다이너마이트로 상징되듯, 강렬한 저항 의지를 표출함으로써 노동문제에 그 소설적 관심을 집중시킨다. 조세희의 「난쟁이가 쏘아올린 작은 공」은 난쟁이 일가로 대표되는 소외 계층을 대상으로 하여 폭력적인 사회구조를 비판하고, 그 구조에 희생당하는 이들의 고통스러운 삶을 형상화하고 있다.

이들 작품들은 본격소설 계열에 해당한다고 볼 수 있다. 한편 최인호의 『별들의 고향』과 조선작의 『영자의 전성시대』로 대표되는 대중소설 계열에서는 호스티스, 매춘녀 등과 같이 사회의 가장 밑바닥을 살아가는 이들의 삶을 통해 한국 사회의 저변에 깔려 있는 황폐성과 불모성, 그리고 타락상을 전면화한다.

이런 시대적, 문단적 상황에서 나온 『세화의 성』은 사회 지도층에 해당하는 인물들을 다루면서, 동시에 여성의 정체성 찾기를 전면적으로 다룬다는 점에서 주목된다. 이 글에서는 푸른사상에서 간행된 전집 중 『세화의 성』(상), (하)(2009)를 기본 텍스트로 삼는다.

2. 권력 비판의 서사 구조를 약화시키는 관념적 인물

이 작품은 크게 두 가지 서사 구조로 이루어져 있다. 먼저, 권력을 다루는 구조이다. 이 구조는 당대 한국 사회의 권력 상층부에 해당하는 국회의

원, 장관, 재벌, 교수 등을 중심으로 하여 부패한 권력에 대한 욕망을 다룸으로써, 한국 사회의 부패한 권력을 비판하고 있다. 다음, 여성의 정체성과 관련된 구조이다. 이 구조는 권력지향형의 남성과 그런 남성에 의해 이용당하고 희생되는 여성을 통해 이 시대 여성이 자신의 정체성을 찾기 위해 어떤 태도를 취해야 하는지를 문제 삼고 있다.

먼저, 권력을 다루는 구조이다. 이 구조를 이끄는 중심인물은 홍국표, 지범호, 남풍훈이다. 이들을 통해 당대 한국 사회의 권력의 풍속도를 읽을 수 있다.

첫째, 홍국표 장관은 당시 지배 권력층의 속성과 부패를 압축적으로 보여 주는 인물이다.

(i) 과도정부 때 원호처장을 지낸 이후, 대학의 시간강사로, 그것도 그녀의 주선으로 한직에 있으면서, 남편은 일구월심日久月深 잠꼬대가 장관직에 한 번 앉아 보는 것이다. 그녀는 귀에 젖은 남편의 최대의 소망을 해결해 주기 위해 같은 대학에 있는 청와대의 측근으로 여당의 비주류 국회의원이자 당무위원의 부인에게 이른바 로비를 하였다. (<상>, 37~38쪽)

(ii) "한마디로 말해서 충복형이지. 상부에 복종 잘하고 자기 나름의 이데올로기도, 고집도 없다는 점에서. 이분이 세미나에서 무어라고 말한 줄 아나. '한국 경제는 이상이 없음' 해서 참석자들이 폭소를 터뜨렸다네. 무얼 알아야 문제성도 거론하게 되지. 모르니까 숫제 '이상이 없음' 얼마나 말막음하기가 좋은가." (<상>, 73~74쪽)

(i)은, 홍국표가 아내 진형순 교수의 치맛바람으로 재무부 장관이 되었다는 점을, (ii)는 홍국표가 권력을 계속 유지할 수 있는 비결이 무엇인지를 제시하고 있다. 장관이 된 이후 홍국표는 재벌과 결탁해 사리사욕을 채우기 위해 부정부패를 일삼고, 젊은 여성(백정아)과 놀아나며, 딸(유란)을 정략결혼

시키려고 한다. 그러다가 결국에는 해임되어 권력으로부터 멀어진다.

이러한 홍국표라는 인물을 통해 당대 사회에서 권력의 부패 정도를 짐작할 수 있다. 밀실 청탁에 의한 인사, 능력과 소신 따위는 필요 없고 상관에게 복종만 하면 자리를 유지할 수 있는 체제, 지위를 이용해 사리사욕 채우기에 급급한 지도층의 작태 등을 홍국표라는 인물을 통해 비판하고 있는 것이다.

둘째, 지범호는 홍국표가 걸어온 길을 모델로 삼아 권력을 쟁취하고자 한다. 가난한 시골에서 어렵게 자란 그는 '권력, 금력, 쾌락'을 삶의 3대 지표로 삼고 그것을 얻기 위해 온갖 권모술수를 동원한다. 작품에서 그가 걸어가는 행보는 1970년대 권력지향적인 인간의 전형적인 속성을 보여 준다.

그는 고등학교 영어 교사 시절, 굴지의 사업가의 딸과 연애를 하면서 유흥비를 마련하기 위해 공금을 횡령하다 구속된다. 이후 그는 대학 시간강사로 강의를 하고, 동시에 영어 교습을 해서 생활을 해 나간다. 그러면서 애인 세화와 사귄다. 이런 와중에도 그는 권력과 금력에 대한 강한 욕망을 드러낸다.

> 한시바삐 발분망식發憤忘食하여 나도 버젓한 계열에 들어가 모든 사람으로부터 선망의 대상이 되어야 한다. 권력을 잡은 후 내 앞에 와서 굽실거리는 모습들은 나의 가난을 보상해 준다. 나에게 아픔을 준 모든 사람들에게 통쾌감을 십분 느끼게 된다. 설사 그런 것이 아니더라도 권력에의 매력을 사나이라면 어떻게 부정할 수 있을까.
>
> (중략)
>
> 으리으리하지는 않더라도 높은 담장 안의 아담한 양옥, 고급 승용차, 그리고 날씬한 여자. 이것들을 소유하는 것이 현대인의 목표라면 나라고 예외일 수 없다. (<상>, 32쪽)

가난한 시골 출신으로 천대받으며 살아온 그는 권력을 잡아 그들에게 통쾌하게 복수하고자 한다. 결국 그는 홍장관의 딸 유란과 사귀면서 약혼자 세화를 버린다. 진교수의 환심을 산 그는 홍장관의 비서가 되고 유란과 결혼한다. 그러면서 동시에 백정아와 놀아난다. 이렇게 해서 그는 그의 삶의 3대 지표 중 권력과 쾌락을 동시에 손에 넣게 되는 것이다. 그러다가 홍장관이 해임되자 지범호도 실업자가 된다. 그러자 지범호는 돈을 벌기로 결심한다.

> 이때까지 그에게는 달려갈 좌표가 있었고 그 좌표로 향하는 길이 열려 있었다. 권력을 향해 돌진하는 의욕과 부푼 마음, 권력의 소유를 예감한 통쾌감. 향상을 위한 발돋움과 운명의 개척과 자기를 창조해 나가는 스릴. 그 성취감.
> 이런 것들이 지금 없어진 것이다. 이런 것들이 텅 비어 버린 삶은 그에게 살고 있지 않은 것과 다름이 없다. (중략)
> 이 기회에 본격적으로 돈을 벌어 볼까. 비서실에 있는 동안 돈을 버는 요령도 조금은 어깨너머로 익혔고, 얼마간의 금품을 가만히 앉아서 모을 수 있었다. (<하>, 32쪽)

지범호는 보세가공을 하는 회사 인수를 위해 필요한 자금을 처가에 의지해 마련하려 한다. 그러나 처갓집이 이를 거부하자 아내 유란을 구타하기 시작한다. 그러면서 예전 애인이자 남풍훈의 아내인 세화를 다시 만나 불륜 관계를 맺고, 남풍훈 의원의 비서가 된다. 그러다가 세화와의 불륜이 밝혀지고, 임신한 아내 유란을 구타하여 구속된다.

이처럼 지범호는 부패한 권력에 대한 욕망으로 인해 결국에는 파멸해 간다. 따라서 지범호라는 인물은 당시 만연한 권력지향적인 욕망과 그러한 타락한 욕망으로 인해 파멸하는 1970년대 권력지향형 인간의 한 전형에 해당한다.

셋째, 남풍훈 국회의원이다. "혁명 주체 세력으로 야당 국회의원이 된"

그는 부패한 권력 집단에서 긍정적인 인물로 묘사된다. 그는 고등학교 교사에서 교수를 거쳐 혁명 주체 세력으로 혁명에 가담했다가 야당 국회의원이 된 인물이다.

> 남풍훈은 권력에 대한 편집광을 머니 마니아(狂)만큼이나 비참한 바보로 생각한다. 신념과 프린스플이 결여된 권력욕은 추하기만 하다. 유약과 철학의 빈곤과 지능적인 두뇌에서 나오는 마키아벨리즘은 더욱 경멸한다. (<상>, 165쪽)

남풍훈은 "정당과 돈이, 부정부패가 판을 치고 모두들 추한 타협만을 일삼는 범속한 무리 속에서 이데아를 위해" 싸우는 인물로 설정되어 있다. 그가 추구하는 '이데아'의 실체는 그의 애인 묘진의 입을 통해 밝혀진다. 묘진이 영향을 받았다는 '행동적 휴머니즘'이 그것이다.

> 불문학의 영향이에요. 말로가 인도차이나의 안남혁명에서 민족해방전선에 참여한 경험을 쓴 『왕도』와 광동혁명에 투신해서 쓴 『정복자』를 읽었어요. 상해혁명에서 여러 가지 에피소드를 다루어 극한 상황에 있는 인간의 의식을 추구한 『인간조건』은 대학에서 원서 강독을 들었어요. 그의 행동의 휴머니즘과 사회의 부조리에 대항하고 사회를 개혁하려는 역사의 증언, 그리고 어떤 최악의 경우에도 인간의 품위를 잃지 않으려는 불굴의 강철 같은 의지에서 인간의 권위를 찾으려는 행동주의 철학은 부지중에 나에게 영향을 준 것 같아요. (<상>, 163쪽)

부조리한 상황에 대항하면서, 인간의 품위를 잃지 않는 강철 같은 의지로 인간의 권위를 찾으려는 말로의 이 행동적 휴머니즘을 묘진은 대학 때 불문 원서 강독을 통해 알게 되었다. 묘진의 이러한 신념은 곧 남풍훈의 신념으로 작품에서 전이된다. 남풍훈이 쿠데타에 가담한 것도 '말로'적인

'개혁의 의지'에 따른 것이며, 야당 국회의원이 된 것도 그런 의지에 따른 것이다.

이 행동적 휴머니즘에 입각해 뚜렷한 이념을 갖고 정치를 하는 남풍훈은 작품에서 매우 이상적인 인물로 묘사되고 있다. 여기서 남풍훈의 정치적 이념이 당대 현실과의 치열한 대결에 의해 도출된 것이 아니라, '불문학'으로 표상되는 지식(관념)의 영역에서 형성된 것이라는 점에 주목할 필요가 있다.

관념을 통해 얻은 정치적 이념을 신봉하는 남풍훈이 첫 번째 서사 구조의 중심인물로 부상하면서 앞서 홍장관과 지범호를 통해 가해지던 부패한 권력에 대한 비판적 진술은 이상적인 정치와 권력에 대한 진술로 대체된다. 그 결과 당대 부패한 권력에 대한 비판을 핵심으로 삼던 첫 번째 구조는, 홍장관과 지덕호가 주변적인 인물로 사라지고 남풍훈이 중심인물로 부상하는 작품 후반부로 가면서 그 현실적 긴장감을 점차 상실해 간다. 작품 후반부로 갈수록 부패한 권력과 그 권력의 이전투구식 싸움은 작품 전면에서 사라진다. 이런 사태는 작품에서 일종의 이상형적 인물로 설정된 남풍훈 서사에 기인하는 것으로 보인다.

> 이 쿠데타가 사회적인 혁명에(근본적인) 성공했다고 말할 수 없지. 더구나 사십대가 삼십대에 이미 주체세력으로서 권력을 잡고 사회의 기수가 된 것은 이 사회 구조를 혼돈 속에 빠뜨린 점도 있거든. 선배들에게는 이른 정년퇴직으로 조로 현상을, 동년배들에게는 초조와 열등감을, 삼십대 후배에게는 왕성한 욕망을, 이십대에게는 불신을 안겨주었을 뿐이야. (<상>, 117쪽)

위 인용문은 작품 전체에서 권력과 사회 구조와의 관계를 다루는 대표적인 부분에 해당한다. 그러나 이러한 구조적 접근이 전면화되어 소설적 형상화로 나아가지 못하는 것은 아마도 저널리즘에 연재되는 소설이라는 측면이 강하게 작동했을 것이다. 그러나 그것과 함께, 이상적인 인물 남풍훈 서사가 작품의 중심 요소로 작동한 것도 중요한 원인이라는 점은 강조되어야 할 것이다.

3. 폭력적인 남성성이 지배하는 시대에 여성의 정체성 찾기

그렇지만, 이 작품은 첫 번째 구조가 갖는 이러한 결함을 충분히 상쇄할 수 있는 다른 구조를 내포하고 있는데, 그것이 두 번째 구조인 여성의 정체성과 관련된 측면이다. 이 구조는 권력지향형의 남성과 그런 남성에 의해 이용당하고 희생되는 여성을 다루고 있다. 이 구조를 이끄는 중심인물은 강세화, 백정아, 묘진, 홍유란이다. 이들을 통해 폭력적인 권력과 남성성에 희생당하는 여성의 비극적 삶을 읽을 수 있으며, 더불어 그런 시대에 여성의 정체성을 찾기 위해 취해야 할 태도는 무엇인지를 읽을 수 있다.

첫째, 유란이다. 홍장관의 딸인 유란은 아버지 홍장관의 정략결혼으로 큰 정신적, 육체적 상처를 입는다. 그것이 비서실장의 아들 박동욱과의 관계로 나타난다.

> 동욱은 하룻밤에 수십만 원을 뿌려가면서 노는 일이 비일비재하다. 가수의 하룻밤 출연료를 몽땅 지불하고 어느 홀(유흥업을 하는) 하나를 사서 여럿이서 밤새도록 마시고 노래하고 고성방담을 하다가 그것도 지루하면 재주껏 쌍쌍으로 빠져 나가는 그 재미로 그는 생을 살아가고 있다. 투전판도, 파티의 무드도, 여자도, 운전도 재미로 하는 그는 재미없는 일에 의무적으로 매달려 사는 사람들을 제일 불쌍하다고 생각하고 있다. (<하>, 115쪽)

박동욱은 극도로 방탕한 생활을 하면서 모든 것을 '재미'로 대한다. 유란은 그런 동욱과 정략결혼을 위해 사귄다. 그러다가 동욱이 유란을 별장으로 유인해 성폭행을 한다. 그 폭행의 결과 유란은 엄청난 정신적, 육체적 상처를 입는다.

> 송충이 같은 눈은 행위 직전에 벗은 안경으로 독기까지 어리는데, 그녀를 깨물듯이 이를 악물며 광적으로 달려드는 동욱을 유란은 이리 피하고 저리 피하느라고 진땀을 흘렸다. 결국은 피할 수 없는 과정에서 행위를 하고 있으면서도 심에 차지 않고 해도 해도 모자라는 듯 눈을 비스듬히 감으며 게걸거리는 표정은 너무나 본능적인 추한 모습이었다. 인간이 도저히 지을 수 없는, 인간다운 것을 조금도 찾을 수 없는 그 모습에서 유란은 모욕을 느끼기까지 하였다.
> 인간이 그처럼 간단히 동물로 추하게 떨어져버리는 것일까. 그의 격하던 표정은 바로 형편없이 타락한 동물적 인간의 그것이었다. 그것은 인간에 대한 모독이었다. 인간이 인간을 사랑하는 애정이 빠져 나간 행위는 동물 이하의 추한 자태였다. (<상>, 200~201쪽)

폭력적인 권력과 그 권력을 등에 입은 폭력적이고 타락한 남성성에 의해 유란은 치유할 수 없는 상처를 입는다. 이후 유란은 지범호와 결혼하지만 그때의 상처를 극복하지 못해 갈등을 빚는다. 그러다가 이를 극복하고 지범호와 단란한 가정을 꿈꾸지만, 세화와 불륜을 저지르다 발각된 지범호에게 구타를 당한다. 결국 유란은 세상과 등을 지고 절에 들어가 '화담' 스님으로 거듭 나고자 한다. 이처럼 유란은 동욱과 범호라는 두 권력지향형 남성으로부터 성폭행과 구타를 당하면서 처참하게 허물어져 가는 인물이다.

둘째, 세화이다. 세화는 지범호의 약혼녀에서 남풍훈의 아내로, 다시 지범호의 불륜녀로 바뀐다. 그 과정에서 세화는 폭력적이고 권력지향적인 남성성에 의해 희생당하지만, 점차 여성의 정체성을 찾아간다.

(i)

세화는 권력에의 의지와 집념을 이해할 수가 없다.

세화는 사랑하는 사람과 음악이 있으면 행복하다. 마음이 맞아 모이는 곳에 따뜻하고 단란한 분위기가 있고 음악을 곁들이면 다시없이 충족하다. 인생과 예술과의 조화. 생활다운 생활의 영위.

순수한 사랑을 지고한 행복으로 구가하는 것은 세련되지 못한 바보일까? 권력의 소유가 주는 만족감은 평범하고 근원적인 행복감을 능가하는 것일까?

세화는 지지리도 못나게 서투르게만 사는 가정에서 고생을 해왔건만 사회적 영달이나 입신출세에 가치기준을 둔 적이 없다. 그런 데에 허영을 갖기에는 너무나 정서적으로 정감적이다. (<상>, 111쪽)

(ii)

범호에게 두 번씩이나 당한 세화는 어느덧 피해신경이 예민해진 듯 옛날에 없던 영악을 부리는 셈이다. 어차피 난 남자에게 인격을 기대하지 않는다. 범호에 대한 실망은 모든 남자에 대한 실망을 가져오고 그녀는 어느덧 이기적인 자세를 가지게 된다. 요컨대 남자란 순정이나 인격을 가지고 대할 하등의 값어치가 없는 것이다.

포기한다는 것은 순연純然한 자기의 세계를 보유하는 데는 오히려 기분이 깨끗한 상태다. 어설픈 타협과 어정쩡한 서성거림은 혼돈과 오탁汚濁을 의미할 뿐이다.

그녀는 결코 침해받을 수 없는 자기의 영역과 세계를 구축하고 싶다.

비록 꿈은 깨어져 박살이 났지만 오롯한 자신만의 세계에서 새로운 삶의 의미를 가꾸어 볼 생각이다. 그것이 '행복'과 바꾼 '첼리스트'로서의 길을 닦을 것인지 아닌지 아직은 분명하게 말할 수 없다.

아니다. 내 비록 '사랑'은 실패했지만 '결혼'에서는 성공적인 삶을 살아야 한다.

세화는 아직 '여자'이기를, 그리고 '행복'을 단념할 수가 없다. 온화하고

유현한 선율과 같은, 혹은 서정시 같은 아름다운 삶에의 긍지를 범호라는 한 남자로 인해 무참히 구겨 던질 수는 없다. (<상>, 143~144쪽)

(iii)

"내가 한 행위에 대해서 내가 책임을 지겠어. 난 이렇게 살 수밖에 없었어. 문제는 범호 같은 남자를 만났기 때문이라고 말할 수도 있지만 설사 다른 남자를 만나 순조롭게 결혼하고 아무런 사건 없이 평탄하게 산다 한들 난 마찬가지라는 결론이 나왔어. 인생은 어떤 형태로 살든지 고통스럽고 허망하고 유감이 있기는 마찬가지야. 그럴 바에는 나 살고 싶은 대로 살아보는 거야." (<하>, 250쪽)

(i)의 세화는 지범호와 헤어진 직후의 모습이다. 아직 폭력적인 남성성에 노출되기 전, 세화는 '사랑하는 사람과 음악'이 있는 행복, '인생과 예술이 조화'된 생활을 꿈꾸는 정감적인 여성이다.

(ii)의 세화는 지범호와 헤어지고 남풍훈 국회의원과 결혼을 앞둔 상태이다. 지범호가 자신의 권력욕을 쟁취하기 위해 유란과 결혼한 사실을 알고, 세화는 지범호에 대한 복수심으로 남의원과 결혼한다. 결혼을 앞둔 세화는 폭력적인 남성성으로부터 입은 상처로 인해 남성에 대한 경멸감을 드러낸다. 그러면서 그녀는 남성 중심의 사회에서 자신의 정체성 찾기를 '여성'이라는 입장에서 접근한다. 그것이 '사랑'에 실패했지만 '결혼'에는 성공하는 것으로 제시되는데, 그 결과물이 지범호와 달리 섬세하고 자상한 국회의원 남풍훈과의 결혼이다.

(iii)의 세화는 남풍훈과 이혼하고 불륜 관계를 맺던 지범호와도 결별한 채, 음악 공부를 위해 유학을 앞둔 상태이다. 여기서 세화는 '여성'으로서 남성과의 '순수한 사랑'(지범호와의)도, '행복한 결혼'(남풍훈과의)도 모두 거부한다. 대신 그녀는 '나 살고 싶은 대로 살아보는' 길을 택한다. 폭력적이고 권력지향적인 남성성에 휘둘려 상처받는 수동적 여성이 아니라, 한 인

간 존재로서 자신의 정체성을 회복하고자 하는 것이다. 이를 위해 그녀는 '첼리스트'가 되기 위해 유학길에 오른다.

셋째, 정아이다. 사학을 전공한 정아는 '건전한 즐거움'을 누리고자 하는 '플레이걸'이다.

> 정아에게 모럴의 기준은 어떤 형태이든 건전한 즐거움에 있고 그녀는 그것을 스스로 창조하고 잘 요리해 나가고 있다. 생동하는 삶 그 자체에 의의가 있으며 그녀는 그것을 열심히 포착하면서 살고 있다. (<상>, 235쪽)

그녀는 세화의 애인인 지범호와, 그리고 홍장관과, 박동욱과 자유롭게 관계를 맺는다. 그러한 만남은 그녀가 지닌 '건전한 즐거움'에 기인한다. 그러다가 그녀는 점차 산업화되어가는 현실을 직시하고, 이 시대에 여성이 정체성을 찾기 위해 무엇을 해야 하는지를 자각한다.

> (i) 결혼 전에는 제법 모럴을 찾고 발랄하던 여자일수록, 그래서 과감하게 모험을 즐기고, 파격적으로 행동하던 여자일수록 결혼만 하면 간장 고리내가 풀풀 나는, 더 철저하게 판에 박힌 아낙네가 되어 버려요. (<상>, 251쪽)

> (ii) 정아는 어차피 한국 사회도 합리주의의 경향이 짙어가는 이상 부부의 관계도 예외일 수 없음을 많이 보아왔다. 또 제대로의 인격 대우와 권리를 주장하려면 경제의 독립부터 가져야 하기에 그런 의미에서도 자활의 길을 닦은 것을 무의미하다고 생각하지 않았다. (<상>, 234쪽)

(i)에서 보듯, 폭력적이고 동물적인 남성이 지배하는 가정에서 여성은 그 틀에 길들여질 수밖에 없다는 것을 그녀는 자각하고 있다. 결혼 전 과

감하게 모험을 즐기던 여자도 결혼을 해 그 틀에 함몰되는 순간 남성 중심의 '가정'의 '아낙네'가 되어버린다는 것을 그녀는 분명 깨닫고 있다. (ii)에서, 그녀는 그런 부부 관계의 틀에서 최소한 여성이 정체성을 유지하기 위해서는 경제의 독립이 필요하다는 것을 알고 스스로 그 길을 택한다. 이를 위해 그녀는 아버지로부터 독립해 자신만의 공간을 마련하고 '디자인 살롱' 사업을 시작한다.

4. 페미니즘적 시각과 소설사적 의의

이 작품은 작품 전편에 걸쳐 폭력적인 남성성이 지배하는 시대에 어떻게 여성의 정체성을 찾을 것인가를 다양한 인물을 통해 다양한 각도에서 살펴보고 있다. 그러기에 여성의 정체성을 다루는 두 번째 구조야말로 이 작품의 핵심 구조이다. 그리고 이 구조를 움직이는 여성들의 서사적 행보가 각기 대비되면서 실감 있게 묘사됨으로써 이 작품은 첫 번째 구조의 결함을 충분히 상쇄하면서 현실적 긴장감을 확보하게 된다.

유란, 세화, 정아를 통해 여성의 정체성 찾기는 세 갈래로 진행된다. 유란의 '화담' 스님으로 거듭나기, 세화의 '첼리스트'로 거듭나기, 정아의 경제적 독립이 그것이다. 이 세 가지 중에서 오늘날의 페미니즘적 관점에서 주목되는 것은 세화의 선택이다.

페미니즘은 남성과 여성의 이항대립에 기초해, 남성에 길들여진 여성, 남성의 도구로서의 여성이기를 거부하는 운동이다. 곧 '남성성'과 '여성성'은 남성중심주의 사회에 의해 길들여진 결과물이라는 것이다. 여성이 진정한 정체성을 회복하기 위해서는, 남성의 도구가 아니라 진정한 인간 존재라는 인식을 확보하는 것이 급선무이다. 인간 존재의 관점에서 볼 때 남

성과 여성은 동일한 존재이다. 따라서 여성은 '여성'이 아니라 '인간 존재'
로서 자신의 정체성을 찾아야 하는 것, 그것이 페미니즘에서 강조하는 여
성해방이다.

세화가 선택한 길, 곧 남성에 길들여진 '여성'이 아니라, 인간 존재로서
자신의 길을 개척해가는 것이야말로 진정한 여성해방이 아닐 수 없다. 그
런데 문제가 되는 것은 세화처럼 인간 존재로서 여성의 정체성을 찾고자
하는 인물이 또 한 사람 있다는 점이다. 그것이 묘진이다.

묘진은 남풍훈을 절대적으로 사랑하지만, '애'를 낳지 못한다는 이유로
남풍훈으로부터 버림받는다. 그러나 묘진에게 남풍훈은 권력을 가진 남성
이 아니라, 하나의 인간 존재, 곧 일종의 '동지' 같은 존재이다. '순수한 이
데아'를 가진 남풍훈을 묘진은 존경하면서 사랑하는 것이다. 그런데 남풍
훈이 세화와 결혼하자 묘진은 남풍훈 곁을 떠나 속리산에 은거하면서 작
가가 되고자 한다. 그러나 남풍훈이 세화와 이혼하고 묘진을 아내로 받아
들이려 하자 묘진은 자살한다.

> 나는 환상을 먹고 사는 특수체질입니다. 환상이 없는 삶은 권태로워 견
> 딜 수가 없어요. 환상은 나의 삶에 생명수 같은 것이죠. 생활로 들어가면
> 환상은 깨져 버립니다. 끈끈하게 엉겨서 살아가는 삶에는 증오와 환멸과
> 타성과 집념이 있을 뿐입니다. 요사이 나는 그와 비슷한 것을 느끼고 있어
> 요. 살고 싶은 생각이 없어졌어요. 두 분의 이혼이 끝나면 나는 싫어도 그
> 분 곁에서 명실 공히 그분을 보필해 드리지 않으면 안 됩니다. 나는 그것
> 이 견딜 수 없어요. (<하>, 282~283쪽)

묘진은 환상을 먹고 산다. 그 환상은 남풍훈을 인간 존재로서 존경하고
사랑하며, 그것을 절대화한 자리와 관련이 있다. 곧 묘진은 스스로를 '여
성'으로서가 아니라 남풍훈과 같은 순수 이념을 지닌 인간 존재로 여긴다.

남풍훈이 결혼하자 그 곁을 떠나는 이유는 남풍훈이 남성 중심의 사회에 편입되기 때문이다.

그런 남풍훈이 세화와 이혼하면서 묘진과 결혼하자고 요구할 때, 묘진은 '애'와 '가정'이 중시되는 남성 중심의 '생활' 공간에서 자신의 환상을 이룰 수 없다는 것을 깨닫는다. 그것이 자살 이유이다. 이 자살은 두 가지 의미를 지닌다.

첫째, 여성이 인간 존재로서 자신의 정체성을 찾기에는 남성 중심의 사회 틀이 너무 완고하다는 점이다. 묘진의 환상이 조금이라도 지속될 수 있는 현실적 공간이 전무하다는 것은, 그만큼 당대 사회가 남성 중심적이고 폭력적이라는 점을 의미한다.

둘째, 인간 존재로서 정체성 찾기와 관련해 묘진의 자살과 세화의 '첼리스트'로의 거듭나기가 대비된다는 점이다. 이 작품이 연재되던 1970년대 초 한국 사회와 관련해, 묘진의 자살이 비현실적이라면 세화의 거듭나기는 현실적이다. 반대로 세화의 거듭나기가 비현실적이라면, 묘진의 자살은 현실적이다.

이 두 가지 점과 관련해, 1990년대 초에 나온 신경숙의 「풍금이 있던 자리」를 살펴볼 필요가 있다. 이 작품에서, 인간 존재론적 사랑을 갈망하는 주인공은 그 꿈을 이루지 못하게 되자 '눈 먼 소'처럼 현실과의 모든 관계를 차단하고 유년기의 기억 속으로 침잠한다. 이 침잠의 자리는 묘진의 자살의 자리와 연결된다. 그런 점에서, 1970년대 한국 사회 구조와 관련해 볼 때 묘진의 자살이야말로 현실적이지 않을 수 없다. 그렇다면 세화의 거듭나기는 작가의 관념 속에서 이루어진 것이라는 유추가 가능하다. 아마도 이것 역시 저널리즘에 연재되는 소설이라는 측면과 관련이 있을 것이다.

그런 모든 논의를 뒤로 할 때, 결론적으로 이 작품은 1970년대에 여성의 정체성 찾기를 페미니즘적 시각에서 접근하고 있다고 볼 수 있다. 이 점은 강조되어야 한다. 1990년대에 등장한 페미니즘적 관점으로 1970년 대 한국 사회의 여성 문제를 바라보는 작가의 시각은 그래서 탁월하다. 그 것이 이 소설이 갖는 소설사적 의의가 아니겠는가.

병적 공격성과 초월 의지의 긴장 관계,
그리고 무화 : 최인호

1. 본격문학과 대중문학 사이

1970년대 한국 사회의 구조적 모순은 군사독재정권과 파행적인 산업화로 압축될 수 있다. 1961년 5·16 군사 쿠데타로 등장한 군사독재정권은 1970년대에 이르러 '유신헌법'과 '긴급조치'로 폭압적 권력을 휘두르면서 자유를 철저히 억압한다. 그러면서 독재정권은 '조국 근대화'와 '우리도 한 번 잘 살아보자'라는 슬로건을 내세우고 1963년부터 경제개발 5개년 계획에 따라 산업화를 급속도로 진행해 나간다. 그러나 이 산업화는 민중의 자발적 필요성과 그 실천적 힘에 의해 진행된 것이 아니라, 군사정권이 자신의 타락한 지배 체제를 유지하기 위한 한 방편으로 위로부터 강압적으로 진행된 것이기에 그 파행성을 면치 못하게 된다. 그 결과 '부익부 빈익빈(富益富貧益貧)'이라는 심각한 경제적 불평등을 야기한다.

1970년대 문학의 의의에 대해 논할 때, 자유의 억압과 경제적 불평등으로 인한 당대 사회의 구조적 모순에 대한 문학적 응전에 주목하는 이유가 여기에 있다. 이문구가 급속한 산업화에 따른 농촌공동체의 파괴를, 조세희가 소외된 변두리 인간들의 절망감을, 황석영이 부랑노동자들의 저항의식을 형상화한 것 등은 모두 파행적인 산업화에 대한 각각의 문학적 대응 방식에 해당된다. 이들에 대한 가치 평가를 통해 각각의 질적 편차를 드러내는 작업은 문학사적 안목에 해당할 것이다.

그렇다면 최인호(1945~2013) 문학의 문학사적 의의는 무엇인가? 1967년 「견습환자」로 작품 활동을 시작한 최인호 문학에 대한 평가 역시 1970년대에 진행된 산업화와 관련되어 주로 논의되어 왔다. 그리고 그 평가는 상반된다. '1970년대 작가군의 선두주자'로 '진정한 의미에서의 도시문학가로서 우리 사회의 도회화 과정이 지니고 있는 여러 측면들을 예리하게 반영'하면서 신선한 감수성과 경쾌한 문체를 통해 '1970년대적 감성의 혁명'을 열었다는 긍정적 평가와, '통속적 소비문학'이라는 부정적 평가가 그것이다. 전자에는 「미개인」(1971), 「타인의 방」(1971), 「무서운 복수」(1972), 「돌의 초상」(1978), 「이상한 사람들 (1), (2), (3)」(1981) 등의 중, 단편 위주의 본격소설 작품들이 속하며, 후자에는 『별들의 고향』(1972), 『바보들의 행진』(1972), 『도시의 사냥꾼』(1976), 『불새』(1979), 『적도의 꽃』(1981), 『고래사냥』(1982) 등의 장편 대중소설이 속한다.

이러한 기존 평가에서 극복되어야 할 것은 본격문학과 대중문학의 경향중 어느 한 쪽에만 치우쳐 최인호 문학을 평가하는 경우이다. 한 작가의 문학 세계에 대한 가치 판단을 내리기 위해서는 그 작가의 작품 세계 전체를 관통하는 작가 정신의 핵을 무엇보다 먼저 검출해 내는 작업이 필요하다. 특히 최인호처럼 본격문학과 대중문학 쪽에 동시에 그 뿌리를 내리고 있는 경우, 왜 작가가 그러한 태도를 취하고 있는지를 그의 문학 정신의 원형과 관련해 밝혀낼 필요가 있다. 이를 통해 최인호 문학의 두 축을 이루는 본격문학 작품과 대중문학 작품이 갖는 의미를 점검할 수 있고, 나아가 그것을 1970년대 문학의 전체 구조에 삽입시켜 이해와 설명의 과정을 거칠 때 그의 문학에 대한 정당한 평가가 가능하다.

2. 자유인 되기와 술집 작부와 놀아나기, 그리고 병적 공격성

최인호 문학을 관통하는 핵심축을 파악하기 위해서는 「무서운 복수」와 「미개인」, 「이상한 사람들」 연작에 대한 검토가 먼저 필요하다. 작가의 자전적 소설로 보이는 「무서운 복수」는 27살의 군 제대생이면서 대학을 9년째 다니고 있는 소설가 최준호와 데모 투사인 오만준이라는 두 인물을 통해 유신 직전 데모로 얼룩진 대학가의 혼돈과 그들의 우정을 그리고 있는 작품이다.

최준호는 "무슨 일이든 할 때마다 최악의 경우만을 생각하고 그리고 그런 경우에만 자신을 맡겨 버리는 버릇"(「무서운 복수」, 『다시 만날 때까지』, 나남, 1987. 164쪽)이 있으며, "머리는 산발하고 담배를 짓씹으며 침을 퉤퉤 뱉어 가면서 연극이나 해대고 애들에게 재미있는 음담패설이나 해주는 자유인"(167쪽)이다. 그는 데모에 대한 성명서를 써달라는 오만준의 부탁을 거절한다. "쓸데없이 남의 일에 끼어들어 피해를 받기가 싫다"는 입장에서 그러한데, 그 후 둘 사이에 우정이 싹트고 데모를 한 오만준은 강제징집을 당한다.

이 줄거리에서 주목되는 것은 '기회주의자'로 비판받고 '퇴폐적인 자유인'임을 자처하는 최준호가 겪은 두 가지 체험이다. 하나는 군복무 시절 위문품 부정유출 사건에 자신도 모르게 연루되어 군 수사대에서 폭력을 당한 체험이다. 이 폭력 체험은 폭력과 억압에 대한 공포로 나타난다.

그들은 나에게 미안하다고 말을 하면서 수사상 어쩔 수 없었다고 말을
했다.
　나는 아주 그들이 내 혐의를 벗겨 주어 기쁘다는 표정으로 서서 연신
꾸벅이며 고맙습니다 라고 인사를 차리고 난 후 홀로 밖으로 나왔다. 그때
내 가슴에 충만되는 것은 묵직한 기쁨보다는 묵직한 비애였다. 자신에 대
해 침이라도 뱉어 주고 싶은 모멸감이었다. (「무서운 복수」, 173쪽)

폭력에 대한 공포와 자신에 대한 모멸감이 착종된 상태에서 그는 당대
사회체제와 마주선다. 여기서 그는 당시의 폭압적인 지배 체제에 대한 적
극적인 저항, 가령 대학생들의 데모와 같은 행동을 포기한다. 그에게서 학
생 데모는 지배 체제의 폭력과 동일한 것으로 인식되었기 때문이다.

　　"무디죠 허지만 일단 데모를 하면 무언가 적개심이 끓어올라요 그건
내 생리와 무관한 거예요 그저 물고, 뜯고, 그리고 쓰러지고 싶어요 현역
교관 반대, 그것은 핑계에 불과해요 교련 반대가 아닐지라도 우리는 또
다른 핑계를 만들어서라도 데모를 했을 거예요."
　　(중략)
　　"그런 것을 알면서도 우리는 약아빠져서 합리화를 잘 시키거든요 저들
이 저렇게 강경하게 나오면 더 큰 데모가 벌어지는데 틀림없이 몇 학생이
구속당할 거예요 그러면 더 큰 데모가 일어나요 현역 교관단 반대가 아
니라 구호가 교련 철폐로 바뀔지도 몰라요." (「무서운 복수」, 192쪽)

그에게 경찰과 데모대가 폭력적으로 상호 충돌하는 곳은 단지 '맹목의
바다'(191쪽)일 뿐이다. 폭력에 대한 공포로 자기모멸감에 빠진 최준호는
폭력적인 저항을 포기하고, 대신 "문득 어둡고 축축한 습지에 웅크리고 앉
아 온통 땀을 흘려 가며 자신의 털을 자신의 혀로 핥아 내리는 자신의 환
영"(202쪽)으로 빠져든다. 이것은 외부에서 가해지는 공격성에 대한 공포를
마조히즘적인 자기 학대로 대체한 병적 공격성에 해당한다.

다른 하나는 어린 시절 전쟁과 관련하여 겪은 가난에 대한 체험이다. 그는 누이와 함께 며칠을 굶다 아버지의 분부에 따라 부잣집에 양식을 빌리러 간다. 그러나 양식은 얻지 못하고 좁쌀 사료를 얻는데, 집으로 오는 도중 그것을 바닷가 모래 위에 엎지른다.

그때 나는 모래에 걸려 땅에 쓰러졌어요 순간 봉지가 터지고 좁쌀이 모래사장에 엎질러져 버렸어요 순식간의 일이었어요

나는 너무 놀라서 일어설 생각도 하지 않고 쓰러진 채 어둠 속에서 좁쌀이 섞여 사금파리처럼 빛나는 것을 보았어요 울음을 터뜨린 것은 누이였어요

"어떡하니, 얘."

누이는 그대로 주저앉더니 투정 부리는 애처럼 발을 버둥대며 울었어요

그제야 나도 같이 따라 울기 시작했어요 막연하게 우리의 가슴 속으로 공포감이 덤벼들었어요

이 빛이 없는 어둠 속 둘만이 차가운 모래 사장 위에 앉아 있다는 사실, 그리고 좁쌀을 엎질러 버렸다는 사실이 실감되어 오고 우리는 이윽고 눈물보다는 더 큰 공포감에 와들와들 떨고 있었어요 (「무서운 복수」, 187쪽)

어린 시절의 가난 체험 역시 폭력에 대한 체험처럼 공포감으로 각인된다. 그러나 이 공포감은 폭력 체험의 공포와는 달리, 마조히즘적인 자기학대로 대체되지 않는다. 대신 그것은 '좁쌀이 쏟아진 모래 쪽을 발로 걸어차는' 분노로 표출된다.

그러자 누이가 느닷없이 발로 좁쌀이 쏟아진 모래쪽을 발로 걸어차기 시작했어요 그것은 심술과 같은 억지였음을 나는 알아차려 놀란 나머지 말리려 했으나 좀 후에는 나도 같이 모래를 발로 차기 시작했어요

"에이 망할 놈의 쌀 귀신이나 먹어라."

누이가 침을 퉤퉤 뱉으면서 소리질렀어요 바람 속에 누이가 지르는 소
리는 진폭이 짧아 싹뚝싹뚝 끊겼어요
"고시래, 물귀신 고시래."
나는 모래를 한줌 들어 바다 쪽으로 향해 던졌어요 (「무서운 복수」,
188쪽)

이 분노는 가난 그 자체나 가진 자에 대한 분노가 아니다. 그것은 배고
픈데도 먹을 수 없는, 또한 가질 수 없는 '좁쌀' 그 자체에 대한 분노다.
좁쌀 사료를 먹을 수 없게 되자 그 사료를 모래와 함께 바다에 던지는 행
위는 일종의 사디즘적인 분노에 해당한다.
마조히즘적인 자기학대와 사디즘적인 분노는 병적 공격성이라는 측면에
서 등가이다. 병적 공격성은 기존 사회체제의 구조적이면서 본질적인 모
순에 대한 천착과 그 모순에 대한 적극적인 비판과 저항으로 나아가는 것
을 방해한다. 대신, 폭력적인 사회 지배 체제에 대한 공포에서 비롯된 자
기학대는 기존의 억압적인 사회체제와 거리를 둔 자기 방종으로 나타난다.
한편 가난 체험으로 인한 공포가 변형된 사디즘적 분노는 산업사회의 부
정적인 측면에 스스로를 내던져 학대하기, 곧 타락한 물질문명에 대한 탐
닉과 자기 학대로 나타난다. 자기 방종과 타락한 물질문명에 대한 탐닉이
구체화된 것이 '음담패설을 하는 자유인 되기'와 '술집작부와 놀아나기'이
다.
「무서운 복수」의 최준호에게 나타나는 이러한 병적 공격성이야말로 작
가 최인호가 취한 당대 사회에 대한 문학적 응전 방식에 해당한다. 이러한
응전 방식이 또한 최인호의 문학 세계를 규정하게 된다.

당신네 붓들은 모두 사적인 얘기에 치우치고 있어요 나이 먹은 축들은
옛날 대동강에 뱃놀이할 때가 좋았다고 쌍팔년도식 회고담이나 주절대거

든요. 글은 모름지기 사회의 모순을 파헤치고 국민을 옳은 길로 각성 내지는 계몽을 시켜야 된단 말씀이야. 그렇다고 무조건 사회의 부정을 쓴다고 수작(秀作)은 아니에요. (중략) 요컨대 무엇을 쓰느냐의 문제는 조간 신문만 보면 수천 개라도 조달할 수 있지만 그 모순을 어떻게 보여 주느냐의 문제에 있어서는 영 젬병이거든. 그저 복어알 먹구 콱 죽구, 평화 시장에서 전태일이 자살한 이야기만 쓰면 현실을 고발한 것으로 안단 말씀이야. 그런 것은 아주 일상적인 것밖에 안 돼요. 요는 그 일이 일어날 수밖에 없는 경위를 가장 적절한 사건으로 형상화시켜야 되거든요. 그것은 그래도 좀 나아요. 최형 작품 읽어 봤는데 그게 뭐 어쨌다는 거요. 아내가 바람 좀 피웠고, 스푼이 허공을 좀 날기로서니 그게 뭐 어쨌다는 말씀이야. 그런 것은 불란서 자식들이 다 써먹었어. 최형 뭐 여기가 불란서인줄 아시오. 여긴 한국이요, 한국." (「무서운 복수」, 160쪽)

최인호 문학은 '사회의 모순을 파헤치고 국민을 옳은 길로 각성 내지는 계몽'하는 문학, 곧 김지하의 '오적' 같은 현실참여문학을 거부하고, '아내가 바람 좀 피웠고, 스푼이 허공을' 나는 그런 '불란서' 쪽 문학의 길을 택한다. 이러한 문학 태도는 병적 공격성으로 인한 '자유인' 되기와 '술집 작부와 놀아나기'라는 작가 정신과 밀접한 연관이 있다. 이러한 작가 정신은 억압적이고 타락한 사회체제에 대한 적극적인 대응 방식은 아니다. 그렇지만, 병적 공격성 그 자체가 사회체제의 모순을 역설적으로 드러낸다는 점에서 소극적 저항의 한 방식에 해당한다고 볼 수 있다.

3. 천상에의 초월에 의한 인간과 사물의 동일성 추구

최인호 문학은 병적 공격성과 함께, '지금 이곳'의 모순이 없는 또 다른 공간을 지향한다.

그때 나는 새들이 후다닥 떼를 지어 새벽의 하늘 위로 튀어오르는 것을 보았다. 그리고 그 새들이 그 어디론가 따스한 그러나 머나먼 곳, 기억이 캄캄한 곳으로 사라져 버리는 것을 오랫동안 멍하니 지켜보고 있었다. (「무서운 복수」, 226쪽)

'따스한 그러나 머나먼 곳', '기억이 캄캄한 곳'은 폭력적인 억압과 타락한 물질적 풍요가 없는 곳일 것이다. 그곳은 최인호 문학의 전개 과정에서 「미개인」의 '인간과 인간끼리의 신뢰'를 거쳐, 「이상한 사람들」 연작에서는 천상(天上)의 공간으로 진행된다. 「미개인」은 신흥 개발지인 S동을 무대로 하여 음성 나환자촌의 미감아들과 S동 주민들 간의 대립을 그리면서, 산업화 과정의 비인간적인 측면을 초등학교 교사인 '나(최선생)'를 통해 폭로하고 있다. 정치적 폭압이 지배하는 산업화는 개발이라는 미명 아래 펼쳐지는 파괴일 뿐이다. 그것은 광기를 동반한 파괴이며, 여기에 편승하여 S동 주민들 역시 광기에 휩싸여 있다.

천적이란 타고날 때의 본능적인 적대 감정이거든, 추상적인 적대 의식이 아니란 말이에요. 우리는 뚜렷한 이유 없이 그저 뚜렷한 대상 없이 죽창을 들고 서 있는 셈이거든, 우리는 점점 식인종이 돼가고 있는 것 같단 말이에요. (중략) 이제 우리는 서로가 서로를 잠식(蠶食)하고 있는 것 같거든. 서로가 서로의 귓조각을, 콧조각을 다리를 베어먹고 있는 셈이지. (「미개인」, 『다시 만날 때까지』, 128쪽)

광기가 지배하는 산업화 과정은 인간이 인간을 잡아먹는 과정에 다름아니다. 신흥 개발지의 주민들이 문둥이를 배척하는 이유는 바로 이 광기 때문이며, 따라서 주민들이야말로 인간을 잡아먹는 '미개인'이며 '개백정 문화'의 소유자이다.

그런데 여기서 중요한 것은 'S동 주민 : 문둥이'의 대립이 파행적인 산업화 과정에서 배태되는 본질적 모순인 '부자 : 빈자'의 대립이 아니라는 점이다. 그들의 대립은 산업화 과정 속에 있는 인간 일반(S동 주민)과 그런 산업화와는 무관한 인간 일반(문둥이)의 대립이다. 따라서 산업화의 광기를 해결하기 위해 제시된 방식인 '인간과 인간끼리의 신뢰'는 산업화라는 부조리한 현실과는 동떨어진 피안의 영역에서의 신뢰를 전제로 한다. 그것은 산업화 과정에서 나타나는 '부자 : 빈자'의 대립이라는 모순을 내부적으로 극복함으로써 획득되는 현실적인 신뢰가 아니라, 그런 산업화와는 무관한 피안의 영역에서 획득되는 신뢰이다. 결국, 최인호 문학이 지향하는 '지금 이곳'의 모순 없는 공간은 당대 사회체제의 모순과 정면으로 대결하여 성취된 현실적 가능 세계가 아니라, 현실로부터 일탈된 추상 세계일 뿐이다.

그러한 피안의 영역이 「이상한 사람들」 연작에서 더욱 추상화된다. 제1부의 높이뛰기를 하는 노인, 제2부의 벙어리가 된 사람, 제3부의 영혼의 집을 가진 거지 노인을 통해 강조되고 있는 것은 인간과 사물의 일체감이다.

> 애초에 인간은 그들(사물들 : 인용자)과 함께 이야기를 나눌 수 있었으며, 그들의 마음을 읽을 수 있었으며, 그들과 함께 생활했으며, 그들 세계의 일원이었음을 침묵 속에서 깨달았다. 단지 인간이 말을 배운 뒤부터 그들과 멀어져 갔으며, 때문에 말은 사물과 한마음으로 친화하는 마음을 베는 칼날이었음을 깨닫고 있었다. 말은 이교도들의 주문(呪文)이었다. 말은 알아들을 수 없는 인간의 방언(方言)이었다. (「이상한 사람들(2)」, 『술꾼』, 열림원, 1987. 264쪽)

인간은 애초에는 사물의 일원으로 그들과 동일자를 이루었다. 그러다 인간이 말을 배우면서 사물과 멀어지게 되는 바, 따라서 벙어리가 되고자 하는 그는 인간의 방언인 말을 버리고 침묵을 통해 사물과 일체가 되고 싶어 한다. 이러한 지향성은 3부의 영혼의 집을 가진 거지 노인에게도 나타난다.

> 나무 위는 그가 어릴 때부터 꿈꿔 온 지붕 밑의 다락방이었다. 밤하늘에 뜬 달은 그의 다락방을 비추는 형광 램프였으며 별들은 그의 다락방 벽면을 바른 벽지에 새겨진 사방 연속 무늬의 문양(紋樣)이었다. 가지에 무성히 자란 나뭇잎들은 그의 다락방 창문에 펼쳐진 커튼이었으며 험하게 뻗어 내린 나무 줄기는 다락방으로 올라가는 계단이었다. 가끔씩 나뭇가지로 기어 오르는 뱀과 물구나무 서서 잠든 박쥐와 새들은 그가 가지고 노는 장난감들이었다. (「이상한 사람들(3)」, 『술꾼』, 272쪽)

나무 위의 다락방은 인간과 사물이 일체가 된 공간이다. 그곳은 인간의 말 따위는 필요가 없는, 인간과 사물 간의 영혼의 만남을 통한 평화로움만이 있는 우주의 집이다. 이 집은 실상 근대 이후 사물과 분리된 인간에게 있어서 원초적인 자기동일성의 공간에 해당된다. 어머니의 자궁 속 같은 아늑한 공간, 모든 새들이 비상하고 대우주와 소우주가 하나의 원환을 이루고 있는 구(球), 그것은 모든 인류의 원형질의 고향이자 근원적인 뿌리이다. 그것은 우리의 현실에는 부재하면서 또한 엄연히 현존하는 공간이다. 그 공간은 현실과는 동떨어진 초월적인 피안의 공간이 아니라, '지금 이곳'의 사회 모순을 극복할 때 도달할 수 있는 현실적 가능성의 공간이다. 그런데 최인호는 이 공간을 현실과는 동떨어진 피안의 영역으로 비약시킨다.

> (i) 우리가 사는 이 세계는 실은 우리가 살고 있던 저 먼 곳에서부터 높이뛰기해서 잠시 머물다 간 허공이며, 우리가 돌아가서 착지(着地)하는 곳이야말로 우리의 지친 영혼을 영원히 받아들여 주는 지상의 세계인 것을.

그렇다 우리는 지금 허공에 있다. 우리는 지금 물구나무하고 다니고 있는 것이다. (「이상한 사람들(1)」, 『술꾼』, 258쪽)

(ii) 나무 위는 하늘과 그만큼 더 가까웠으며, 하늘과 가까와진다는 것은 죽은 어머니와 더 가까와질 수 있다는 염원 때문이었다. (「이상한 사람들(3)」, 『술꾼』, 273쪽)

현실이란 우리가 잠시 머무는 곳이며, 물구나무 선수인 노인이 사라진 저 허공이야말로 우리의 영혼의 고향이라는 것. 그럴 때 '실제 현실'은 '허공'으로 변하고 '실제의 허공'은 '영혼의 지상'으로 전도된다. 그 전도된 영혼의 지상은 죽어서 도달할 수 있는 하늘나라이다. 이처럼 최인호 문학에서 인간과 사물이 동일자를 이루는 공간은 현실에 부재하는 현존이 아니라, 현실과 동떨어진 피안의 공간인 천상(天上)이다. 이러한 추상적 공간은 병적 공격성이 사회의 구조적 모순을 본질적으로 천착하는 것을 방해한 결과로 도출된 산물에 해당한다.

4. 용서와 화해, 그리고 치열성의 무화

최인호 문학이 본격소설과 대중소설이라는 양면성을 띠는 이유는 현실에 대한 병적 공격성과 천상에의 초월 의지라는 양 극단의 긴장 관계와 이에 따른 깊이의 확보 정도와 관련이 있다. 현실에 대한 병적 공격성과 초월에의 지향성이 상호 긴장 관계를 이룬 상태에서 어느 한 방향으로 나아갈 때 그의 문학은 본격소설로서 기능한다. 양 극단이 긴장 관계를 이루면서 초월에의 의지를 강하게 드러내는 대표적 작품이 「이상한 사람들」 연작이다. 나머지 대부분의 최인호 작품들은 양 극단이 긴장 관계를 이루면서 현실에 대한 병적 공격성에 치중하고 있다.

그의 초기작인 「술꾼」(1970), 「모범동화」(1970), 「처세술개론」(1972)은 현실에 대한 병적 공격성이 알레고리의 형태로 나타나고 있다. 이들 작품들의 화자는 어린이들인데, 이들에게서는 유년기의 평화로운 기억이 나타나지 않는다. 그들은 전쟁과 가난, 그리고 사악한 성인들의 속임수 등에 의해 멍들고 상처받아 정상적인 발육이 불가능한 어린이들이다. 잃어버린 아버지를 찾아다니면서 술꾼이 된 고아 어린이(「술꾼」)이나, 어른들의 기만술과 사기를 이미 알아차려 버린 '나이답지 않게 주름살이 가득' 한 어린이(「모범동화」), 재산상속을 받으려는 어른들의 자기기만적인 처세술에 이용당하면서, 벌써 '어린 나이에 죽음에 익숙해' 있고 '아버지란 좀 거추장스런 존재여서 차라리 일찌감치 죽어 버리고 어머니를 내가 아버지 대신 차지해 버리면 어떨까 하는 생각'을 하는 어린이(「처세술개론」) 등이 그 예이다. 이들 어린이 화자들은 부조리한 현실에 내던져져 상처받는 성인 화자의 알레고리적인 표현이다.

알레고리 장치가 약화되고 현실에 대한 병적 공격성이 다소간 구체적인 현실과 결합되어 나타나는 것이 「돌의 초상」, 「개미의 탑」(1977), 「타인의 방」과 같은 작품이다. 「돌의 초상」은 핵가족화되어 가고 물신화되어 가는 도시의 삶에서 소외된 최노인을 통해 산업사회의 비인간화를 비판하고 있다. 「개미의 탑」은 자연을 파괴하면서 진행되는 산업화가 그 자연물인 개미에 의해 역으로 공격을 당하게 된다는 내용이다. 「타인의 방」은 아내와 사는 자신의 집이 타인의 집처럼 느껴지며, 그 속에서 사물들은 살아 숨쉬는 반면 자신은 사물화되어 간다.

그는 서서히 다리 부분이 경직해 오는 것을 느꼈다. (중략) 그래서 그는 손을 내려 다리를 만져 보았는데 다리는 이미 굳어 석고처럼 딱딱하고 감촉이 없었으므로 (중략) 더욱더 굳어져 오는 다리를 끌고 스위치 있는 곳까지 가려고 안간힘을 썼다. 그러나 그는 채 못 미처 이미 온몸이 굳어오는 것을 느꼈다. 그래서 그는 숫제 체념해 버렸다. 참 이상한 일이라고 생각하면서 그는 조용히 다리를 모으고 직립하였다. 그는 마치 부활하는 것처럼 보였다. (「타인의 방」, 『다시 만날 때까지』, 94쪽)

이처럼 현실에 대한 병적 공격성과 천상에의 초월 의지가 상호 긴장 관계를 유지할 때 최인호 문학은 본격소설로 기능한다. 그러나 양자가 깊이 없이 느슨하게 결합될 때 그의 소설은 대중소설로 기능한다. 느슨하다는 것은 작가 정신의 치열성의 결여를 의미한다. 병적 공격성과 천상에의 의지가 작가 정신 속에서 치열성을 띠고 전개된다면 양자는 어느 지점에서 변증법적으로 통합될 것이다. 그 통합을 가능하게 하는 치열성은 죽음을 염두에 둔 치열성일 것이다. 현실에는 없는, 천상이라는 초월적인 공간에 도달하는 유일한 방법은 죽음이라는 극단적인 방법뿐이다. 그럴 때, 최인호 문학은 보다 넓고 깊어지는 계기를 마련할 수 있을 것이다.

그러나 최인호는 그런 극단적인 영역으로 나아가지 못한다. 대신 그는 천상과 병적 공격성의 화해를 도모한다. 이 화해는 병적 공격성을 유발한 부조리한 현실에 대한 용서를 동반한다. 이 화해와 용서는 대립되는 두 요소에 대한 깊은 천착을 통한 지양, 극복이 아니기에, 대립되는 두 요소 간의 긴장감 상실로 귀결된다. 병적 공격성과 초월 의지의 약화는 작가 정신의 치열성의 무화를 의미하며, 이 자리에 「깊고 푸른 밤」(1982)이 위치해 있다.

그는 모든 것, 보고, 듣고, 말하고, 느끼는 그 모든 것에 분노하고 있었다. 그는 김포공항을 떠나면서부터 줄곧 분노하고 있었다. (중략) 일 회 분씩 쓰는 신문 소설에도 분노하고 있었으며 그가 쓰는 모든 소설에도 분노하고 있었다. (중략) 분노를 참을 만한 절제는 나사가 풀려 그의 용솟음치는 분노의 힘을 감당치 못하고 있었다. 그는 그의 작품이 영화화된 극장 앞에 쭈그리고 앉아서 늘 상한 짐승처럼 이를 악물고 있었다. (「깊고 푸른 밤」, 『다시 만날 때까지』, 383~384쪽)

이 작품에서 미국행은 현실에 대한 분노에서 비롯된다. 그 분노는 "모든 지식이 어느 날 명령에 의해서 불법으로 인정 되어 버린" 1980년 5월이라는 시대적 상황과 관련이 있다. 그가 작가 정신에 치열했더라면 분노를 유발한 현실에 대한 병적 공격성을 치열하게 드러내면서 죽음을 통한 천상에의 초월을 감행했을 것이다.

그는 서서히 죽기를 작정하고 날마다 마시고 먹는 술과 밥 속에 일정한 미량의 독(毒)을 넣어 두는 자살자와도 같았다. (「깊고 푸른 밤」, 381쪽)

1980년 5월 광주와 관련된 폭압적인 한국 현실에 '자살자'로 부딪치는 것이야말로 병적 공격성과 초월 의지를 변증법적으로 통일하는 유일한 문학적 방법이었을 것이다. 이른바 죽기를 각오하고 현실에 병적 공격성을 드러내고 초월 의지를 강화할 때, 최인호 문학은 한 단계 질적 비약을 할 발판을 마련할 수 있다.

그러나 그(최인호)는 "스스로 선택한 유배지로의 여행"(388쪽)에 해당하는 미국행을 선택한다. 여행으로서의 유배는 여행만큼 일시적이며, 분노에 대한 근본적인 치유책이 될 수 없다. 그 여행의 끝 지점에서 본국으로의 귀환 이유를 밝힌 다음 대목을 보자.

이제는 원한도, 증오도, 적의도, 미움도, 아무것도 가질 이유가 없었다. 그는 딱딱한 바위의 표면 위에 입을 맞추며 그를 굴복시킨 모든 승리자들에게 용서를 빌었다. 그리고 이젠 정말 돌아가야 한다고 다짐했다. 그는 너무 지쳐 있었으므로 그 누구에게든 위로받고 싶었다. (「깊고 푸른 밤」,

분노를 촉발시킨 자들에게 용서를 비는 이유는 '지쳤다'는 것이며, 그리고 '위로를 받고 싶다'는 것이다. 이 순간, 현실에 대한 병적 공격성과 천상에의 초월 의지는 무화된다.

5. 외연의 확장과 내포적 깊이의 부재

최인호 문학은 병적 공격성과 천상에의 초월 의지라는 양 극단을 설정함으로써 1970년대 문학 전체가 다룬 영역을 포괄할 정도의 외연적 넓이의 확장을 꾀한다. 그러면서 그 양 극단에 대한 작가 정신의 치열성을 포기함으로써 내포적 깊이의 부재를 드러낸다. 이 깊이의 부재라는 지점에 최인호 문학의 대중소설 작품이 자리 잡고 있다. 『별들의 고향』이 그것인데, 이 작품은 술집 여급(약화된 병적 공격성)과 별(약화된 초월에의 의지)의 단순한 결합으로 이루어져 있다. 이것은 미래에의 전망이 결여된 암울한 시대를 살아가는 1970년대 대중들의 감수성과 최인호 문학의 감수성이 일치된 상태이다.

최인호 문학의 문학사적 의의는 현실에 대한 병적 공격성과 천상에의 초월 의지라는 양 극단에 있어서 그 외연적인 넓이의 확장과 내포적인 깊이의 부재에 의해 결정된다. 외연적 넓이의 확장은 최인호 문학을 '1970년대 작가군의 선두주자'로 기능하게 한다. 곧 최인호 문학은 1970년대 문학이 산업화와 관련하여 형상화한 거의 모든 측면을 압축적으로 드러낼 만큼 광범위한 영역에 걸쳐 있다. 그러면서 내포적 깊이 부재는 최인호 문학을 '가장 1970년대적인 문학'으로 기능하게 한다. 이 점은 조세희의 「난쟁이가 쏘아올린 작은 공」과 비교하면 뚜렷해진다. 조세희 문학이 산업화 과정에서 소외된 인물인 난쟁이 일가가 행복한 삶을 누릴 수 있는 공간인 달나라를 설정하고 그것을 치열하게 탐구해 들어간 것과, 최인호 문학은 큰 질적 편차를 지닌다.

산업화의 전개 과정을 비유적으로 표현한다면, '기관차→비행기→달나라'의 순일 것이다. 각 단계는 자본주의의 핵심 요소인 폭력적인 이항대립 체계의 정도에 따라 구분된다. 인간과 자연, 이성과 비이성, 남성과 여성, 자본가와 노동자의 이항대립에서 전자가 중심부를 이루고 주변부인 후자를 착취하고 배척하는 구조가 폭력적인 이항대립체계이다. 기관차의 시대는 이항대립이 굳건한 시대이고, 비행기의 시대는 이항대립이 무화된 시대이며, 우주선의 시대는 이항대립이 해체된 시대이다. 각 단계는 한국 사회에 있어서 1970년대, 1980년대, 1990년대의 사회 단계에 대응한다.

조세희의 난쟁이가 설정한 '달나라'는 '우주선'의 시대에 해당된다는 점에서 그 문학사적 지향점이 1990년대에까지 이어지고 있다. 최인호 문학이 설정한 '인간과 사물의 동일성'의 세계 역시 인간과 자연의 이항대립이 해체된 '우주선'의 시대와 연결될 수 있다. 그러나 최인호 문학은 그것을 현실과는 동떨어진 '피안의 공간'으로 설정하고 그 내포적 깊이를 확보하는 데 실패함으로써, 그의 문학사적 의의는 1970년대에 한정된다.

진공에 의한, 진공을 향한 글쓰기 : 최수철

1. 세 명의 난쟁이

한국소설사에는 세 명의 난쟁이가 등장한다. 이상, 조세희, 그리고 최수철의 난쟁이가 그것이다. 일제강점기 이상의 난쟁이는 '레몬을 달라'고 외치면서 정상 발육을 하지 못하고 '어린아이 해골'로 형해화되어 갔다. 1970년대 조세희의 난쟁이는 '부익부 빈익빈'의 사회에 억압받으면서 '뫼비우스 띠'와 '클라인의 병'으로 상징되는 세계를 꿈꾸면서 굴뚝에서 자살하였다. 그리고 1980년대 말 최수철의 난쟁이는 진공 속을 자유롭게 날아다닌다. 이 진공 속을 비상하는 난쟁이야말로 최수철 소설의 문학사적 의미망을 결정짓는 중요한 상징이 아닐 수 없다.

근대 이전 인간은 자연의 일부였다. 그러다가 근대가 시작되면서 데카르트의 코기토(Cogito)와 칸트의 선험적 이성에 힘입어 이성적으로 사유하는 인간만이 만물의 영장으로 부상한다. 이성적 인간은 세계의 주인이자 주체로 전면에 등장하고, 자연은 객체로 전락한다. 여기에 뉴턴의 자연과학과 다윈의 물질적 진화론에 힘입어 주체로서의 인간은 객체로서의 자연

을 지배, 가공하면서 물질적 풍요로움을 구가한다. 그 과정에서 자본주의
는 인간 이성중심주의에 입각한 이항대립체계를 구축한다. '인간, 이성, 의
식, 정상인, 물질, 남성, 도시, 서양, 자본가'가 중심부를 차지하고, '자연,
비이성, 무의식, 비정상인, 정신, 여성, 농촌, 동양, 노동자'는 주변부로 내
몰려, 중심부에 의한 주변부의 억압과 착취, 차별과 배제가 지배 담론으로
작동하는 것이 바로 자본주의 사회이다.

　자본주의 사회의 전개 과정을 사회적 상징물에 따라 증기기관차→비행
기→우주선의 시대로 구분할 수 있다. 먼저, 증기기관차의 시대는 평면에
놓인 레일의 안과 밖의 구분처럼 안과 밖이라는 선명한 이항대립체계에
기초하고 있다. 두 번째 단계인 비행기의 시대는 '뫼비우스 띠'와 '클라인
의 병'처럼 안과 밖, 시작과 끝의 구분이 불필요하듯, 이항대립체계도 무
화된다. 마지막으로, 우주선의 시대는 이항대립이 완전히 해체된 탈중심의
진공으로 상징화된다. 우주선을 타고 광대한 우주 공간에서 지구를 보면
지구는 하나의 조그만 '촌(村)'에 불과하다. 이른바 '지구촌'의 시대가 그것
인데, 그 속에서 어느 것이 중심이고 어느 것이 주변이라는 구별은 아무런
의미를 띠지 못한다.

　증기기관차의 시대에 비행기의 시대를 욕망한 것이 모더니스트 이상의
난쟁이라면, 조세희의 난쟁이는 그런 이상의 난쟁이가 1970년 말에도 굳
건한 이항대립체계에 의해 여전히 형해화될 수밖에 없음을 보여 준다. 최
수철의 난쟁이는 이 두 명의 난쟁이를 이어받으면서 그것을 넘어선 자리
에서 출발한다. 곧 최수철의 난쟁이는 비행기의 시대에 우주선의 시대를
지향하면서, 나아가 '가짜' 우주선의 시대를 비판하고 '진정한' 우주선의
시대를 강렬히 욕망한다. 그럼으로써 최수철의 난쟁이는 한국문학사에서
포스트모더니즘의 대두를 알리는 중요한 문학사적 인물로 자리매김된다.

　최수철은 1981년『조선일보』신춘문예에「맹점」으로 등단한 이후, 첫

창작집『공중누각』(1985)에서 출발하여 최근의 장편소설『침대』(2011)에 이르기까지 짧은 기간에 수많은 작품들을 발표한다. 그의 작품들 하나하나는 지금까지 한국문학사에서 보기 드문 새로운 소설 양식을 개척하는 실험적 시도를 담고 있다. 그 시도는 '진공에 의한, 진공을 향한 글쓰기'로 요약될 수 있다. 그 과정은『공중누각』에서『어느 무정부주의자의 사랑』에 이르는 첫 단계,『벽화 그리는 남자』에서『불멸과 소멸』로 이어지는 두 번째 단계,『분신들』에서 최근 발표된 장편소설『침대』에 이르는 세 번째 단계로 구분될 수 있다.

2. 인간 주체의 해체와 진공 속의 난쟁이

1980년대 한국 문학에서는 군사독재정권에 맞서 마르크스주의라는 거대 이념으로 무장한 민중문학이 주류를 이루고 있었다. 그런 상황에서 최수철은 기존의 것과는 전혀 다른 새로운 소설 양식을 들고 나옴으로써 한국 소설의 질적 전환을 시도한다.

『공중누각』(문학과지성사, 1985),『화두, 기록, 화석』(문학과지성사, 1987),『고래뱃속에서』(문학사상사, 1989), 4부작『어느 무정부주의자의 사랑』(열음사, 1991)으로 이어지는 첫 번째 단계에서 최수철은 인간 주체의 해체와 그에 따른 새로운 글쓰기라는 측면에 집중한다.『공중누각』,『화두, 기록, 화석』,『어느 무정부주의자의 사랑』은 새로운 언어체가 갖는 변혁의 힘을 타진하면서 새로운 글쓰기의 문제를,『고래뱃속에서』는 사회학적 상상력을 통해 인간 주체의 해체를 다루고 있다.

먼저, 연작형 장편소설『고래뱃속에서』는 총 14장으로 구성되어 있는데, 1장부터 13장까지가 고래뱃속 같은 닫힌 공간을, 마지막 14장이 진공 같은 열린 공간을 다루고 있다. 이를 통해 최수철은 "사회 구조뿐만 아니라 그 밖, 그 너머의 것들까지도 모두 포섭하는 의미의 구조적 모순"(116쪽)에 주목하면서, "이 사회의 닫혀 있음을 극명히 의식하여 궁극적으로 열림을 지향할 수 있는 구조적인 인식"(5쪽)을 얻고자 한다. 이러한 시선은 종래의 민중문학이 지배계급에 의한 피지배계급의 착취, 군사독재정권에 의한 억압 등에 주목한 것과 대비할 때 확연히 구분된다.

'구조적 모순'과 '구조적 인식'은 푸코에 의해 제기된 원형감옥의 감시탑의 실체를 인식하는 방법과 연결되어 있다. 산업사회를 넘어 정보사회가 대두되면서 이전의 가시적인 권력 실체는 비가시적인 초국가적 권력으로 대체된다. 그러한 권력이 감시탑을 차지하고 원형감옥의 감방에 구성원을 감금, 억압시킨 뒤 각종 정보 메커니즘으로 구성원을 감시하고 통제하는 사회가 바로 정보사회이다. 이처럼 지배 세력의 실체를 교묘하게 은폐시킨 이러한 원형감옥 같은 사회의 모순을 파악하기 위해서는 토대와 상부구조 이데올로기와 같은 거시적 분석틀보다는, 미시적인 일상의 영역에서 비가시적 권력이 어떤 메커니즘으로 작동하는가, 그리고 정치, 경제뿐만 아니라 문화를 비롯한 여러 제도적 담론의 측면에서 어떻게 지배 논리가 작동하는가를 살피는 것이 유효적절하다.

최수철이 파악한 고래뱃속 같은 닫힌 공간의 구조적 모순을 보자. 먼저, 군대 제도와 사회제도의 동질성과 관련된 부분이다. 군대에서 느낀 답답함이 "제대한 후에는 그런 느낌이 사라져버린다면 그게 오히려 문제"(117쪽)라는 발언에서 보듯, 작가는 당대 한국 사회를 '군대의 사회화'로 규정한다. 4장에서 보듯, 군대는 틀의 논리에 따라 틀 안은 중심이고 틀 밖은 주변으로 중심만이 옳고 주변은 그릇된 것으로 배척한다. 군대는 자신의 틀을 유지하기 위해 구성원을 군기와 규율로 철저히 길들인다. '막사 수용, 규칙적인 일과표, 반복되는 고된 훈련, 문서화된 개인면담 기록서, 계급

체계라는 위계질서' 등의 각종 감시 장치에 의해 구성원을 통제한다. 이러한 군대의 틀의 논리는 중심과 주변이라는 폭력적인 이항대립체계에 다름 아닌데, 그러한 논리는 군대에만 적용되는 것이 아니라 사회제도에도 그대로 적용된다. 3장에서 보듯, 사회에 만연한 '불신 검문, 장발 단속, 녹화 사업, 횡단보도 위반죄, 유언 비어 유포죄' 등의 검문검색은 군대의 감시 장치처럼 사회제도의 틀을 지키기 위한 감시 장치에 해당한다.

다음, 신문과 방송과 관련된 부분이다. 최수철은 신문, 방송 같은 각종 정보 메커니즘이 어떻게 지배 체제의 논리를 전파하고, 그러한 논리에 구성원들이 어떻게 길들여지는가에 주목한다. 작가는 우리의 일상을 침투하는 신문과 방송이야말로 "여러가지 제도적인 여건들에 의해 지배"(341쪽) 당하는 것이라 비판한다. 군대화된 사회의 억압적인 논리를 '호가호위의 형국'으로 전파하면서 우리를 길들이는 것이 신문과 방송이다. 그런데 우리들은 그것을 모르고 신문과 방송을 무비판적으로 받아들임으로써 지배 제도의 논리에 충실하게 길들여져 그 논리를 확대재생산하고 있는 것이다.

세 번째, 인간 주체이다. 최수철은 닫힌 공간에서 구성원들은 "모든 것에 인간적인 색채를 부여하고 거기에 빠져서 허우적거리"(209쪽)는 극심한 인간중심주의를 노정한다고 비판한다. 스스로를 만물의 영장이자 주체라 자처하는 인간은 지극히 자기중심적이고 이기적인 삶을 살아간다. 이 자기중심적인 사고로 인해 인간 주체는 사회제도를 비롯한 주변의 것들에 대한 관심을 차단시킨다. 이러한 비판 의식의 결여로 인해 인간 주체는 사회의 병폐를 무비판적으로 수용한다. 사회제도의 측면에서 볼 때 그러한 인간 주체를 양산하는 것이야말로 모순을 보다 잘 은폐시킬 수 있다.

인간은 스스로를 주체라 여기지만 그것은 착각일 뿐이다. 실상, 인간 주체는 신문, 방송 등과 같은 각종 감시 장치에 의해 사회제도의 논리에 철저히 길들여진 '마네킹' 혹은 '밀랍 인형'(368쪽)에 불과하다. 그러면서 그들은 배척과 배제라는 이항대립의 논리에 길들여져, "안과 밖의 일차원적 구별"(280쪽) 의식에 의해 서로에게 폭력적이고 공격적인 모습을 노출한다. 그 결과는 처참한 인간 살육의 현장인 '아우슈비츠의 지옥 같은 가스실'(19쪽), 혹은 처참한 '게르니카의 대학살'(234쪽)로 귀착될 것이다. 결국 주체라 착각하는 인간은 썩은 물에서 언젠가는 질식사 할 고기, 마치 고래 뱃속에서 소화되기를 기다릴 수밖에 없는 '잡어'(15쪽)들과 같은 것일 뿐이다.

닫힌 공간의 구조적 모순에 대한 이러한 비판은, 자본주의 모순의 핵심 요체로 인간 주체와 이항대립체계를 들고 있는 해체주의에 연결되어 있으면서, 또한 한국적 특수성에 대한 작가의 투철한 인식에 기반을 두고 있다. 이를 위의 세 가지 측면과 관련해 살펴보자.

먼저, 제도적인 측면에서 군대 제도와 사회제도가 동질적이며, 그러한 제도적 억압이 일상의 전 영역에서 작동하고 있다는 인식은 군사독재정권이 지배하던 한국 사회의 특수 상황에 대한 천착에서 비롯된 것이다. 이러한 인식은 군대와 사회를 분리해서 군대를 이질적인 집단으로 보고, 1980년 '오월의 광주'와 관련해서 가해자와 피해자의 이분법적 논리로 접근하는 것과는 다르다.

다음, 신문과 방송에 대한 인식 역시 한국 사회가 산업사회를 넘어 각종 정보 메커니즘에 의해 통제되는 정보사회로 점점 이행해가고 있음을 누구보다 먼저 작가가 간파한 것과 관련이 있다. 이 작품이 발표된 이후 한국 사회가 1990년대 중반에 들면서 정보사회로 진입해 간다는 점을 염두에 둘 때 작가의 이러한 인식이 갖는 의미를 짐작할 수 있을 것이다.

마지막으로, 인간 주체와 관련된 부분이다. 최수철 이전에 한국 소설에서 인물은 주로 '한국 사회를 살아가는 한국인'으로 그려지는데, 그 결과 이들 인물들은 한국적 개별성과 지방성 차원에 머물고 있었다. 최수철은 이성적 인간 주체를 들고 나옴으로써 한국 문학을 세계사적 보편성의 영역으로 한 단계 비약시킨다. 이성적 인간 주체는 자본주의 근대 인간 일반을 의미하는데, 최수철은 그러한 보편성으로서의 근대 인간에 한국적 특수태로서의 근대 인간을 용해시킴으로써 자본주의 한국 사회의 보편 특수한 모순을 천착해 들어가고 있는 것이다.

최수철은 닫힌 공간의 구조적 모순을 파악한 후 진공이라는 열린 공간으로 나아간다.

> (i) 그때 진공 속에 어둑어둑한 기운이 깔렸다. 난장이 사내도 어둠이 내리고 있음을 깨달았는지 가볍게 몸을 날려 보도 위로 뛰어내렸다. 그리고 그 순간 그의 몸을 장식하고 있던 꼬마전구들에 일제히 불이 켜졌다. 사내가 몸을 움직일 때마다 불빛도 함께 흔들렸는데, 그 광경은 마치 수많은 반딧불들이 그의 몸을 감싸고서 날아다니는 것처럼 보였다. 혹은 그 사내가 차라리 한 마리의 커다란 반딧불 같기도 하였다. (391~392쪽)

> (ii) 이윽고 진공 안은 무수한, 온갖 사람들로 발디딜 틈이 없게 되었다. 그러나 그는 전혀 답답함을 느낄 수 없었다. 누군가가 그에게 아는 척을 했다. 그는 그에게 미소로써 답했다. 그때 그는 자신이 방금 지은 미소가 자신의 얼굴에 그대로 박혀버리는 것을 느꼈다. 흰색 벽의 이곳저곳에서 사람들이 계속하여 얼굴을 들이밀었다. 그리고 벽이 서서히 무너져 내렸다. (중략) 그러면서 그는 진공 속으로 들어서듯 진공을 벗어났다. 혹은 진공을 벗어나듯 진공 속으로 들어섰다. (398쪽)

정상인과 난쟁이가 어울리듯, 진공은 안과 밖, 중심과 주변의 구분이 사라진 공간, 곧 폭력적인 이항대립이 해체된 공간으로, 탈중심의 우주선의 공간에 해당한다. 그 공간에서 상호 보족적 인간들은 서로에게 미소 지으면서 평화롭게 공존한다. 이처럼 진공이라는 열린 공간을 자유롭게 유영하는 난쟁이를 통해, 최수철은 이상의 형해화된 난쟁이와 굴뚝에서 뛰어

내려 자살한 조세희의 난쟁이를 화려하게 부활시킨다. 그럼으로써 한국 사회가 나아갈 올바른 방향은 무엇이며, 또 이와 관련하여 한국 문학이 맡은 바 몫이 무엇인지를 분명히 제시하고 있다.

최수철은 이러한 과정을 통해 닫힌 공간에서 열린 공간으로 나아가기 위한 '구조적 인식'이 무엇인지를 함축적으로 보여 준다. 그것은 '무의식에 의한 상징적인 것의 인식'이다. 곧 "사물의 감추어진 부분에 무의식적으로 가장 가까이 다가"갔을 때 드러난 "현실의 또 다른 단면"(151쪽)을 파악함으로써 사회구조의 모순을 인식하는 것이다.

무의식에 의한 인식은 인간 주체의 해체와 직결된다. 인간은 선험적인 이성적 주체가 아니라 의식과 무의식으로 쪼개진 존재로, 무의식의 욕망이 타자에 의해 충족될 때 진정한 개체성을 확보할 수 있다. 여기서 무의식의 욕망은 인간 주체의 이기적인 욕망과 다르다. 무의식의 욕망은 '우리'라는 공동체의 행복을 지향하는 상호 보족적 욕망과 관련이 있다. 그러한 욕망을 표출함으로써 그의 인식은 자기중심적 인식에서 벗어나 타자에게로 항상 열리게 된다. 타자에 의한 욕망 충족이 가능할 때 인간은 개체성을 확보할 수 있다. 그렇지 못할 경우 그러한 욕망 충족을 가로막는 사회제도에 대한 비판으로 나아가게 되고, 그럼으로써 구조적 모순을 인식할 수 있는 것이다. 인간 주체의 해체를 통한 상호 보족적 인간으로의 인식의 전환, 그것이 구조적 인식이다.

최수철은 이러한 구조적 인식에 의해 한국 사회의 구조적 모순을 고래 뱃속 같은 닫힌 공간으로 파악하고, 그 모순이 극복된 진공 같은 열린 공간을 강렬하게 지향함으로써, 이후 한국 문학에 등장하는 포스트모더니즘의 선구자적 작가로 우뚝 선다.

3. 메타픽션적인 글쓰기와 진정한 포스트모더니즘

진공이라는 열린 공간을 지향하면서 그 공간에 도달하기 위해 최수철은 『공중누각』, 『화두, 기록, 화석』, 『어느 무정부주의자의 사랑』을 통해 새로운 언어체에 의한 새로운 글쓰기를 시도한다. 광포한 동물 내지 사물에 불과한 인간 주체에 의한 기존 언어체는 '상대방에게 상처를 입히는 흉기와 같은 폭력적인 말'(「말(馬)처럼 뛰는 말(言)」, 『화두, 기록, 화석』, 158쪽), 곧 '말(馬)처럼 뛰는 말(言)'과 같다. 그것은 말의 주체와 그것을 듣는 객체를 구분하고 주체의 일방적인 길들이기의 말에 해당한다. 그런 언어체에 의한 글쓰기 역시 저자와 독자라는 이분법적 구도에 입각한, 저자에 의한 일방적인 자기중심적 글쓰기에 불과하다.

최수철은 상호 보족적 인간으로의 인식의 전환을 통해 주체와 객체, 저자와 독자의 구분이 해체된 새로운 언어체에 의한 새로운 글쓰기를 지향한다. 그 글쓰기는 기존의 글쓰기가 갖는 모든 "인위적인 논리적 연계성"이나 "자기 합리화와 허황된 자기 실현의 취향"(「화두, 기록, 화석」, 『화두, 기록, 화석』, 242쪽) 등을 거부한다. 대신 무의식적이며 자유로운 상상력에 의한 글쓰기를 통해 "사유(思惟)의 자유, 글 자체의 자유, 그로 인한 사람의 자유"(「화두, 기록, 화석」, 268쪽)를 지향한다.

그러한 글은 양식상 "글들을 단세포화시켜 각각 독립된 자유를 누리게 함으로써 나아가 전면적인 자유를 지향할 수 있도록"하는 것이며, 내용상 "자연적인 상태, 즉 글쓰기 이전이나 글쓰는 행위 그 자체를 글의 대상으로 삼음으로써 생성의 근원의 자리에 그것을 위치시키는 것"(「화두, 기록, 화석」, 269쪽)이어야 한다. 양식상 일화 중심, 내용상 글쓰는 행위 자체의 탐구를 내세우고, 인간의 자유에 걸림돌이 되는 모든 종류의 이데올로기에 대해 글로써 대항하는 문학적 무정부주의자의 글쓰기로 나아간 것이 4부작 『어느 무정부주의자의 사랑』이다.

4부작 중 『알몸과 육성』을 통해, 작가는 "소설가로서의 내가 이 글 속에서 육성으로 말하고 알몸으로 뛰어다"(『알몸과 육성』, 33쪽)니는 글, 바로 글쓰기 과정 자체를 문제 삼는다. 작가는 알몸과 육성에 의해 제도권의 언어체에 입각한 제도권의 글쓰기가 갖는 허위의식을 폭로하며, 궁극적으로 이를 통해 진공이라는 열린 공간으로 나아가고자 한다.

최수철의 알몸과 육성과 관련해서 두 가지 측면을 고찰할 필요가 있다. 먼저, '사이비 보편성'과 '이상적 보편성'의 측면이다. 일단, 글쓰는 행위 자체를 문제 삼는 그의 글쓰기를 두고 '메타픽션'이라 명명할 수 있을 것이다. 그러나 최수철은 '메타픽션'을 거부한다. 대신 사회적 실천을 덧붙인 '메타픽션적인 소설'(『알몸과 육성』, 120쪽)을 지향한다.

> 이제는 온갖 종류의 글쓰기가 그 사용되는 언어의 차이에도 불구하고 그 형식상의 공감대를 형성하고 있는 것이니만큼, 가장 절실하게 글쓰기의 문제에 파고들어 역으로 자신이 처해 있는 시대와 공간의 문제를 드러내는 것은 곧 본질적인 면에서 문명간의 관계적 한계를 극복할 수 있는 가능성을 가지는 것이 아닐까 한다. (중략) 혹자들이 오해를 하고 있듯이 문학에 있어서의 보편성을 운위한다는 것이 곧 우리가 서양문학을 향하여 나아가는 것이 아니라, 이미 정체를 모두 드러내 버린 서구인들의 상상력을 접어 주고서 그 위로 넘어서 이 시대의 보편적인 중심, 보편적인 공감대를 향해 가는 것이라는 점이다. 그것이 바로 우리가 우리의 시각과 방향에서 보편성을 지향할 수 있는 한 가지 방법일 수 있을 터이며, 하기야 보편성이란 것도 결국은 각 개인의 차원에서 시작되고 그 각 개인의 시각에 의해 방향지워지고 수정되고 보완된 후에 하나로 수렴됨으로써 어떤 전망을 획득하는 것이 아니겠는가. 그리고 물론 이 때의 그 이상적 보편성이란 개인을 조절하고 통제하는 집단의 이데올로기와는 전적으로 대척점에 서는 것이 아니겠는가. (『알몸과 육성』, 204~205쪽)

최수철은 메타픽션을 초월적 중심부를 숨기고 있는 사이비 지구촌의 논리로 포장된 미국의 부산물로 보고 거부한다. 그것은 서양 문학을 무조건적 보편성으로 설정한 것에 불과하다. 최수철이 이 작품을 발표할 당시, 동구 사회주의의 몰락과 함께 전 세계가 미국 중심으로 재편되고 있었다. 미국은 겉으로는 모든 나라가 하나 되는 '지구촌'의 시대라 외친다. 그러나 실제로는 세계의 패권자로 자처하면서 스스로를 초월적 중심부로 설정하고 미국을 제외한 나머지 나라를 지배하는 지구촌의 '촌장'으로 나선다. 이른바 전 지구적 자본주의가 도래한 것이다. 최수철은 이러한 측면을 간파하고 이에 대한 비판을 가하고 있는 것이다.

이러한 비판은 "미국의 말초신경으로부터 흘러나온 폐수"(『고래뱃속에서』, 53쪽)문화에서도 읽을 수 있다. 최수철은 "위스키에 맛을 들인 아프리카나 아메리카의 원주민"(『고래뱃속에서』, 42쪽)처럼 자신의 고유한 미각을 잃고 위스키 맛만을 알 때 위스키에 대한 비판은 있을 수 없다고 강조한다. 그런 원주민처럼 미국적인 '메타픽션'을 보편적인 것으로 여기고 그것을 맹목적으로 수용하는 것은 미국의 폐수문화에 물드는 것이자, 기존의 폭력적인 제도권의 논리에 길들여지는 것일 뿐이다. 최수철은 그런 사이비 보편성을 거부하고 '이상적 보편성'을 지향한다. '우리의 시각과 각 개인의 차원에서 정립된 이상적 보편성'을 추구하고자 하는 것, 그것이 사회적 실천과 결합된 메타픽션적인 글쓰기이다.

이러한 메타픽션적인 글쓰기를 최수철은 '문학적인 무정부주의'(『알몸과 육성』, 202쪽)로 명명한다. 그것은 '역사적 혹은 사회적 사실주의'처럼 문학의 사회적 실천만을 강조하거나, 혹은 '주관주의적인 모든 예술'처럼 사회적 실천과는 유리된 문학만을 고집하는 것과는 다르다. 그것은 양자를 종합한 것으로, 문학 속에서의 사회적 실천을 강조한다. 그것은 어떤 큰 이데올로기의 목소리가 아닌, "각각의 다양함과 개성적인 속성을 인정하고

서 그것들이 각자 지니고 있는 특질을 발휘하여 사회의 변혁을 지향'(『알 몸과 육성』, 120쪽)하는 글쓰기이다.

다음, 그의 메타픽션적 글쓰기야말로 1990년대 한국 문학에 대두된 해 체적 글쓰기의 원형이자 '진정한' 포스트모더니즘에 해당한다는 점이다. 초월적 중심부로서의 '미국적인 것'을 무비판적으로 추종하는 것은 '가짜' 포스트모더니즘이다. '진짜' 포스트모더니즘은 초월적 중심부로서의 미국 을 비판하고, 모두가 동등한 존재로 진정한 '지구촌'을 이루는 탈중심의 진공 같은 열린 공간을 지향한다. 그럼에도 불구하고 1990년대 이후 포스 트모더니스트라는 명명을 받은 많은 작가들이 사이비 지구촌의 논리를 맹 목적으로 수용함으로써 포스트모더니즘의 본질을 망각한 채 새롭고 신기 한 것만을 추종하는 경박성을 드러내고 있다. 그런 점에서 최수철의 메타 픽션적 글쓰기가 갖는 문학사적 의미가 무엇인지 짐작할 수 있을 것이다.

4. 자의식의 분열과 이야기성의 도입

1990년대 들어서면서 최수철은 『벽화 그리는 남자』(세계사, 1992), 『내 정신의 그믐』(문학과지성사, 1995), 『불멸과 소멸』(범우사, 1995)을 발표한다. 이들 작품들을 통해, '진공을 향한 글쓰기'가 두 가지 측면과 관련해 질적 인 변화를 겪고 있음을 볼 수 있다.

먼저, 자의식 분열의 측면이다. 이 분열은 『고래뱃속에서』에 나타난 인 간 주체의 해체를 그 극단으로 밀고 간 형태에 해당한다. '나'는 제도에 길들여진 일상의 '나'와 제도에 오염되지 않는 무의식의 욕망의 '나'로 분 열되어 있다. 그런 '나'는 이성적이고 의식적인 인간 주체이기를 거부하고 무의식의 욕망에 의해 타자에게로 시선이 열려 있는 상호 보족적인 '나'이다. 그런 '나'는 욕망의 '나'를 통해 제도의 모순을 비판하면서 일상의 '나'를 지우고, 대신 욕망의 '나'와 일체가 되어 새로운 '나'로 거듭 태어난다.

이러한 과정은 『내 정신의 그믐』에 있는 네 편의 중편소설에 잘 제시되어 있는데, 그 중에서 특히 대표적인 작품이 「내 정신의 그믐」이다. 이 작품은 (i) 머릿속의 불이라는 욕망을 감춘 채 일상에서 화석화된 소금기둥 같은 '나'(「머릿속의 불」), (ii) 물먹은 미농지 종이처럼 박제화된 것들로 가득한 이 시대의 벽화, 그 속에 들어 있는 '나'(『벽화 그리는 남자』), (iii) 일상성이라는 병 속에 방부 처리된, 살아 있는 시체에 불과한 얼음 도가니, 그 얼음 도가니에 뜨거운 쇳물을 부어넣는 '나'(「얼음의 도가니」)에 이어져 있다.

34살의 박시진은 광고회사 대리이다. 그는 일종의 정신분열 증세로 인해 광고 모델인 한지연의 목을 졸랐고, 그래서 정신병원에 감금되었다가 풀려난다. 그 후 신정면의 작은 마을에 있는 창고 속에 유폐된 채 한지연을 목조르게 될 수밖에 없었던 일들을 회상하면서, 그곳에서의 몇 가지 일화들을 통해 새롭게 태어난다. 여기서 주목되는 것은 '나'→'그'→'나'의 인칭변화이다. 한지연을 목졸랐던 '나', 창고에 유폐된 '그'가 총 19개의 일화에서 상호 중첩되면서 나타나다가, 마지막 부분에서 새롭게 태어난 '나'-'나'의 명령에 따르는 '그'로 통합된다. 이 과정에서 처음의 '나'와 새롭게 태어난 '나'가 질적 변화를 겪는다.

한지연을 목조르는 '나'는 사회적 현실 속에 있는 '나'이다. 사회적 현실은 제도적, 관습적인 억압 체계가 모든 것을 길들이고 통제하는 곳이다. 본래, 인간은 '의식-무의식'을 지닌 '좌우대칭적'인 존재다. 억압적인 사회 체계는 그 양면성 중 무의식을 철저히 배제시킨다. 그것은 진공청소기가 '나방'(무의식과 꿈)을 빨아들여 죽이는 것과 같다.

규격화, 획일화된 곳. 나방이 죽어 있는 곳. "현실적인 편리함의 이름으로 반으로 잘린 생명"(250쪽), 마치 곤충도감의 도해되고 박제화된 곤충과 같은 인간들이 있는 곳. 그곳이 내가 속한 현실이다. 그런 현실에서 살아간다는 것은 "고작 자기의 한쪽 반으로 나머지 반을 파내고 그 빈곳에 석고를 채워넣는 일"(272쪽)과 같다. 그런데 보다 심각한 문제는 인간들이 그것을 깨닫지 못한다는 점이다. 석고화된 무의식의 욕망을 되찾으려 하기보다는 "좀더 지상에 머물러 있기 위해 땅을 붙들고 온몸을 뒤흔들어 대고 있는 것"(217쪽)이다.

반면, '나'는 꿈과 욕망과 나방이 사회적 억압 체계에 의해 길들여지고 박제화되어 가고 있음을 깨닫는다. 그래서 '나'는 나방을 자유롭게 풀어놓으려 한다. 현실의 벽은 허물어지고 꿈이 그 자리를 차지한다. 그러나 강력한 사회적 억압 체계와 그것에 한쪽 발이 얽매인 일상의 '나'에 의해 나방은 강력히 통제된다. 꿈을 꾸고자 하나 그 꿈은 '꿈 없는 꿈'에 불과하다. 무의식은 무의식이되 의식에 의해 전파방해를 받고 있는 상태, 그것이 '의식의 뇌사 상태'이자 '정신의 그믐' 상태이다.

> 반은 나방이고 반은 사람인 한 동물의 환영이 나타났다. 그는 날지도 뛰지도 못하면서 헛되이 날려고도 하고 뛰려고도 하고 있었다. 그는 현실 속에서 뛰지도 못하고 꿈속에서 날지도 못하면서, 현실로부터 꿈속으로 뛰어넘으려 하고, 꿈으로부터 현실 속으로 날아오르려 하고 있었다. (272쪽)

자유로운 나방이 되고자 하지만 현실의 차꼬에 얽매여 현실에도 적응하지 못하고 자유로운 나방이 되지도 못하는 상태. '나'라는 존재의 개체성을 확립해 주는 진정한 타자는 부재하고, 다만 "내 정신의 그믐이 나라는 존재의 그림자이며, 또한 나 자신"(291쪽)일 뿐이다. 내가 진정한 존재가 되기 위해서는 정신의 그믐 상태를 벗어나야 한다. 욕망 표출을 방해하는 것을 파괴해야 한다. 그 공격성이 '나'의 '내부의 적'을 처형하는 것으로 나타난다. 내부의 적이란 누구인가. 바로 일상의 덫에 침윤되어 있는 일상의 '나'이다. 일상의 '나' 자신이 진공청소기가 되어 무의식의 나방을 감금시키고 있다는 인식. "나는 나 자신을 처형하는 수밖에 없"(294쪽)다. 자신에 대한 그러한 분노가 한지연에게로 옮겨가면서 그녀의 목을 조른다. "그녀가 진정으로 꿈을 꿀 수 있기를 바랐다. 그리고 그럼으로써 '나' 또한 꿈을 꾸고자"(321쪽) 했기 때문이다.

그러나 그녀를 죽인다고 해서 무의식의 나방이 자유로워지는 것은 아니다. 일상의 '나'를 파괴할 때, '나'는 진정 자유로운 나방이 될 수 있다. 정신의 그믐 상태를 극복하기 위해 '나'는 유폐된 장소로 나아간다. 유폐된 장소에서 무의식의 '그'는 일상의 '나'(개로 상징)를 죽이고, 그 행위를 통해 새롭게 태어난다. 새롭게 태어난 '나'는 이제 무의식의 '그' 자체이다. 무의식이 아무런 통제를 받지 않고 자유롭게 의식의 수면 위로 분출한다. 무의식이 의식이고 의식이 무의식이다. '나'는 '그'와 더 이상 적이 아니다. 의식은 무의식과 일체되어 있다. '나'는 분열되어 있지 않다. 아니, 억압적인 사회 체계에서 보면 완전한 정신분열자이다. 왜냐하면 무의식의 나방이 가장 자유로운 상태로 태어났기 때문이다. 의식과 무의식이 분열되어, 의식이 무의식을 통제하던 정신의 그믐 상태는 극복되었다. '나'는 '나'의 욕망, '나'의 나방, 그 순연한 '흰색의 백기'가 되어 다시 세상으로 나온다.

누구든 머리에 백기를 꽂고서 수시로 그 백기를 펄럭이며 살아가고 있는 것이었다. 그 백기가 세상의 때에 얼룩이 져서 수시로 색이 달라지는 것일 뿐이며, 그로 인해 우리는 백기가 바로 우리 머리 위에 존재하고 있다는 사실을 자주 잊게 되는 것이었다. 그렇다면 중요한 것은 그 백기의 존재를 매순간 의식하는 것, 그 백기가 언제까지고 흰색을 유지하게끔 하는 것이었다. 그리고 지금 나는 스스로 기꺼이 그 백기가 되어 있는 것이었다.

나는 앞으로 걸어나갔다. 이제 내 정신의 그믐은 결연한 슬픔 같은 것이 되어 있었다. 그러나 나는 그들에게 투항을 하는 것이 아니었다. 나는 진정으로 세상에 내 몸을 맡기려 하는 것이었다. (325쪽)

정신의 그믐 상태에 빠진 '나'를 극복하고 무의식과 일체가 된 '나'로 새롭게 태어남으로써 기존의 억압적인 사회적 상징체계의 지도를 거부하고, 이 혼돈의 시대를 극복할 수 있는 '새로운 인식의 지도'(226쪽)를 그려 나가고자 하는 것, 그것이 자의식 분열이 갖는 의미이다. 따라서 자의식 분열은 인간 주체를 해체하고 상호 보족적 인간으로 인식을 전환할 때, 그리하여 사회의 구조적 모순을 인식하고 진공이라는 열린 공간을 강렬히 지향할 때 일어난 분열에 다름 아니다.

한국문학사에서 이러한 자의식 분열에 의한 글쓰기는 1930년대 이상, 박태원 이후 1950년대 장용학, 1960년대 최인훈, 이청준 등의 난해한 작품에서 이미 확인한 바 있다. 이 난해함으로 인해 이들 작품들이 일반 독자와 거리를 두고 있는 반면, 최수철은 분열을 일으키는 작품들의 난해성을 어느 정도 극복하고 독자에게 보다 가까이 다가가려고 고투를 벌인다. 두 번째 질적 변화의 요소에 해당하는 표현 양식의 측면에서 그것을 읽을 수 있다.

최수철은 난해성을 극복하기 위해 "영상 매체 시대에 알맞게 시, 청각 이미지, 상징, 비유와 함께 이야기성"을 작품에 도입한다. 『벽화 그리는 남자』, 「머릿속의 불」, 「얼음의 도가니」, 「내 정신의 그믐」 등에 두루 나타나는 일화 중심의 작품 구조가 이러한 측면에 해당하는데, 특히 『불멸과 소멸』에 이야기성의 특성과 의의가 잘 제시되어 있다.

이 작품에서 주목되는 것이 '진정한 외설의 이야기'이다. 이와 관련하여 다음 두 가지에 주목하자. 먼저, '이야기'이다. 여기서 '이야기'는 흔히 말하는 전통 서사 구조의 이야기와는 구별된다. 그것은 전통 서사 구조를 해체하면서, 동시에 소설이 갖는 본질적인 특성을 유지하는 것, 곧 소설 양식의 급진적 해체와 보수적 전통의 중간에 자리 잡고 있는 형태이다. 이처럼 이 작품의 '이야기'는 전통 서사 구조를 기초로 하되, 그것에 상징과 비유, 영상 매체 시대의 시, 청각적 이미지를 결합시켜 새롭게 창조한 형식이다.

다음, '진정한 외설'이다. 이는 '이야기'에 담을 내용과 관련이 있다. 성(性)에 비유한다면, '외설'은 제도권에 길들여진 성이 아니라 모든 인위적인 제도를 제거한, 인간이 본래적으로 지니고 있는 자연스러운 성과 같은 것이다. 그런 외설처럼, 소설은 '우리가 살고 있는 세상'과 '또 다른 세상'과의 '노골적이고 변태적인 만남'을 가능하게 하여야 한다. 곧 소설은 제도권에 함몰되어 '감동'을 주기보다는 사회 모순과의 첨예한 갈등을 다룸으로써, 제도권의 논리에 함몰된 시각으로는 볼 수 없는 '비스듬하면서도 생경한 자유로운' 시선을 독자에게 부여하고, 이를 통해 독자로 하여금 '또 다른 세상'을 지향하게 해야 한다.

'진정한 외설의 이야기'로서의 이 작품은 우리가 궁극적으로 지향해야 할 바람직한 인간관계는 무엇이며, 그런 관계가 가능한 공간은 어떤 공간인지를 탐색하고 있다. 작가는 바람직한 인간관계를 '인간의 법칙'에 따른 관계가 아닌, '자연과 생명의 법칙'에 따른 관계로 본다. 전자가 제도권에 길들여진 만남으로 자기만을 생각하는 공격적이고 일방적인 만남이라면, 후자는 그런 모든 제도적 허울을 벗어나 인간이 본래적으로 지니고 있는 순결한 욕망에 기초한 '자연스러운 만남', 곧 상호 보족적 인간의 만남에 해당된다.

그러나 인위적인 제도가 중심부로 작동하면서 모든 것을 지배하고 길들이는 현실에서 그러한 만남은 불가능하다. 제도는 그것을 지탱해 주는 틀을 파괴할 수 있는 '외설적인 만남'을 지향하는 인간(문석영과 강시우라는 인물)들을 단죄하여, 그들을 정신병원에 감금하거나, 혹은 죽음으로 몰아넣는다. 이들은 제도화되고 관습화된 세상에 길들여지는 것을 거부하고, 세상과 항상 새롭게 만나면서 그 세상을 자신의 자연스러운 욕망에 의해 꾸며 나가려는 하는데, 이러한 삶을 작가는 '창세기적인 삶'으로 명명한다. '나'는 이들의 소멸을 통해 그 소멸 속에 남긴 불멸에의 의지, 곧 탈제도적이고 탈인간적인 공간에서의 울림을 듣게 되고, 그럼으로써 거듭 태어난다.

이처럼 이 소설은 '생명과 자연의 법칙'에 따른 만남을 불가능하게 하는 '폐허'와 같은 현실에 작가의 시선을 '포복'시키고, 그 모순을 적나라하게 폭로하기 위해 '이야기'의 형식을 취하고 있다. 그러면서 여기에 상징과 이미지를 결합시킴으로써, '홀로그램' 속의 인간처럼, 제도에 의해 조종되는 사물화된 인간의 만남을 거부하고, 우리가 망각하고 있는, 그러나 반드시 우리가 회복해야 할 본질적 성정, 곧 인간과 인간, 인간과 자연이 조화롭게 공존할 수 있는 만남, 그 만남이 가능한 '진공' 속 같은 시원의 공간을 지향하는 '외설'적인 내용을 담고 있다.

자의식의 분열과 이야기성의 도입이라는 방법적 전환을 작가가 꾀하는 이유는 무엇일까. 그것은 '저자'와 '독자'의 이분법을 벗어나 '저자=독자'라는 관점에 작가가 서 있기 때문이다. 곧 독자에게 보다 가깝게 다가가고 독자에게 잘 읽히게 함으로써 독자와의 '화해'를 통해 독자와 더불어 모순된 사회를 변혁하고자 하는 작가의 의도와 관련이 있다.

「내 정신의 그믐」에서 작가는 사회제도와 싸움을 벌이면서 분열되어 있는 상호 보족적 인물인 '그'에 대하여 '당신'(독자 및 우리들 모두)이 취할 태도를 말하고 있다. '그'가 가는 길에 있어서 '당신'이 (i) 길옆으로 비켜서거나, (ii) '그'를 따라 가거나, (iii) '그'의 곁에 바짝 붙어가도 좋다고 말한다. 그리고 그보다 더 좋은 방법이 있다면서, 다음과 같은 발언을 하고 있다.

> 그보다 더욱 좋은 방법이 있다면, 그것은 당신이 그가 가는 방향을 미리 짐작하여 앞장서서 걸으며 그를 인도하는 것이다. 그리하여 그로 하여금 수시로 당신의 방향을 수정하게 하여, 오히려 그가 당신을 막아서게 하라. 그리하여 너와 그가 하나가 되게 하라.
> 하지만 길을 가면 달도 없는 그믐밤에 도처에서 길을 막고 어디로 가고 있느냐고 소리를 지르는 사람들뿐이었다. 그믐은 하늘에 있는 것이 아니라, 우리들의 지상에, 바로 길 위에 있는 것이었다. (326쪽)

이 발언에는 진공으로 나아가기 위해 이 시대의 문학과 독자가 취해야 할 바람직한 태도는 무엇인가에 대한 최수철의 간절한 염원과 준엄한 비판이 담겨 있다. 독자로서의 우리가 진정 문학을 사랑한다면, 작가 최수철의 고독하고도 치열한 싸움에 동참함으로써 문학을 통해 사회적 변혁을 꾀하려는 그의 행위와 보조를 같이 해야 할 것이다.

5. 고고학적 글쓰기와 꽃을 피우는 침대

2000년 이후 최수철은 창작집 『분신들』(문학과지성사, 1998), 『몽타주』(문학과지성사, 2007)를 발표하는 한편, 『매미』(문학과지성사, 2000), 『페스트』1, 2(문학과지성사, 2005), 『침대』(문학과지성사, 2011) 등과 같은 일련의 장편소설을 잇달아 발표한다. 이들 작품들에서 '진공에 의한, 진공을 향한 글쓰기'는 그 동안의 핵심 요소를 질적으로 더욱 풍성화하면서, 동시에 새로운 실험을 지속적으로 감행함으로써 다양한 변주를 일으키고 있다.

이러한 변주와 관련해서 주목되는 것이 장편소설이다[1]. 최수철은 장편소설을 통해 새로운 소설 양식을 실험함으로써 한국 소설의 지평을 가일층 심화, 확장시키고 있다. 그러한 측면을 『침대』를 통해 살펴보자. 이 소설은 시베리아 무당에 의해 성스러운 목적으로 처음 만들어진 이후 러일전쟁 시기의 러시아를 거쳐 오늘날 한국 사회에 이르기까지의 침대의 일생을 다루고 있다. 이 작품과 관련해 다음 네 가지 측면에 주목할 필요가 있다. 이 네 가지 측면은 한국 소설에서 그 모습을 처음 보여 주는 것이기에 문학사적으로 획기적인 사건이 아닐 수 없다.

첫째, 침대를 통해 인간사를 보여 주는 '백과사전적 소설'(521쪽)이라는 점이다. 이 작품은 총 9장으로 이루어져 있는데, 각 장은 다시 몇 개의 절로 나누어져 있다. 각 장과 각 절은 침대의 일생이라는 관점에서 유기적으로 연결되어 있는 듯해 보인다. 그런데 중간중간에 본 이야기에서 떨어져 나온 침대와 관련된 일화들이 삽입되어 있는 관계로, 전체적으로 각 장과 절은 독립된 형태로 존재하면서 연결되고 있다. 이런 측면에서 이 작품은 장편소설도 연작형소설도 아닌 새로운 형식의 소설이다. '백과사전적 소설'이라는 표현에서 보듯, 이 작품은 종래 한국 소설에서 보지 못했던 새로운 형식에 해당한다.

둘째, 침대에 관한 온갖 이야기를 다루고 있다는 점이다.

(i) 어느 날, 한 소설가가 이 세상의 모든 선과 악, 행복과 불행의 근원에 대해 생각해보던 중에, 문득 침대에 생각이 미쳤다. 침대와 잠과 꿈……. (중략) 그러고 보니 우리 주변에는 침대에 대한 온갖 이야기들이

---

[1] 『분신들』에 나타나는 분열과 진정한 타자 지향성, 일화 중심의 이야기는 이 글의 맥락상 논의를 다음으로 미룬다. 다만 이들 작품들에 실린 여러 모티브들(특히 살인, 침대, 변신 모티브의 경우)이 이후 장편소설에 계승되고 있다는 점에서 소설 창작에 대한 최수철의 치열성을 짐작할 수 있음을 밝혀 두고자 한다.

떠돌아다녔다. 그 후로 소설가는 자나깨나 침대에 대한 생각에 매였다. 지금도 그가 침대와 관련된 일화들을, 그 자신이 직접 꾸며보고, 항간에서 수집하고, 문헌에서 찾는 데 몰두하는 건 그런 연유에서다. (522쪽)

　(ii) 사실 얼마 전부터 그는 침대에 관한 소설을 쓸 계획을 세우고 있었다. 그에게 침대는 신성한 책이었다. 달리 말해, 침대는 문자가 아닌 '몸'과의 직접적인 접촉으로 씌어진, 인간에 대한 감각적 경험의 책이었다. 그는 침대의 그런 면에 초점을 맞추어 인간 역사의 중요한 지점들을 새롭게 짚어보고자 싶었다.
　여기에 모아놓은 이야기들은 그가 꿈속에서 보았던 장면들과 침대에 대한 그 자신의 상념을 재구성한 것들이다. (526쪽)

　전해 오는 온갖 문헌들, 항간에 떠도는 일화들을 수집하고 그것에 꿈의 상상력을 가미하여 인간 역사의 중요한 지점을 새롭게 짚어보고자 하는 것이 이 작품이다. 이를 위해 작가는 고대의 동서양의 신화와 무속에서부터, 현대의 이야기, 나아가 '돈키호테', '걸리버 여행기'와 같은 소설 등에 이르기까지 온갖 자료에서 이야기를 유추해내고 있다.
　이러한 방법은 실증적인 자료에 입각한 전통적인 역사학의 관점과는 거리가 멀다. 그것은 유물과 유적을 샅샅이 뒤져 전통 역사의 이면에 감추어진 내용들을 고고학적으로 발굴하여 새로운 관점으로 역사에 접근하는 것이다. 이를 두고 '고고학적 글쓰기'라 명명할 수 있을 것이다. 이러한 글쓰기를 통해 인류의 '의식의 역사' 저층에 감추어지고 은폐된, 그러나 의식의 역사를 근원적으로 움직이는 '무의식의 역사'를 복원하고자 하는 것, 그것이 이 작품의 목적이다. 그것은 침대의 타락의 역사를 재구성하는 것으로 연결된다.

　그들이 꾸는 꿈이 곧 신의 계시였다. 그리고 그들의 잠자리 하나하나가

곧 신이 우주의 꿈을 꾸는 장소였으며, 자연의 모든 기운이 모이는 우주의 중심이었다. 그들은 죽은 자를 위한 관도 안락한 침대의 형태로 만들었으니, 무덤의 가장 신성한 형태는 침대였다. (중략) 그들 대부분은 흡사한 꿈을 꾸었는데, 그들이 공유하는 그 꿈이 그 공동체의 새로운 규범이 되었다.

그렇듯 침대는 그들 삶의 중심이었고, 가장 중요한 부분이었다. 그러나 시간이 지나면서 돌침대는 신성함과 거룩함을 조금씩 잃어갔다. 세대가 바뀌면서, 그동안 전수되던 비밀의 기운이 약해졌기 때문이었다. 그와 더불어 침대도 점차 세속화되었고, 심지어 상업화되어갔다. 그럼에 따라 침대에서의 안락함만이 중요해졌다. 이제 그들은 신의 계시가 담긴 꿈은 너무 모호하고 혼란스럽다고 불평을 늘어놓았다. 그들은 재미있고 즐겁고 자극적인 꿈을 원했다. (191~192쪽)

여기서 침대는 오늘날 타락하고 세속화된 인간이 진정 인간다움을 회복하기 위해 되찾아야 할 타자에 해당함을 알 수 있다. 신과 더불어 평화롭게 공존하던 인간은 상업화되고 세속화되면서 신의 계시가 담긴 꿈을 더 이상 꾸지 않는다. 대신 그들은 재미있고 자극적인 꿈을 원한다. 그리하여 인간은 '이상'과 '신'과 '잠'과 '꿈'과 '공동체의 규범'을 상실한 채 타락해간다. 침대도 타락해간다.

이처럼 인간의 타락과 침대의 타락의 역사를 복원함으로써 상실된 타자를 회복하기를 강렬히 갈망하는 것이 이 소설이다. 따라서 이 작품은 인류사의 전진과 진보를 다루는 역사소설이 아니다. 이 작품은 고고학적 글쓰기를 통해 인류사의 타락의 과정을 보여 주고, 이 타락을 극복하기 위해서는 상실된 타자(침대=타락하기 전의 진정한 인간)를 반드시 회복해야 함을 강조하고 있다.

셋째, "소설가가 침대의 입을 빌려 침대의 목소리로 들려주는 이야기"(521쪽)라는 점이다. 곧 침대라는 사물을 화자로 하여(로브그리예의 사물소설과는 그 특질을 전혀 달리한다) 인류 역사에 있어서 고대에서부터 현대에 이르기까지 다양한 인물들을 다루고 있다. 이 때 다양한 인물들은 전통 역사에서 배제된 민중들이다. 그러기에 이 소설은 전통 역사학에 입각한 거시사보다는, 그 거시사에서 배척되고 소외된 민중들을 다루는 미시사에 가깝다.

작품 전체를 통하여 침대는 꿈(무의식)으로 다양한 시대, 다양한 나라의 민중들과 교감한다. 고대 시베리아에서 출발하여 러일전쟁→군국주의 일본→식민지 조선→분단과 전쟁의 한국→독재자의 한국→현대 한국 사회로 이어지는 과정에서 숱한 민중들과 만난다. 시베리아의 샤먼에서 출발하여 러시아 벌목공, 러시아 시인 안드레이 마야콥스키, 흑인 노예, 군국주의 일본 병사 무라사키, 기생 후쿠쓰케, 망명객 장선우, 식민지 조선의 송병수, 해방 후의 유랑극단 단원들, 전쟁터에서 만난 박기수, 독재자 박기수, 고문관 김홍일, 현대의 예술가 최불, 연쇄살인마 기량에 이르기까지 수많은 민중을, 때로는 실존 인물을, 또 때로는 패러디화된 역사적 인물을 만난다.

그 과정에서 침대는 또한 다양한 형태로 변주된다. 잠자는 침대를 기본으로 하여, 악령을 물리치는 침대, 전쟁터의 병원 침대, 서구 제국주의 침대, 독재자의 침대, 고문실의 침대, 예술가의 침대, 연쇄살인마의 침대 등으로 다양하게 변주된다. 이 변주를 통해 침대는 때로는 타락한 인간에 의해 오염되기도 하고, 때로는 타락한 인간을 저주하기도 하고, 때로는 타락한 인간을 정화시켜주는 역할을 한다. 그러면서 침대는 꿈을 통해 교감한 민중의 역사를 재구성한다. 거시사의 이면에 감추어진 민중의 아프면서도 고통스러운 꿈(무의식)의 역사를 패러디와 상징, 알레고리와 비유를 적절하게 동원하여 재해석한다.

넷째, '무섭고도 환상적인 이야기'(560쪽)를 다룬다는 점이다. 이 작품은 인간에 의해 행해지는 폭력과 살인과 죽음을 침대를 통해 잔혹하게 형상화하고 있다. 특히 작품 말미에 등장하는 침대 연쇄살인마 '기량'의 살인과 동물로의 변신 장면은 한 편의 잔혹극을 보는 듯하다. 악령과 대결하면서 변신하는 이 장면은 "위험하고 불온한 상상력"(540쪽)에 기초하고 있다.

이 잔혹극의 의미를 살펴보자. 최수철이 이러한 인간의 잔혹성에 주목하는 첫 번째 이유는 '위험하고 불온한 상상력'의 실체를 폭로하기 위해서이다. 살인과 동물 변신은 제도에 길들여진 인간의 입장에서 볼 때 '위험하고 불온'하다. 그러나 타락한 인간이 지배하는 제도를 부정할 때, 그것은 불온하지 않다. 상호 보조적인 인간의 무의식에서 볼 때, 제도를 위협하는 불온한 상상력이야말로 진공이라는 열린 공간으로 나아가기 위한 확실한 한 방법론이다. 그러기에 제도를 파괴하는 "범죄 행위도 행위예술"(540쪽)이 될 수 있는 것이다. 그런 측면에서 최수철은 잔혹성에 주목하고 있는 것인데, 연쇄살인 모티브가 「분신들」에서부터 이미 나타나고 있는 이유도 여기에 있다

두 번째 이유는 잔혹극 형태를 통해 타락한 인간의 부정적인 측면을 극대화함으로써, 이에 대비하여 '꽃을 피우는 침대'의 의미를 강조하기 위해서이다.

> 또한 나는 침대였고, 나무였으며, 인간이었다. 침대로서 인간들의 몸을 기꺼이 받아들였고, 나무로서 인간들의 영혼 속으로 뿌리를 내렸으며, 인간들의 꿈으로 꽃을 피웠다.
> 이 세상의 모든 침대는 꽃을 피운다. 침대가 피우는 꽃의 향기를 맡는 사람은 모두가 하나의 꿈을 꿀 수 있다. 그 하나 된 꿈속에서 우리는 모두가 하나의 뿌리를 가진다. 서로가 서로에게 하나의 침대가 된다.
> 나는 침대다. 당신은 나의 침대다, 모든 것은 모든 것을 위한 침대다.
> (579~580쪽)

타락한 인간에 의해 타자를 상실하고 끝없이 인류사를 떠돌던 침대라는 기표가 도달하고자 하는 궁극적 기의가 바로 '꽃을 피우는 침대'이다. 그 침대는 인간과 인간, 인간과 자연, 인간과 신이 함께 어우러져 영혼의 교감을 할 수 있는 곳이다. 모든 존재하는 것들이 제도에 오염되지 않은 순수한 꿈을 꾸고, 그 꿈으로 모두가 하나 되는 보편적 공동체를 이루는 곳이다. 이곳에서 진공 속의 난쟁이는 더욱 자유롭게 정상인과 함께 유영하지 않겠는가.

6. 독자에게

최수철 문학은 '진공 속을 유영하는 난쟁이'에서 출발하여 '새로운 인식의 지도를 그리는 분열된 그'를 거쳐 '고고학적 글쓰기에 의해 꽃을 피우는 침대'에 이르고 있다. 이 과정에서 최수철 문학은 새로운 양식 실험을 통해 한국 문학의 수준을 한 단계 질적으로 비약시키고 있다. 사회와 문학의 상관관계, 저자와 독자의 관계, 언어체와 글쓰기의 관계, 인간의 인식관에 이르기까지 최수철 문학은 종래 한국 문학에서 볼 수 없던 전혀 새로운 양식을 우리에게 화두로 던져 놓고 있다. 그 화두풀이의 몫은 우리들 독자들의 것이다.

1930년대 이상 문학을 두고 당대 독자들이 정신병자의 넋두리라고 비판하면서 「오감도」 연재가 중단된 바 있다. 그 결과 우리는 지금 세계사적 보편성으로까지 나아간 1930년대 한국 모더니즘의 중요한 한 자양분을 상실해 버렸다. 21세기의 오늘, 우리는 그와 같은 우를 다시 범해서는 안 된다.

앞으로 최수철 문학은 '진공에 의한, 진공을 향한 글쓰기'를 더욱 치열하게 심화, 확대시킬 것이다. 그런 작가의 치열한 문학 정신과 한 시대를 공유할 수 있다는 것이야말로 독자로서 우리가 느낄 수 있는 최대의 행복감 아니겠는가. 『침대』에 이르는 노정까지만 하더라도 그는 한국 문학이 배출한 몇 안 되는 걸출한 작가로 자리매김될 것이다. 그런 그의 글쓰기는 앞으로 더욱 분열되고, 또 더욱 새로워질 것이다.

이제 한국 문학은 1930년대의 작가 이상 이후 세계사적 보편성의 영역으로 진입한, 아니 그 영역을 훌쩍 뛰어넘는 또 한 사람의 위대한 작가를 문학사적 의미망에 편입시켜 놓고 있다. 그 의미망이 최대치에 도달할 수 있도록 독자로의 우리는 최수철의 침대에서 최수철과 함께 꿈을 꾸고 함께 변화하고 성숙해야 할 의무가 있다. 다음 발언에서 보듯 최수철 역시 그것을 우리에게 간절히 요청하고 있다. 그의 바람이 이루어질 때, 그가 그토록 간절히 욕망하는 진공 같은 열린 공간도 하루 빨리 현실태로 우리에게 다가올 것이다.

> 그가 침대에 대한 이야기를 쓰는 것은, 그때마다 하나의 독특한 침대를 만들어 세상에 내보내는 행위였다. 그렇다면 소설가가 쓰는 작품 하나하는, 독자가 그 위에서 쉴 수 있고, 침을 흘리며 잘 수 있고, 꿈도 꿀 수 있는 침대였다. 소설가는 그 침대 위에서 독자들과 어우러져 함께 슬퍼하기도 하고 즐거움을 누리기도 하며 변화하고 성숙해나갈 의무가 있었다. (525쪽)

지리산이 문학이고 문학이 지리산인 자리,
그 독창적 수필: 백남오

1. 지리산행과 수필문학

단풍이 퇴색해가는 가을의 끝자락과 겨울 들머리 사이, 나는 함양 시외버스 터미널에 내렸다. 목적은 스승을 모시고, 마산과 함양의 문인들, 광주에서 온 선배, 또 서울에서 같이 버스를 타고 내려온 시 평론가, 그리고 백남오 작가와 함께 지리산 등산을 하기 위해서다.

늦은 점심을 먹은 후, 차를 타고 국도를 달리면서 지리산의 풍광을 감상하였다. 저녁 어스름이 깔릴 무렵, 뱀사골 입구에 도착해서 걸어 와우마을로 갔다. 지리산에는 벌써 초겨울의 쌀쌀한 밤기운이 산 전체를 휘감고 있었다.

문득, 대학 시절, 어느 해 겨울, 친구들과 지리산 등산을 하다 길을 잃고 거의 동사할 뻔했던 기억이 떠올랐다. 아마도, 그 이후부터 나는 지리산을 멀리 한 듯하다. 그러면서 나는 설악산을 자주, 혼자, 찾았다. 그러니 이번의 지리산 등산은 내겐 두 번째가 되는 셈이다. 물론 두 번째도 등산다운 등산을 제대로 한 것이 아니었다. 불과 한 시간을 걸은 것이 전부였으니까. 하지만, 차를 타고 둘러본 웅대한 지리산의 자락과 한 시간의 산행만으로도 나는 지리산의 웅장함에 움츠러들 수밖에 없었다.

내겐 그토록 위압적이고 험난하게만 여겨지는 지리산을 백남오 작가는 왜 근 20여 년을 한결같이 오르는 것일까, 그리고 또 왜 그 산행을 글로 써서 『지리산 황금능선의 봄』(서정시학, 2009)이라는 수필집으로 엮는 것일까, 이런 생각을 하면서, 민박집에서 삼겹살에 각종 술을 마시면서 일행들과 즐겁게 웃고 떠들다가 대취한 채 곯아 떨어졌다. 다음날 지리산 산나물로 정성껏 차린 맛있는 아침밥을 먹고, 다시 뱀사골 입구로 나와 남원으로 향했다. 도중에 운무 자욱한 휴게소에서 작가와 헤어지면서 악수를 하는 순간, 나는 그의 큰 손과 당당한 체구에서 무뚝뚝한 경상도 사나이의 모습을 체감할 수 있었다. 바위 같은 사람, 그것이 1박 2일의 지리산 여행에서 느낀 작가에 대한 나의 인상이다.

왜 그는 20여 년이라는 세월 동안 지리산 곳곳을 '헤매면서 돌아다니는' 것일까. 헤매면서 돌아다닌다는 말, 그것이 작가의 지리산행에 딱 어울린다는 생각을 한다. 그의 지리산 첫 산행은 20대 후반인 30년 전에 이루어진다(「첫 지리산행에 대한 회상」). 1983년 10월 작가는 지리산 입문 8년차인 그의 아내의 손에 이끌려 처음으로 2박 3일의 지리산 등산에 나선다. 그때, 작가는 텐트에서의 불편한 야영, 부실한 체력 등으로 힘든 산행을 한다. 아내 앞에서 남자로서의 체면을 구긴 그는 그때의 힘든 산행 경험으로 인해, 이후 지리산에 대한 그리움이 쌓이지만 선뜻 나서지를 못한다. 그러다가 마을 뒷산을 오르면서 체력을 비축한 작가는 1990년대 중반부터 지리산을 본격적으로 오르기 시작한다. 그리고 지금까지 지리산에 미쳐 지리산을 헤매고 돌아다니고 있다. 왜일까?

대개 주말여행 삼아 일상의 피로를 씻고 건강을 유지하기 위해서 산을

오르는 경우가 많다. 혹은 세상사에 지치고 힘들고 괴로울 때 마음을 정화
시키기 위해 잠깐 산을 타는 경우도 있다. 하지만 이 경우, 대부분은 가까
운 곳에 있는 600~800m 급의 산을 가볍게 오르기가 일쑤이다. 그런데
작가는 주말이면 마산에서 차를 몰고, 아니 시간만 나면 시도 때도 없이
산을 오른다. 그것도 오로지 지리산만을. 그렇다면 그는 지리산을 전초기
지로 삼아 보다 웅대한 산행, 가령 히말라야 등반 같은 그런 산행을 실현
하기 위해 오르는 것일까. 그것도 아니다. 아니면, 그는 지리산과 관련된
여러 측면에 전문가가 되기 위해 산을 뒤지는 것일까. 그것도 아니다.

> 요즘 나는 지리산 병이 들었다. 아주 중병인 것 같다. 지리산의 봉우리
> 와 능선들이 모두 그리움의 병이 되었다. 한 달의 일요일 네 번 모두를 지
> 리산에서 보낸다 해도 성에 차지 않는다. 아예 지리산에서 살고 싶다. 예
> 삿일이 아니다. (「달의 궁전을 아십니까」, 149쪽)

그는 직장마저 때려치우고 지리산에 머물고 싶어 할 만큼 지금 지리산
에 미쳐 있다. 왜 하필 산인가? 그것도 많고 많은 산들 중 왜 유독 지리산
인가? 그가 지리산에 미쳐 돌아다니든 말든 그것은 문학평론가로서 내가
상관할 바가 아니다. 그런데 지리산에 미친 그가 그동안의 지리산행을 꼼
꼼히 글로 써서 책으로 발표하고 있다. 이 역시 문학평론가로서 내가 관심
을 둘 바가 아니다. 산행을 다룬 기행문류야 헤아릴 수 없을 정도로 많으
니까. 또 그것은 소설을 비평하는 나의 관심 대상이 아니니까. 그런데 그
는 수필가로 정식 등단을 했고, 자신의 산행 체험을 글로 써서 그것을 '수
필문학' 책으로 떡하니 세상에 제출하고 있다.

> 삶의 마디마다 가슴을 후벼 파는 아픔 속에서도
> 나의 유토피아를 찾아, 그 깊은 지리산정을 짐승처럼 헤매고 다닌

안타깝고 행복했던 순간들, 부질없는 생각인 줄 알지만
영원처럼 잡아두고 싶습니다.
철학적 향기가 부족하고 작은 안목과 깨달음일지라도
20년 세월을 온몸으로 부딪친 치열한 체험과 땀방울의 의미만으로도
작은 위안을 받았으면 좋겠습니다. (「나의 지리산 수필」, 6~7쪽)

　20년 세월을 온몸으로 쏟아부은 수필문학, 그것이 나에겐 관심사가 아
닐 수 없다. 그 관심은 그가 이번 수필책에서 오로지 지리산만을 다루고
있다는 것과는 무관하다. 지리산만을 다루든, 아니면 전국의 명산을 모두
다루든, 그것이 내 비평적 사유에 걸려드는 것은 아니다. 나의 비평적 관
심은 두 가지, 왜 하필 지리산인가, 그리고 왜 그것을 글로 써서 수필로
발표하는가이다. 곧 그의 산행이 수필문학의 내용이 될 만큼 문학적 가치
와 의의를 지니는 것일까, 그것이 나의 유일한 관심사이다.

2. 지리산이 문학이고 문학이 지리산인 자리

　그의 본격적인 지리산행 동기는, 첫 산행에서 낭패를 보면서 아내에게
구긴 남자로서의 체면을 되찾기 위한 점, 그리고 체력을 되찾기 위한 점
등으로 제시되어 있다. 그러나 그것은 표면적인 이유일 듯하다. 아니 애초
에 그의 산행은 그런 이유에서 비롯된 것일지도 모른다. 그러다가 점차 산
행이 거듭되면서, 그의 지리산행은 그의 삶에서 "예약된 운명의 조우"(「연
하봉의 선경」)로 다가온다. 지리산과의 운명적 조우는 그가 태어나고 자란
유년기의 기억과 꿈, 그리고 그의 삶의 궤적과 관련이 있다.

　(i) 청래골은 지리산의 여느 큰계곡이나 골짜기처럼 풍광이 뛰어나지도,

규모가 웅장하지도 않습니다. 행복했던 유년의 추억처럼 아련하고 편안합니다. 하얀 물줄기 사이로는 파란 이끼가 덮인 돌덩이와 바위들이 단아하게 제자리를 지킵니다. 나의 상념들은 걷잡을 수 없이 유년시절로 돌아갑니다.

태어나 자라며 꿈을 키운 곳. 경남 의령군 부림면 권혜리 상권. 첩첩 두메산골, 아직도 버스가 들어가지 못하는 작은 마을. (중략)

그 산골에서 형제, 동무들과 유년의 꿈을 키웠습니다. 봄이면 찔레꽃 사이로 핀, 진달래꽃을 입술이 파랗도록 따먹고, 여름은 개울에서 가재도 잡고 미역도 감고, 소 떼를 몰면서 견우와 같은 목동의 꿈을 키웠습니다. 가을에는 알밤, 머루, 다래의 유혹에 빠져 학교를 파하는 날도 있었으며, 겨울이면 썰매타기, 팽이치기, 연날리기, 자치기에 몰입하여 하루해가 짧기만 했습니다.

어린시절, 둥근 하늘 아래로 울타리처럼 쳐져 있는 산지평선 안이 세계의 전부이며, 그 산울타리 안에서만 모든 삶과, 역사가 이루어지는 줄 알았습니다.

그러던 어느 날, 소년은 꿈꾸기 시작합니다. 산 너머 세계에 대한 동경입니다. '저 산 너머에는 무엇이 있을까. 누가 살고 있을까. 가보자. 가야 한다. 가지 않으면 배겨낼 수가 없다.' 찾아간 그곳에는 또 산이 있고, 산 너머 그 곳에는 끝도 없는 그리움만 손짓하고 있었습니다. 그리움따라 그렇게 걸어온 길, 산 넘고 또 넘어서 사십 년인가 오십 년이 지나 나그네 되어 오늘 여기, 지리산 청래골까지 찾아든 것입니다. (「연하봉의 선경」, 89~91쪽)

(ii) 왼쪽으로 '칠선계곡'을 상징하는 '칠선폭포'가 빤히 보인다. 순백의 물보라가 거침없이 아래로 떨어지고 있다. 찢어질 듯 울어대는 매미소리와 굉음은 가슴 두근거리는 산울림이 되어 계곡을 흔든다. 귀가 멍하다. 우람한 물기둥이 엄청난 속도로 넓고, 힘차게 곤두박질을 친다. 그 모습은 마치 내 지난날의 꿈처럼 강렬해 보인다. 호롱불도 마음대로 쓸 수 없는 두메산골 소년이 이십 리 밖 읍내 중학교에 반드시 합격해야 하는 절박했던 꿈. 엔지니어가 되기 위해 사춘기의 모든 열정을 불태우던 실업계 고교생의 꿈. 세계적인 저널리스트가 되겠다던 스무 살 대학 신입생 시절의

꿈. 또 있다. 학문의 꿈, 문학의 꿈…… 그 젊은 날의 불꽃같이 찬란했던 꿈들이 칠선폭포의 물줄기 속에서 아련한 별빛처럼 되살아나고 있는 것이 아닌가. (「지리산의 여름」, 33~34쪽)

지리산 자락에서 태어나 유년기를 보내며 꿈을 키웠던 그, 그리곤 그 산 자락을 떠나 4~50여 년을 살아온 그, 그런 그가 지리산행을 하면서 그동 안 가슴깊이 묻어둔 채 잊고 있던 유년기의 꿈과 기억과 그리움을 떠올린 다. 곧 지리산은 그에게 유년기의 기억과 꿈을 담고 있는 곳이다(i). 그러 면서 지리산은 그가 국어 교사로 살아오는 동안 꿈꾸었지만 이루지 못한 것, 세속적인 명예욕이나 물질적 욕망과는 대척적인 자리에 있는 순수한 꿈과 희망을 되살리는 곳이다(ii).

그는 지리산으로 표상되는 유년기의 기억을 의식 저 깊은 곳에 자신도 모르게 억압하고 있었다. 그러다가 산행을 통해 그 기억을 떠올리게 되었 고, 그것이 자신의 삶의 원형임을 깨닫는다. 그 원형을 깨달으면서 그동안 살아오면서 꿈꾸었던 것, 이루지 못했던 것을 떠올린다. 이를 통해 지금까 지의 자신의 삶을 되돌아보고 새로운 삶을 갈망한다. 그 새로운 삶의 터전 이 바로 지리산이다. 곧 지리산행을 통해, 그는 점차 유년기의 꿈을 떠올 리고, 그것이 자신의 본래의 삶의 원형질임을 간파하면서 일상적 삶에서 잊고 있던 진정한 꿈을 되찾고자 한다.

가지 못한 길에 대한 미련이 이렇게도 강렬한 줄은 미처 몰랐다. 지나 온 길에 만족하고, 그 끝없이 달려온 길을 추억하며, 가끔 행복에 젖기도 했는데, 그게 아니란 걸 알았다. 수없이 다닌 길에 대한 기쁨보다는, 짧은 한구간, 가지 못한 길에 대한 욕망이 더 크다는 사실을 알았다. 그 길이 설령 고통의 가시밭일지라도, 아련한 그리움처럼 아주 조금씩 마음에 파 고들어, 끝내는 큰 강물이 되어 일렁이는 것이다. 삶의 길이나, 산길이나 매한가지다. 다만 산길은 아직 갈 수가 있지만, 인생길은 되돌아갈 수 없다. 그리하여 가지 못한 길에 대한 회한을 미지의 산길로 보상받을 수도 있는 것이다. 내 지리산행의 중요 이유가 된다. (「악양별 유토피아」, 65쪽)

가지 못한 길, 그 새로운 세계와 꿈을 찾아 지리산을 쉬지 않고 오르는 것. 지리산 아니면 일상적 삶의 탈출구를 찾을 수 없는 것. 오로지 지리산 행만이 그의 삶에 새로운 돌파구가 되는 것. 그래서 끝없는 지리산행을 통해 일상적 삶에 찌든 자신을 변혁시키고, 새로운 자아로 자신을 담금질하면서, 새로운 삶, 새로운 세계를 찾고자 하는 것. 그의 지리산행의 근본적인 동인이 여기에 있다.

일상의 삶에서 찾을 수 없는 새로운 세계 그 자체인 지리산을 통해 작가는 잃어버린 유년기의 꿈과 등가인 새로운 삶을 갈망한다. 그러면서 그는 지리산행을 글로 옮겨 수필문학으로 승화시키고 있다. 그렇다면 지리산을 다루면서 왜 수필의 양식으로 나아간 것인가.

먼저, 산을 문학화하는 경우를 보자. 시나 소설의 경우, 산은 작가의 세계관을 드러내는 소재로서 기능한다. 작가는 자연의 일부로서의 산을 소재로 하여, 그것을 문학적 장치를 통해 형상화하면서 동시에 그것에 작가의 세계관을 투사함으로써 한 편의 작품을 산출한다. 이미지화로서의 시와 허구화로서의 소설이 그렇게 탄생한다. 김원우의 「산비탈에서 사랑을」(『동서문학』, 1996. 봄호)은 태백산맥 종주를 통해 우리 시대의 순수한 사랑을 이야기하고 있으며, 조태일의 『국토』(1975)는 국토 순례를 통해 조국에 대한 사랑과 독재에 대한 항거를 이미지화하고 있다.

백남오는 그런 이미지나 이야기의 장치 없이 지리산을 문학화한다. 그래서 그의 문학은 수필양식으로 귀결된다. 그렇다면 그는 시나 소설이 필요로 하는 문학적 장치에 둔감하기 때문에 수필양식을 택한 것일까. 아니면 기질적으로 기교를 부리지 못하고 우직하고 정직하기 때문에 수필양식을 택한 것일까. 그 어떤 것도 아니다. 그의 수필은 지리산 그 자체와 관련이 있다. 지리산이 문학이 되고 수필이 되는 자리에 그의 문학적 특이성이 자리 잡고 있는 것이다. 그 특이성이 작가 백남오만의 수필 양식을 창출한다. 그 과정을 유추해보자.

백남오는 지리산에서 일상에서 잃어버린 새로운 것을 꿈꿀 수 있다. 새로운 세계에 대한 갈망은 문학의 본래적 몫에 다름 아니다. 백남오는 문학을 하고 싶다. 그에게 문학은 새로운 것을 추구하는 어떤 예술이다. 그렇다면 어떤 새로운 것을 문학에 담을 것인가. 지리산이 그에게는 새로운 삶, 새로운 세계이다. 그 순간 백남오에게 새로운 세계, 미지의 세계로서의 지리산 그 자체가 곧바로 문학과 등가로 자리매김된다.

> 속살이 훤히 비치는 중봉 골을 곁눈질하며 '중봉'에 도착한다. 천왕봉에 뒤지지 않는 풍경이다. '아는 것만큼 볼 수 있다'는 진리는 산에서도 통한다. 나의 눈과 발로 직접 보고 밟은 곳은 더욱 선명하고 감격적으로 다가온다. 지난해 늦가을, 그 환상적인 설경을 연출했던 동부능선의 쑥밭재가 조망된다. 쑥밭재는 거대한 지리산 속의 중심에 자리잡은 새로운 세계요, 내 문학의 원형이 된 곳이다. (「새해 천왕봉에서」, 102쪽)

백남오에게 지리산은 일상에서 볼 수 없는 새로운 세계 그 자체로 절대화된다. 그리고 지리산과 등가인 문학도 절대화된다. 그리하여 '지리산=문학'은 그의 삶에서 절대적으로 추구해야 할 새로운 가치, 새로운 세계로 질적 변용을 일으킨다.

대개 문학은 산과 같은 자연이나 구체적인 사회 현실을 소재로 하여 작가의 세계관을 드러낸다. 따라서 이들 문학에는 자연과 현실적 삶이 어우러져 있기 마련이다. 그러나 지리산과 등가인, 백남오의 문학에는 지리산만 있을 뿐, 일상 현실은 배격된다. 그에게서 문학은 현실 세계를 비판하는 어떤 것이 아니라, 자신이 갈망하는 새로운 세계만을 그대로 드러내는 것이다. 그 새로운 세계는 지리산에만 있다. 현실이 배제되고 지리산이 절대화된 자리, 지리산이 일종의 물신화된 자리에 그의 문학이 자리 잡고 있다. 그러기에 그의 문학에는 지리산 외에 그 어떤 현실적 불순물이 개입할 수 없다. 오로지 지리산만 있고, 그것이 문학인 것이다. 지리산이 문학이고, 문학이 지리산인 자리. 지리산의 내용과 형식이 직접적으로 문학의 내용과 형식이 되는 자리, 그 자리에 그의 문학이 위치한다. 이 순간 그의 문학에서 이미지화나 허구화와 같은 어떤 문학적 장치도 불필요하게 된다. 다만, 잃어버린 꿈, 새로운 세계, 미지의 세계로서의 지리산을 오롯이 문학에 담는 것, 그것만 있을 뿐이다. 지리산의 풍광(형식)과 그 풍광에 담긴 새로운 세계(내용)를 보고 느낀 그대로 글로 옮기는 것, 그것이 그의 수필 문학이다. 그가 무기교의 문학 양식인 수필로 나아간 이유가 여기에 있다.

3. 영원불변의 가치를 찾아 헤매는 지리산행 수필의 독창성

백남오의 수필문학은 전통 수필문학 양식에서 볼 때 매우 이질적이다. 그 이질성이 독창성과 관련이 있는지가 그의 수필문학의 의의를 판가름하는 기준이 될 것이다. 세 가지 측면에 주목하자.

첫째, 그의 수필은 지리산의 풍광을 통해 새로운 세계 그 자체를 오롯이 드러내는 글쓰기이다. 일반적으로 수필은 일상 체험에 작가의 정서를 결합하면서, 작가가 독자보다 우위에 서서 교훈을 전달하는 양식이다. 그것은 타인을 배려한 글쓰기라 할 수 있다. 하지만 백남오의 수필은 독자를 위한 것이 아니라, 자신이 갈망하는 새로운 삶을 드러내기 위한 '자기만족적'이면 '자기 폐쇄적'인 글쓰기이다. 곧 그는 사시사철, 시시종종 다양한 풍광을 창조하는 지리산을 통해 새로운 세계를 드러내기 위해, 끝없이 걷고 또 걷는다. 지리산을 온통 '헤매고 돌아다니는' 기록물 그 자체가 그의 수필문학인 것이다.

    (i) 가자. 가보자. 설마 지리산이 나를 버리기야 하겠는가. 설령 발목이 완전히 못 쓰게 되어 더 이상 산에 다닐 수 없게 된들 무슨 미련이 있으랴. 지금까지 지리산의 구석구석을 헤집고 다녔음에 감사해야 할 것이다. 산속을 헤매다 쓰러져 죽는다 한들 무슨 여한이 남을 것인가. 여고생들과 살아온 삶에 대하여 자족할 일이다. 한발 한발 아주 느린 걸음으로 반야봉을 오른다. 반야봉은 쉽게 그 신비로운 부분을 보여주지 않을 것임도 잘 안다. 어떤 경우라도 반야봉은 함부로, 격식 없이, 그 정상의 자존심을 허락하지 않는다. 1.5Km 남았다지만 지치고 피곤한 사람에게 이 거리는 길고긴 고난의 길이 될 것이다. (「반야성지 묘향대의 밤」, 78~79쪽)

    (ii) 비탈길을 오른다. 이제부터 모든 욕심과 욕망을 진심으로 버려야 한다. 빨리 가겠다는 욕심, 앞서가겠다는 욕망, 고통스러움에 대한 불만, 그 모든 허튼 생각들을 깨끗이 비워내고 오직 물아일체, 무욕의 텅 빈 마음으로 한발 한발 앞으로만 가야 한다. 온몸이 땀으로 범벅되고 다리가 후들거려도 한발자국 전진하는 행동만이 실존인 것이다. 머리 속에 있는 그 어떠한 관념도 소용없는 일이요, 빈 껍질일 뿐이다. (「지리산의 여름」, 35쪽)

'신비로운 부분'을 함부로 보여 주지 않는 지리산을 그는 "혹독한 육체적인 자학(自虐)을 스스로 감수"(「겨울 지리산」)하면서 '고난의 길', '고행의 길'을 걷고 또 걷는다(i). 새로운 세계인 지리산을 걷고 걷는 것, 그것만이 그의 '실존'이다. 그는 일상적인 삶의 욕망과 욕심을 버리고 '무욕', '무념'의 상태에서 한발 한발 정성을 다해 걷는다(ii). 걸으면서 보고 느끼고 교감하는 지리산의 모든 것이 문학이 되고, 그의 실존이 되는 자리. 다시 말하자면, 지리산의 풍광과 그 새로운 세계 그 자체가 오롯이 문학이고 실존

인 자리. 그가 지리산을 오르지 않거나, 혹은 힘들어서 산행을 포기하는
것은 바로 새로운 세계를, 그리고 문학을, 나아가 자신의 '실존'을 포기하
는 것이다. 그것은 일상의 속물적 삶에 안주하는 것이자, 자신에게 패배하
는 것이다. 그래서 그는 지리산을 헤매고 돌아다닐 수밖에 없다. 그러면서
그는 지난 삶을 반성하고 새로운 세계를 꿈꾸면서 새로운 삶을 향해 스스
로를 담금질하는 것이다.

따라서 그의 수필은 산행 일지 중심으로 그 형태를 갖춘다. 그렇다고 그
의 수필이 단지 산행 여정의 기록물에만 머물고 있는 것은 아니다. 그 속
에는 새로운 세계에 대한 갈망이 꿈틀거리면서 살아 숨 쉬고 있다. 그 새
로운 세계는 일차적으로 지리산의 풍광을 통해 제시된다. 지리산 자체가
문학이 되고, 지리산을 걷고 걸으면서 황홀하면서도 찬란한 풍광을 묘사
하는 것, 그것을 통해 새로운 세계를 지향하는 것, 그 진기한 장면을 연출
하는 것이 그의 수필문학이다.

> 정상에 선다. 유토피아 중심 같은 곳이다. 산상은 넓고 포근한 평원이
> 다. 운무가 주위를 덮고 있지만 풍광은 가히 절경이다. 구름이 태양을 가
> 린다고 해서 태양 자체가 없어지는 것은 아니다. 운해가 천왕봉과 능선을
> 덮었다고 해서, 그 그립고 황홀한 지리의 풍모가 없어지는 것이 아니다.
> 마음의 눈으로, 영혼의 눈으로, 내 몸속 깊이 배어 있는 지리산의 감각으
> 로, 나는 지금 저 찬란하고 장엄한 지리의 풍모를 보고 있는 것이다. (「악
> 양벌 유토피아」, 70쪽)

그의 수필에 나타나는 지리산의 풍광은 눈에 보이는 것에만 한정되어
있지 않다. 가시적인 풍광에 그는 '마음과 영혼의 눈'과 '몸속 깊이 배어
있는 감각'으로 느낀 풍광을 뒤섞는다. 그리고 그 풍광은 봄, 여름, 가을,
겨울의 변화무상한 모습, 그리고 장엄한 일출과 낙조와 운무, 흔하지만 고

귀한 나무와 야생화와 산죽, 또 고색창연한 각종 사찰 등, 지리산의 사시
사철과 전 능선과 전 계곡의 풍광을 망라하고 있다.

그 풍광은 그의 표현대로 "그리운 세상, 그리운 모습. 주체할 수 없도록
가슴 깊이 새겨지는 지리의 연봉들, 능선, 계곡, 산 자락의 마을들……. 수
만 장의 새로운 사진을 찍어내고, 수천 편의 그림을 다시 그려내도 또다시
새로운 작품이 그려질 듯한 풍광, 풍광들"(「이제 지리를 떠나야할 때인가」)이라
할 수 있다. 다음 인용문에서, 그가 눈과 마음과 영혼으로 그려낸 봄, 여
름, 가을, 겨울 사계절의 지리산의 '풍광, 풍광들'을 한번 감상해보자.

　(i) 제법 시원한 물소리를 내는 주변은 큰바위가 드문드문 박혀 있고,
그 사이로 심어놓은 감나무가 토실토실한 떡잎을 피워내고 있다. 강렬한
생명력이 느껴지는 봄날 아침이다. 물소리와 산꿩 소리와 새소리가 가는
봄날의 서정과 한바탕 어우러진다. 계곡을 따라 오른다. (중략)

　오르막길이 산책로처럼 편하다. 나무를 예쁘게 다듬어서 계단을 만들어
놓은 곳도 있다. 유달리 색다른 소리로 새들은 울어댄다. 우직우직, 새새
새새, 우줄우줄, 휘휘휘휘, 소쩍소쩍, 호호호호. 우는 소리가 아니라 행복
에 겨워 부르는 노래일지도 모르겠다. 모든 것이 자기 중심인 인간의 논리
라는 것이 참 우스울 때가 많다. 지금 새소리에 대한 생각이 그렇다.

　진귀한 풍경들이 명산의 품격을 고조시킨다. 아주, 풍요로우면서도 가
슴 밑바닥에서는 슬픔이 일렁인다. 허겁지겁 능선을 타고 올라 작은 봉우
리 하나에 닿는다. 불쑥 천왕봉이 나타나는 바람에 화들짝 놀란다. 언제나
먼 곳에서만 아른거리던 천왕봉이 이렇게 가까이서 사람을 놀라게 한다.
전혀 엉뚱하게 장난을 걸어오는 게걸스러운 여고생 같다. 주변에는 탱탱
하게 물오른 버들강아지 같은 나무의 움이 너울너울 약동하고, 그 옆으로
는 키보다도 큰 나무에서 활짝 피어 있는 진달래꽃 몇 송이가 싱겁게 웃
는다. 봄이 흐드러지게 익었다. (「황금능선의 봄」, 107~ 108쪽)

　(ii) 천왕봉 도착 직전 마의 '철계단'으로 올라선다. 천왕봉 북쪽 면과 중
봉 사이의 평평하고 둥그스름한 능선은 구상나무의 고사목과 신록이 어우

러져 있는 데다가, 그 위로 한줄기 운해가 다시 휘감아 돌고 있다. 천상의 세계가 펼쳐지는 듯한 고산의 품격이다. 창암능선 쪽도 잠시 지나가는 햇빛 사이로 8월의 신록이 온몸을 퍼덕이며 그 절정을 보여준다. 제석봉 밑으로 시원하고 광활하게 펼쳐지는, 산으로 만들어진 신록의 바다요 세계다. 거침없는 지리산 8월의 신록이다. (「지리산의 여름」, 36쪽)

(iii) 좁은 봉우리에 선다. 광활한 단풍의 천국이다. 빼어난 경관은 세상 모든 언어의 자존심을 짓밟는다. 능선도 장쾌하다. 중봉 뒤의 상봉은 수줍은 듯 살짝 고개만 내민다. 멀리 노고단에서 반야봉, 삼도봉, 토끼봉, 명선봉, 삼각고지, 덕평봉, 영신봉, 촛대봉, 연하봉이 다정하다. 서북능선상의 작은고리봉, 만복대, 정령치, 큰고리봉, 세걸산, 세동치, 부운치, 바래봉, 덕두봉은 유년시절의 동무가 되어준다.

과연 지리산 최후의 비경이란 이런 모습을 두고 하는 말인가. 단풍은 수줍은 새 각시처럼 부끄럼을 타는 것 같으면서도 육감적이다. 하봉과 중봉 일대를 배경으로 펼쳐지는 단풍의 세계는 지상의 모습이 아니다. 빨간 딸기가 꽃잎되어 중간 중간에 피어 있고, 그 사이로 새빨강 샛노란 물감을 뿌리고, 마음대로 칠해 놓은 것 같다.

짙붉은 단풍과 진한 녹색의 주목이 어울린 거대한 산상은 이곳 하봉 일대에서만 볼 수 있는 황홀 찬란함이다. 지리산이 보여주는 핵심적인 정수리요, 수려함의 극치다. 이 풍광을 두고 '죽어서도 묻어둘 하봉 선경의 그리움'이라 새겨둔다. 죽어 영혼이 있다면 이곳을 어찌 떠날 수 있으며, 어찌 이곳을 기웃거리고, 배회하지 않으리. 이곳 단풍은 시월 초순이면 절정이다. (중략)

서두르지 말고 하봉 선경에 취해보자. 이 아름다운 비경을 마음속 깊이 새겨 두자. 차라리 이 자리에서 단풍의 한부분이 되게 해달라고 기도하자. (「죽어서도 묻어둘 그리움」, 241~242쪽)

(iv) 밀림사이의 고사목 위로 떠오르는 명월이 차갑도록 푸르고 시리다는 '벽소령'을 지나면서부터는 돌길이 시작되고 또다시 눈길을 힘겹게 오르내려야 하지만 돌들도 이미 눈 속에 묻혔다. 갈수록 눈은 점점 더 쌓이고 있다. 길 주변의 작은 나무와 갈색 풀잎에서 연출되는 앙증스러운 눈꽃

들의 모습에 자주 걸음을 멈춘다. 그들의 가녀린 꿈들이 나의 발길에 머무는 그리움과 함께 하고 있는 듯하다. 애절한 두 형제의 전설을 간직한 '형제봉'도 하얀 눈 속에 잠긴 채로 반긴다. 이곳의 설화도 가경이다. 천왕봉의 설화가 흐드러지게 핀 벚꽃이라면, 형제봉에서 뒤돌아본 모습은 이른 봄에 수줍음을 머금고 피어나는 살구꽃, 배꽃, 앵두꽃의 화사함이다. (「겨울 지리산」, 52~53쪽)

둘째, 산행을 다루는 여타의 수필과의 차이점이다. 그의 수필은 인간 중심적 논리나 정복자적 관점에서 지리산을 의인화하거나 주관화하지 않는다. 또한 산을 신비화하여 찬양과 찬미의 대상으로만 다루지 않는다. 또한 산에 어떤 역사적, 사회적 의미를 부여하지 않는다. 우리가 익히 알고 있는 정비석의 「산정무한」이나 최남선의 『백두산근참기』와는 다른 자리에 그의 수필이 있다. 그의 수필은, 먼저 인간 중심의 논리에서 벗어나 지리산으로부터 새로운 세계, 새로운 삶의 진리를 깨우친다.

(i) '신선대' 부근의 철쭉 군락지는 그 화려했던 절정의 여운이 아직도 남아 있음을 느낄 수가 있다. 마지막 꽃잎 하나를 붙들고 안간힘을 다하는 모습이 안쓰럽다. 하지만 어찌하랴. 봄이 오면 꽃이 피고, 가을이 되면 낙엽이 되어 떨어지는 자연의 순리를 누가 거역할 수 있으랴. 인간 역시, 자연의 한부분이고 보면 언젠가는 저 꽃잎처럼 떨어지고 말 것이 아닌가. 그런데도 왠지 슬프다. 이미 오십대 중반을 넘기고 있는 세월의 무상함 탓일까. 저 철쭉은 지고 말면 그뿐이겠지만, 내 한해는 또 다 가고 말 것이라는 허접함이 온몸을 휩싸고 돈다. 내 인생의 종착역도 이제, 어렴풋이 보임을 느낄 수 있다. 무엇 하나 이룬 것도 없는 인생 여정이고 보니, 괜스레 발걸음만 다급해진다. (「악양벌 유토피아」, 72쪽)

(ii) '반야봉'은 이른 아침인데도 사람으로 붐빈다. 반야봉은 참 오랜만이다. 바람은 씽씽 겨울처럼 불어대고 천지는 검은 안개로 덮여 한치 앞을 분간할 수가 없다. 어느 해 맑은 가을날, 처음으로 반야봉에 올라 '여기야

말로 극락정토로구나'라고 찬미했던 기억은 그 편린마저도 사라졌다. 천의 얼굴을 가진 그 오묘함에서 우주의 질서와 인간의 왜소함을 알게 된다. (「반야성지 묘향대의 밤」, 86쪽)

(iii) 반야봉에서의 낙조는 지리산을 오른다고 해서 볼 수 있는 정경이 아니다. 모든 여건이 그렇게 되어 있다. 그런 기회가 온다는 것은 꿈속에서나 가끔 한번씩 상상해 볼 일이다. 그런데 우연히, 전혀 뜻밖에, 그 거인의 침몰이 만들어낸 듯한 황홀하고 장엄한 '반야낙조'를 맞이했다. 마음속 깊이 묻어두었던 소망을 덜컥 이루어버린 것이다. 삶에서 꿈을 이룬다는 것은 오랜 기다림의 여정과, 인연의 오묘한 조화와 함께 온다는 깨달음도 얻었다. (「반야봉의 낙조」, 213쪽)

(iv) '상무주암'은 오른쪽 벼랑 위에 앉았다. 스님은 깊은 정진에 빠져들었다. 상무주암, 머무름이 없는 높은 암자, 부처님마저 발을 붙이지 못하는 경계라고도 했던가. 머물 수가 없는 곳. 부처님도 머물지 못하고 떠나야만 하는 이곳에서 수도승은 영원히 머물 수 있는 열반의 세계를 향하여 정진하고 있는 것일까? 불현듯 이런 깨달음도 온다.
세상에 머물러 있는 것은 아무 것도 없다. 부모도, 자식도, 사랑하는 사람도, 영원을 다짐했던 우정도, 모두가 떠나가는 것이리라. 바람처럼 구름처럼 흘러가는 것이리라. 변하는 것이 아니라 머물지 못하는 것이리라. 그것 또한 사실이라면, 그들의 떠남 앞에 눈물 흘리고 가슴앓이를 하고 통곡하고 미워하고 원망하는 일이 얼마나 부질없는 인간의 논리인가. 그들은 모두가 떠나는 것이 아니라 머물지 못할 뿐이다. 머물 수가 없는 것이다. (「상무주암에서 길을 보다」, 174~175쪽)

때로는 우주와 자연의 일부에 불과한 인간으로서의 왜소한 삶과 그 삶의 유한성을 자각하거나(i, ii), 때로는 자연의 순리로부터 인생사의 진리를 깨달으면서 삶이란 무엇이며, 삶의 진정한 가치는 무엇인지에 대한 고뇌 어린 사유를 한다(iii, iv).
다음, 그러면서 그는 지리산을 '인간', '속세'에 대비되는 '극락정토',

'무릉도원' 등으로 탈현실화하지 않는다. 그는 지리산을 일상과 연결된, 그러면서 일상과는 다른 새로운, 또 다른 삶의 터전으로 자리매김한다.

> 힘들게 세석산장에 도착하니 날은 이미 저물어 어둠이 깔리고 있는 시간이었다. 다시 힘을 내어 텐트를 치고 저녁 준비를 하는데 물길은 왜 그리도 멀게만 느껴지던고 식사를 마치고 텐트 속에 드니 조금은 살 것 같았다. 그날 저녁, 세석평전은 거대한 또 하나의 별천지로 변해 있었다. 화려한 산상의 도시라고 표현해야 좋을 것 같다. 그 크고 넓은 평원은 단풍으로 물든 채 총천연색 텐트와, 텐트에서 비치어 나오는 불빛과, 그 사이로 들려오는 산행 인파의 정겨운 대화가 어우러져 마치 도시의 한복판에 선 것 같은 착각을 일으키게 하였다. 거대한 산상의 도시, 그 자체였다.
> (「첫 지리산행에 대한 회상」, 231~232쪽)

세석산장에 있는 산행인들, 그들의 텐트, 텐트의 불빛, 그것과 어우러진 단풍, 그것이 그의 지리산이다. 곧 그의 지리산은 "지리산을 영산으로 생각하고 사랑하는 사람들과 건강하고 강인한 체력의 소유자"(「겨울 지리산」)의 숨결로 가득한 삶의 터전이다. 그 터전에서 그는 새해 해돋이를 보러 온 사람들을 정답게 만나고, 지리산에 빠진 산꾼의 삶의 애환과 만나고, 지리산의 풍광을 예술화하기 위해 칠순에도 불구하고 지리산에 며칠을 머무는 사진작가를 만난다. 그러면서 그 자신 스스로 지리산에서 삼겹살에 소주와 막걸리를 걸치면서 우정을 다지고 풍류를 즐긴다.

그래서, 그의 수필에 등장하는 가락국 신화, 정순덕이나 이현상 같은 빨치산 관련 이야기는 지리산의 역사화와 무관한 자리에 있다. 가락국 신화나 빨치산 이야기는 지리산이 예부터 지금까지 세상에서 고통받는 이들의 삶의 터전이자, 그들의 외로운 영혼을 위무해 주는 포근하면서도 따사로운 영혼의 소유자임을 알려주는 부수적 장치에 불과하다. 따라서 지리산과 관련된 역사적 사실이나 그 의미에 대한 논의는 그의 수필에서 본질적인 것이 아니다. 그의 수필에서 지리산은 세상의 오염된 논리에 때묻지 않은 야생적이면서 소박하고 투박한 인간이 함께 더불어 공존하는 삶의 터전 그 자체이다.

셋째, '지리산=문학'으로서의 새로운 삶에 대한 지향이 심화되어 '태고적인 것'으로 나아가고 있다는 점이다. 그것은 지리산행이 거듭되면서 작가가 도달한, 한 단계 질적으로 비약된 인식의 자리일 것이다. 그 인식은 가변적인 현실에서 영원불변한 가치를 지향하는 것과 연결된다.

(i) 써레봉으로 향하는 길목에서 천 년도 더 되어 보이는 구상나무 고목 한그루를 마주한다. 안타까운 마음으로 위를 바라보는데 아니, 고목을 비집고 가지를 늘어뜨리며 파란 잎이 돋아나 있는 것이다. 천년의 세월을 뚫고 다시 부활하고 있는 모습이다. 아, 강렬한 구상나무의 생명력이여. (「새해 천왕봉에서」, 102~103쪽)

(ii) 중북부능선이 환히 건너다보이는 양지바른 바위틈에서 잠시 숨을 고른다. 이상하게도 새소리 하나 들리지 않는 무인 공간에는 숨 막힐 듯한 고요만 흐른다. 새들은 아직 겨울잠을 자는 것일까. 모두들 어디로 갔을까.
순간, 태곳적부터 불던 영원한 바람이 불기 시작한다. 쏴- 쏴- 파도가 밀려오는 듯한 이 소리. 나무와 나무 사이를 통과하지 않고서는 결코 낼 수 없는 소리. 때문에 반드시 지리산에서만 들을 수 있다고 생각하는 이 바람소리. 일시적이 아닌, 영원에 연원한 그 그리운 소리. 이 영원한 소리를 듣고 싶어 때로는 미친 듯이 허겁지겁 지리산으로 달려오지 않았던가. 그 바람이 지금 불고 있는 것이다. 어떤 언어로서도 설명할 수 없는 전율이 온몸에 퍼진다. (중략)
영원과 무한함은 어떤 관계일까도 생각해 본다. 영원은 이생에 내가 다시 사람으로 태어날 때까지의 시간일지도 모른다. 영원은 무한한 자유이고, 주체할 수 없이 울렁이는 이 그리움 같은 것일까. 아니 영원은, 지금 눈앞에 보이는 이 모든 현존하는 것이 아닐까. 그래서 이 순간을 위하여 최선을 다해야 하는 것은 아닐까. 바로 이 순간이 영원이고, 영원은 바로

이 실존적 현실이라는 울림이 오기도 한다. (중략)

저 바래봉과 지리산은 영원 속에서 어떤 존재일까. 영원 속에서, 나는 또한 무엇일까. 아득하고 막막할 뿐이다. (「영원령 가는 길」, 60~64쪽)

(iii) 반야봉은 일단 우주의 중심이다. 가슴이 떨리고 숨은 막힐 듯하다. 반야낙조, 거인의 침몰. 그것의 대가로 주는 황홀한 세계. 거인은 이글거리는 용광로가 되어서 서서히 가라앉는다. 그 침몰은 끝이 아니고 시작일 뿐이다. 비장하고 웅걸한 신비의 세계를 만든다. 황홀한 도시, 마을 앞으로는 황홀한 도로, 나무, 들판, 빌딩, 불빛, 그 뒤로 찬란한 금빛구름, 샛노랑과 새빨강의 중간색 구름이 뿜어내는 광채. 저 세계야말로 반야의 세계요, 피안의 세계며, 깨달음의 세계일 것이다. 그 영원한 구원의 세계를 그림 한장 위에 담아내고 있는 모습이다. 저 환희의 세계에서 황홀한 삶 한번 살고 싶다. 하지만 갈 수 없는 세계다. 우리 인생, 저 같은 거인으로 살 수는 없을까. 저렇게 온 세계를 붉은 용광로로 만들며 태양보다도 더 눈부신 세계를 만들어낼 수가 있을까.

생의 반환점을 돌아서고 있는 나의 삶, 저처럼 장엄한 세계야 만들어내지 못할지라도 새털구름 하나, 빨갛게 물들일 정도의 삶은 살고 싶다. 둥글고 큰 세계는 서서히, 조금씩 거대한 침묵과 함께 검은색으로 휩싸이기 시작한다. 아주 천천히 짙은 어둠의 숲속으로 파고든다. 꼭 한 시간을 반야봉 정상에서 꼼짝도 못하고 망연자실하고 있는데, 주위는 캄캄한 어둠의 나락으로 빠져 버린다. 순식간의 일이다. (「반야봉의 낙조」, 217~218쪽)

천년의 세월을 뚫고 부활하는 구상나무 고목(i), 영원에 연원한 그리운 소리인 영원령의 바람소리(ii), 열반의 세계이자 피안의 세계이며 깨달음의 세계인 반야낙조(iii) 등과 조우하면서 보잘것없는 인간의 삶을 반성하고 또 그런 삶에 절망한다. 그러면서, '영원한 평화와 안식의 공간'(「반야성지 묘향대의 밤」)이자 '태고의 신성한 공간'으로서의 지리산과 같은 '영원과 피안과 신성한 세계'를, '영원불변한 가치'를 찾고자 몸부림친다.

4. 지리산과 문학에 대한 지극한 사랑과 애정

> 세상에 태어나, 한 오십 년 살면서 지상에 존재하는 아름다움의 극치는 다 본 성싶다. 이제 무엇을 더 희망하리. 이보다 더한 예술이 어디에 또 있으리. 그 어떠한 영예라도 이 울렁임과 정녕 바꿀 수는 없으리.
>
> 순간, 지리산을 더 이상 올라서는 안 된다는 생각이 스친다. 24년 간 지리산행 중 한 번도 해보지 못한 느낌이다. 오히려 그 반대의 논리로, 끓어오르는 욕망으로, 산을 더 많이 오를 수 없을까를 염려해왔음이 아닌가. 더 이상 묻어둔 신비의 공간은 그리움의 성소로 남겨두고 싶다. 다시 그리움에 지쳐 눈물이 날 때까지 만이라도 (「이제 지리를 떠나야할 때인가」, 256~257쪽)

20여 년을 지리산을 '헤매고 돌아다니는' 작가가 지금 지리산을 떠나려 하고 있다. 그의 표현대로 그는 "이 지상에 존재하는 아름다움의 극치"를 다 본 듯하다. 그것이 앞에서 살펴본 세 가지 측면의 그의 수필에 오롯이 담겨 있으니, 그의 표현이 과장된 거짓 표현은 아닐 것이다.

그러나 아마도 그가 지리산을 떠나고자 하는 진짜 이유는, 지리산이 예술이고 예술이 지리산인 자리에서, 20여 년 동안의 산행을 한 권의 문학 책으로 엮어 냈을 때의 허탈감 때문일 것이다. 그 허탈감에는 '지리산'과 '문학'에 대한 지극한 사랑과 애정이 담겨 있다. 진정으로 사랑하는 것은 아끼고 싶고 소중하게 간직하고 싶은 법. 그것을 만천하에 문학책으로 드러냈을 때의 미안함, 부끄러움, 죄스러움. 그것이 허탈감의 실체일 것이다. 그가 사랑하는 지리산을 이제 '신비의 공간'으로, '그리움의 성소'로 묻어 두고자 하는 것은 이 때문이 아닐까. 「이제 지리를 떠나야할 때인가」를 이번 작품집 마지막 부분에 위치시킨 것도 이 때문일 것이다. 그러나 그런 이유 때문에, 그는 지리산을 진정 사랑하고 문학을 진정 사랑하는 작가가 아닐 수 없다. 속고갱이도 없는 글을 문학이라 흰소하게 외치는 이들에게서 그런 문학에 대한 사랑을 찾을 수 없는 것 아닌가.

> 영원한 원시림지대. 꿈의 능선. 그 누구도 접근하기가 쉽지 않은 두류 능선. 그렇게 또 몇 시간을 치고 내려간다. 황홀하다. 두류능선은 큰 능선이다. 지리산에서 가장 장엄하고, 화려하고, 험준하고, 아름답다. 지리산의 모든 능선이 그 안에 들어 있는 듯하다. 중북부능선의 화려함, 불부장등의 원시성, 왕시루봉 능선의 낭만까지.
> 천왕봉에서 발원하여 중봉, 하봉, 두류봉으로 이어지는 하늘위의 능선, 그 끝에는 호젓한 '성안마을'이 있고, 그 옛날 신라시대, 말달리던 평전 성안마을은 '광점동'으로 연결되었다. 길가에 피어 있는 연분홍색 쑥부쟁이와 코스모스는 사람의 마음을 더욱 아리게 한다.
> 나는 언제, 이승의 업을 모두 털고, 울렁이는 이 가슴으로 다시 태어날 것인가. 다음 생애는 그 무엇이 되어, 떨칠 수 없는 번뇌와 망상으로, 이 푸른 산하를 또 헤매고 다닐 것인가. (「이제 지리를 떠나야할 때인가」, 259~260쪽)

다음 생애에 다시 태어나더라도 지리산의 푸른 산하를 헤매고 다닐 운명, 그것이 작가 백남오의 운명이다. 그러기에 그는 목숨이 붙어 있는 한 결코 그 운명을 거역할 수 없다. 그는 계속해서 지리산을 방황할 수밖에 없다. 이전보다 더 고통스럽게, 더 마음 아파하면서, 더욱 깊고 넓어진 새로운 영원의 세계를 찾아, 지리산을 더욱 '헤매고 돌아다닐' 것이다. 그리곤 또 수필집을 발간할 것이다. 그것이 '지리산=문학'인 그의 작가적 운명이다. 그 운명의 또 다른 결실로서의 그의 다음 수필이 이번 수필집처럼 작가 백남오만의 독창성을 계속 유지하면서, 그것을 더욱 심화시키기 위해서는, 아마도 다음 조건이 충족되어야 할 듯하다.

첫째, 자기 폐쇄적인 글쓰기를 계속 지향할 것. 수필 일반의 교훈성의 영역으로 나올 경우 그의 수필은 진부해진다. 새로운 세계에 대한 갈망으로서의 자기만족적인 글쓰기를 더욱 심화시킬 때, 그만의 독창적인 수필이 더욱더 큰 의의를 지니게 될 것이다.

둘째, 일상과 팽팽한 긴장감을 유지할 것. 일상과 지리산의 긴장 관계에서, 새로운 삶, 태고적 삶으로서의 지리산이 문학과 등가의 자리에 놓일 때, 그의 수필은 일상에 찌든 우리네 심성을 맑고 투명하게 정화시킬 수 있을 것이다. 그렇지 않고 긴장 관계의 끈을 놓칠 때, 그래서 그의 수필에서 일상의 삶이라는 이면적 바탕이 사라지고 지리산이라는 표면적 대상만 남을 때, 그의 수필은 현실로부터 붕 떠버리게 된다.

조건은 조건일 뿐, 중요한 것은 '지리산=문학'에 대한 열정 아니겠는가. 작가는 그런 열정으로 오늘도 산행 준비를 할 것이다. 그래서 지리산이 문학이고 문학이 지리산인 자리, 그 자리를 더욱 깊고 넓게 만들기 위해 쉬지 않고 지리산을 '헤매고 돌아다닐' 것이다. 지리산의 또 다른 새로운 풍광과 또 다른 새로운 세계를 담고 우리를 더 큰 감동의 세계로 인도할 그의 다음 수필을 기대해보자.

제 3 부

떡잎 하나로 우주를 품는

종말로서의 죽음에서 부활로서의 죽음으로 : 박재삼

1. 도회에서 나이 들고 병든 화자

1933년에 태어난 박재삼은 1997년 숙환으로 타개할 때까지 모두 15권의 시집을 상재하였다. 이러한 시작 활동을 염두에 두고 그의 시 세계의 변화를 추적할 때, 1986년 간행된 열 번째 시집인 『찬란한 미지수』(오상출판사)를 중심으로 하여 이전과 이후의 시로 구분할 수 있다.

박재삼의 시는 다음 두 가지로 특징지어질 수 있다. 먼저, 박재삼 시는 유년기의 기억 속에 내재한 가난과 죽음 등으로 인한 슬픔과 눈물을 '어리고 풋풋한 마음'과 아름다운 자연에 담아 '슬프면서도 반짝이는' 것으로 질적인 변용을 일으키고 있다. 다음, 영원불변의 자연으로 표상되는 절대의 세계를 지향함으로써 유한하고 가변적인 삶의 고통을 이겨내려 하면서, 그 세계와의 거리로 인한 슬픔과 그 극복을 노래하고 있다. 곧 박재삼 시의 전체적인 전개 과정은 '어리고 풋풋한 마음'을 통해 유년기의 아픈 기억을 정화하고 이를 통해 삶의 고통을 이겨내면서, 종국에는 '별에 어린 수정빛 마음 받아들이기'에 의해 절대적 세계에 대한 지향으로 나아간다.

그런데 이 지향성은 열 번째 시집을 전후해 질적 변화를 일으키는데, 이러한 변화는 다음 세 가지 측면과 관련이 있다. 먼저, 나이에 대한 인식이다.

(i)
미류나무들이 햇빛 속에서
제일 빛나는 일만 끊임없이 하고 있네.
옛날에도 불었던 한정 없는 바람에
온갖 것을 맡기고
몸을 이리저리 팔랑팔랑 뒤집어 가며
마치 나비와도 같이, 그러면서
선 자세로 하고 있으나
우리의 앉은 것보다 더 편해 보이네.

거기에는 슬픔이라곤 하나 없고
오직 기쁨만이
넘쳐나는 것을 보네.
우리의 몇 천리나 닦은 긴 수심도
실려 엎어 보라고 하네.
어디서부터 그것을
풀어야 하는지 얼떨떨하게
벌써 나는 쉰 두 해를 헛되이 보냈네.
― 「恍惚」 전문, 박재삼 기념사업회 엮음, 『박재삼 시전집』,
도서출판 경남, 2007. 466쪽

(ii)
누가 보나
예쁘던 고추가
이제는 남에게 보이기 민망한
부끄러운 것이 되었을 때,

사랑도 알고
나아가서는 인생도 알아간다고 하지만,
실상 그 때부터
순수한 데서 벗어나는
얄궂은 운명 쪽으로
가는 길이 예비 되어 있었는데,

신이여!
이 엄청난 모순을 어쩌리까.

- 「모순」 전문, 609쪽

(i)에서 영원불변의 절대 자연에 대한 지향을 읽을 수 있다. 미류나무와 햇빛, 바람으로 표상되는 자연은 '빛나는 일'만 끊임없이 되풀이하고 있으며, 그런 절대 세계로서의 자연을 통해 '몇 천리나 닦은' 인간의 '긴 수심'을 정화하려 한다. 이러한 지향성은 열 번째 시집 이전에도 중요한 시적 경향에 해당한다. 그런데 이 시에 이르면 시간에 대한 인식이 선명하게 제시되고 있다. 곧 화자는 절대 불변의 자연을 지향하면서 자신이 '쉰 두 해' 동안 '헛되이' 세월을 보냈다고 탄식한다.

박재삼의 시에서 자연은 구체적인 특정 시공간으로부터 탈각된 자연이다. 그러한 자연과 대비되는 인간 역시 특정한 시공간으로부터 탈각된 인간 일반으로 추상화된다. 따라서 박재삼 시에 나타나는 자연과 인간에게는 특수한 시공간이 결여되어 있다. 시간은 정지되고 공간은 추상화되어 있다. 하지만, (i)에서 '쉰 두 해'라는 시간이 개입된다. 영원한 자연의 시공간에 '오십 세', '육십 세'라는 인간의 나이가 개입되면서 자연과 인간 사이에 균열이 발생한다.

박재삼 시에서 나이가 든다는 의미는 무엇일까. (ii)에서 보듯, 나이가 든다는 것은 '사랑'도 알고 '인생'의 의미도 아는 것이기도 하지만, 또한

'순수한 데서 벗어나' '얄궂은 운명 쪽으로 가는' 것이기도 하다. 그것은 유년기의 기억 속에 내재한 '어리고 풋풋한 마음'(「무제」, 37쪽)을 잃어가는 과정이기도 하며, 더불어 영원불변한 자연에 대한 지향성을 훼손하는 과정이기도 하다.

(iii)
고향 바닷가에서
출렁이는 물결 옆에
항상 물기도 머금고
햇빛에 다른 모래와 섞여
신나게 반짝이고 있어야 할
그런 처지가 아니고
어쩌다가 도회의 스산한
공기를 쐬며 안방에 갇혀 버린
유형의 모래를 본다.
(······)

　　　　　　　　　　－「流刑의 모래」에서, 722쪽

(iv)
나이 60이 되니
이제 내 몸에는
자꾸 神에게 들키는 病이
하나 둘 늘어만 가고
차츰 멍청해 가네.

青山을 봐도
그저 높은가만 여겨온 것이
어느새 그리 높은 줄을 모르고
서서히 물리쳐 보게 되었네.

모든 것이 요긴하지도 않고
있어도 그만 없어도 그만으로
시시하게만 보이는데
(……)

- 「나이 들어」에서, 846쪽

열 번째 이후의 시집에 변화를 일으키는 또 다른 요소로 '도시에서의
생활'과 '병'을 들 수 있다. (iii)에서 화자는 스스로를 '도회의 스산한 공기
를 쐬며 안방에 갇혀 버린 유형의 모래'에 비유하고 있다. 가난으로 인한
아픔과 슬픔을 고향의 아름다운 자연에 담아 '슬프면서도 반짝이는' 것으
로 질적 변용을 일으키던 때와 달리, 고향을 떠나 도회에서 생활하면서 화
자는 자연과 동떨어진 '유형'의 삶을 살아가고 있는 것이다. 그리고 (iv)에
서 보듯, 화자는 나이가 들면서 '신에게 들키는 병'이 하나둘 늘어만 간다.
그렇게 병에 시달리는 화자에게 절대 자연인 '청산'마저도 '시시하게만'
보인다.

이처럼 나이가 들면서 순수성을 상실하고, 도회에서의 유형 같은 삶과
지병에 부대끼면서 화자와 절대 자연 사이에 균열이 일어난다. 이 균열을
어떻게 극복하느냐의 과정이 열 번째 이후의 시집을 관통하는 핵심 주제
이다.

2. 종말로서의 죽음에 대한 인식과 이승의 자연

나이가 들고 병에 시달리면서 화자는 죽음에 대해 강렬하게 인식을 하
기 시작한다. 「봄바다에서」(29쪽), 「밤 바다에서」(33쪽) 등의 시에서 보듯,
박재삼 초기시에서 죽음은 인간과 자연, 이승과 저승이 합일되는 세계로

나아가는 일종의 통과제의였다. 그러나 열 번째 시집을 전후해 죽음의 의
미는 질적 변용을 일으킨다.

> 이 세상은
> 별의 별 것이 많이도 있지만
> 결국은 반짝이는 것이
> 자꾸 모여
> 恍惚을 더하리라.
> 하다못해
> 먼지도 무슨 後光을 입는지
> 반짝반짝 빛나고
> 바람 역시 그러리라.
> 나도 죽는다면
> 틀림없이 육신은 썩고
> 영혼은 안 그럴까,
> 반짝이는 기운만 남아
> 항시 눈물 글썽이고
> 이 세상을 완전히 못 떠나고
> 매달려 있을 것이로다.

- 「빛에 대하여」 전문, 481쪽

초기시에서 죽음은 '남평문씨 부인'처럼 '나' 아닌 '타인'의 죽음과 관
련이 있다. 그런데 위 시에 이르면 죽음은 '나'의 죽음으로 변용된다. '나'
라는 개체의 나이 듦과 그에 따른 시간의 종말 의식이 개입될 때, 죽음은
'나'라는 한 존재의 '살아 있음'의 끝이라는 의미로 다가온다. 이 지점은
삶과 죽음이 분리되고 육체와 영혼이 갈라지는 지점이기도 하다. 영원히
반짝이는 자연을 두고 죽음을 맞이할 때, 육체는 죽지만 영혼은 살아서 반
짝이면서 '이 세상'에 매달려 있기를 화자는 염원한다. 그러한 염원은 인

간과 자연, 이승과 저승, 육체와 영혼의 합일을 지향해 오던 시 세계와는 일정한 거리가 있는 것이 분명하다.

> 하늘은 자꾸
> 깊어지고 높아가는데
>
> 어쩐지 날이 갈수록
> 나 一身은
> 옅어지고 낮아가고
> 드디어 땅과만 가까워지는 게 드러나고
>
> 이 기미를 아는 듯
> 가장 쓸쓸한 가락을 뽑으며
> 귀뚜라미가 못 견디게
> 虛寂 하나를 내세우나니
> 그것이 글썽글썽 눈물로 탈바꿈하는가
> 시방 햇빛도 기가 죽어 가노니.
>
> — 「귀뚜라미 소리에서」 전문, 646쪽

육체와 영혼이 분리된 '나'는 자연에 대비되는 한 개체로서의 인간일 뿐이다. 그런 개체로서의 인간에게 죽음은 생의 종언을 의미한다. 죽음에 대한 이러한 인식으로부터 허무 의식이 태동한다. '귀뚜라미' 울음소리에서 '쓸쓸한 가락'을 연상하고, 그 연상이 '햇빛의 죽음'으로 연결되면서 화자의 죽음 또한 쓸쓸한 것임을 암시하고 있다.

> (i)
> 감나무쯤 되랴,
> 서러운 노을빛으로 익어가는

내마음 사랑의 열매가 달린 나무는!

이것이 제대로 뻗을 데는 저승밖에 없는 것 같고
그것도 내 생각하던 사람의 등뒤로 벋어가서
그사람의 머리 위에서나 마지막으로 휘드려질까본데,

그러나 그사람이
그사람의 안마당에 심고 싶던
느껴운 열매가 되는지 몰라!
새로말하면 그 열매 빛깔이
前生의 내 숯설움이요 숯소망인 것을
알아내기는 알아낼는지 몰라!
아니, 그사람도 이세상을
설움으로 살았던지 어쨌던지
그것을 몰라, 그것을 몰라!

―「恨」 전문, 46쪽

(ii)
햇빛에
나뭇잎들이 이리저리
몸을 눕혔다 일으켰다
결국은 세상이
빛나는 가락으로 꾸미고
가까이 또 보면
바닷물도 비슷한 몸짓이구려.

이런 態가
서로 연한 바람 속에서 닮아
너와 나도 큰 줄기는
반짝이는 눈으로 돌아오느니.

그러나 사람은
그런 것을 외면하고
땅에 묻혀야 함이 원통하구나.
　　　　　　　－「빛과 어둠」 전문, 884쪽

　(i)은 초기시에 해당하는데, 화자는 이승과 저승, 인간과 자연이 합일되어 '반짝이는' 자연을 통해 유한한 인간의 삶을 초월하고자 한다. 그러나 후기시인 (ii)의 마지막 연에서 보듯, 화자는 '햇빛', '나뭇잎', '바닷물'로 표상되는, 영원히 반짝이는 자연을 '외면하고' '땅에 묻혀야 함이 원통'하다고 토로하고 있다. 화자는 더 이상 죽음을 인간과 자연, 이승과 저승, 육체와 영혼이 합일되는 통과제의로 받아들이지 않는다. 죽음은 생의 끝일 뿐이다. 초기시에서 시공을 초월하여 이승과 저승, 인간과 자연의 거리를 지워 주면서 양자를 하나가 되게 하던 영원불변한 자연은 후기시에 이르러 이승에만 있는 자연으로 치환된다.

　(i)
　나무는 잎이 무성해지더니
　이제 무용하듯이 멋진 솜씨로
　치맛자락을 펴고
　아름답게 가리고만 있구나.

　아, 그 속에는
　은밀한 벌레소리도
　깊게 다스리며,

　저것은 해마다 겪는
　그윽한 호사지만
　나는 몇 번을 보고 나면

땅에 묻힌다는 것이냐.

다시 묻거니와
저승에도 이 같은
눈부신 경치가 있느냐.
                    - 「작은 물음」 전문, 687쪽

(ii)
저 푸르고 연한 미루나무의
눈부신 잎사귀에
바람은 어디서 알고
여기까지 찾아와서는
끊임없는 희롱을 하고 있는가.

(······)
천년이고 만년이고
한결로 이 빛나는 경관이
한옆에 있길래
죽고 나면 못 볼 이것을
넋을 잃고 보는 것 이상으로
중요한 일이 막상 어디 있는가.
                    - 「빛나는 景觀」에서, 715쪽

    (i)과 (ii)에는 절대 불변의 영원히 '반짝이는' 자연이 제시되고 있다. 그 자연은 초기시에서 화자의 '어리고 풋풋한 마음'을 통해 인간과 자연, 이승과 저승, '나'와 임을 하나로 연결해 주었다. 그러나 이제 그런 자연은 화자가 죽고 나면 볼 수 없는 자연으로 전환된다. 이승과 저승, 육체와 영혼이 구분되면서 자연은 이승의 자연, 살아 있는 육신이 보고 느끼는 자연으로 한정된다.

3. 인간 일반의 삶과 영원한 자연이 조우하는 죽음

생의 끝으로서의 죽음에 대한 인식으로 인해 인간과 자연, 이승과 저승, 육체와 영혼이 분리되는 자리로 나아간 박재삼의 시적 화자는 그로 인한 절망과 허무를 시화하면서, 동시에 이를 초월할 수 있는 방법을 탐색해 들어간다.

죽음에 대한 인식, 그로 인한 허무 의식을 극복하기 위해 박재삼 시의 화자는 무엇보다 '나'라는 인간 개체를 인간 일반으로 치환하는 방법을 택한다. 곧 '나'라는 개체의 나이 듦과 죽음을 시화하면서 화자는 특수한 시간과 공간을 씨줄과 날줄로 삼아 그 그물망에 얽힌 사회적 존재로서의 '나'로 구체화하지 않는다. 그러기에 후기시에서 '나'의 죽음은 특정 시대를 살아가는 구체적 생활인으로서의 죽음과 무관한 자리에 놓인다. 대신 '나'는 특정한 시공간을 초월한 인간 일반으로서의 '나'로 추상화된다. 사회적 존재로서의 개인적 실존이 무화되고 탈역사화, 탈사회화된 인간 존재의 일반적이고 추상화된 조건이 시에 삼투된다. 이를 통해 박재삼의 후기시는 인간 일반의 삶과 죽음의 의미에 대한 탐색으로 나아간다.

> (i)
> 한 사람 한 사람으로 칠 때
> 드디어는 병이 들고
> 죽는 것이 예비되어 있지만,
> 저 푸른 나무를 보아라.
> 잎이 진자리에
> 다시 새 잎이 나서
> 햇빛에 눈부시게
> 반짝반짝 빛나고 있지 않은가.

그것은 따지고 보면
어제의 나뭇잎은 아니지만
큰 테두리로 보면 마찬가지네.
한 사람이 죽고 나면
그만인 줄 알지만
똑같은 후손이
줄을 이어 나와
같은 괄호 속에 묶을 수 있어
결국은
나무와 비슷한 운명인 것을.

그것을 느낄 양이면
갑자기 사는 기쁨으로
세상이 한정없이 밝아지네.

-「나뭇잎을 밝게 보며」 전문, 730쪽

(ii)
물은 어떻든
길이 없는 듯이 보이지만
그러나 하늘의 뜻이
이슬로 위태롭게 맺혔다가
물방울로 발전하고
그것이 다시 모여
도도한 흐름을 이루어
꿈틀거리고 가는 것.
<法>이란 글자를 보아라,
물이 가는 길이
순리를 따르는 원형이거늘,

우리는 한없이 연애를 하고
그럴 수 없이 아름다움을 누리지만

결국은 인생의 허무를 느끼는 데로
나아가게 마련인데,
물은 우리 눈 앞에서
그것을 넘어 또 다른
물방울로 의연히 반짝반짝 빛나기만 하네.
-「물방울을 보며」 전문, 741쪽

(i)에서, 해마다 돋는 새잎은 '한 사람 한 사람'으로서의 인간 개체에 비유된다. 새잎은 진다. 그렇듯이 한 사람으로서의 인간 개체는 탄생하고 소멸한다. 그 소멸의 자리에 인간의 죽음이 놓여 있다. 그래서 죽음은 삶의 끝이다. 그러나 잎은 지더라도 이듬 해 또 새잎이 돋고 그 잎은 햇빛에 눈부시게 반짝인다. 나무는 이 모든 것을 천년이나 되풀이한다. 사람도 마찬가지다. '한 사람'의 새잎은 죽는다. 그러나 '나무'라는 사람(인간) 일반의 자리로 나아갈 때, '한 사람'은 죽지만 '또 한 사람'이 탄생하여 찬연한 빛을 발한다. 나무가 매년 새잎을 탄생시키듯이, 인간도 매년 '한 사람'을 탄생시킨다. 그리고 소멸한다. '나'는 죽지만 '나'의 후손이 삶의 새잎을 돋을 것이다.

(ii)에서, 하늘의 순리(法)에 따라 이슬이 물방울이 되어 도도한 흐름을 이룬다. 인간은 나이가 들면서 죽음의 길로 나아간다는 생각에 허무를 느낀다. 그러나 인간의 삶 또한 '물의 길'처럼 '새로운 이슬'을 탄생시키는 것이다. 그래서 인간의 탄생과 소멸은 허무가 아니라 '반짝반짝' 빛나는 영원한 것이다.

이처럼 인간 일반의 삶과 영원한 자연이 다시 조우하는 순간, 박재삼의 시는 인간과 자연, 이승과 저승, 육체와 영혼, 하늘과 땅이 다시 합일되어 부활하게 된다. 아래 시에서 보듯, 인간은 죽어 단순히 땅 밑에 묻히는 것이 아니다. 인간은 땅 밑에서 스미는 물로 변해 이파리를 타고 눈부시게 부활한다.

당신이 푸른 빛과
별로 관계가 없는 것은
빤하고 분명하건만,
그러나 늘 그 근처에서
자나 새나
그리워하고 산 것은
너무나 확실하다.

저 햇빛에 반짝이는
무수한 이파리들 둘레에서
혼을 빼앗긴 채
멍청히 지냈던 사실을 헤아려 보라.

결국 이런 과정을 거치고
죽고 나면 어떻게 될까.
땅 밑에 묻혀
스미는 물로 변하여
그 이파리들을 타고
눈부시게 올라오기는 하리라.
아, 이것이 復活이 아니고 무엇인가.

— 「復活의 생각」 전문, 784쪽

4. 불구적인 삶을 정화하는 시

혼자 새벽 네시쯤에 일어나
막막한 속에서 글을 쓰다가

그것도 척척 잘 안나갈 때는
트럼프를 가지고
패를 뗀다네.
그것은 재수를 점치는 것도 아니고
어린아이처럼
그냥 심심해서 놀기 겸해 하면서
손과 마음을 푼다네.

우주의 크낙한 질서 한옆에는
이렇게 허접쓰레기 같은 일도
끼어야 하는 것인가.
한 사람을 사랑하는 일도
더러는 쉬어야 하고,
우리는 꼭
요긴한 일만 해서 되는 것도 아니고
아무 소용 없는 일도 섞여야
그 調和에 묻혀
세상이 더욱 아름다워지느니라.

- 「질서 한 옆에는」 전문, 718쪽

박재삼에게 있어서 시는 그의 삶 자체이다. 물질만능주의와 이기주의가
만연한 현실에 아웅다웅하면서 살아가는 그런 삶이 아니라, 아무런 물욕
도 명예욕도 없이 '어린아이'처럼 '심심하게' 살아가는 그런 삶이 박재삼
의 삶이다. 그 삶은 현실의 입장에서 볼 때, '허접쓰레기 같은' 삶이다. 그
러나 '우주의 크낙한 질서'에서 볼 때, 그런 삶은 물질적 가치와 육체적
탐욕만이 '요긴한 일'로 여겨지는 불구적인 삶을 '조화'롭고 '아름답게' 정
화시켜준다. 인간과 자연, 육체와 영혼, 이승과 저승, 땅과 하늘, 냉과 열
중 어느 한쪽만을 강조할 때, 그 삶은 황폐해질 수밖에 없다. 양자의 조화
와 균형을 지향하는 박재삼의 시는 그래서 이 삭막한 시대를 정화시키는

생명수와 같은 것으로 우리에게 다가온다. 그의 시가 비인간화의 극단으로 치달리는 오늘의 정보사회에서도 꾸준히 감동을 줄 수 있는 것은 바로 그러한 측면 때문이리라.

현대 시조가 도달한 미학적 감응력의 최대치 : 조오현

1. 황폐한 시대를 밝히는 시조 양식

조오현(1932~) 시조 시인의 작품 「만인고칙萬人古則」과 「무산 심우도霧山 尋牛圖」를 읽노라니 무척이나 곤혹스럽다. 작품을 어떻게 읽어야할지 갈피 조차 잡을 수 없으니 환장할 노릇이다. 불교에 대해 문외한이긴 하지만, 무슨 시조가 이렇게 어려운가. 그래도 문학작품인 이상 독자가 의미를 파 악할 수 있는 단서라도 주어야 하는 것 아닌가. 그런 불평을 하면서 시인 의 시조집을 읽어 나간다. 첫 시집 『심우도』(1978)부터 2007년에 발간된 시집 『아득한 성자』까지 한 편 한 편을 읽는다. 제목을 바꿔 재수록한 작 품도 여럿 있다. 그러다가 다음 시편을 만났다.

감감히 뻗어간 황악黃嶽
하늘 밖에 가 잠기고

금릉 빈 들녘에

흩어진 갈대바람

구만리
달 돋는 밤은
한등 하나 타더이다.
  - 「한등寒燈 - 정완영 선생」 전문, 『아득한 성자』, 시학, 2007. 70쪽

  시인의 스승인 백수 정완영 선생님께 바치는 시조로 1970년대에 창작된 작품이다. 스승에 대한 시인의 깊은 존경과 사모의 정이 작품 가득히 넘치고 있다. 그러나 이 작품에서 무엇보다 주목되는 것은 다음 두 가지이다.

  먼저, 시인의 시적 인식과 관련된 것이다. 「직지산 기행초」 연작 중 여섯 번째에 해당하는 이 작품에서 '황악'은 직지사가 있는 비로봉의 최정상에 해당한다. 시인은 하늘밖에 잠긴 황악의 높은 봉우리로 시선을 집중한다. 감감히 뻗어간 높은 산봉우리. 그리곤 그 산 아래 펼쳐진 '금릉 빈 들녘'과 '흩어진 갈대바람'으로 시선을 이동한다. 하늘가로 뻗은 수직적 상상력과 허허벌판으로 뻗은 수평적 상상력이 결합하면서 거대하면서도 황량한 자연이 펼쳐진다. 그리고는 마지막 종장에서 '구만리 달 돋는 밤'에 타고 있는 '한등'에 시선을 집중시키고 그것을 스승과 동일화하고 있다. 이 결합과 집중에 의해 스승은 황폐한 시대를 밝히는 외로운 등불로 승화되고 있다.

  다음, '한등'으로 표상되는 시조에 대한 시인의 경건한 자세와 관련된 것이다. 파시스트적 속도로 모든 것이 급변하는 오늘날의 정보사회에서 주자학적 세계관에 기초한 시조는 옛 양식임이 분명하다. 인터넷과 가상현실로 표상되는 시대적 격류를 담기에는 그 움직임이 너무나 둔중한 양식. 그런데도 시인은 그런 시조 양식을 두고 황폐한 시대를 외롭게 밝히는

'한등'으로 명명하고 있다. 시조 양식이 우리 시대에 갖는 가치에 대한 시인의 절대적 확신과 믿음이 없다면 이러한 표현은 사실 힘들 것이다.

2. '어머니에 대한 사모의 정'과 '구도자의 삶'을 통합하는 선시

시인의 작품들은 분명 선승(禪僧)으로서의 구도적인 삶과 그 깨달음을 선시적으로 담고 있는 측면이 있다. 그렇다고 해서 시인의 작품을 불교적 측면에서 반드시 접근할 필요는 없는 듯해 보인다. 물론 앞서 언급한 「만인고칙」이나 「무산 심우도」는 예외인 경우이지만. 그러나 그 외 다른 작품의 경우 불교적 진리와 함께 시조가 담아야 할 보편적인 정서를 확보하고 있는 것으로 판단된다. 먼저, 초기시에 나타나는 어머니를 비롯한 혈연에 대한 그리움을 표출하고 있는 작품을 보자.

이른 봄 양지 밭에 나물 캐던 울 어머니
곱다시 다듬어도 검은 머리 희시더니
이제는 한 줌의 흙으로 돌아가 서러움도 잠드시고

이 봄 다 가도록 기다림에 지친 삶을
삼삼히 눈감으면 떠오르는 임의 얼굴
그 모정 잊었던 날의 아, 허리 굽은 꽃이여

하늘 아래 손을 모아 씨앗처럼 받은 가난
긴긴날 배고픈들 그게 무슨 죄입니까
적막산 돌아온 봄을 고개 숙는 할미꽃
　　　　　　　　　－「할미꽃」 전문, 『아득한 성자』, 75쪽

시인은 이 작품을 1965년도에 썼다고 한다. 그리고 시인 몰래 친구가 이 작품을 신춘문예에 대신 응모했고, 최종심에서 떨어졌다고 한다. 그러니까 이 작품은 시인의 첫 작품에 거의 근접해 있는 것으로 볼 수 있는데, 이를 통해 시인이 시조를 택한 보다 근원적인 이유를 추론할 수 있을 것이다.

할미꽃을 보고 돌아가신 어머니를 떠올리는 이 작품에서 어머니에 대한 진한 그리움을 읽을 수 있다. 시인의 이력을 볼 때, 시인은 1939년에 어린 나이로 절간 소머슴으로 들어가 1959년에 조계종 승려가 되었다. '하늘 아래 손을 모아 씨앗처럼 받은 가난' 때문에 어린 시절 어머니와 헤어지게 된 시인은 나이가 들어서도 돌아가신 어머니를 늘 그리워 하다가 '할미꽃'을 보고 어머니에 대한 사모의 정을 표출하는 시조를 쓴 것이다.

여기서 주목할 것은 시인의 시적 출발이 어머니에 대한 그리움과 깊은 연관을 맺고 있다는 점이다. 「봄」, 「종연사終緣詞」, 「춤 그리고 법뢰」, 「어미」, 「너와 나의 애도」 등에도 어머니에 대한 애한 그리움과 사모의 정이 남다르게 표출되고 있다.

(i)
밤마다 비가 오면 윤사월도 지쳤는데
깨물면 피가 나는 손마디에 물쑥이 들던
울 엄마 무덤가에는 진달래만 타는가
(······)

　　　　　　　－「봄」에서, 『적멸을 위하여』, 문학사상사, 2012, 192쪽

(ii)
(······)
우러르면 하늘 가득히
채우고도 남을 생각

부처님 전 밝힌 설움이
행여나 꺼질세라

七男妹 기르신 情이
江물되어 넘쳤네.

　　　　　　　　 -「終緣詞」에서, 『적멸을 위하여』, 194쪽

(iii)
죽음이 바스락바스락 밟히는 늦가을 오후
개울물 반석에 앉아 이마를 짚어 본다
어머니 가신 후로는 듣지 못한 다듬잇소리

　　　　　 -「춤 그리고 법뢰法雷」 전문, 『아득한 성자』, 24쪽

　백수 정완영의 「사모곡」처럼 어머니에 대한 사모의 정을 절절히 노래하고 있는 이들 작품들을 통해, 시인에게서 시조는 곧 어머니와 등가로 놓인 문학 양식임을 알 수 있다. '어머니 무덤가의 진달래'(i), '어머니의 한의 강물'(ii), '어머니의 다듬잇소리'(iii)를 통해 어머니에 대한 그리움을 표출하고 그러면서 이별의 아픔과 상처를 달래는 자리에 시조가 자리 잡고 있는 것이다. 곧 시인에게서 시조는 황폐한 시대를 밝히는 외로운 등불이자, 돌아가신 어머니에 대한 절절한 그리움이 담긴 운명적 형식인 것이다. 그런 운명적 형식이 시인의 치열한 시 정신과 결합되어 새로운 현대시조의 형태로 거듭 태어난 자리에 놓여 있는 것이 시인의 시 세계이다. 다음 작품은 그 한 예이다.

　(……)
　아무짝에도 쓸모없는 뿔에 신기하게도 반쯤 이지러진 낮달 빛이 내리비치고 흰 구름이 걸린다. 다급하게 울어쌓던 매미 한 마리 허공으로 가물가물 사라지고 남쪽으로 벋은 가지에서 생감이 뚝 떨어진다. 두엄발치에

구렁이가 두꺼비를 물고 있는 것을 보고 어미는 오줌을 질금거리며 사립을 나선다. 당산 길 앞에서 그 어미가 주인을 떠 박고 헐레벌떡 뛰어와 젖을 먹여 주던 10년 전 일을 떠올리고 '음매'하고 짐짓 머뭇거리는 순간 허공에 어른어른거리는 채찍의 그림자.

(⋯⋯)

- 「어미」에서, 『아득한 성자』, 27쪽

'한등=어머니'라는 운명적 형식으로서의 시조 양식이 시인의 시 세계의 출발점이라는 점에 동의한다면, 시인은 선승 이전에 시인으로서 시조와 숙명적으로 조우한 것이라 할 수 있다. 이 점은 시인의 시 세계를 본질적인 측면에서 파악하고자 할 때 반드시 강조되어야 할 항목이다. 이러한 관점에서 다음 두 측면에 주목하자.

먼저, 시인만의 독특한 시조 형식을 개척하고 있다는 점이다. 시인의 작품들은 시조의 정형적인 틀을 유지하되 그 변용을 꾀하면서 자유자재로 가락을 운용함으로써, 급변하는 현 시대의 맥락을 유연하면서도 유장하게 담아내고 있다. 앞서 본 「어미」나, 「절간 이야기」 연작시조와 같이, 이야기 형식을 도입한 사설시조 형식은 현대시조 양식 실험의 대표적인 예에 해당한다.

다음, 선승으로서의 구도적인 삶과 깨달음을 시조 양식에 담아내는 것이다. 실상, 이 부분이야말로 한국시사에서 시인만이 갖는 가장 고유하면서도 의미 있는 영역에 해당할 것이다. 그러니까 시인의 시조는 '한등=어머니'에서 출발하여 그것에 '선승의 삶과 깨달음'을 결합시킴으로써, '황폐한 세계를 밝히는 외로운 등불'로서의 시조이자, '어머니에 대한 사무치는 정'을 절절히 담아내는 시조이면서, 또한 '선승으로서의 구도적인 삶과 깨달음'을 담아내는 시조로 심화, 확장된다.

만약 시인의 시조가 '선승으로서의 삶과 깨달음'만을 담는다면, 그의 작품은 선승의 게송(偈頌)과 관련된 '불교시조' 혹은 '선시적 시조'라는 한계를 지니게 될 것이다. 그러나 시인의 시조는 '어머니에 대한 사모의 정'에서 출발하여 그 사모의 정에 '구도자의 삶'을 용해시킴으로써 문학의 서정성과 불교 수행자의 깨달음을 동시에 작품에 구현할 수 있게 되는 것이다. 곧 '어머니'로 표상되는 시조의 전통적 정서와 '구도자'로 표상되는 선(禪)적 사유라는 양 극단을 동시에 포괄함으로써 종교와 문학, 성과 속을 하나로 통합하는 선시(禪詩) 일체 혹은 승속불이(僧俗不二)라는 새로운 지평을 한국시사에서 여는 시인으로 우뚝 서게 되는 것이다.

따라서 시인의 작품을 두고 '선(禪)시조', '게송(偈頌)시조', '고칙(古則)시조', '불교시조'로 명명하는 것은 시인의 작품 세계를 매우 협소하게 파악하는 경우라 볼 수 있다. 앞으로 살펴보겠지만, 시인의 작품들은 현대시조가 지닐 수 있는 가장 높은 품격의 서정성을 확보하고 있으며, 현재를 살아가는 우리들에게 삶과 인생에서 가치 있는 것은 무엇인가를 뼈아프게 성찰하도록 하는 크나큰 감응력을 지니고 있다. 그러기에 시인의 작품들에 대해 불교적 사유만으로 접근하는 것은 깊고 넓은 시인의 시 세계의 많은 부분을 놓칠 위험성을 내포하고 있는 것으로 보인다.

3. '나'와 새와 해조음이 영혼의 교감을 하는 시조

구도자로서의 삶과 깨달음은 시인의 작품에서 다양한 형태로 변주된다. 먼저, 구도자로서의 존재적 고민과 이에 따른 자아 성찰과 자기반성을 주로 다루는 작품들을 보자.

하루라는 오늘

오늘이라는 이 하루에

뜨는 해도 다 보고
지는 해도 다 보았다고

더 이상 더 볼 것 없다고
알 까고 죽는 하루살이 떼

죽을 때가 지났는데도
나는 살아 있지만
그 어느 날 그 하루도 산 것 같지 않고 보면

천년을 산다고 해도
성자는
아득한 하루살이 떼

– 「아득한 성자」 전문, 『아득한 성자』, 15쪽

2007년 정지용 문학상 수상작인 이 작품은 전통적인 시조 형식의 제약으로부터 벗어나 초, 중, 종장의 변화를 꾀하면서 자연스러운 리듬을 창출하고 있다. 특히 둘째 수의 종장을 강조하기 위해 초장과 중장을 한데 묶어 하나의 의미 단위로 처리한 것은 매우 독특한 장치이다.

여기서 '나'와 또 다른 '나'에 주목할 필요가 있다. '나'는 '하루살이 떼'를 본다. 하루를 사는 하루살이 떼는 '뜨는 해', '지는 해'를 다보고 더 이상 볼 것 없다고 '알 까고' 죽는다. 그런데 '나'는 죽을 때가 지났는데도 살아 있어 '그 어느 날 그 하루'도 산 것 같지 않다. 그러기에 천년을 산다 해도 하루를 사는 하루살이 떼보다 못한 존재가 '나'인 것이다. 따라서 '아득한'에 내포된 거리감은 '하루살이'와 '나'와의 거리를 의미한다고 볼 수 있다. 곧 '나'는 '하루살이'라는 '성자'와는 '아득한' 거리에 있는 존재일 뿐이다. 그런데 그런 '나'를 보는 또 다른 '나'를 상정할 때 그 거리는 성자와 범인(凡人)과의 거리로 변용된다. 곧 하루살이 떼가 하루를 살지만 삶과 인생의 진리를 터득한 존재라는 깨달음을 얻는 또 다른 '나'는 하루살이 떼와 같은 '성자'이다.

이처럼 시인은 성자로서의 '나'와 '하루살이 떼'보다 못한 '나'에 대한 성찰과 반성을 통해 구도자로서의 존재적 고뇌를 드러내면서 스스로를 끝없는 수행정진의 장으로 내몰고 있다. 그 과정에서 시인은 때로는,

> (……)
> 끝내 삶도 죽음도 내던져야 할 이 절벽에
> 마냥 어지러이 떠다니는 아지랑이들
> 우습다
> 내 평생 붙잡고 살아온 것이 아지랑이더란 말이냐
> ― 「아지랑이」에서, 『아득한 성자』, 16쪽

라고 자조적인 한탄을 하면서 구도자로서의 자신의 모습에 대해 비판적 성찰을 가하기도 하고, 또 때로는,

> (……)
> 사람들은 날더러 허수아비라 말하지만
> 맘 다 비우고 두 팔 쫙 벌리면
> 모든 것 하늘까지도 한 발 안에 다 들어오는 것을
> ― 「허수아비」에서, 『아득한 성자』, 17쪽

이라고 함으로써 성자로서의 득도의 경지를 보여 주기도 한다. 이러한 자아 성찰과 자기반성을 담고 있는 작품을 접하면서 시인의 성자적 모습을 논하는 것은 별 의미가 없다. 시인이 도달한 득도의 경지를 감히 누가 이

해할 수 있겠는가. 중요한 것은 시인의 시 세계가 어떤 문학사적 의미를 띠며, 독자인 우리들에게 어떤 미학적 감응력을 주는가에 대해 논하는 것이 아닐까.

> 무금선원에 앉아
> 내가 나를 바라보니
>
> 기는 벌레 한 마리
> 몸을 폈다 오그렸다가
>
> 온갖 것 다 갉아먹으며
> 배설하고
> 알을 슬기도 한다
>
> — 「내가 나를 바라보니」 전문, 『아득한 성자』, 31쪽

앞서 본 「아득한 성자」에 나타나는 '보는 나'와 '보이는 나'의 대위법적 구조와 중층적 의미는 이 시에서도 반복되고 있다. '나'는 지금 세상과 단절된 '무금선원'에서 마음의 문을 열기 위해 수행을 하고 있다. 그런 '나'는 또 다른 '나'를 본다. 또 다른 '나'는 중장에서 '기는 벌레 한 마리'와 동일시된다. 벌레와 동일시된 '나'는 종장에 이르러 '갉아먹고 배설하고 알을 슬기도' 하는 미물로 전락한다.

마음의 문을 열기 위해 수행하는 '나'가 한낱 '벌레'로 전락하는 자리. 이 자리는 지금까지 근대성이라는 이름하에 우리의 사유를 지배해 온 서구의 이성중심주의와는 완전히 대척점에 놓인다. '나는 존재한다. 그러므로 사유한다(Cogito ergo sum)'라는 데카르트의 도도한 발언은 이성적으로 사유하는 인간만이 이 세상의 유일한 존재자라는 것을 천명한 것에 다름 아니다. 근대 이전 인간은 거대한 자연의 일부에 지나지 않았다. 대우주와

소우주가 원환을 이루는 아늑하고 조화로운 세계에서 신에게 의탁하면서 자연의 섭리에 따라 살아가던 인간은 이제 데카르트의 코키토에 의해 세계의 이성적 주체이자 주인으로 화려하게 등장한다. 데카르트를 이어 칸트 역시 인간만이 태어날 때부터 선험적으로 이성적 존재라고 단언한다. '만물의 영장'으로서의 인간의 등장, 그것이 근대 이성적 사유의 핵심에 해당한다. 이러한 이성적 인간 주체는 중심과 주변이라는 이항대립체계에 의해, '인간, 이성, 육체, 물질'을 중심부로 설정하고, '자연, 비이성, 영혼, 정신'을 주변부로 내몰고 지배하고 억압한다.

이에 대해 라캉과 푸코, 데리다를 포함한 해체주의자들은 인간은 태어날 때부터 이성적 주체가 아니라고 비판한다. 인간 주체의 개념은 이성중심주의의 근대 자본주의 체제에 의해 후천적으로 구성된 것에 불과하다는 것이다. 근대 자본주의의 모순, 가령 이기주의와 개인주의, 자연의 황폐화, 인간 소외 등과 같은 모든 모순은 이 인간 주체에 의해 배태된 것이다. 따라서 인간 주체를 해체할 때, 그리하여 폭력적인 이항대립체계를 해체할 때, 자본주의의 제반 모순이 극복된 세계로 나아갈 수 있다. 이항대립이 해체되고 인간과 인간, 인간과 자연, 육체와 영혼, 물질과 정신, 주관과 객관이 조화롭게 공존하는 동일성의 세계야말로 해체주의의 궁극적 지향점에 해당한다. 해체주의자들이 종국에는 그들의 사유 체계를 동양 사상과 연결시키는 것은 이 때문이다. 불교의 '불이(不二)', '무위자연'의 노장사상이야말로 인간과 자연의 합일을 주장하는 거대한 사유 체계가 아닌가.

시인의 작품은 인간과 벌레, 인간과 자연, 인간과 사물의 경계가 사라진 무차별의 세계를 우리들에게 깨우쳐줌으로써 오만한 인간 이성적 주체로부터 벗어날 것을 강조하고 있다. 인간과 벌레의 차이가 없을진대 인간이 어떻게 만물의 영장이 될 수 있겠는가. 그런데도 인간은 '나'와 '너'를 구분한 채 '나' 중심주의에 빠져 서로를 헐뜯고 폭력적으로 지배하려 한다.

또한 인간과 자연을 차별 짓고 자연을 인위적으로 가공함으로써 자연을
지배하려 든다. 그런 인간들에게 이 작품은 '나'와 '너'의 차별 없음, 둘이
아니라 하나라는 것, 인간과 자연의 모든 사물이 모두 소중한 존재라는 것
을 제시함으로써 인간 주체의 헛된 미망을 깨우쳐 주고 있다. 이러한 차별
없는 조화로운 세계는 시인의 자아 성찰과 자기반성의 중요한 토대에 해
당하는 바, 다음 시편에서도 그것을 확인할 수 있다.

> 삶의 즐거움 모르는 놈이
> 죽음의 즐거움을 알겠느냐
>
> 어차피 한 마리
> 기는 벌레가 아니더냐
>
> 이 다음 숲에서 사는
> 새의 먹이로 가야겠다.
> ― 「적멸을 위하여」 전문, 『아득한 성자』, 71쪽

삶과 죽음은 둘이 아니라 하나이다. 그러나 서구 이성적 사유 체계에서
삶과 죽음은 엄격히 구분된다. '육체/ 영혼'의 이항대립에 입각할 때, 죽음
은 삶과의 단절을 의미한다. 영혼불멸설 따위는 근대 이성적 사유에 의할
때 중세적 미신에 불과하다. 이성적 인간에게 중요한 것은 살아 있다는 것
이다. 죽기 전에 살아서 누릴 수 있는 육체적 쾌락과 물질적 풍요로움만이
중요하다. 순결한 영혼이나 고귀한 정신적 가치 따위는 물질만능주의의
자본주의 사회에서는 불필요하다. 그리하여 이성적 인간은 죽어서는 누려
볼 수 없는 육체적, 물질적 쾌락을 좇아 부나방처럼 살아간다. 그것이 유
일한 삶의 즐거움이라 맹신하면서.

시인은 삶과 죽음, 육체와 영혼, 물질과 정신이 하나라는 것을 깨달을

때 모든 물욕을 버리고 맑고 깨끗한 영혼의 삶을 살아갈 수 있으며, 그런 삶이야말로 즐거운 삶이라는 것을 강조한다. 주체라는 헛된 미망에서 깨어날 때 인간과 벌레는 둘이 아니라 하나이다. 하나가 된 모든 존재는 서로를 자신의 타자이자 분신으로 소중하게 여기면서 서로를 위해 기꺼이 자신을 희생할 수 있다. '다음 생애에 새의 먹이가 되고자' 하는 시인의 다짐 앞에서 만물의 영장으로서의 인간은 흔적도 없이 사라져버릴 수밖에 없지 않은가.

우리 절 밭두렁에
벼락 맞은 대추나무

무슨 죄가 많았을까
벼락 맞을 놈은 난데

오늘도 이런 생각에
하루해를 보냅니다.
–「죄와 벌」 전문, 『아득한 성자』, 83쪽

'벼락 맞은 대추나무'와 '나'를 동일시하는 경지, 그것은 인간 주체로서의 '나' 지우기에 다름 아니다. '나'를 지울 때 '너'도 지워진다. 그 지워진 자리에서 '나'와 '너', 인간과 자연이 합일된 새로운 세계가 펼쳐진다.

한나절은 숲 속에서
새 울음소리를 듣고

반나절은 바닷가에서
해조음 소리를 듣습니다

언제쯤 내 울음소리를
내가 듣게 되겠습니까

— 「내 울음소리」 전문, 『아득한 성자』, 84쪽

'나' 중심주의에 입각해 '나'의 울음소리만을 강조하는 이들은 결코 새 울음소리와 해조음 소리를 들을 수 없다. '나'가 새가 되고 해조음이 되는 자리, 곧 대우주의 별빛과 소우주의 영혼의 별빛이 합일되는 자리에 설 때, 모든 존재와의 영혼의 교감이 이루어진다.

이 순간 시인은 어머니에 대한 사무치는 사모의 정을 모든 존재에 대한 사모의 정으로 승화시킨다. 종장에서 보듯, 듣고 싶어 하는 '내 울음소리' 는 시인의 내면의 울음소리일 것이다. 어쩌면 그것은 어머니에 대한 시인 의 그리움과 깊은 관련을 맺고 있을 것이다. 그러나 '나'를 지울 때, '나' 의 내면의 울음소리는 새의 울음소리와 해조음의 소리로 질적인 변용을 이룬다. 이 변용의 자리에서 '나'와 새와 해조음은 무수한 인연으로 연결 된다. '나'의 어머니가 있듯이 새의 어머니가 있고 해조음의 어머니가 있 는 것이다. 그리고 그들도 그리움에 운다. 그들의 울음은 이 세상 모든 존 재의 숙명적인 아픔을 나타내는 것이자, 서로를 위로하고 아픔을 공유하 는 것이면서, 서로가 무수한 인연으로 연결된 같은 존재임을 알리는 표지 이다.

이처럼 시인의 시 세계는 어머니에 대한 사모의 정이 선적 사유와 결합 되면서 구도자로서의 존재론적 성찰로 시적 사유가 확장, 심화되고 있다. 그 결과 시인의 시 세계는 내용과 형식의 양 측면에서 현대시조는 물론이 고 현대시에서조차 보기 드문 새로운 지평을 개진하는 자리로 나아간다.

4. 떡잎 하나로 우주를 품는 영원한 사랑의 시조

인간과 인간, 인간과 자연, 인간과 사물, 삶과 죽음, '나'와 '너'의 차별 없는 세계에 대한 지향을 통해 시인은 이성적 인간 주체의 오만한 삶에 대해 비판적 성찰을 가하면서, 이를 통해 진정 가치 있는 삶은 무엇인가를 노래한다. 이러한 측면은 「무자화無字話」, 「무설설無設設」, 「일색변一色邊」 연작시조2)를 비롯한 시 세계 전편에 잘 드러나 있다. 이들 시편들은 '일체 유심조' 같은 무거운 주제를 형식의 파격과 유려한 가락, 그리고 서정적이며 선적인 이미지로 시화함으로써 현대시조가 갖출 수 있는 높은 미학적 품격을 확보하고 있다.

> 서울 인사동 사거리
> 한 그루 키 큰 무영수無影樹
>
> 뿌리는 밤하늘로
> 가지들은 땅으로 뻗었다
>
> 오로지 떡잎 하나로
> 우주를 다 덮고 있다
>
> — 「된바람의 말」 전문, 『아득한 성자』, 57쪽

그림자 없는 나무가 하늘로 뿌리를 드리우고 땅으로 가지를 뻗은 채 떡 잎 하나로 우주를 다 덮고 있는 모습, 그것이 바로 시인이 지향하는 궁극적 세계가 아니겠는가. 상계와 하계, 하늘과 땅, 대우주와 소우주가 하나

---

2) 이들 연작시조 중 많은 작품들이 『아득한 성자』에는 제목을 달리하여 수록되어 있다. 이 글은 『아득한 성자』에 실린 작품의 제목에 따르되, 이 시집에 실리지 않은 연작시조의 작품들은 본래의 제목에 따른다.

가 되는 세계야말로 모든 존재가 태어나고 다시 귀환하는 본향이자 시원
이다. 시인은 초월적이면서 우주적인 상상력을 통해 '서울 인사동'을 모든
존재가 아늑하게 공존할 수 있는 어머니의 자궁 속과 같은 세계로 변용시
키고 있다. 이를 통해 이 작품은 상품물신주의가 만연하고 모든 것이 정보
메커니즘의 코드 기호로 전락한 시대에 우리가 지향해야 할 진정한 가치
가 무엇인지를 아프게 일깨워주고 있다. 시인은 나아가 그런 세계의 현현
을 위해 우리가 취해야 할 삶의 자세가 어떠해야 하는지를 시화한다.

> 사내라고 다 장부 아니여
> 장부 소리 들을라면
>
> 몸은 들지 못해도
> 마음 하나는
> 다 놓았다 다 들어 올려야
>
> 그 물론
> 몰현금 한 줄은
> 그냥 탈 줄 알아야
>
> — 「몰현금沒絃琴 한 줄」 전문, 『아득한 성자』, 61쪽

　이 작품은 '마음의 다스림'을 강조하고 있다. '사내-몸-(거문고)'와 '장
부-마음-몰현금'이 대칭적으로 교직되면서 시상이 전개되고 있다. 진정한
장부(존재)는 자신의 마음을 자유자재로 부릴 줄 알아야 한다. 나아가, 줄
없는 거문고인 '몰현금'을 탈 줄 알아야 한다. 몸(육체)을 중시할 때 몰현금
은 탈 수 없다. 마음을 다스릴 수 있을 때 몰현금도 탈 수 있는 것이다.
'마음 다스리기'는 「마음 하나」 등과 같은 다른 시편들에서도 확인할 수
있다.

그 옛날 천하장수가
천하를 다 들었다 놓아도

한 티끌 겨자씨보다
어쩌면 더 작을

그 마음 하나는 끝내
들지도 놓지도 못했다더라

- 「마음 하나」 전문, 『아득한 성자』, 66쪽

한편 시인은 쉽게 만나 쉽게 헤어지고, 준 것 만큼 대가를 바라는 그런 사랑이 과연 진정한 사랑인가를 묻고 있다.

사랑도 사랑 나름이지
정녕 사랑을 한다면

연연한 여울목에
돌다리 하나는 놓아야

그 물론 만나는 거리도
이승 저승쯤 되어야

- 「사랑의 거리」 전문, 『아득한 성자』, 63쪽

진정한 사랑은 연연한 여울목에 돌다리 하나는 놓는 것이어야 한다. 그리고 그 돌다리는 이승과 저승을 연결하는 것이어야 한다. 곧 진정한 사랑은 급물살 치는 여울목 같은 삶에서 사랑하는 사람을 위해 돌다리가 되어주는 것이며, 나아가 이승의 사랑이 저승의 사랑으로 연결되면서 영원한 사랑으로 승화될 수 있어야 한다.

여자라고 다 여자 아니여
여자 소리 들을라면

언제 어디서 봐도
거문고 줄 같아야

그 물론
진겁塵劫 다 하도록
기다리는 사람 있어야

-「시간론論」 전문, 『아득한 성자』, 62쪽

'진겁이 다하도록 기다리는 사람'이 있는 사랑은 이승과 저승이 연결된 영원한 사랑이다. 그것은 아마도 자식에 대한 숭고한 어머니의 사랑과 같은 것이다. 천세불변의 사랑, "이자는 포기하고/ 원금만 받는 금리金利"(「사랑의 물마」, 『아득한 성자』, 41쪽)와 같은 사랑. 남녀의 사랑만이 그러해야겠는가. 모든 인간관계가 그런 사랑을 기반으로 해서 맺어진다면 우리는 '서울 인사동'에 드리운 '우주의 떡잎'과 늘 함께 할 수 있지 않겠는가.

5. 속이 승이고 승이 속인 시조

놈이라고 다 중놈이냐
중놈 소리 들을라면

취모검 날 끝에서
그 몇 번은 죽어야

그 물론 손발톱 눈썹도

짓물러 다 빠져야

　　　－「취모검吹毛劍 날 끝에서」 전문, 『아득한 성자』, 64쪽

　코를 찌르는 매화 향기가 있으려면 뼈 속까지 사무치는 추위가 있어야 한다고 했던가. 우주를 품을 것 같은 사랑을 위해서는 솜털까지 잘라내는 예리함이 있어야 한다. 산과 일체가 되기 위해서는 산이 오기를 기다려서는 안 된다. 산으로 내가 가야한다. 가는 길에는 천길 낭떠러지가 있고 숱한 가시밭길이 있고 광폭한 강물이 있고 험준한 산이 있기 마련이다. 그 모든 시련과 고통을 극복할 때, 그래서 손발톱 눈썹 짓물러 다 빠질 때 비로소 산과 일체가 될 수 있는 것이다. "그 물론 검버섯 같은 것이/ 거뭇거뭇 피어"(「바위 소리」, 『아득한 성자』, 59쪽)나고, 또 "속은 으레껏 썩고/ 곧은 가지들은 다 부러져야// 그 물론 굽은 등걸에/ 장독杖毒들도 남아 있어야"(「고목 소리」, 『아득한 성자』, 60쪽) 산과 일체가 될 수 있다는 것.

　시인은 오랫동안 선승으로서 수행자의 길을 걸으면서 깨달은 것을 시조의 서정성에 유려하게 녹여냄으로써 우리를 승속불이의 세계로 이끌어 간다. 여기서도 시인은 선승의 입장에서가 아니라 시인의 입장에서 승속불이의 세계를 시화한다. 말하자면 속세의 우리들과는 동떨어진 곳에 홀로 앉아 우리를 훈계하는 것이 아니라, 속세의 우리들과 함께 있으면서 선적 세계를 아름답게 그려낸다. 이들 작품들을 통해, 우리는 비인간화의 극단으로 치달리는 상황에서 우리들이 취해야 할 바람직한 삶이 무엇인가를 진지하게 성찰하지 않을 수 없다.

　　동해안 대포
　　한 늙은 어부는

　　바다에 가면 바다

절에 가면 절이 되고

그 삶이 어디로 가나
파도라 해요
- 「무설설·2」 전문, 『산에 사는 날에』, 태학사, 2001. 46쪽

'늙은 어부'는 어부이자 스님이다. 바다에서는 어부이고 절에서는 스님이다. 아니 바다와 절이 다르지 않다. 바다에서도 마음속에 파도를 잉태하고, 또 절에서도 파도를 잉태하고 있기 때문이다. 장소가 어디든 마음속에 '파도'를 품을 때 그것이 곧 절이다. 헛된 욕심 부리지 않고 주어진 삶에 만족하면서 그것에 충실한 것, 바다든 산이든 늘 마음속에 '파도'를 품고 사는 늙은 어부, 바로 그런 사람이 스님인 것이다. 속이 승이고 승이 속인 것.

몇 십 년 동안 새벽마다 대종을 울리는 절의 종두(「새벽 종치기」), 고창읍 내 쇠전거리에서 세월을 담금질하는 한 늙은 대장장이(「스님과 대장장이」), 사십 년 동안 염습을 하는 염장이(「염장이와 선사」), 사라져 가는 옹기를 죽을 때까지 만든 강원도 어성전 옹장이 김 영감(「무설설」) 등과 같은 사람들이 바로 스님인 것이다.

그렇다면 시인이 갈망하는, 인간과 자연이 합일되고 삶과 죽음이 함께 하는 그런 황홀경의 세계는 어떤 추상적인 것도 아니요 비현실적인 것도 아닐 것이다. 그 세계는 '늙은 어부'처럼 일평생 '파도'를 마음속에 품고 살아갈 때 언제 어디서든지 현현하는 그런 구체적인 현실태일 것이다.

(i)
외설악 천불동 계곡을
좋다는 말 하지 말라

거기 반석에 누워
하늘을 바라 보다가

흐르는 반석 밑으로
물소리나 들을 일을……
- 「무설설·3」 전문, 『산에 사는 날에』, 47쪽

(ii)
지난 달 초이튿날 한 수좌가 와서
달마가 서쪽에서 온 뜻을 묻길래
내설악 백담 계곡에는 반석이 많다고 했다.
- 「무설설·5」 전문, 『산에 사는 날에』, 49쪽

선적 세계 혹은 존재의 시원은 우리들 곁에 늘 함께 있다. 시인은,

눈과 귀를 조금만 열어 놓으면 현전하는 모든 것이 나의 마음이요 진리
의 현현이다. 흰 눈을 머리에 얹고 앉아 있는 설악산의 자태나 절 앞으로
흐르는 백담 계곡의 물소리는 문득 진리의 모습이 어떤 것인지를 깨닫게
한다.
- 조오현 역해, 「벽암록」, 불교시대사, 1997. 139쪽

라고 말하고 있다. 진리는 '서별당 연못에 놀다 간 들오리'에도, '산수유
그림자'(「들오리와 그림자」, 『아득한 성자』, 96쪽)에도 있는 것이다.

그러기에 다음과 같은 아름다운 풍경은 산사에만 있지 않을 것이다. 시
인의 말처럼 인간과 자연이 합일되는 세계를 우리가 강렬히 염원할 때, 그
래서 우리들 몸과 마음이 그 세계와 일체가 될 때, 그 아름답고 황홀한 세
계는 언제 어디에서든지 늘 우리들 앞에 현현할 것이다.

화엄경 펼쳐 놓고 산창을 열면
이름 모를 온갖 새들 이미 다 읽었다고
이 나무 저 나무 사이로 포롱포롱 날고……

풀잎은 풀잎으로 풀벌레는 풀벌레로
크고 작은 푸나무들 크고 작은 산들 짐승들
하늘 땅 이 모든 것들 이 모든 생명들이……

하나로 어우러지고 하나로 어우러져
몸을 다 드러내고 나타내 다 보이며
저마다 머금은 빛을 서로 비춰 주나니……

               – 「산창을 열면」 전문, 『아득한 성자』, 110쪽

6. 먼 바다 울음소리가 주는 미학적 감응력

시인을 처음 만난 것은 선홍빛 단풍이 온 산을 붉게 물들이던 1997년 가을 백담사에서이다. 이후 내게 시인은 늘 마주 뵙기 어려운 큰스님으로 자리 잡고 있다. 그런데 이번에 시집을 읽으면서 스님은 내게 '할미꽃'으로, '한등'으로, '아지랑이'로, '허수아비'로, '늙은 어부'로, 그리고 '무영수'로, '여울목의 돌다리'로 다가왔다. 시리도록 푸른 백담사 계곡물에 담긴 반석 같은 시조, 인사동 거리를 덮고 있는 무영수 떡잎 같은 시조, 그것이 무산 스님의 시 세계인 듯하다. 이제 평론가로서 시인에게 까탈을 좀 부려야겠다.

강물도 없는 강물 흘러가게 해 놓고
강물도 없는 강물 범람하게 해 놓고

강물도 없는 강물에 떠내려가는 뗏목다리
　　　　　　　　　　　－「부처」 전문, 『아득한 성자』, 58쪽

　밀양에는 밀양강이 흐른다. 시인이 태어난 곳이다. 굽이굽이 흐르는 밀양강은 늘 우리들 곁에 존재한다. 그러나 밀양강은 있는 것이며 없는 것이다. 어린 시절 밀양강은 급속한 시대적 변화에 떠밀려 사라졌다. 세월의 흐름에 따라 사라진 어린 시절의 밀양강. 그러나 밀양강은 여전히 밀양을 지금도 휘돌아 흐르고 있다.

　나는 지금 인연을 이야기하고 있다. 강물은 있기도 하고 없기도 하다. 눈으로 보면 있지만 마음으로 느끼면 없는 것. 눈으로 보면 없지만 마음으로 느끼면 있는 것. 그것이 강물이다. 그런 강물처럼 모든 존재는 있는 것이면서 없는 것이다. '있음/ 없음'은 하나이다. 모든 존재는 부처님께서 맺어준 인연에 의해 하나이다. 부처님께서 그 강물에 '뗏목다리'를 놓지 않았는가. 뗏목다리는 강물에 떠내려간다. 인연의 강물은 억겁의 세월에 걸쳐 흘러가고 범람하기도 한다. 시인은 그 강물에서 '어머니', '한등 정완영', '백담사 계곡의 반석' 등과 인연을 맺었다. 그래서 하나이다.

　나도 시인과 인연을 맺었다. 그래서 하나이다. 하나인 나에게, 하나인 독자에게 시인은 뗏목다리를 통해 우리 모두의 어머니를 깨우쳐 주고, 우리 모두의 부처님을 깨우쳐 주고 있다. 모든 것이 정보 메커니즘의 코드 기호로 전락하는 시대에 시조를 통해, 그러면서 그 시조가 지닐 수 있는 최대의 미학적 감응력을 통해. 그런데⋯⋯.

　　양산 통도사 영축산 다비장에서
　　오랜 도반을 한 줌 재로 흩뿌리고
　　누군가 훌쩍거리는 그 울음도 날려 보냈다

거기, 길가에 버려진 듯 누운 부도浮屠
돌에도 숨결이 있어 검버섯이 돋아났나
한참을 들여다보다가 그대로 내려왔다

언젠가 내 가고 나면 무엇이 남을 건가
어느 숲 눈먼 뻐꾸기 슬픔이라도 자아낼까
곰곰이 뒤돌아보니 내가 뿌린 재 한 줌뿐이네
　　　　　　　 ─「재 한 줌」 전문, 『아득한 성자』, 100쪽

　오랜 도반을 보내고 내려오는 길에 시인은 무슨 생각을 하고 있는 것일
까. '내 가고 나면 무엇이 남을 건가'라는 시인의 독백에서 나는 득도의
경지에 오른 시인의 모습을 떠올리면서, 또 다른 한편으로는 깊은 상념에
잠긴다. 무소유니 초월이니가 중요하지 않다. 나는 다만 시인만을 생각하
고 싶다.

밤늦도록 불경을 보다가
밤하늘을 바라보다가

먼 바다 울음소리를
홀로 듣노라면

천경千經 그 만론萬論이 모두
바람에 이는 파도란다
　　　　　　　 ─「파도」 전문, 『아득한 성자』, 77쪽

　불경을 읽으면서 먼 바다 울음소리를 듣는 시인. 불경이 바다 울음소리
가 되어 바람에 이는 파도처럼 우리의 심성에 깊은 파문을 일으키면서 우
리를 감동의 숲으로 이끄는 시인. 시인의 삶이 문학이 되어버린 형국. 이

를 두고 운명적인 형식이라 하지 않는가.

시인이 들려주는 먼 바다 울음소리를 늘, 오래오래 듣고 싶다. 그리고 운명적인 형식의 변화무상한 모습이 도달할 수 있는 미학적 감응력의 최대치가 무엇인지를 보고 싶다. 그것이 평론가로서 감히 시인에게 부리고 싶은 까탈이다. 또한 그것은 현대시조를 높고도 깊은 단계로 질적으로 비약시킨 시인이 한국 문학의 풍성화를 위해 지녀야 할 필연적인 의무이기도 하다.

삶과 인간과 시에 대한 매혹,
극서정시의 깊이와 넓이 : 최동호

1. 서정적 자아가 사라진 단시

최동호의 시집 『얼음 얼굴』(서정시학, 2011)을 읽노라면 시 세계의 질적 변화를 강하게 느낄 수 있다. 이전 시집에는, 호흡이 길면서 다소간 관념적이고 추상적인 내용을 다루는 서술적 장시와 압축적이고 암시적인 시어의 직조를 통해 여백의 미를 최대한 살리는 간결한 단시가 골고루 섞여 있다면, 이번 시집에서 서술적 장시는 거의 배제되고 간결한 단시가 주종을 이루고 있다. 그러면서 이 단시들 역시 이전의 단시들과는 다른 모습을 보인다.

(ii)
새벽바람 불러오는
목탁 소리

먹물 든 산그림자를

지우고 있는 사람

마당을 북처럼 두드리다
바다로 가는 빗방울

머리에 피뢰침 꽂고 간
요절 시인

-「빗방울·1」 전문, 16쪽

(ii)
마스트 끝 갈매기 잿빛
눈동자에 수평선이 부풀어 오른다

갓 깬 나비 날아가
칠 벗겨진 뱃고동 길게 퍼져나간다

연락선 철 이른 유행가
남정네 바짓가랑이에 출렁거리고

갯가의 등 굽은 아낙네들
바지락 자루를 번쩍 들어 연락선을 부른다

-「뱃고동」 전문, 20쪽

먼저, 이전의 단시에는 다양한 이미지를 하나의 의미 체계로 응집시키는 핵심 고리가 있는데 반해, 이번 단시에서는 그런 핵심 고리를 쉽게 찾아보기가 어렵다. (i)에서 '목탁 소리', '사람', '빗방울', '요절 시인', (ii)에서 '갈매기', '나비', '남정네', '아낙네'라는 각각의 독립된 듯한 이미지가 한 편의 시 속에 병치되고 있다. 이 때문에 이들 시에 접근해 그 의미를 파악하는 데 상당한 어려움을 겪게 된다.

다음, 그러나 조금 집중해서 시를 감상하다보면 각 시가 나름의 구조를 가지고 있음을 알 수 있다. (i)의 경우, 1, 3연은 자연적인 것들로, 2, 4연은 인간적인 것들로 대칭 구조를 이루고 있다. 새벽 여명이 밝아오는 고즈넉한 산사를 울리는 목탁 소리와 빗방울 소리, 그리고 산그림자를 지우는 사람과 요절 시인이 대칭되고 있다. (ii)도 1, 2연의 자연적인 것, 3, 4연의 인간적인 것이 대칭 구조를 이루고 있다. 뱃고동 소리와 함께 바다로 떠나는 갈매기와 뭍(혹은 섬)으로 회귀하는 나비들, 그리고 철 이른 유행가를 들으며 배를 타고 떠나는 남정네와 뭍에서 그 남정네가 타고 가는 연락선을 부르는 아낙네가 대칭을 이루고 있다.

이처럼 이번 단시는 치밀하게 짜인 구조 속에 간결하고 암시적인 시어로 인간과 자연이 중첩된 이미지를 병치시키고 있다. 이를 통해 의미의 지평을 열어둠으로써 독자로 하여금 자유로우면서도 다양한 해석과 감상을 가능하게 한다.

마지막으로, 위의 두 가지 측면과 관련해서 무엇보다 중요한 것은 서정적 자아 '나'가 시의 표면에서 사라졌다는 점이다. 서정적 자아 '나'가 있을 때, '나'의 시선에 의해 다양한 대상들이 집약되고 '나'에 의한 주관적 의미 부여가 가능하다. 그런데 '나'가 작품 표면에서 사라지면서 여러 대상은 병치되고 주관적 의미 부여도 차단된다. 이 서정적 자아의 사라짐이야말로 이번 단시의 가장 큰 특징이 아닐 수 없다.

2. 마음의 북소리, 설산고행 같은 수행, 삶에 대한 매혹

이전의 시에서 서정적 자아 '나'는 '성찰적 자아'의 특성을 강하게 내포하고 있다. 곧 '인간과 자연의 생성적 합일'을 강조하는 정신주의를 주창한 시인답게, 세속 도시를 살아가는 세속적 자아와 그 삶을 비판적으로 성찰하고 '지순지고한 영혼'의 세계를 지향하는 성찰적 자아가 시편의 중심을 이루고 있었다.

> (……)
> 푸른 숲을 바라보며 나는 왜 그가
> 미소짓는가를 물어보지 않았다.
> 흰 구름이 두어 송이 하늘꽃처럼 피어
> 무심하게 지상을 굽어보고
> 숲과 바위와 능선들이
> 둥글고 큰 하늘의 눈동자 열어
> 모든 것이 제 모양으로 비치는
> 명징한 세계 안에 내가 있었다.
> 한낮의 태양이 머물다 간 바위에 기대어
> 더 높은 곳을 향해 눈을 들었다.
> 그리고, 나는 소리쳐 보았다. 진정
> 지고한 영혼이여, 그대는 지금 어디에 있는가.
> (……)
> ─「여름 道蜂에서」에서, 『딱따구리는 어디에 숨어 있는가』, 민음사,
> 1995. 31~32쪽

여름 도봉산에 올라 세속 도시를 바라보는 '나'는 성찰적 자아다. 이 자아는 타락한 세속 도시를 비판하고 '그'로 표상되는 '지고한 영혼'을 지향하면서 '나'의 주관적 의도를 강하게 드러낸다.

그런데 이번 시집에서 그런 성찰적 자아는 작품 전면에서 사라진다. 이유가 무엇인가. 먼저, 시인이 어느 날 문득 10년 전 찍은 히말라야 사진을 보고 깨달음을 얻는 시부터 보자.

(……)
그 엷은 바람의 기미, 그때 알아채지는
못하였으나 십 년 너머 지나
우연히 꺼내 본
그날 사진에
높고 신성한 산의
가장 아름다운 미소가 살랑거리고 있었다

돌담 사이 홀로 핀 꽃에 숨겨진
산의 미소, 콧등을 건드리는 꽃잎처럼 다가와
환하게 햇살 퍼트리며
이슬도 채 말리지 못하고 가는 사람에게

설산의 정상으로 향하는 오솔길을 가리키고 있었다
　　　　　　－「들꽃에 숨겨진 히말라야」에서, 34~35쪽

　이 시의 자아는 성찰적 자아에 가까운데, 그래서 이번 시집에 실린 다른 시들에 비해 의미가 비교적 분명하게 전달되고 있다. 자아는 10년 전 히말라야에서 찍은 사진을 보면서 이전에는 보지 못한 것을 새삼 보게 된다. 아니 보는 것이 아니라 깨닫는다. 곧 "높고 신성한 산의 가장 아름다운 미소"를 가진 히말라야 산과, 그 "설산의 정산으로 향하는 오솔길"을 보고, 그 의미가 무엇인지를 깨닫는다. 여기서 중요한 것은 왜 하고많은 설산들 중에서 히말라야 산만이 '신성한 산'으로 자아에게 다가온 것일까 하는 점이다.

　　히말라야 산정으로 향하는 길목, 열대우림 산길에서

　　작은 점 하나 바람 타고 휘익 빗방울처럼 떨어졌다

허공을 가르고 날아온 거머리, 남에게 눈물 한번도

흘려보지 않은 인간에게 사랑의 봉헌이 무엇인가

전해주는 신성한 설산의 붉은 피, 찬 물방울이었다
　　　　　　　　　　　　　　　　－「신성한 산」 전문, 33쪽

　　자아는 히말라야 산정으로 가는 길목에서 허공을 가르는 거머리를 본
다. 그리고 '사랑의 봉헌'이란 측면에서 그 거머리와 '남에게 눈물 한번도
흘려보지 않은 인간'이 대비되면서 '신성한 설산의 붉은 피, 찬 물방울'에
시선이 집중되고 있다. 자아는 도대체 무엇을 말하려고 하는 것인가. 산문
「시적 신성성과 매혹」에서 그 단서를 찾아보자.

　　　　오래전부터 내가 품고 있는 의문 중의 하나는 석가모니가 왜 설산고행
　　을 하지 않을 수가 없었는가 하는 점이었다. 이번 여행에서 알게 된 하나
　　의 사실은 거기에 가보지 않은 많은 사람들이 히말라야를 연상할 때 만년
　　설을 먼저 떠올리지만, 그 설산에 오르기 위해서는 거머리가 물방울처럼
　　나뭇잎에서 툭툭 떨어져 내리는 열대 정글 지대를 통과해야 한다는 것이
　　었다. 거머리가 피를 빨아 당나귀들이 돌계단에 떨어뜨린 선명한 핏방울
　　을 보며 우리는 산정으로 가는 구절양장의 기나긴 길을 걸어야 했다.
　　　　만년설과 열대우림의 양극에 석가모니가 깨달은 마음의 비밀이 있는
　　것이 아닐까.
　　　－「시적 신성성과 매혹」, 『공놀이하는 달마』, 민음사, 2002. 103~104쪽

　　왜 하필 히말라야만이 신성한 산인가. 그것은 설산고행을 통해 깨달음
을 얻은 '석가모니'와 연관이 있기 때문이다. 석가모니의 깨달음의 경지로
표상되는 '지고한 것, 신성한 것'에 이르기 위해서는 거머리가 비처럼 내
리는 열대우림을 통과해서 만년설에서 설산고행을 해야 한다. 설산의 정

상으로 오르는 고행의 구절양장 길을 당나귀처럼 한 걸음 한 걸음 올라야 한다. 그런 고통스런 과정을 거치면서 비로소 만년설로 뒤덮인 히말라야 설산의 그 지고한 영혼과 함께 할 수 있는 것이다.

그렇다면 여름 도봉산의 '지고한 영혼'과 히말라야 설산의 '지고한 영혼'의 차이는 무엇일까. 전자에서는 자아의 의식이 외부의 초월적 대상을 지향하는 것에 치중하고 있다면, 후자에서는 초월적 대상보다는 그 대상과 일체되기 위한 과정이라 할 수 있는, 설산고행 같은 혹독한 수행이 강조되고 있다는 점이다.

이러한 수행은 세 가지 방향에서 이루어진다. 마음의 북소리 찾기, 생을 위한 무목적적 발걸음 옮기기, 삶에 대한 매혹이 그것이다. 먼저, 마음의 북소리 찾기이다. 그것은 "밀림 속에서 길을 잃은 자는 북소리를 따라가지 말고 북 치는 사람을 찾으라. 그렇지 않다면 영영 밀림에서 헤어나오지 못할 것이다."라는 '우파니샤드'의 한 구절에서 비롯된다. 시인은 이 구절을 대학 시절에 읽었지만 그 의미를 이해하지 못하다가 히말라야를 등정하는 과정에 정글을 지나면서 비로소 그 의미를 깨닫는다. 곧 "북소리를 쫓아 밀림을 헤맬 것이 아니라 인간의 마음속에 잠재한 소리의 근원"을 찾아야 한다는 것이다. 시인은 지금까지 30여 년 동안 정글의 북소리만 뒤쫓아 밀림을 헤매고 살아왔다고 스스로의 삶에 대해 반성한다.

'세속주의와 매명주의'가 횡행하는 혼탁한 현실에서 우리를 지고한 영혼으로 이끄는 것은 내 마음의 외부에 있는 것이 아니라 내 마음 속에 있다. "밀림의 북소리는 내 심장의 박동에서 비롯된 것"이며, "심장의 박동은 내 마음을 살아 있도록 끊임없이 속삭이던 소리"이다. '지고하고 신성한 것'은 내 마음의 밖에 있는 것이 아니라 내 마음, 내 영혼 속에 있다. 내 마음속에는 혼탁한 세월에서 나를 이끌어 줄 마음의 북소리가 늘 존재했음에도 불구하고 그동안 그 북소리를 잊고 있었다. 이제, 내 마음의 북소리와 일체가 될 때, 나는 비로소 밀림 속에서 내가 나아가야 할 올바른 방향, 올바른 삶의 좌표를 설정할 수 있다.

다음, 생을 위한 무목적적 발걸음 옮기기이다. 세속은 "생에 집착하고 편견을 고집하며 더 많이 소유하기 위해 아귀다툼을 벌이는" 현장이다. 이러한 세속적인 '소유와 집착'에 얽매인 삶은 어떤 불순한 목적을 가진 것이다. 그런 목적적 삶이 아니라 무목적적 삶에 의해서만 지고한 영혼과 일체가 될 수 있다.

> 네 자신의 마음속에서 비밀을 찾아라. 지고한 것도 누추한 것도 다 인간의 마음속에 있는 것이 아닌가. 그러나 인간의 마음은 육신을 집으로 하지 않으면 존재할 수 없는 것이 생의 비애일 것이다. 히말라야의 영봉들은 그들을 향한 하나하나의 발걸음이 없다면 도저히 가까이 갈 수 없는 존재이다. 하나의 발걸음에 시작이 있고 끝이 있다. 당나귀들도 돌계단에 핏방울을 뿌리며 주인과 함께 이 산길을 오르내리지 않는가. 그들의 오르내림은 생을 위한 무목적적인 발걸음이다. 그들의 발걸음이야말로 위대한 일이다.
>
> ─「시적 신성성과 매혹」, 107쪽

핏방울을 뿌리며 산길을 오르는 당나귀처럼 묵묵히 발걸음을 한발 한발 내디디면서 산길을 오르내리는 것, 그것이 무목적적 삶이다. 그래서 시인은 이번 시집에서,

> 내딛는 것은 언제나 한 걸음뿐
> 그 밖으로
> 살아서 나간 사람은 아직 아무도 없다
>
> ─「인생」 전문, 42쪽

라고 말한다. 인생에서 내딛는 무목적적 걸음은 세속적 소유나 집착에 의

한 것이어서는 안 된다. 그것은 설산의 지고한 영혼에 매혹된 내면의 목소리에 따라 단지 산을 오르내리는 것이어야 한다. '달팽이'처럼 느린 걸음으로. 그 과정을 통해 세속에 찌든 육신은 점차 정화될 것이고, 결국에는 지고한 영혼과 일체가 된 육신으로 거듭 태어날 것이다.

마지막으로, 삶에 대한 매혹이다. 그것은 "누추한 삶에도 불구하고 맑고 푸른 눈을 가진 히말라야 고산족의 얼굴"을 마주하는 것과 관련이 있다. 누추한 삶에도 때문지 않은 눈동자를 지닌 고산족에게서 자아는 설산의 지고한 영혼의 존재를 인식한다. 북소리가 외부에 있는 것이 아니라 내 마음속에 있듯이, 지고한 영혼도 설산은 물론이고 때문지 않은 삶과 인간에게도 있다.

> 웅장한 산들의 신비에 매혹되는 것도 인간이고, 또 자신의 삶에 수많은 의문을 갖는 것도 인간이다. 방황하고 길을 잃는 것도 인간이다. 삶에 대한 매혹을 갖지 않는다면 인간에 대한 매혹도 없을 것이요, 시에 대한 매혹도 없을 것이다. 매혹은 정열이요 또한 의문이다. 끝내 길을 잃은 자도 있지만, 잃었던 길을 찾는 자도 있을 것이다.
>
> 석가모니가 인생의 근본 문제에 대한 의문을 풀었다면 그것은 히말라야에 대한 매혹과 신비가 가슴속에 살아 있었기 때문이 아니었을까. 누추한 삶에도 불구하고 맑고 푸른 눈을 지닌 히말라야 고산족들의 얼굴이 떠올랐다. 문명에 때문지 않은 그들의 눈동자는 인간에 대한 외경을 새삼 깨닫게 해주었다.
>
> ─「시적 신성성과 매혹」, 107~108쪽

이 깨달음이야말로 자아에게 새로운 발견이 아닐 수 없다. 우리네 삶의 도처에 고산족처럼 때문지 않은 눈동자를 지닌 존재들이 있다는 깨달음. 이 순간 자아의 인식은 외부의 초월적인 지고한 대상에서부터 하강하여 세속의 삶으로 밀착되어 들어간다. 세속에서 누추한 삶을 살아가는 소외된 이들, 혹은 하찮게 여겨지는 자연물에 시선을 집중하면서 그들의 때묻지 않은 눈동자와 교감한다. 그럼으로써 웅장한 산과 인간과 삶에 매혹되고 그 매혹이 바로 시에 대한 매혹으로 이어진다.

이 세 가지 측면의 자아가 어우러지면서 이전의 '성찰적 자아'는 작품에서 사라진다. '나' 대신에, 마음의 북소리를 듣고, 설산고행 같은 수행을 하고, 삶에 매혹된 자아가 작품 이면에 숨어서 압축적이고 간결한 시어와 시 형태의 변화를 통해 그 다양한 모습을 보여 주는 것, 그것이 이번 단시이다. 시인 스스로 이러한 시를 두고 '극서정시'라 명명하고 있다.

> 정신주의 한 끝에 극서정시의 길이 있다.
>
> 현실이 휘발된 상황에서
> 소통을 지향하는 디지털적 집약의 시가 극서정시다.
> 여백과 서정이 극소의 언어 끝에 있다.
>
> 그것은 하이쿠의 길도 아니고
> 시조의 길도 아니다.
>
> 난삽, 혼종, 환상, 장황이 범람하는 것은
> 서정시 본연의 길이 아니다.
> (……)
>
> — 「시인의 말」에서, 5쪽

극서정시는 마음의 북소리를 들으면서 설산고행 같은 수행을 통해 지고한 영혼과 일체가 되고자 하는 자아, 그러면서 삶과 인간과 시에 매혹된 자아를 핵심으로 한다. 세속에 오염되지 않은 그런 자아의 목소리와 언어가 '극소'의 지점에서 시화된 것, 그것이 극서정시이다.

3. 지고한 영혼과 하나 되는 얼음 얼굴

앞서 언급한 「빗방울」로 돌아가자. 자아는 지금 고즈넉한 산사에서 새벽을 맞이하면서 목탁소리를 듣는다. 그 '소리'는 마음의 북소리를 떠올린다. 마음의 북소리는 '마당을 북처럼 두드리는 빗방울' 소리로 연결된다. 빗방울 소리는 히말라야 산정을 가르던 빗방울이다. 부드러운 대지를 적시는 빗방울은 흐르고 흘러 종국에는 어머니의 품속 같은 바다에 도달할 것이다. 그 바다에 도달한 빗방울처럼, 자아 역시 혹독한 수행을 통해 지고한 영혼과 일체가 되고자 한다. 머리에 피뢰침을 꽂고 요절하더라도

거품 향기, 찬 면도날
출근길 얼굴
저미고 가는 바람

실핏줄 얼어, 푸른 턱
이파리 다 떨군
나뭇가지

낙하지점, 찾지 못해
투명한
허공 깊이 박혀

눈 거품 얇게
쓴
홍시 얼굴 하나

─「얼음 얼굴」 전문, 30쪽

'실핏줄 얼어, 푸른 턱'이 드러난 사람, 추운 겨울 허공에 외롭게 매달

려 눈 거품 얇게 쓴 홍시 하나, 이 모두가 '얼음 얼굴'이다. '얼음 얼굴'은 인간이든 자연물이든 세속에 안주하기를 거부하고 지고한 영혼과 하나 되기 위해 설산고행 같은 혹독한 수행을 하는 모든 존재의 표상이다.

바람이 투명한 물살 일으키는 별밤,
등판 위에
살가운 추위 물살처럼 퍼져나간다

뒷간에서 밤일 보는 농부
심각한 헛기침에
애기 별 하나 태어나고

쇠스랑이 어둠에 잠긴 돌을 일깨우면
푸른 별이
새벽 들판 끝에서 튀어 나온다

들판을 울리는 먼 북소리
늙은 지구 오그라든 등판
삶은 감자 껍질처럼 벗겨내고 있다
　　　　　　　　　　　　　　　　－「북치는 밤」 전문, 36쪽

자아는 겨울밤 별이 물살 일으키는 고요한 농촌에서 '탄생과 소멸'이라는 대자연의 신비로운 섭리와 함께 호흡한다. 그러면서 들판을 울리는 먼 북소리를 듣는다. 북소리는 먼 들판에서가 아니라 실상 자아의 마음에서 울려오는 것이다. 그 북소리를 들으면서 자아는 거듭 태어나고자 한다. 그것이 '늙은 지구 오그라든 등판'이 '삶은 감자 껍질처럼' 벗겨지는 것으로 제시되고 있다.

이처럼 최동호의 극서정시는 피뢰침을 꽂고 요절하더라도 지고한 영혼과 일체가 되고자 하는 자아, 혹독한 수행을 통해 마음의 북소리와 일체되고자 하는 얼음 얼굴의 자아가 그 핵심으로 자리 잡고 있다. 이러한 극서정시의 의의를 다음 세 가지 측면에서 살펴보자.

먼저, 극서정시는 정신주의를 일관되게 주창해 온 시인의 시적 치열성을 잘 보여 주고 있다. 곧 시인이 '인간과 자연이 생성적으로 합일되는 세계'로 나아가기 위한 방법을 치열하게 탐색해 온 과정에서 그 한 결과물로 도달한 것이 극서정시인 것이다.

다음, 극서정시는 오늘날 비인간화의 시대에 편승해서 비인간적인 시를 쓰고 있는 시인들에 대한 준열한 비판을 담고 있다. 인터넷 가상현실에 매몰되어 "죽음도 삶도 없는 화려한 스크린 인생"(「지인至人들」, 24쪽)을 시로 쓰면서, 그것이 마치 이 시대의 가장 전위적인 시라고 떠벌리고 있는 시인들이야말로 '가짜' 시인에 불과하다는 것이다. 비인간화 시대에 '진정 인간다움을 지향하는 시' 그것이 극서정시이다.

마지막으로, 극서정시는 조선 시대의 시조처럼 오늘날의 한국 사회의 보편적 정서를 담으면서 일본의 하이쿠를 넘어서는 보편 특수적인 한국시 형태를 개척하고 완성하고자 하는 것과 관련이 있다. 다음 시에서 바쇼와 맞서, 바쇼를 넘어서려는 시인의 내밀한 의식과 만날 수 있다.

(……)
수초들 사이 실잠자리 날개
반짝이는 실바람 못물 향기 물큰한데
황금빛 정적의 왕관을
쓰고, 눈도 한번 껌벅거리지
않고 있는 개구리,

인기척 사라진 오솔길
성긴 햇빛,

> 망사 그물 미풍에 일렁이는
> 보물지도, 왕국의 돌처럼
> 요요한 빛의 향기를 사유하고 있었다
>
> — 「이상한 개구리」에서, 55~56쪽

'신구식물원' 연못에서 만난 초록빛 개구리, 그 개구리는 "적막한 고요에 잠겨/ 눈 감고, 전혀/ 미동도 하지 않는" 채, '황금빛 왕관'을 쓰고 '요요한 빛의 향기를 사유'하고 있다. 이 개구리, 미동도 않고 오로지 빛의 향기를 사유하는 개구리는 마음의 북소리와 교감하면서 세속에 흔들리지 않는 자아에 다름 아니다. 자아가 식물원에서 우연히 만난 이 개구리를 "왠지 발걸음 소리도 낼 수 없어/ 나무그늘 뒤에서 가만히/ 바라"보는 까닭은 이 때문이다.

왜 개구리인가. 일본의 하이쿠로 시선을 돌려 바쇼의 개구리와 만나 보자. 바쇼 이전의 개구리는 우는 개구리일 뿐이다. 바쇼의 개구리는 한적고담의 오래된 연못에 풍덩 뛰어든다. 그럼으로써 정적과 고요와 한미의 세계를 강렬하게 제시한다. 최동호의 극서정시는 하이쿠도 시조도 아니다. 연못에 뛰어드는 개구리가 아니다. 그 개구리는 최동호만의 개구리이다. 미동도 하지 않는 도도한 개구리. 황금빛 왕관을 쓴 개구리. 지고한 영혼과 일체되기 위해 설산고행 같은 수행을 하는 개구리. 그것이 극서정시의 개구리이다. 지금 최동호의 극서정시는 하이쿠와 바쇼를 넘어선 자리로 나아가려 한다.

이러한 극서정시는 한국시사에서 처음으로 그 얼굴을 내민다는 점에서, 그리고 최동호의 시가 그 선구자적 형태를 보여 주고 있다는 점에서, 이번 시집은 최동호 시의 새로운 지평을 여는 것이면서 동시에 시사적 측면에서 한국 시의 새로운 지평을 여는 것이기도 하다.

4. 극서정시가 주는 가슴 뭉클한 감동

'얼음 얼굴'의 자아는 이번 시집을 통해 그 시적 사유를 넓고도 깊게 펼쳐나감으로써 극서정시의 지평을 확장, 심화시켜 나간다. 그것을 다음 네 가지 측면에서 살펴보자. 첫 번째, '그대'를 향한 절제된 그리움이다.

> 그리움도 사라진 먼 바다에
> 고래는 보이지 않는
> 작은 점이다.
>
> 검푸른 올챙이 물결 새끼처럼 기르던 고래가
> 일만 마리 파도의 떼를 몰고
> 한순간 나타나
>
> 거대한 물줄기 일제히 하늘을 향해 쏘아 올리고
> 삼각 꼬리로 빙하의 계곡을 내리쳐
> 만년설이 무너진 바다를 들끓어 오르게 하는
>
> 경이를 본 적이 있다. 내 마음은 먼 바다
> 빙하의 전설 담긴 씨알의 눈동자
> 아직 펼쳐 보지 못한 검푸른 바다의 경전이다.
>   -「바다의 경전」 전문, 60쪽

1~3연에서 고래의 전설이, 4연에서 그 전설과 교감하는 자아의 내면 정경이 제시되고 있다. 그리움이 사라진 바다에서 고래는 작은 점으로 있었다. 그러다가 일만 마리 파도의 떼를 몰고 와 거대한 물줄기를 하늘로 쏘아 올리고 삼각 꼬리로 빙하의 계곡을 내리쳐 만년설을 무너뜨린다. 그런 고래를 통해 자아는 그리움을 환기한다. 4연에서 자아는 그 그리움을

내면화한다. 내 마음은 그리움으로 가득한 '먼 바다'이다. 그 마음에 그리움을 환기시키는 고래가 '빙하의 전설 담긴 씨알의 눈동자'로 층층이 자리 잡는다.

그리움이란 무엇인가. 삶과 인간과 시에 대한 매혹에서 비롯된 것이 아니겠는가. 삶에 대해 고뇌하지 않고 방황하지 않고 의문을 가지지 않는 사람에게 그리움은 있을 수 없다. 삶에 의문을 갖고 신비로운 설산에 매혹된 이만이 부재하는 것에 대한 그리움을 지닐 수 있다. 최동호의 자아는 서정시의 본령에 해당하는 이 그리움을 대단히 절제된 형태로 제시한다.

> 모기들도 소리치는 가을입니다
>
> 물 냄새 따라 고향 찾아가는 여울목 연어들이 꽉 찬 가을을 알려 줍니다
>
> 자갈돌 사이 물이끼에 숨어 사는
>
> 저는
>
> 가는 물소리조차 남에게 알리고 싶지는 않습니다
>
> 들리지 않아도 좋을
>
> 소리 없는 편지를 여울목 마른 자갈돌에 담아 꽉 찬 가을을 그대에게 전합니다.
>
>   - 「여울목 편지」 전문, 63쪽

이 시는 '극소의 시어'로 인해 그 의미가 다양하게 열려 있다. 두 가지 관점에서 접근해 보자. 첫 번째 관점이다. 물 밖은 쇠락의 계절을 맞아 머

지않아 사라질 모든 것들, 심지어 모기조차도 들끓고 있다. 그런데 물속은 고향을 찾아가는 여울목 연어들로 가득하다. 연어는 그리움으로 고향을 찾아간다. 그리고 그곳에서 새로운 생명체를 탄생시킬 것이다. 그래서 '꽉 찬 가을'이다. '저' 역시 '그대'에 대한 그리움으로 꽉 차 있다. 그러나 '저'는 '자갈돌 사이 물이끼에 숨어' 살기에 연어처럼 그리움의 대상으로 다가갈 수 없다. 아니, '가는 물소리' 같은 미세한 그리움조차 알리고 싶지 않다(알리지 못한다). '마른 자갈돌'처럼 그리움과는 거리를 둔 것처럼 살아야 한다. 그래서 '들리지 않아도 좋을 소리 없는 편지'로 그대에게 그리움을 전할 뿐이다.

다음으로, 물속을 자아의 내면으로 물 밖을 자아의 외부로 읽는다면, 연어는 마음의 북소리에 다름 아니다. 마음속 북소리와 교감하는 자아의 내면은 '꽉 찬 가을'과도 같다. '지고한 영혼'인 '그대'에게 '꽉 찬 가을'을 전하고 싶다. 그러나 아직 자아의 내면은 '가는 물소리'에 머물고 있다. 따라서 수행을 더 거쳐야 한다. '그대'와의 진정한 합일을 위해 지금은 그대에 대한 그리움을 절제해야 한다.

이처럼 '그대'를 향한 들끓는 그리움을 극소의 언어로 절제함으로써 '그대'의 상징적 의미망을 최대치로 끌어올리는 것, 그럼으로써 사랑 부재의 비인간적 시대를 살아가는 독자의 무딘 감성을 깨우쳐주는 것, 그것이 절제된 그리움이 갖는 의의이다.

두 번째, 인간과 자연의 경계가 사라진 황홀경의 세계이다.

호랑나비 등에 작은 낚시 의자 하나 얹어 놓고

난만하게 피어 있는 꽃밭 사잇길 건들건들 날아다니며

낚시 대롱 길게 내려 꽃잎 속 부끄러운 속살 이리저리 뒤지다가

꽃가루 묻은 얼굴로

세상 나들이, 햇빛 낚시 다 마치면

미련 없이 시든 꽃잎 속에 들어가 까만 씨가 되고 싶다
― 「세상구경」 전문, 19쪽

　장주의 '호접지몽'에서처럼 나비와 인간의 차별이 사라진 세계에 이 시는 자리 잡고 있다. 나비가 인간이고 인간이 나비인 세계, 인간과 자연이 일체가 되어 꽃잎의 속살과 교감하는 세계, 그러면서 미련 없이 시든 꽃잎 속의 까만 씨가 되는 세계. 그 세계야말로 마음의 북소리와 일체가 되어 고통스런 수행을 거친 자아만이 도달할 수 있는 황홀경이 아니겠는가. 그리고 그것은 인간과 자연의 합일을 지향하는 정신주의가 미학적으로 성취할 수 있는 최대치가 아니겠는가.

　세 번째, 동심을 회복하는 것이다. 여기서 동심 회복은 어린 시절의 아름답거나 슬픈 추억을 회상하는 것과는 거리가 멀다. 그것은 성인이 되면서 잃어버리고 있던, '불러도 대답하지 않던 동무'(「가을빛 목소리」, 62쪽)를 회복하는 것을 의미한다. 그런 영혼의 친구를 회복함으로서 순진무구한 동심을 되살리고, 이를 통해 성인이지만 순수한 어린아이의 시선으로 대상과 교감하고자 하는 것이다.

　그런 영혼의 친구는, '방과 후 빈도시락 통 속에서 달그락거리던 순가락 소리와 논둑길, 밭고랑 흙냄새'(「남창 초등학교」, 38쪽)로 치환되기도 하고, "지구를 공깃돌처럼 가지고 놀거나/ 태양을 한 점 불쏘시개로 여기는 거인"(「지구 뒤꼍의 거인」, 57쪽)으로 치환되기도 하며, 부끄러움을 잃어버린 시대에 부끄러움을 느끼는 자아로 치환되기도 한다.

눈길 피하기 위해
고개 숙여
단추를 만져 본다

정말 단추보다
더 작아지고 싶은 얼굴
따가운 순간이 있다

단추 속으로 숨고 싶어
손끝으로
만지작거리던 단추가

금빛 얼굴은 감출 수 없다고
실밥 풀린
얼굴로 멋쩍게 웃는다

— 「단추」 전문, 23쪽

    이 시 역시 '금빛 얼굴'이라는 이미지의 모호성으로 인해 다양한 해석이 가능하다. '금빛 얼굴'을 '부끄러움을 느끼지 못하는 현대인'으로 볼 수 있고, 또 '부끄러움을 느끼는 자아'로도 볼 수 있다. 어쨌든, 이 시는 부끄러움을 상실한 시대에 부끄러움의 의미가 얼마나 소중한 것인지를 순진한 동심의 시선으로 강조하고 있다. 극서정시가 순수한 동시의 세계와 상통할 수 있다는 점을 이 시는 잘 보여 주고 있다.

    네 번째, '고산족처럼 때묻지 않은 눈동자'를 가진 이들이다. 자아는 시선을 구체적인 세속의 현실로 돌려, 그 속에서 신산한 삶을 살아가지만 히말라야 설산처럼 '푸른 눈동자'를 가진 이들과 애정 어린 교감을 나눈다.

    정릉을 산보하면서 만나는 젊은 어머니, 중년 여성, 꼬부랑 할머니, 유치원 아이들(「정릉산보」, 43쪽), 시장에서 게를 파는 생선 가게 아주머니(「손톱」, 44쪽), 추석 대목 지나 한산한 돈암동 시장에서 파를 파는 할머니(「파 할머니와 성경책」, 46~47쪽), 전날 저녁 팔다 남은 물간 생선을 아침 버스 정 거장에서 팔고 있는 아주머니(「볼우물」, 48쪽)의 때묻지 않은 영혼과 교감한 다. 그러면서 이들의 고된 삶을 따뜻한 시선으로 감싸 안는다.

이들처럼, 모든 소외된 이들은 마치 '반구대 향유고래'와 같은 존재이 다. 그들은 "세상의 파도를 이겨내며 사랑하고 또 상처입어도/ 자식을 위 해 끝내 살아가야만 하는/ 운명"을 지닌 존재이자, "사랑 없는 시대를 살 아가"면서 "멸종의 위기에 처한 향유고래처럼/ 이루기 힘든 사랑의 열망 을/ 가슴 가득 지니고,/ 작살이 날아와도 의연하게/ 운명을 거부하는 삶을 위해/ 오늘의 순간을 영원처럼 살아가야"(「반구대 향유고래의 사랑 노래」, 66쪽) 하는 존재인 것이다.

그들만 그러한가. 시인 최동호도 그런 존재가 아닌가. 그래서 다음 시를 읽으면, 삶과 인간과 시에 대한 매혹에 기초한 극서정시가 잔잔하면서도 가슴 뭉클한 감동의 세계로 우리를 어떻게 이끌고 있는지를 확인할 수 있 다.

늦은 가을 쌀랑한 목포 지원 언덕길 모퉁이 흔들리는 가로등 불 밑에서 거지 아버지가 어린 아들을 앞에 놓고 공부 가르치고 있는 모습을 보았다. 무언가 아버지가 부르는 것을 받아 적고 있는 작은 아이의 엎드린 모습이 얼비치는 순간 갑자기 눈시울이 뜨거워졌다.

40여 년 후 히말라야 푼 힐 고지까지 걸어 올라가 설산의 장관을 가까 이 보았다. 삼천오백 미터 고지를 왕복하는 3박 4일 쉬지 않는 산행으로 다리 절뚝이며 내려오는데 우연히 쓰러져가는 움막집 아이들이 눈에 들어 왔다.

컴컴한 방안에서 깡말라 눈만 퀭한 아버지가 아이들에게 공부를 가르치고 있었는데 어둠속에서 환한 빛이 흘러나왔다. 가무잡잡한 얼굴에 하얀 이를 드러내며 이방인을 한번 돌아보고, 싱긋 웃으며 아버지를 바라보던 아이들의 눈동자가 산정 높이 하늘호수 떠돌던 하얀 구름 같았다.

　멀리서 공부하는 딸아이에게서 오지 않는 소식을 기다리다 쌀랑쌀랑한 첫눈 맞는 저물녘, 옛날 중삼 시절, 거지 아버지 그림자가 하늘호수에 다시 살아나고 있었다.

- 「거지 아버지」 전문, 29쪽

5. 명검의 길, 시의 신성한 매혹

　최동호 시인에게 시는 무엇인가. 설산고행 같은 수행을 통해 지고한 영혼의 목소리와 일체가 되고자 하는 극서정시란 과연 무엇인가.

　별 없는 캄캄한 밤

　유성검처럼 광막한 어둠의 귀를 찢고 가는 부싯돌이다

- 「시」 전문, 21쪽

　시란 바로 "절대의 창조주가 신검을 붓처럼 휘둘러 그 위대함을 한 획으로 치솟게 한 안나푸르나"(「시적 신성성과 매혹」, 102쪽) 같은 것이어야 한다. 신성한 산에 매혹된 인간이 목숨을 걸고 험난한 산에 올라 산과 일체가 되려 하듯이, 시 역시 신성한 매혹을 발산함으로써 그것을 읽는 독자로 하여금 목숨을 걸고 시가 도달한 신성한 것과 일체가 되도록 하는 것이어야 한다. '어둠의 귀를 찢고 가는 부싯돌' 같은 것, '유성검' 같은 것, 그것이 극서정시이다.

검의 집에서 일단 검을 뽑으면 그것은 검이 아니라 칼이다. 낡은 제 집을 지키고 있는 검이야말로 천하의 명검이다. 무딘 쇠의 날을 세우고, 세상을 향해 칼을 휘두르면 검이 지니고 있던 정신은 녹이 슬고, 검은 피 묻은 쇳조각에 지나지 않는 것이 되고 만다.

검은 살생을 위해 존재하는 것이 아니다. 검은 살생을 막고 세상의 혼돈을 진정시키기 위해 존재하는 것이므로 섣불리 검의 날을 세우고 나면 반드시 그 날카로움에 사람이 다치게 된다.

제 집을 지키고 있는 검이 사람의 마음을 움직이고 세상을 움직이며 끝내 태산을 울게 하는 이치를 터득한 사람만이 검을 뽑지 않아도 검을 사용할 줄 아는 사람이다. 그 사람에게는 검이 필요 없다. 그래도 검을 앞에 놓고 부드러운 덕을 닦으며 세상을 살아야 하는 것은 함부로 검을 뽑지 않기 위함이다.

날카로운 검을 구하는 사람에게 세속의 길이 아니라 명검의 길을 이야기하는 것은 낡은 집 속의 검이 아직도 시퍼렇게 살아 사람의 마음을 움직이고 태산을 울게 하여 세상을 뒤바꾸는 힘을 가지고 있다는 것을 전해 주기 위함이다.

-「명검」 전문, 15쪽

검(시)은 '낡은 검의 집'(극서정시의 집)을 지킬 때 "사람의 마음을 움직이고 세상을 움직이며 끝내 태산을 울게" 한다. '날카로운 칼'이 되어 피를 부르는 '세속의 길'로 나아갈 때 검(시)은 더 이상 검이 아니라 쇳조각에 불과하다. 검(시)을 앞에 놓고 "부드러운 덕을 닦으며 세상을 살아야 하는 것" 그것이 '명검의 길'이다. 시만 그러한가. 시인의 삶 역시 그러해야 한다. 시와 시인의 삶이 일치되면서, 설산고행을 통해 마음속 영혼의 목소리와 일체가 되어 지고한 영혼의 세계를 현현하고자 하는 것, 그것이 최동호의 시이고 극서정시이다.

이제 시인의 극서정시가 더욱더 깊어지고 넓어지면서 한국 시를 대표할 수 있는 보편 특수태로 영글어가는 과정을 지켜보자. 그것은 시인 최동호의 시 세계의 또 다른 질적 변주를 지켜보는 것이자, 한국 서정시가 한 단계 질적으로 비약하는 과정을 지켜보는 것이다. 그리고 또한 그것은 정보 메커니즘이 횡행하는 비인간화의 시대에 서정시가 "사람의 마음을 움직이고 태산을 울게 하여 세상을 뒤바꾸는 힘"으로 부활하는 순간을 지켜보는 것이기도 하다. 그러기에 그것은 무척이나 가슴 설레는 일이 아닐 수 없다.

'정(釘)'에서 '성스러운 뼈'에 이르는 시 정신의 견고함 : 유자효

1. 가을 햇살 가득한 날 시인을 만나다

2014년 10월 23일 오후 2시, 시집『심장과 뼈』(시학, 2013)로 제18회 시와시학상을 받는 유자효 시인과 인터뷰를 하기 위해 혜화로타리를 지나 시와시학사로 가는 중이었다. 청량한 가을 햇살을 받아 가로수의 은행잎은 황금빛으로 반짝이면서 물결치고 있었다. 2007년 시인이 상재한 열 번째 시집『여행의 끝』(시학, 2007) 해설을 쓰기 위해 이곳 혜화동에서 시인을 만난 이후 근 7년 만에 다시 만나게 된 것이다.

길을 걸으면서 줄곧 나는 이번 시집에 실린 '시인의 말'의 한 대목을 떠올리고 있었다. 이번 시집의 표지화를 두고, 시인은 이 시집에 수록된 시「고마운 하루」에 나오는 이한우 화백의 작품이라 하면서, '핏줄이 흐르는 심장과 단단한 뼈가 <아름다운 우리 강산>의 나무들과 백두대간의 모습이 아니겠는가'라고 말하고 있다.

심장과 뼈라. 인간이 생명을 유지하기 위해서는 모든 신체 기관이 중요

하지만, 심장과 뼈는 가장 핵심적인 요소 아닌가. 시집 제목이 그런 '심장'
과 '뼈'라는 두 이미지로 결합되어 있다니, 그 이유는 무엇일까. 또 왜 나
는 붉은 단풍으로 물든 산과 마을, 그리고 노란 초가지붕과 노란 은행나무
로 채색된 이번 시집의 표지화를 보면서 정열적으로 요동치는 심장의 이
미지와 육신은 불타고 단단한 뼈만 남은 모습을 떠올린 것일까. 그리고
'시인의 말'에서 "예순다섯 고개를 넘으며 예기치 않은 대수술"을 받았다
고 했는데, 그 대수술의 내용은 무엇이며, 그 수술이 시인의 시적 삶에 어
떤 영향을 미쳤을까. 이런저런 생각을 하면서 시와시학사 앞에 도착했다.

시인은 나보다 먼저 도착해서 시와시학사 앞에서 대문이 열리기를 기다
리고 있었다. 1947년 부산 출생이니 시인의 나이 올해 68세. 훤칠한 키에
백발의 머리를 날리며 노란 계통의 바바리코트를 입고 서 있는 시인은 7
년 전보다 살이 많이 빠진 듯했다. 그러나 왠지는 모르겠지만, 가을 햇살
을 등지고 서 있는 시인의 모습에서 '아름다운 노 시인'의 모습을 읽었고,
또 붉은 가을 단풍처럼 내면에 꿈틀거리는 어떤 열정을 느낄 수 있었다.

> 나는 현재가 좋다. 40대의, 30대의 그 불안과 고통이 나는 싫다.
> 최근에 이사한 집에서는 매일 낙조를 볼 수 있다. 낙조는 일출보다 아
> 름답다. 가을은 봄보다 아름답다. 세상의 모든 것은 끝나갈 때가 아름답다.
> 사람도 노인이 청년보다 아름답다. 그 정신의 세계는 더욱 그러하다.
>
> 나는 아름다운 노인이 되고 싶다.
> ― 「찢어짐 또는 조화」에서, 『시와시학』, 2005. 여름호

그렇구나. '아름다운 노 시인'. 그것이 7년 만에 만난 시인에게서 느낀
내 인상이었던 것이다. 아름다운 노 시인의 삶과 시에 대한 열정과 그 열
정의 붉은 빛남. 그리고 그 열정의 단단한 뼈. 나는 시인의 열 번째 시집

해설에서 시인의 시 세계를 두고 '아름다운 노인'이 쓴 '성스러운 뼈'와 같은 시라 했다.

> 불에도 타지 않았다
> 돌로 찧어도 깨어지지 않았다
> 고운 뼈 하나를 발라내어
> 구멍을 뚫었다
> 입을 대고 부니 미묘한 소리가 났다
> 그 소리는
> 번뇌를 달래는 힘이 있었다
> 사랑을 복돋아 주진 못하지만
> 고통을 어루만지는 부드러운 힘
> 오직 사람의 뼈이어야만 했다
> 평생을 괴로워하면서 살아
> 그 괴로움이 뭉치고 뭉쳐
> 단단하고 단단하게 굳어진 것이어야만 했다
> 그 어떤 불로도 태우지 못하고
> 그 어떤 돌로도 깨지 못하는
> 견고한 피리 하나가 되기 위해선
>
> — 「성스러운 뼈」 전문, 『여행의 끝』, 67쪽

시인과 반갑게 인사를 나누고 시와시학사로 들어갔다. 실내는 시와시학사 편집장인 이지은 선생이 깨끗이 청소를 해서 그런지 정갈했다. 녹차 향기 은은한 실내는 또한 아늑했다. 준비해 간 녹음기 버튼을 누르고 자연스럽게 인터뷰를 시작했다.

2. 문학소년에서 정식 등단까지

문흥술(이하 '문'으로 표기함) : 시집 『심장과 뼈』로 제18회 시와시학상 수상을 축하드립니다. 수상한 소감은 어떤지요

유자효(이하 '유'로 표기함) : 제가 그토록 사랑하고 아끼고 또 애착도 많은 시와시학이 주는 상을 받게 되어 무척 행복합니다.

문 : 여러 상을 많이 수상하셨지만 선생님께서 늘 가깝게 지내던 시와시학상을 수상하게 되어 감회가 새로울 듯합니다. 수상 시집과 관련해서는 조금 있다 여쭤 보기로 하고, 먼저 선생님의 삶과 관련해 질문을 드리겠습니다. 일찍이 소년 문사로 이름을 떨치면서 고등학교 시절 각종 백일장을 휩쓸었다고 들었습니다. 일찍부터 문학에 관심을 가지게 된 계기가 있는지요. 또 고교 시절 백일장과 관련해 기억에 남는 일이 있는지요

유 : 예술은 자연 발생적으로 운명처럼 다가온다고 생각합니다. 고교에 입학하자마자 문예반에 들었습니다. 제가 다니던 고등학교(명문 부산고등학교다)는 특별활동을 장려했습니다. 미술반은 사생 대회에, 야구반은 야구 시합에 참석하는 식으로 특별활동을 거의 의무화했습니다. 문예반도 백일장에 단체로 참가를 했지요. 그런 분위기에 휩쓸리면서 당시 학생 문예지인 『학원』에도 투고하고 전국 백일장에 계속 다녔습니다. 그러면서 문학의 길로 들어선 것 같습니다. 어쩌면 운명의 힘인 듯합니다. 거기에 소년 문사로서 약간의 허영심도 있었고 그렇게 고등학교 시절을 보낸 거지요

문 : 대학을 국문과를 택하지 않고 서울사대 불어과를 택했습니다. 어떤 이유가 있는지요.

유 : 처음에는 동국대 국문과에 입학했습니다. 동국대 국문과에는 당시

양주동 선생님, 서정주 선생님, 조연현 선생님께서 계셨습니다. 그 명성을 어린 저도 듣고 있던 터라, 국문과 하면 동국대라는 생각을 하면서 동국대로 진학한 것입니다.

그런데 1학년 2학기 때부터 심각한 문제가 생겼습니다. 당장 등록금 문제로 엄청난 고민을 하게 된 거죠. 당시 제 부산 집 형편이 어려웠습니다. 그래서 서울 유학도 어려웠는데, 여기에 사립대학 학비까지 조달하려니 엄청나게 힘들었습니다. 서울 삼촌에게 눈물 반 콧물 반으로 부탁을 해서 겨우 2학기 등록을 했지만, 더는 이렇게 다니기 힘들다는 생각을 했습니다. 앞으로 남은 6학기를 어떻게 다니나, 그런 생각을 했습니다.

그러다가 당시 서울사대는 전원이 국비 장학생이어서, 다시 시험을 보고 서울사대로 들어간 것입니다. 물론 서울사대 국어과를 가고 싶었지만, 동국대 국문과를 비록 교양 과정이지만 다닌 입장에서, 서울사대 국어과를 간다면 동국대에 못할 짓을 한다는 생각이 들었습니다. 그래서 불어과에 입학을 했는데, 동국대 국문과에 대한 의리를 지켜야 한다는 생각이 그때 컸습니다. 서울사대 입학할 때 등록금이 4,000원이었고, 가정교사 구하기도 쉬웠습니다. 결국 등록금 걱정도 안 해도 되고, 혼자서 생활도 해결해야 한다는 그런 현실적인 문제 때문에 서울사대 불어과로 진학한 것입니다.

문: 대학 다닐 때도 시를 쓴 걸로 알고 있습니다. 그리고 선생님의 등단 연도가 정확하게 언제인지가 궁금합니다. 어디에서는 1972년으로, 또 다른 어디에서는 1970년으로 나와 있는데, 어떤 것이 정확한가요

유: 동국대에 재학하던 1968년에 『신아일보』 신춘문예에 시가 입선됐습니다. 그리고 같은 해에 『불교신문』 신춘문예에 시조가 당선됐습니다. 시와 시조를 처음부터 같이 써 온 것이지요. 이런 상태에서 서울사대로 갔

습니다. 그런데 중앙지 신춘문예에서 입선했으나 선배들이 인정을 해 주지 않았고, 『불교신문』도 종교지라서 한계가 있었습니다.

그런 상황에서 사대 국어과 시조개론 수업 시간에 월하 이태극 선생님 강의를 듣게 되었습니다. 당시 사대 문학회에 제가 합평회용으로 시조 작품을 냈는데, 문학회 회장이 월하 선생님께 제 작품을 봐 주십사고 드렸습니다. 월하 선생님께서 보시고 그 작품을 『시조문학』이라는 잡지에 추천을 해 주셨습니다. 그게 1968년 가을입니다. 1회 추천을 받은 거죠. 추천이 되니 마저 끝내고 싶더라고요. 그런데 당시 『시조문학』은 월하 선생님께서 자비를 들여 운영하였습니다. 그러다 보니 사정에 따라 부정기적으로 발간되었습니다. 해서, 1969년에 『시조문학』에 2회 추천되었고 1970년에 3회 추천이 되었습니다. 3회 추천이면 천료가 되는데, 월하 선생님께서 추천 완료라는 표현을 안 쓰시고 2회 추천으로 쓰셨습니다. 어린 마음에 하늘같은 선생님께 착오가 아니냐고 여쭤보지도 못했습니다. 그 당시 『시조문학』에서 천료를 받는 것은 당당한 등단에 해당했습니다. 당시에 시조는 신춘문예와 『시조문학』 추천 정도밖에 없었습니다. 신춘문예 시조 부문도 몇 군데 신문사밖에 없었고요. 따라서 당시 시조 시인으로 나아가는 관문이 매우 좁았습니다. 당시 『시조문학』 추천은 다 인정을 했습니다. 그런데 천료가 되지 못한 거죠.

그런 와중에 군 입대를 했고, 『시조문학』 추천 건에 대해 신경 쓸 여유가 없었습니다. 제대 말기에 고참이 되어 시간이 나기에 작품을 한 편 써서 월하 선생님께 보내드렸고, 그래서 1972년에 천료가 됐습니다. 그런데 그 뒤 이태극 선생님께서 박병순, 한춘섭 선생님과 함께 고시조부터 현대시조까지 집대성한 『한국시조큰사전』을 발간하셨는데, 현대시조 시인 명단에 제가 1970년에 등단한 것으로 되어 있습니다. 아마, 월하 선생님께서 착오로 저를 4회 추천을 했다고 생각하시고, 시조 사전을 발간하면서 고쳐 정리를 하신 것 같습니다. 그러니까 4번 추천을 받은 것은 제가 아마 처음일 것입니다. (웃음) 우리나라는 등단 제도가 있어 등단을 중시하다 보니 작품 청탁을 할 때면 등단 연도를 밝혀달라고 하죠. 제 개인적으로는 1968년에 작품 활동을 시작했고 1972년에 재등단한 것으로 정리를 했습니다.

3. 시인 같은 기자, 기자 같은 시인의 삶

문: 이제야 정리가 됩니다. 저도 선생님 열 번째 시집 해설을 하면서 1972년 등단으로 썼는데, 수정을 해야 할 것 같습니다. 그런데 그렇게 등단을 한 상태에서 1974년 대학 4학년 때 KBS 기자로 입사해서 SBS에서 퇴직할 때까지 줄곧 방송인으로 생활했습니다. 방송 일을 택한 이유가 있는지요

유: 1974년 대학 4년 여름방학 때 집에 큰 위기가 닥쳤습니다. 방학 때 서울에서 가정교사를 하고 있는데 전보가 하숙집으로 왔습니다. 당시는 전화가 드물 때라서 전보가 온 것이지요. 전보 내용이 '부 위독 급래'였습니다. 어머니께서 심장이 안 좋은 상태에서 오랫동안 병석에 계셨기에 어머니를 잘못 쓴 것 아닌가 하고 생각했습니다. 아버지는 건강하셨습니다. 그런데 아버지가 위독하시다니 당장 내려가야 했고, 여비를 마련해 짐을 챙기려 집에 들어오니 또 전보가 왔습니다. 이번엔 어머니 사망으로 온 거예요. 뭐가 뭔지 어리둥절하고 황망한 상태로 부산 집에 가니 전말을 알 수 있었습니다. 아버지께서 갑자기 쓰러져 누워계시자, 일가친척 사촌들이 아버지 병문안을 와 있는 상태에서 2층에 계시던 어머니께서 돌아가신 거예요. 어머니 장례를 치르기 위해 아버지를 메리놀 병원에 입원시켰는데,

의사가 아버지께서 매우 위험하셨다면서, 뇌일혈이 와서 처치가 늦었으면 돌아가실 뻔했다고 그러더군요. 아버지께서 어머니 덕분에 사신 거죠.

문: 정말 경황이 없었겠습니다.

유: 그렇죠. 장례를 치르고 가만히 보니, 집안은 가난하지, 그런 상태에서 아래로 다섯 동생이 있고 병환 중인 아버지가 계시고, 또 집안 부채도 있고…… 사람이 살아야겠다는 생각이 들더군요. 내가 돈을 벌어 동생들 뒷바라지하고 아버지 봉양하면서 집안을 끌고 가야 한다는 생각에, 졸업이 한 학기 남았지만 학교를 그만두고 취직을 하기로 작정했습니다. 때마침 그 당시 『동아일보』 부산지사에서 부산 지역 기자를 모집했는데, 서류를 내니까 출근하라 하더군요. 출근 날까지 시간이 있어 학교 정리도 하고 친구도 만나 볼 겸 서울에 왔습니다. 그런데 그때 시 쓰는 부산고등학교 동기 윤상운이 사대에 같이 다녔는데, 그 친구가 떠나는 나를 붙들고 간절한 표정으로 "자효야, 다시 와라."라고 말하는 것이었습니다. 그 친구 말에 흔들려서 아버지를 누이에게 맡기고 서울로 올라왔습니다. 그때 KBS에서 신입사원 모집 공고가 났습니다. 당시 동아, 조선 사태가 일어나 신문사는 신입 견습기자를 안 뽑았고, 방송사에서만 신입 사원을 모집한 거죠. 국가기관에서 공사가 된 KBS는 월급도 많이 준다고 하더군요. 게다가 사범대 친구가 제 자취방에 와서 KBS 시험을 보러 간다고 말하는 거예요. 저도 따라가서 시험을 치고 취직을 했습니다. 그렇게 방송인이 되었는데, 그런 이유 말고도 제 스스로 이전부터 언론에 대한 막연한 동경을 가지고 있었습니다.

문: 우여곡절이 많으셨습니다. 방송 일을 하면서 시를 쓰는 것이 쉽지는 않았을 것으로 생각됩니다. 방송 일을 하는 것과 시를 쓰는 것의 차이

점이 있다고 생각하는지요. 방송 일과 시 쓰는 일을 어떻게 병행했는지, 한번 뒤돌아봐 주시겠습니까.

유: 시 쓰는 일과 방송 일은 완전히 상충합니다. 서로 화합하기 힘든 일이지요. 릴케도 젊은 시절 가족의 생계를 위해 잡지 기자를 하다가 시 쓰는데 도움이 되지 않는다고 집어치우고 가족도 버리고 방랑길에 나서 로뎅을 만났습니다. 잡지 기자보다 방송 기자는 더 힘듭니다. 갈등을 참 많이 했습니다. 방송 기자 초창기부터 10년 정도 눈코 뜰 새 없이 지낼 때는 시를 생각하지 못했습니다. 엄두를 못 냅니다. 하지만 그렇게 정신없이 돌아가는 일상사 속에서도 시에 대한 향수 내지 그리움은 점점 더해 갔죠. 그런데 방송도 순환 보직을 합니다. 정치부 취재 기자일 때는 전혀 시간이 없어 시를 생각할 겨를이 없습니다. 그러다가 시간이 나는 파트인 편집부로 가게 되면, 시를 쓸 수 있었습니다. 그렇게 다행히도 시와 함께 해 올 수 있었던 거죠.

시간이 지나면서 방송 기사를 쓰는 것은 시 쓰는 것과 비슷하다는 생각을 하게 되었습니다. 방송 기사는 최대한 압축하는 겁니다. 짧은 시간에 많은 정보를 전해 주는 것이 방송 기자죠. 그것이 시 쓰기와 닮은 듯합니다. 어린 시절부터 시를 써 온 것이 방송 기사를 쓰는 데 많은 도움이 되었습니다. 기자를 할 때 시인 같은 기자로 산 셈이죠. 제가 기사를 쓰면, "저 친구 쓴 기사는 별로 손볼 게 없다."라고 데스크에서나 선배들이 말했습니다. 덕분에 귀여움을 많이 받았습니다. 나이가 더 들면서 기자 같은 시인이라는 말을 많이 들었습니다. 기사 쓰듯이 시를 쓴다는 거죠. 결국, 되돌아보니 방송 일과 시를 쓰는 일은 충돌되지만, 오랜 시간이 지나면서 내부에서 양자의 화해가 이루어지는 듯합니다. 그래서 처음에는 시인 같은 기자로, 나이가 들어서는 기자 같은 시인이 된 게 아닌가 생각합니다.

문: 제 친구들 중 대학교 다닐 때 시인으로 등단을 한 이가 꽤 많은데, 직장을 가지면서부터는 모두 시에서 멀어지더군요. 그런데 선생님은 그 바쁜 방송인 생활을 오랫동안 하면서도 시와 늘 함께했습니다. 시인 같은 기자, 기자 같은 시인, 정말 공감합니다. 그런데 40대 파리 특파원 시절에 전업 작가의 길을 걷겠다는 결심을 했다가 뜻을 이루지 못한 것으로 압니다. 전업 작가의 길을 걷겠다고 생각한 계기는 무엇이며, 또 그 뜻을 이루지 못한 이유는 무엇인지요.

유: 제가 시인이지만 40대까지 비문화적 삶을 살아왔습니다. 40세 때 KBS 파리 특파원 겸 유럽 총국장이 되어, 1986년에 서울을 떠나 파리로 갔습니다. 파리에서 저는 엄청난 충격을 받았습니다. 파리는 끊임없이 문화적 사건이 일어납니다. 지금의 서울도 그렇지만, 그 당시 서울은 별로 그렇지 않았습니다. 파리 그랑팔레에서 전시를 보기 위해 남녀 모두 잘 차려입고 긴 줄을 서서 기다리는 것을 보았습니다. 당시 KBS 유럽 총국이 파리 패션가에 있었는데 총국 바로 옆에 샹젤리제 극장이 있었습니다. 사무실 바로 옆에서 끊임없이 유럽 화제작이 올라오고 있는 것입니다. 그곳에서 백건우 선생도 공연을 했죠. 그런 걸 보면서 사람이 사는 게 뭔가라는 충격을 받았습니다.

결정적인 것은 이탈리아 소렌토로 여행을 가서 받은 충격이었습니다. 소렌토는 도시 전체가 '어떻게 사람들을 잘 쉬게 할 것인가'라는 아이디어에 기초해 있었습니다. 사람들을 쉬게 하기 위한 시설들로 가득했죠. 당시 한국 사람들은 쉬는 것을 죄악처럼 여겼습니다. 끊임없이 일하는 것, 밤새도록 일하는 것이 미덕이던 시절, 그런 한국의 젊은이로 밤낮 없이 살다가 파리로 와서 비로소 문화적 삶의 의미를 발견한 겁니다. 아, 내가 살아온 것은 사람이 산 것이 아니다, 사람은 동물하고 달리 문화적인 삶을 사는 것이다, 그런 느낌을 강렬히 받았습니다.

그리고 그때 본 책이 영국 작가 A. J. 크로닌이 쓴 『인생의 도상에서』입니다. 이 작가는 가난한 집안 출신으로 고생고생해서 자신의 분야에서 영국 최고의 반열에 드는 의사로 성공하였습니다. 그래서 아름다운 아내도 얻고 돈도 많이 벌었습니다. 그런데 마흔이 넘어가면서 자기가 하던 일을 집어치우고 스코틀랜드 산속으로 들어가 소설을 쓰기 시작했습니다. 자기가 하고 싶은 일을 하기 위해 모든 걸 포기한 거죠. 채택되지도 않는 소설을 써 출판사에 보내는 일을 무수히 반복했죠. 거의 10년 동안 많은 실패를 하다가 결국 50세가 넘으면서 소설을 출판했고 이후 소설가로서 제2의 인생을 시작했습니다. 그걸 보고 감격해서 나도 귀국하면 기자 때려치우고 글을 써야겠다, 내가 제일 하고 싶은 것을 해야겠다고 생각했죠. 그런데 귀국하니 아버지 병세가 극도로 악화되었습니다. 말기에는 치매로 고생도 하셨고 그래서 귀국 후 일 년 동안 아버지 병구완으로 정신이 없었습니다.

게다가 그때가 노태우 정부 때인데, KBS 사태가 터져 방송이 중단되는 상황이 일어났습니다. KBS가 파업을 하니 MBC도 동조 파업을 했고, 급기야 양대 방송의 파업으로 방송이 완전 파행되는 사태로 치달았습니다. 정부가 이래서는 안 되겠다는 생각에서 민간 방송을 도입하기로 하고 SBS를 허가한 것이죠. 그 SBS에서 초대 정치부장으로 와 달라는 제안을 해 왔고, 그 시기에 아버지께서 별세하셨습니다. 그런 여러 가지 상황으로 전업 작가가 되겠다는 결심이 흔들렸고, 결국 이적을 한 것입니다. 인생을 바꾸려다 인생은 못 바꾸고 직장을 바꾸게 된 셈이죠. (웃음)

문: SBS로 옮기면서 KBS에 있을 때보다 시를 더 많이 발표한 듯합니다.

유: KBS에서 보낸 17년은 견습 기자에서 출발해서 차장에 이른 시기

입니다. 매우 바쁜 시기였죠. 제가 1982년에 첫 시집『성 수요일의 저녁』
을 냈습니다. 당시 잦은 이사 때문에 원고를 분실하는 일이 많아 더 잃어
버리기 전에 시집을 내야겠다는 생각을 한 거죠. 두 번째 시집『짧은 사랑』
은 프랑스 갔다 와서 1990년에 냈습니다. 두 시집이 나온 기간이 상당히
길죠. 그렇게 전혀 시를 생각할 수 없는 바쁜 시절을 KBS에서 보낸 겁니
다. 하지만, KBS 17년은 정신없이 바쁜 시절이었지만 아름다운 추억을 제
게 준 시절이기도 합니다. 방송인으로 추억도 그렇고, 또 제가 원하던 여
성에게 장가도 가게 해 주고, 어려웠던 나를 생활하게 해 주고, 아버지 병
구완도 할 수 있게 했고, 동생들 공부시키고 시집 장가 다 보내게 해 준
곳이죠. KBS는 제게 굉장히 고마운 곳이고, 추억이 많은 곳입니다. 그러
나 시와는 상당히 거리를 둘 수밖에 없던 시절이기도 하고요. SBS에서는
간부로 있었으니 KBS에 있을 때보다 시간적으로 여유가 있었고, 그래서
시에 더 신경을 쓸 수 있었습니다. 그리고 SBS 이적은 나이로 볼 때도 시
를 많이 쓰게 되는 시절과 겹치기도 합니다.

잠깐, 인터뷰 정리를 중단하고 엉뚱한 소리를 해야겠다. 열 번째 시집
해설을 쓰면서 나는 정지용문학상 수상작인 시인의 작품「세한도」에 대해
다음과 같은 평을 했다.

> 추사의 '세한도'를 대상으로 한 이 시에서 시인은, 유배지에 있는 추사
> 와 자신을 동일시하고, "고통스런 유배의 삶 속에서 절망으로 피워낸 정신
> 의 승리"를 '절제의 미학'으로 시화하고 있다. 유배지의 고통스런 삶을 극
> 복한 추사의 삶이나, 방송인(유배지)으로 살면서 시인(정신)이기를 끝까지
> 포기하지 않은 유자효의 삶은 이 지점에서 등가를 이룰 수 있지 않을까?
> (「아름다운 노인이 쓰는 성스러운 뼈와 같은 시」,『여행의 끝』, 97~98쪽)

위의 해설을 쓰기 위해 시인의 작품과 삶에 대해 탐구하면서, 어쩌면 시인은 방송사에서도 시에 대한 강렬한 사랑을 잊지 않고 그 사랑을 절대화하기 위해 살아왔을 것이라는 생각을 했다. 유배지의 추사와 그림, 방송사의 시인과 시. 시인은 인터뷰에서 방송사 일을 덤덤하게 말했지만, 그 덤덤한 요약적 진술 속에서 나는 시인의 격렬한 시 사랑을 느꼈고, 그래서 이렇게 엉뚱한 소리를 한다. 시 「세한도」를 보자.

뼈가 시리다
넋도 벗어나지 못하는
고도의 위리안치圍籬安置
찾는 사람 없으니
고여 있고
흐르지 않는
절대 고독의 시간
원수 같은 사람이 그립고
누굴 미워라도 해야 살겠다
무얼 찾아냈는지
까마귀 한 쌍이 진종일 울어
금부도사 행차가 당도할지 모르겠다
삶은 어차피
한바탕 꿈이라고 치부해도
귓가에 스치는 금관조복의 쏠림 소리
아내의 보드라운 살결 내음새
아이들의 자지러진 울음소리가
끝내 잊히지 않는 지독한 형벌
무슨 겨울이 눈도 없는가
내일 없는 적소에
무릎 꿇고 앉으니
아직도 버리지 못했구나

질긴 목숨의 끈

소나무는 추위에 더욱 푸르니

붓을 들어 허망한 꿈을 그린다

-「세한도」 전문, 『성자가 된 개』, 시학, 2006. 18~19쪽

4. 성스러운 영혼의 뼈, 그리고 대수술

문: 방송인으로서, 또 시인으로서 오랜 기간 갈등을 하면서 이 자리에 까지 온 선생님께 새삼 경의를 표합니다. 이제 선생님의 시 세계에 대한 이야기를 하고자 합니다. 선생님께서 회갑을 맞은 해에 상재한 열 번째 시집을 제가 평하면서, 선생님의 시 세계가 변하고 있다고 했습니다. 이전에는 "어진 개의 눈으로 소외되고 상처받은 이들의 아픔과 함께하고, 그들을 따뜻한 인간미로 감싸 안는" 방법으로 시를 썼는데, 열 번째 시집부터 시적 자아 '나'의 '고통스러운 내면을 드러내는 시', 즉 '성스러운 뼈'와 같은 시를 쓸 것이라 보았습니다. 그리고 선생님도 『심장과 뼈』(2013), 『성스러운 뼈』(2013)라는 제목을 단 시집을 상재했습니다. 저는 그렇게 보았는데, 선생님은 어떠신지요 60세 이전과 이후의 시 세계에 대한 선생님의 견해를 듣고 싶습니다.

유: 『여행의 끝』에서 60갑자 한 바퀴 돈 것을 두고 '여행의 끝'이라는 생각을 했습니다. 60년 여행은 세상을 구경하고 관찰하고 기록하는 삶을 산 것이죠 육십 넘어서는 내 삶의 의미를 찾는 시를 쓰려고 했습니다. 그 의미는 단단함을 찾는 것입니다. 뼈로 상징되는 단단함 혹은 정신적 견고함을 추구하는 시를 쓰기 위해 제 스스로도 변모하려고 노력하고 있습니다. 그러니까 관찰과 여행에서 내부적인 단단함과 성숙으로 나아가려는

것입니다.

문: 뼈를 단단함이라 했습니다. 또 뼈가 정신적 견고함과 관련이 있다 했는데, 정신적 견고함이 구체적으로 무엇을 의미하는지요. '뼈'가 60세 이후 선생님의 시 세계와 관련해 어떤 의미를 갖는지요.

유: 심장은 생명 유지를 위해 중요한 것이고, 뼈는 영혼의 중심 같은 것입니다. 제가 「성스러운 뼈」라는 시에서 묘사한 것이 티베트에서 사람의 뼈로 만든 피리입니다. 어느 티베트 수도승이 몸에 지니고 다니면서 부는 피리가 인골로 만든 것이에요. 티베트는 조장(鳥葬)의 풍습이 있습니다. 그런데 웬만한 뼈를 다 먹는 독수리조차도 먹지 못하는 뼈가 있습니다. 매우 단단한 뼈죠. 무릎 뼈나 허벅지 뼈 같은 거죠. 그런 뼈를 발라내 피리를 만든 겁니다. 평범한 삶을 산 사람의 뼈보다는 수도자의 그것이 더 단단하다고 합니다. 수없이 고뇌하고 갈등하는 생애를 산 사람의 뼈가 더 단단하게 굳어지는 거죠. 말하자면 생애가 고통스럽고 힘이 들수록 그 사람의 뼈는 더 단단해지는 것이고, 그 뼈로 만든 피리에서 나오는 소리는 너무나도 아름답다는 발상입니다. 그런 소리야말로 영혼의 울림에 해당하는 것이 아닐까요. 제가 '뼈'라는 이미지에서 추구하고 싶은 것이 그런 영혼의 견고함, 울림 있는 영혼의 소리입니다. 그런 소리를 내는 악기로서, 피리로서 뼈를 생각하고 쓴 것이 「성스러운 뼈」입니다.

문: '뼈'라는 이미지의 의미가 명확해집니다. 그런데 이번 시집에 실린 '시인의 말'에서 "예순다섯 고개를 넘으며 예기치 않게 대수술을 받게 되었다."라고 하였습니다. 기억하기 싫겠지만, 어떤 수술을 받았는지 여쭈어봐도 되겠는지요.

유: 문 교수도 조심해야 합니다. (순간 나는 멈칫한다. 전날 술을 많이

먹어 아직도 얼굴이 불콰한 나를 시인은 걱정스런 눈빛으로 바라보면서 말했다. 지금 생각해도 죄송할 따름이다.) 60세 때, 그리고 65세 때 건강을 조심해야 합니다. 제가 65세 때 우연히 건강검진을 받았는데 심장에 이상이 있다는 겁니다. 사람 몸 중에 제일 큰 핏줄이 대동맥입니다. 심장에서 뇌로 가는 상행대동맥하고 심장에서 아래로 가는 하행대동맥이 제일 큰데, 저는 상행대동맥이 부풀어 있다는 겁니다. 정상인의 두 배로 부풀어 있어, 터지면 급사한다는 거예요. 돌연사죠. 그런 게 있다는 걸 처음 알았습니다. 제 경우는 선천적으로 타고난 것이라 하더군요. 심장에서 상행대동맥으로 가는 판막이 세 장이어야 정상인데, 저는 두 장만 있다는 겁니다. 어머니가 그렇게 물려주신 거죠. 그런 상태에서 이 나이 들 때까지 판막 두 장을 가지고 세 장 가진 사람처럼 심장이 일을 하다보니까 피를 밀어내는 힘이 자꾸 세져서 대동맥이 부푼 것입니다.

문: 그럼, 그동안 전혀 모르셨습니까.

유: 몰랐죠. 자각증상이 없으니 모르죠. 그러니 돌연사를 하죠. 그래서 그 방면에 권위 있는 의사들을 만나 의논을 했는데, 의사마다 의견이 다르더군요. 대부분의 의사가 수술을 하는 것이 좋겠다고 했습니다. 워낙 위험하니까. 그런데 대수술이란 겁니다. 수술 방법도 다 다르고요. 결국 본인이 결정해야 한다는 겁니다. 그래서 최종적으로 제가 결정한 것이, 가슴을 열고 부풀어 오른 대동맥을 래핑하는 것, 즉 싸는 것을 택했습니다. 안 터지면 되니까요. 그 방법이 제일 위험도가 적겠다고 판단하고 수술을 받았습니다. 가슴을 열고 심장을 건드리는 수술이니 그 당시에는 좀 극단적 생각도 했고 결심도 필요했습니다.

문: 이번 시집에 실린 시편들을 보면, 「심장 1」, 「심장 2」, 「아픔」, 「염

려」, 「기도」, 「일상사」, 「시간」 등처럼 수술과 관련된 시들이 다수 있습니다. 아마도 수술이 선생님의 시적 삶 내지 인생에 적잖은 영향을 끼친 것 같아 보입니다.

유 : 요즘에는 돌아가실 분도 살릴 정도로 심장 수술을 잘 합니다. 그렇지만 환자 입장에서는 수술이 잘못될 수도 있다는 생각을 할 수밖에 없죠. 수술 날짜를 받고 나니 수술받기 전까지 이삼 개월의 시간이 있더라고요. 이 시간 동안에 정리를 해야겠다는 생각을 했습니다. 만약 내가 잘못되더라도 집안에 혼란이 없도록 정리를 해야겠다는 생각을요. 정리를 하려고 착수를 했는데 그 시간이 굉장히 짧더라고요. 제대로 뭘 할 수 있는 시간이 안 되는 거예요. 심지어 제가 어릴 때 돌아가신 어머님 산소는 부산에 있고, KBS에 있을 때 돌아가신 아버님 산소는 경기도 광주에 있어서, 평소에 늘 두 분을 한군데 모셔야지 하고 생각했었습니다. 급하게 수술을 받게 되니까 어머니를 빨리 아버지 곁으로 모셔야겠다는 생각이 들었는데, 그것도 할 시간이 안 되더라고요. 정리해야 할 딴 일이 워낙 많아서죠. 아니, 아무것도 할 수가 없더라고요. 내 스스로 감정 정리하는 데도 시간이 모자라니……

그래서 선택한 것이 일괄 용서입니다. (시인의 목소리가 조금씩 떨린다. 무척이나 힘든 시간이었다는 것을 절감할 수 있었다. 괜히 여쭤 봤다는 생각을 했다. 그런데도 시인은 감정을 억누르고 끝까지 이야기했다. 죄송하고 또 고마울 따름이다.) 시간이 워낙 없으니까. 나부터 용서한다, 내가 잘못한 것이 많다, 나한테 잘못한 사람도 모두 용서한다, 이 시간 이후부터 모두를 용서한다, 감정이나 여한이 없다, 그렇게 마음을 정리하고, 비우고 수술실로 들어갔습니다. 그런 일을 겪다 보니 아무래도 세상을 보는 눈이 이전과는 달라진 것이 사실입니다.

또 엉뚱한 소리를 하자. 이번 수상 시집을 보면, "내가 편집하고 내가 제작할/ 고마운 하루"(「고마운 하루」)처럼 하루하루 일상을 살아가는 것에 대한 고마움을 표하거나, 「고마운 이들」처럼 가족을 비롯해 주변 사람들에 대한 고마움을 표하거나, "시간은 그렇게/ 목숨을 바쳐 얻는 것입니다"(「시간」)처럼 시간의 소중함을 강조하는 시편들이 많다. 그 시편들에서 시인이 얼마나 이번 수술을 통해 많은 것을 생각하게 되었는지를 조금은 알 수 있을 듯하다.

문: 이번 시집에 실린 「빚」이라는 시를 읽으면서 선생님의 삶에 대한 깊은 관조를 느낄 수 있었습니다.
유: 빚, 곧 부채를 갚는 삶을 살아야겠다는 그런 의미죠.

시인은 이 시에 대해 더 이상 설명을 하지 않았다. 시를 보면 그 이유를 알 수 있을 듯하다.

> (……)
> 그래서 빚을 갚아야 합니다
> 점차 가벼워져야 합니다
> 가벼워지고 가벼워져
> 끊임없이 가벼워져
> 마침내는
> 저 눈부신 석양과 하나 되어야 하겠습니다
> 내가 비롯된 티끌로 돌아가야 하겠습니다
>
> ─「빚」에서, 『심장과 뼈』, 50~51쪽

이 시에서처럼, 가벼워지고 가벼워져 티끌로 돌아간다는 고백이야말로 모든 걸 용서하고 모든 걸 비운 시인의 삶을 함축하고 있는 것이 아니겠는가. 그래서 이 '티끌'의 자리는 시인만이 도달할 수 있는 그런 자리로 내게 읽힌다.

5. 완성도 높은 한 편의 시와 '정(釘)1'

문: 이제 시집을 벗어나서 질문을 드리겠습니다. 언젠가 선생님께서 '완성도 높은 한 편의 시'를 쓰고 싶다고 말씀하셨습니다. 각종 상도 많이 수상하시고, 그리고 제가 봤을 때, 또 문단에서 모두 선생님 작품들 중에 '완성도 높은 시'가 상당히 많다고 평을 하는데, 선생님께서 생각하는 '완성도 높은 한 편의 시'는 무엇인지요

유: 일본의 하이쿠는 17자 한 줄 아닙니까. 그런데 하이쿠 작가들이 그러는데, 한 줄도 길다고 합니다. 시에 대한 준열함을 이야기하는 것이죠. 이와 관련해, 저는 여말의 이방원의 「하여가」와 정몽주의 「단심가」를 들고 싶습니다. (시인은 두 작품을 모두 암송을 했다.) 30세 차이가 나는 두 사람입니다. 젊은 이방원은 자신의 전 인생과 모든 것을 다 실어서 아버지뻘 되는 정몽주에게 시를 한 편 던집니다. 잘못되면 역모로 몰려 죽임을 당할 상황이죠. 물론 이성계라는 뒷심이 있으니, 그냥 던진 건 아니죠. 그렇다 하더라도 이방원은 전 인생을 걸고 한 편의 시를 던진 겁니다. 정몽주 역시 자신의 전 인생, 나아가 고려조의 명운까지 걸고 받아칩니다. 시 한 편에 모든 것을 다 건 거죠. 시 한 편에 이방원은 전 인생을 걸었고, 정몽주는 전 인생과 나라까지 건 겁니다. 그날 밤 정몽주는 죽었고 고려는 멸망의 길로 들어섭니다. 이처럼 시 한 편의 무게는 자신의 전 인생을 거는 것은 물론이고 왕조가 무너지기도 하고 왕조가 생기는 그런 것입니다. 시 한 편의 무게는 그 정도 무게를 갖는 것이어야 합니다. 제가 말하는 완

성도라는 것은 일본 하이쿠 작가들이 한 줄도 길다 하는 것, 전 인생을 거는 것, 그런 것이 시다, 그런 시를 써야 한다, 그런 의미입니다.

문: 선생님의 '완성도 높은 시'와 관련해서 현재 한국 시단은 많은 생각을 해야 할 듯합니다. 그리고 시인께 이런 질문 하는 것이 실례인 줄 압니다만, 독자들이 궁금해 할 것 같아 감히 여쭤 봅니다. 선생님께서 지금까지 발표한 작품 중에서 가장 애착이 가는 시는 무엇인지요

유: 첫 시집 『성 수요일의 저녁』에 실린 '정(釘)' 시리즈 11편 중 맨 앞의 「정1」에 애착이 갑니다. 「정1」은 제 시의 출발점입니다. 20대 때 써서 31세 때 『현대문학』에 발표한 작품으로, 처녀 시집에 실렸죠 발표 당시 선배들의 사랑을 많이 받았는데, 정현종 시인이 『동아일보』 월평에서 칭찬을 많이 해 주었습니다.

시 「정1」은 다음과 같다.

> 햇빛은 말한다
> 여위어라
> 여위고 여위어
> 점으로 남으면
> 그 점이
> 더욱 여위어
> 사라지지 않으면
> 사라지지 않으면
> 단단하리라.
>
> － 「정(釘)1」 전문

그 시에서 제가 '사라지지 않으면 단단하리라'라고 했습니다. 그 단단함

의 추구가 40년이 지난 뒤 오늘날 뼈로 나타난 겁니다. 「정1」의 단단함이 반세기 동안의 갈등과 탐색과 탐험을 거쳐 모양을 가지고 나타난 것이 뼈입니다. 평생 뼈의 단단함을 찾아 40년을 헤매고 다닌 셈이죠. 그래서 개인적으로는 가장 의미 있는 작품이 「정1」입니다. 그리고 「정1」의 답이라할 수 있는 「성스러운 뼈」가 제겐 의미가 있습니다. 독자들은 「세한도」를 좋아하는 듯합니다. 그렇게 세 편을 들고 싶군요

문 : 시 창작은 주로 어떻게 하는지요. 매일 조금씩 원고를 쓰는지, 아니면 구상을 했다가 한꺼번에 쓰는지, 그리고 창작할 때의 특이한 버릇은 있는지요

유 : 평소에 끊임없이 발견하고 관찰하려고 애를 씁니다. 저만의 시선으로 보려고 합니다. 그리고 시가 떠오르면 단숨에 끝내는 경우가 많습니다. 물론 퇴고를 하죠. 저는 시적 발상과 관련해 '시마(詩魔)'라는 표현을 쓰고 싶습니다. 시마는 시도 때도 없이 나타납니다. 그래서 저는 자다가도 시마가 나타나면 일어나서 시를 쓰고, 운전하다가도 나타나면 차를 세우고 시를 씁니다. 시마라는 귀한 손님이 나를 찾아왔는데 영접을 하지 않으면 안된다고 생각합니다. 시는 예술이고, 예술의 얼굴은 언제 나타날지 모르는 것이죠. 시마는 언제 올지 모르니 어느 때라도 영접할 자세가 되어 있어야 한다는 마음으로 시를 씁니다.

문 : 선생님께서 말씀하신 '한 줄도 길다'나 '시마'와 관련해 요즘의 '미래파'로 명명되는 젊은 시인의 시에 대해 여쭤 보겠습니다. 최근의 신세대 작가들이 형식 실험을 한답시고 시 양식을 멋대로 파괴하면서 알맹이 없는 시, 의미조차 알 수 없는 시를 쓰는 경향이 있는데, 이에 대한 견해는 어떤지요

유: 젊은이들의 실험이나 시도는 높이 사야 합니다. 젊은이의 특권이니 까요. 불교에서도 "부처를 만나면 부처를 죽이고 조사(祖師)를 만나면 조사를 죽여라." 하지 않습니까. 선배를 이겨야 합니다. 젊은 시인은 선배와는 다른 새로운 세계, 이미지를 찾아 몸부림쳐야 합니다. 그런데 미래파 시인과 관련해 이런 이야기를 하고 싶습니다. 오늘날 '미래파'에 대한 대답은 유럽의 다다와 쉬르레알리슴과 관련해 보면 나올 듯합니다. 다다이스트와 쉬르레알리스트가 다 성공한 것이 아닙니다. 진정성을 가지고 부딪친 소수의 예술가들만 살아남아 예술사의 별이 되었습니다. 제스처로 예술을 한 이들은 아무도 기억을 하지 않습니다. 결국 진짜가 되어야 하는 것입니다. 가짜면 죽습니다. 실험하고 뒤집기를 해도 그것이 자신에게 부끄럽지 않은 진정성이 있어야 합니다. 거짓말을 하면 안 됩니다. 진실을 가지고 투쟁해야 합니다. 미래파도 그렇게 되어야 합니다. 자기 영혼의 진정성을 가지고 부딪쳐야 의미가 있는 것입니다. 그렇게 진정성을 가지고 더 실험하라고 얘기해 주고 싶습니다.

문: 시를 비평하는 입장에서 볼 때, 요즘 시는 무슨 말을 하는지 알 수가 없습니다. 실험도 중요하지만, 자기 영혼의 진정성을 가져야 한다는 선생님 지적은 깊이 음미할 필요가 있을 듯합니다. 화제를 바꿔서, 선생님이 시인으로 가장 영향을 받은 시인은 누군지요. 그리고 절친한 문우는 누구신지요.

유: 미당 서정주 선생님의 영향을 크게 받았습니다. 저 말고도 많은 시인들이 미당의 영향을 받았겠지만 저는 조금 특별하다고 생각합니다. 일단 신춘문예에 저를 뽑아 주셨습니다. 물론 당선으로 뽑아 주셨으면 더 좋았을 텐데, 그래도 가작으로 뽑아 주셨습니다. (웃음) 또 주례도 서 주셨고, 프랑스에 내외분이 오셔서 제 가족과 함께 보낸 적도 있습니다. 제가 귀국

해서도 가끔 뵈었습니다. 세상 떠나시기 직전, 아직 의식이 남아 사람을 알아볼 때 마지막으로 만난 몇 사람 가운데 한 사람이 저입니다. 저희 일행이 뵙고 나서 말문을 닫으셨고, 그 이틀 뒤 눈이 많이 오는 크리스마스 이브에 돌아가셨습니다. 살아생전 미당 선생을 뵈면 시를 쓰고 싶어졌습니다. 위대한 시인은 스스로 위대한 시를 쓸 뿐만 아니라 만나는 사람도 시인으로 만들고 시를 쓰게 하는 것이라 생각합니다. 미당 선생님이 그런 분이시죠. 붓다가 살던 시절에 붓다가 설법을 하면 듣는 수많은 사람이 앉은 자리에서 아라한이 되었다고 『아함경』에 전해지지 않습니까. 저는 미당을 보면 붓다 같은 위대한 영혼의 소유자를 생각합니다. 미당은 자신을 만나는 사람도 시를 쓰게 한 어른이었습니다. 미당 같은 천재 시인을 만난 건 제게 너무 큰 행운이라는 생각을 합니다. 그리고 김재홍 교수가 제일 절친한 문우입니다. 미우니 고우니 해도 대학 같이 다니고, 자주 만나고, 나이가 들어 아프면 연락하고, 그런 친구입니다. 지음(知音)이라 할까, 고사에 나오지 않습니까. 백아가 내 연주를 알아들을 수 있는 사람은 종자기 오직 한 사람이라 했고, 종자기가 죽자 연주할 필요가 없다면서 거문고 줄을 끊었다는 고사 말입니다. 다른 건 몰라도 김재홍 교수는 그 누구보다 제 시를 잘 보는 것 같습니다. (웃음) 내게는 지음입니다.

문: 요즘의 근황은 어떠신지요 그리고 지금 계획하고 있는 작품은 무엇이며, 앞으로 가장 쓰고 싶은 작품은 무엇인지요.

유: 백수가 과로사 한다는 말이 있지 않습니까. (웃음) 저는 지금도 분주하게 보냅니다. 언론인 직업을 가졌으니 언론계 쪽에도 일이 많습니다. 주로 글 쓰는 일을 많이 합니다. 그 외 정기적으로 강의도 하고, 또 때때로 강연 요청이 들어오면 강연도 합니다. 그리고 관여하는 단체 쪽 일도 많습니다. 지용회 회장으로 지용제 일도 해야 하고, 또 구상선생기념사업

회 일 등 해서 좀 분주하게 지냅니다. 『아직』이라는 신작 시집도 나왔습
니다. 앞으로는 제 시 세계를 인간의 내면을 깊이 탐구하는 쪽으로 확장시
켜 나가고 싶습니다. 인간 정신의 많은 가능성과 다양성을 천착해서 가능
성의 폭을 넓혀 나가는 작업을 하고 싶다는 생각을 합니다.

　문: 긴 시간 동안 인터뷰에 응해주셔서 감사드립니다. 늘 건강하시길
기원드리면서 이만 인터뷰를 마치겠습니다. 고맙습니다.

6. 견고한 시 정신, 영혼의 아름다운 울림

　두 시간에 걸친 인터뷰를 마쳤다. 시인은 연말 시상식장에서 만나 또 회
포를 풀자면서 굳은 악수를 청했다. 시인은 시와시학사에서 일을 보다가
다섯 시에 구상선생기념사업회 모임에 갈 것이라 했다. 나는 시와시학사
를 먼저 나왔다. 가을 햇살이 도심의 건물에 가려 마치 노을빛처럼 골목을
비추고 있었다.

　아까는 보이지 않던 붉은 단풍나무가 아파트 단지에 서 있었다. 붉은 단
풍나무는 제 온 몸을 불살라 황홀할 정도의 붉은 단풍잎을 잉태하고 있었
고, 그리고 그 붉은 단풍잎으로 온 세상을 서정적으로 아름답게 물들이고
있었다. 겨울이 오면 저 단풍나무도 벌거벗은 앙상한 나무가 될 것이다.
그러나 그 겨울나무는 혹한의 겨울을 이기고 또 다시 가을이 오면 붉은
단풍잎을 잉태할 것이다.

　그럼, 저 붉은 단풍나무야말로 "여위고 여위어 점으로 남고 그 점이 더
욱 여위어 사라지지 않으면 더욱 단단해지는" 「정1」이라는 시 아니겠는
가. 아니, "괴로움이 뭉치고 뭉쳐 단단하게 굳은 견고한 피리"로서 「성스

러운 뼈」 아니겠는가. 아니 유배지의 고통스러운 삶을 단단한 정신으로 견
뎌내는 「세한도」의 '뼈' 아니겠는가. 아니, 「정1」에서 출발해 「세한도」를
거쳐 「성스러운 뼈」에 도달한 시인 유자효의 시적 인생 아니겠는가.

정신의 견고함. 영혼의 아름다운 울림. 그런 것을 담은 시인 유자효의
시야말로 핏줄이 흐르는 심장이고 단단하면서도 아름다운 뼈일 것이다.
시인은 그런 「심장과 뼈」와 같은 시를 쓰기 위해 스스로를 시적 구도자,
시적 수도승의 자리로 내몰고 있는 것은 아닌지.

마지막으로 이번 수상 시집에 실린 다음 시를 음미해보자. 이 시에서처
럼, 심장과 뼈가 들려주는 서정적 노래가 물과 불과 공기에서 수시로 모습
을 드러내면서 '너'와 '나'의 '가슴'과 '혼'을 뜨겁게 정화시켜 주고 있음
을 나는 지금 느끼고 있다. 이 삭막한 도심에, 이 황폐한 시대에 뜨거우면
서도 단단한 생명의 숨결을 영원히 불어넣고 있는 것, 그것이 그의 시라는
생각을 하면서 이 글을 마친다.

보았다
살과 가죽 아래 감춰진 단단함
물에도 있었다
심지어 불 속에도
공기에도 있었다
수시로 불쑥 그 모습을 드러내는
보이지 않는
변하지 않는
그리고 결코 죽지도 않는
네 가슴
내 혼 속의
뼈다귀
　　　　　　　　　　　　　－「뼈다귀」 전문, 『심장과 뼈』, 55쪽

산짐승이 쓴, 전혀 새로운 자연생활시의 탄생 :
유승도

1. 산짐승의 삶의 터전으로서의 자연

유승도의 네 번째 시집 『천만년이 내린다』(푸른사상, 2015)에 실린 시편들은 대부분 영월 망경대산을 중심으로 한 자연을 시적 배경으로 하고 있다. 시인의 약력에서 보듯, 시인은 지금 영월 망경대산 중턱에서 자급자족적인 농사를 지으며 살고 있다. 그러니까 이번 시집의 자연은 시인 유승도의 삶의 터전과 관련된 것이라 할 수 있다. 이처럼 산골에 살면서 자연과 전원생활을 다루는 시편들을 우리는 지금까지 많이 접해 왔다. 이른바 '자연 서정시'로 명명되는 이들 시편들의 경우 대부분 자연을 서정적으로 시화하고 있다. 곧 세속 도시의 물욕과 대비되어 자연은 순수한 정신 내지 영혼의 가치를 지닌 탈속적이고 초월적이며 절대적인 존재로 다루어지고 있다.

그런데 유승도의 이번 시집에 나타나는 자연은 인간인 '나'가 산짐승을 퇴치하거나 잡아먹을 궁리를 하는 장소로 제시되어 있다.

어젯밤에는 주룩주룩 비가 왔는데, 늦게까지 빗소리를 들으며 잠에 들
지 못했는데
　집 옆 옥수수밭을 뭉개놓은 커다란 발자국
　옥수수 대신 땅을 쿵쿵 찍어 남겨준, 내 주먹의 배는 됨직한 커다란 발
자국
　며칠 전엔 집 앞 감자밭을 들쑤셔놓더니
　집 뒤에 얌전히 앉은 무덤도 파헤쳐놓더니

　이웃이 나눠준 옥수수로 옥수수 맛을 보면서 텃밭에 심어놓은 고구마
를 어찌 지킬까 생각한다 울타리를 쳐야 하나 경광등을 달아야 하나 꽝꽝
대포 소리라도 울려야 하나 라디오라도 틀어야 하나 그것도 아니라면 밤
새 보초를 서야 하나
　에이이잉, 다 귀찮으니 보시하는 셈 칠까?
　가만, 올무를 설치해? 아니면 함정을 파?
　생각에 생각을 잇게 하는 커다란 발자국
　다시 하루가 저물면서 비가 내리기 시작하는데
　　　　　　　　　　　　　　　　　－「커다란 발자국」 전문, 63쪽

　먹을거리를 찾아 민가로 내려온 멧돼지가 '나'의 '옥수수밭'과 '감자밭'
을 뭉개 놓고 심지어 집 뒤 '무덤'도 파헤쳐 놓았다. 옥수수밭과 감자밭과
고구마밭은 '나'에게 일용의 양식을 제공해 주는 생명수와 같은 것이다.
그런 밭을 비가 내리는 날 멧돼지가 들쑤셔 놓고 '커다란 발자국'만 남겨
놓았다. '나'는 그런 멧돼지를 퇴치할 여러 궁리를 한다. 처음에는 멧돼지
접근을 막기 위해 '울타리'를 치고 '경광등'을 다는 궁리를 하다가, 급기야
'올무'를 설치하고 '함정'을 파 멧돼지를 잡을 궁리를 한다. 그러나 그런
'생각'만을 할 뿐 실행에 옮기지는 않는다.
　이 시에서 보듯, 이번 시집에 나타나는 자연은 세속 도시에서는 찾아볼
수 없는 순수 영혼과 정신적 가치를 지닌 어떤 초월적 존재도 서정적 존

재도 아니다. 자급자족의 양식을 얻기 위한 밭이 있고, 그리고 먹을거리가 없어 그 밭의 양식을 훔치는 야생의 멧돼지와 인간인 '나'가 대립하는 장소, 그것이 이번 시집의 자연이다.

불빛이라곤 별 서너 개와 산 아래 멀리서 떨고 있는 가로등 하나

집 뒤 도랑가에 쪼그리고 앉아 얼굴을 씻는다 뒤통수가 서늘하다 머리 들어 위를 보니 호두나무 검은 줄기가 흐흐 웃는다 다시 어푸푸푸 얼굴을 씻자니 옆에도 무엇이 있다 전등빛을 비추니 물봉선 검붉은 꽃들이 히히 히히 웃는다 때맞춰, 싸아아아 흐르는 물줄기도 어둠에 물든 손으로 내 얼굴을 감싸쥔 채 달린다

참내, 땅도 하늘도 아가리를 벌리고 덤벼드는 어둠 속에서 나는 어쩌자고 얼굴을 씻는가 오늘도 밭가의 뽕나무를 베어 넘겼고 길에 자라난 풀들을 깎으며 그들의 비명 소리인 살냄새를 흠뻑 마셨다 닭과 돼지를 잡으며 피로 도랑물을 물들였던 날도 어제 그제다

별빛도 힘을 잃은 밤, 얼굴을 씻는다 아내와 아들도 잠들었는데, 잠들지 않는 고라니 울음소리를 가슴에 채우며, 이러다 죽어도 좋은 거라고 되새기며 얼굴을 씻는다 <u>으스스스 몸이 떨려도</u>

- 「한밤중에 얼굴을 씻는다」 전문, 38~39쪽

'나'는 지금 밤하늘에 빛나는 '별 서너 개'와 산 저 아래 '떨고 있는 가로등 하나'의 중간 지점, 곧 '전등빛' 하나만이 어둠을 밝히는 산중턱에 있다. '나'는 낮에 일을 하고 밤에 귀가하면서 집 뒤 도랑가에서 얼굴을 씻는다. '나'는 낮에 '밭가의 뽕나무'를 베어 넘겼고, 풀의 '비명 소리인 살냄새를 흠뻑' 마시면서 풀을 깎았다. 곧 '나'는 산중턱에서 살면서 밭을 일구기 위해 나무와 풀을 베었고, 그러면서 나무와 풀의 비명소리를 들었다. 그리곤 밤에는 '집 뒤 도랑가에 쪼그리고 앉아 얼굴을 씻는다'. '나'는 '어제 그제' '닭과 돼지를 잡으며 피로 도랑물을 물들였던 날'에도 그 도랑물에 얼굴을 씻었다. '나'는 얼굴을 씻으면서 낮에 한 자신의 행위, 나무

와 풀을 베고 닭과 돼지를 잡은 행위를 생각하면서 '땅도 하늘도 아가리를 벌리고' 자신에게 덤벼든다고 생각한다.

이처럼 이 시집에서 자연은 '나'의 삶의 터전으로 제시되어 있다. 밭을 갈기 위해 주변 나무와 풀을 베어야 하고, 먹고살기 위해 닭과 돼지를 잡으면서 피로 도랑물을 물들여야 하고, 멧돼지가 밭을 망칠까봐 전전긍긍하는 '나'가 매일 생활하는 터전 그 자체가 바로 이 시집의 자연이다. 이 점에서 유승도의 이번 시집은 자연을 서정적으로 다루는 여느 시집과는 썩 다른 자리에 일차적으로 자리 잡는다.

그런데 이번 시집에서 더욱 주목되는 것은, '나'가 낮에 자연을 파헤치고 밤에 그 자연의 일부인 도랑물에 얼굴을 씻으면서 예사롭지 않은 태도를 취한다는 점이다. '호두나무 검은 줄기가 흐흐 웃는다', '물봉선 검붉은 꽃들이 히히히히 웃는다', '싸아아아 흐르는 물줄기도 어둠에 물든 손으로 내 얼굴을 감싸쥔 채 달린다'라는 표현에서 보듯, '나'는 자연을 훼손시켜 놓고 그 자연과 또 교감을 하고 있다. 어째서 이런 상황이 가능한 것일까.

> 나는 망경대산 중턱에 붙어 산다
> 산정을 향해 몸을 기울여 경사면에 딱 붙어 산다
> 곧지 못하고 비스듬히 넘어가 있는 내 자세를 보고 바람은 화난 얼굴로 쌔앵 지나가기도 하고 흐흐 땅으로 스미는 웃음을 흘리기도 하며 간다
> 산짐승이 되어 새끼 한 마리 키우며 사는 마음을 바람은 모른다 산에선 사람이 되기보다는 산이 돼야 살 수 있다는 얘기를 들으려 하지도 않는다 넘어지는 나무와 굴러 내려가는 바위를 좀 보라고 얘기해도 엉덩이 한 번 싸삭 흔들곤 산 너머로 간다 언젠가는 내가 벌떡 일어나 자신을 따라 산 정을 향해 뛰어오를 줄 아는 모양이다 그 모습이 귀엽기는 하다
> — 「산 나 바람」 전문, 42쪽

'나'는 망경대산 중턱에 산다. 아니 '붙어 산다'. 그것도 인간으로서가

아니라 네 발 달린 산짐승으로 붙어 산다. 두 발로 '곧게' 서 있는 것이 아니라 네 발을 딛고 '산정을 향해 몸을 기울여 경사면에 딱 붙어 산다'. 이처럼 '비스듬히 넘어가 있는 자세'를 보고 '바람'은 화를 내기도 하고 웃음을 짓기도 한다.

산중턱에서 네 발을 딛고 '산짐승이 되어 새끼 한 마리 키우며 사는 마음'을 가진 이가 바로 이번 시집의 '나'이다. '나'는 산짐승이 되어 새끼 한 마리를 키우기 위해 밭을 갈고 나무와 풀을 베고 닭과 돼지를 잡기도 하고, 다른 산짐승이 그 밭을 들쑤셔 놓지 못하도록 온갖 궁리를 하기도 한다. 그러면서 '나'는 산짐승이 되어 나무와 풀과 도랑물과 바람과 별과 다른 짐승들과 교감을 한다. 그러니까 '나'는 산짐승이 되어 새끼 한 마리 키우는 마음으로 자급자족할 정도만큼만 자연을 개간하고, 그런 자신의 행위에 대해 자연에 미안해하면서 자연과 교감하고 있는 것이다. '나'는 인간이 아니고 산짐승이기에 인간이라면 당연히 가지게 되는 돈이나 물질적인 것에 대한 욕망, 혹은 명예와 출세 따위에 휘둘리지 않는다.

> 사람들이 어찌나 부지런한지
> 두릅 철이 돼 숲으로 가면 선명하게 찍힌 발자국을 따라 걷는 나를 본다
> 앞서 지나간 사람이 어쩌다 발견 못 한 놈 하나가 반갑기도 하다
> 새벽에 숲으로 향하는 주민들과 외지인들의 발걸음을 피해 느직하게 숲
> 길을 걷는다 나물 한 줌 얻어서 돌아가면 저녁 반찬으론 충분하니
> — 「나물 줍기」 전문, 60쪽

'두릅 철', 나물을 대량으로 채취해서 시장에 내다 파는 현지 '주민들'이나, 건강식을 위해 나물을 캐러 오는 '외지인들'과 달리 '나'는 '나물 한 줌 얻어서 돌아가면 저녁 반찬으론 충분'한 그런 무욕의 삶을 살아간다. 자급자족할 만큼만 나무와 풀을 베고 닭과 돼지를 잡으면서, 자연을 아프

게 하고 짐승의 고귀한 생명을 앗은 자신의 행위에 대해 미안해하고 자연
의 모든 것과 교감하는 삶이 바로 '나'의 삶이다.

삶의 터전으로서의 '자연'과 산짐승으로서의 '나'는 이번 시집을 지탱하
는 첫 번째 중심축이다. 이러한 '자연'과 '나'는 한국시사의 입장에서 볼
때 전혀 새로우면서도 매우 의미 있는 존재가 아닐 수 없다. 아마도 유승
도의 이번 시집은 한국시사에서 큰 줄기를 이루고 있는 '자연시'라는 시
계열체 자체를 새롭게 정립하고, 나아가 '자연생활시'라 명명할만한 새로
운 시 계열체를 개진하는 시금석으로서의 의미를 띠는 것으로 보인다.

2. 고양이와 나무와 멧돼지, 그리고 '나'

유승도의 이번 시집을 관통하는 두 번째 중심축은 산짐승으로 자연과
관계를 맺는 태도 또는 자연을 바라보는 시선이다.

어치 새끼가 집 앞 돌계단 아래서 내 눈에 걸렸다
어미는 사오 미터 떨어진 참나무 가지에 앉아 낮고 작은 소리로 깨에깨
에 신호를 주고 있다
새끼는 제 등도 다 가리지 못하는 풀 아래에 들어 움직이지 않는다
어이그 자식아 그것도 숨은 거라고 숨었냐 쯧쯧
머리가 커다란 게 좀 멍청하게는 생겼지만, 어찌 목숨이 달린 일에 대
처하는 폼이 이리 어설플 수 있을까
풀줄기 두세 포기 사이에 고개도 숙이지 않은 채 가만히 서 있는 새
머리라도 쓰다듬어주고 싶어 손을 내밀다 멈칫,
가만 이놈이 지금 숨어 있는 거지
내가 모를 줄 알고 있는 거지,
깨에 깨에 어미의 끊어질 듯한 소리가 끊임없이 다가온다

둥지를 떠난 지 하루나 이틀 정도 됐을까 아니 방금 떠나온지도 모른다
그래서인지 깨끗하고 여리다 적어도 내 손보다는
  그것도 숨은 거라고, 짜식
  슬쩍 지나쳐 몇 발짝 내딛다 돌아보니 어라, 사라졌다
- 「어린 새」 전문, 40~41쪽

  자연과 거리를 두고 자연을 관조적으로 바라보는 인간의 입장에서 볼
때 자연은 정적인 사물 그 자체이다. 나무, 풀, 강, 하늘, 바람, 별이 어우
러진 수묵화와 같은 깨끗한 자연, 그것이 지금까지 우리가 자연을 다루는
시에서 읽어 온 자연이다. 그런데 유승도의 시에서 자연은 세속 도시에 찌
든 인간의 심신을 정화해 주는 그런 추상적으로 미화된 타자적 자연이 아
니다. 이미 자연의 냉혹한 섭리를 터득한 산짐승에게 있어서 자연은 생과
사의 운명이 걸린 위험천만한 순간들이 되풀이되는 장소일 뿐이다.
  인용된 시의 '나'는 '집 앞 돌계단 아래서' '제 등도 다 가리지 못하는
풀 아래에 들어 움직이지 않는' '어치 새끼'를 본다. '참나무 가지'에 앉은
어미는 그런 새끼를 보고 '깨에 깨에' '끊어질 듯한 소리'를 내면서 울고
있다. 그 광경을 본 '나'는 '목숨이 달린 일에 대처하는 폼이 이리 어설플
수 있을까'라 탄식하지만, 그 상황을 그대로 지켜만 본다. '나'가 인간이라
면 아마도 어린 새끼를 안전한 곳으로 옮겼을지도 모른다. 그러나 '나'는
산짐승이다. 산짐승은 자연의 냉혹한 질서와 순리를 알고 있다. 어린 어치
새끼는 먹고 먹히는 혹독한 자연에서 제 힘으로 살아남아야 한다. 그것을
산짐승인 '나'는 익히 알고 있다. 산짐승이 되어 새끼 한 마리를 키우는
'나'의 입장에서 볼 때 어린 어치 새끼는 곧 '나'의 자식이기도 하다. 그런
마음이 '산짐승'인 시인 유승도의 시선을 위태롭게 숨어 있는 '어치 새끼'
로 집중시켰고, 그 마음의 일렁임과 안타까움이 이 시를 낳게 한 것이다.

(i)

목을 자른 뒤 피가 사방으로 튈까 염려하여 닭의 온몸을 두 손으로 꾹 누르고 있는데, 내 몸의 무게와 힘을 떨치며 날개가 움직인다 나를 하늘로 들어올린다

나는 새였다 하늘이 집이었다 이제 가려 하니 그만 놓아라 네 아무리 누른다 한들 이 날갯짓을 막을 순 없다 비켜라 아아아아 비켜라

나는 온 힘을 짜내어 내리눌렀다 그래도 날개는 손바닥 밑에서 여전히 들썩들썩 하늘을 저었다

잘 가라 나도 새였다 나도 집으로 갈 거다
— 「새는 죽음 너머를 향해 날개를 퍼덕인다」 전문, 54쪽

(ii)

염소 울음소리가 다리를 잡아끈다 잠시 전까지 나는 염소 옆에 있었다
염소는 내가 곁에 있으면 울지도 않고 풀을 맛있게 뜯어먹는다
좀 있다 올 테니까 잘 먹고 있어라
염소는 내가 한마디 던지고 몸을 돌려 발걸음을 옮기자 따라오다 목줄에 걸려 서서 메에메에 울었다 나는 걸음을 멈추지 않았다 염소가 씹어삼키는 풀의 푸른 내음이 풀의 피 냄새임을 생각했다
염소는 풀을 뜯다가도 다가와 내 다리에 코를 들이대며 냄새를 맡기도 하고 튀어나온 두 눈을 들어 내 얼굴을 살피기도 했다 손을 내밀면 움찔 뒷걸음질치다가도 다시 다가와 목을 뻗으며 벙어리 말을 했다
홀로 숲에 남는 걸 두려워하는 어린 염소의 마음을 헤아려주고 싶은 마음이 일기도 했으나 발아래 툭툭 떨구어 밟으며 집으로 왔다
가을엔 다 자라서 살도 통통 오르겠지
잡아서 양념 고추장에 재어놨다가 구워 먹는 날을 떠올리며 왔다
— 「염소와 나 사이」 전문, 52~53쪽

(i)에서 '나'는 닭의 목을 자르는 짐승(새)으로, (ii)에서 '나'는 '홀로 숲에

남는 걸 두려워하는 어린 염소의 마음을 헤아려주고 싶은 마음'을 지니면서도, 가을에 염소가 다 자라 살이 통통 오르면 잡아서 양념 고추장에 재워 구워 먹을 생각을 하는 또 다른 짐승으로 제시되어 있다. 자급자족의 일용할 양식을 위해 닭을 잡고 염소를 잡아먹을 궁리를 하는 산짐승. 그 산짐승의 눈에 비친 닭 잡는 장면과 염소 키우는 장면에는 비릿한 피 냄새 풍기는 살벌한 자연이, 또 인간과 짐승과 풀과 숲이 차별 없이 어우러져 생동감 넘치는 자연이, 또 무욕의 삶을 즐겁게 살아가는 인간 아닌 인간의 실감 나는 생활상이 오롯이 담겨 있다.

　(i)
　얼마 전 집에 들어와 나가지 않는 고양이 한 마리, 밭에 있는데 하늘로 올린 꼬리로 살랑살랑 내 시선을 흔들며 다가온다
　어디 갔다 오냐? 물으니 내 앞에 가만히 엉덩이를 대고 앉는다
　기특하기도 해서 가만히 바라보니 주둥이 근처에 핏물이 번져 있다
　너 새 잡아 먹었냐?
　주둥이를 손으로 잡아 살피니 입 근처 짧은 털에 묻은 피가 햇살을 받아 꿈틀거린다

　고양이 앞을 벗어나 엄나무를 심을 구덩이를 판다 저 녀석 내 몸을 노리고 쫓아다니는 거 아닌지 모르겠다 고양이에게 당할 정도면 죽어도 좋을 몸이니 맛있게 먹어주면 오히려 고마운 일이긴 하지
　야옹아, 날씨 참 좋다
　　　　　　　　　　　　　　　　　　　　－「맑은 날」 전문, 43쪽

(ii)
빽빽하다 소나무 숲
삐삐, 말라깽이들, 바람 따라 흔들린다
하늘의 끝을 향해 솟았다

부러지지 않을 정도의 굵기로 키를 키우며 햇살을 선점하라 가지도 짧게 적게, 오로지 키를 키워라 산들바람에 휘청거려도 걱정 말아라 폭풍이 닥치면 옆의 산 나무 죽은 나무를 잡고 버텨라 눈이 쌓여도 비에 젖어도 구름에 잠겨도 해를 찾아 까치발을 디디러라

가볍게 더 가볍게, 하늘로 펄쩍 뛰어올라라 오호호호 웃으며 눈물을 흘려라

- 「키다리들의 슬픔」, 전문, 14쪽

(i)에서 시인은 고양이가 새를 잡아먹는 것을 시화하고 있다. 왜 이런 시를 쓸까. 아마도 시인은 산짐승인 '나'가 닭과 염소를 잡아먹는 것과 고양이가 새를 잡아먹는 것이 하등 다를 바가 없다는 것을 말하고 싶은 것은 아닐까. 생과 사의 운명이 걸린 자연에서 먹고살기 위해 짐승이 짐승을 잡아먹는 일은 피할 수 없는 삶의 한 과정이다, 라고 시인은 말하고 싶은 것이리라. 특히 (i)에서, '나'는 고양이가 '내 몸을 노리고 쫓아다니는 거 아닌지 모르겠다'라고 했는데, 이러한 표현은 '나' 스스로를 인간의 자리에서 내려와 산짐승의 자리에 위치시켜 놓을 때나 가능한 것이다.

자연에서 생존하기 위해 먹고 먹히는 일은 산짐승에게만 적용되는 것이 아니다. (ii)에서 보듯, 나무들 또한 그 섭리로부터 자유롭지 못하다. '햇살'을 선점해 살아남기 위해 '빼빼, 말라깽이'가 되어 '눈이 쌓여도 비에 젖어도 구름에 잠겨도 해를 찾아 까치발'을 디디면서 하늘의 끝을 향하는 나무. '폭풍이 닥치면 옆의 산 나무 죽은 나무를 잡고 버'텨야 하는 나무. 나무의 이러한 행위는 냉혹한 자연에서 살아남기 위한 몸부림에 다름 아니다.

새를 잡아먹는 고양이, 다른 나무를 짓밟고 목숨을 연명하는 나무. 그런 고양이와 나무는 닭과 돼지를 잡아먹는 산짐승으로서의 '나'와 다를 바가 전혀 없다는 시적 인식. '야옹아, 날씨 참 좋다'로 마무리되는 시적 묘미.

이런 시를 우리는 언제 접해 본 적이 있는가.

입동이 지난 뒤, 추위가 시퍼렇게 깔린 날이었다 잿빛 구름이 머리를
덮었다

쿵 쿠앙 콰아아아아
쿵야 쿵야 쿠아아아아

집 옆 등성이 너머 계곡이 흔들렸다 산이 흔들렸다 집이 흔들렸다 나도
흔들렸다
달아나는 멧돼지가 보였다 새끼들도 서너 마리 보였다 땅을 콱콱 찍으
며 내달린다 생과 사의 경계선을 타고 질주하는 멧돼지들
나무들도 팽팽 긴장하며 비켜선다 튀어라 생각이고 뭐고 무조건 뛰어
라
총알이 비켜간다 바람이 흰다 죽음을 향해 달려라
— 「삶과 죽음 사이」 전문, 13쪽

지축을 울리는 듯한 포수의 총소리에 멧돼지 가족이 달아나고 있다. 새
끼 서너 마리를 거느린 멧돼지는 입동 추위가 한창인 겨울에 먹을거리를
찾아 목숨을 걸고 산중턱 민가를 찾았을 것이다. 그러다가 포수의 총질에
놀란 멧돼지는 '생과 사의 경계선'을 타고 질주한다. 총질에 놀란 것은 멧
돼지 가족만이 아니다. '계곡'도 '산'도 '집'도 그리고 '나'도 '흔들렸다'.
그러니까 이 시에서 멧돼지는 계곡이고 산이고 집이자, 산짐승인 '나'이기
도 하다. 아니, 멧돼지들이 도망가도록 긴장하며 비켜서는 '나무'도, '휘는'
'바람'도 한가지이다. 망경대산 중턱의 모든 자연물이 산짐승인 '나'처럼
생과 사의 경계선을 넘나들면서 하루하루 목숨을 부지하기 위해 안간힘을
쓰고 있다. 그 대척점에 인간인 포수와 그 총알이 자리하고 있다.
이를 통해 시인 유승도는 산짐승이 되어 살아가는 망경대산에도 인간의

가공할 폭력이 자행되고 있음을 비판하는 것은 아닐까. '나'는 감자밭과 옥수수밭을 엉망으로 만든 멧돼지를 퇴치하거나 사로잡을 '궁리'만 한다. 왜? '나' 역시 산짐승이니까. 산짐승은 다른 산짐승의 고충을 이해한다. 그런데 산짐승이 아닌 인간이라고 자처하는 경우, 밭을 망치는 멧돼지를 결코 용서할 수는 없을 것이다. 그래서 포수를 들여 멧돼지 사냥을 한다. 꼭, 그렇게 해야만 하는가. 닭과 돼지를 잡으면서 피비린내를 풍긴 '나' 또한 산짐승이지 않은가. 그렇다면 '나'도 포수의 총알을 피할 수 없는 법.

바로 이 자리는 인간의 삶의 편리함을 위해 자연을 무차별적으로 재가공하고 황폐화하는 오만한 인간 이성중심주의에 대한 우회적인 비판이라는 점에서, 그리고 그 비판이 망경대산에 붙박여 살아가는 시인의 육화된 삶 그 자체와 연결되어 있다는 점에서, 나아가 그 삶이 피비린내 풍기면서도 모든 존재들이 따뜻하게 교감하는 자연생활시로 시화되었다는 점에서, 시인 유승도만이 이룰 수 있는 시적 성취일 것이다.

3. 탈인간화와 겨울산의 황홀한 꽃 잔치

여기까지 오면, 유승도의 이번 시집에 나타나는 화자 '나'는 '인간'이 아니라 '산짐승'에 가깝다는 것을 확인할 수 있을 것이다. 이번 시집은 자연에서 산짐승으로 하루하루를 열심히 그리고 즐겁게, 또 죄스러운 마음으로 살아가는 생활상을 실감 나게 시화하면서, 또 다른 한편으로는 인간의 자리에서 내려와 산짐승이 되어 자연과 교감하고 자연의 섭리를 깨달으면서 살아가는 모습을 시화하고 있다.

도랑물에 손과 얼굴을 씻고 일어나 어둠이 내리는 마을과 숲을 바라본

다
　꼬억꼬억 새소리가 어슴푸레한 기운과 함께 산촌을 덮는다
　하늘의 하루가 내게 주어졌던 하루와 함께 저문다
　내가 가야 할 숲도 저물고 있다 사람의 마을을 품은 숲은 어제처럼 고
요하다
　풍요롭지도 외롭지도 않은 무심한 생이 흐르건만, 저무는 것이 나만이
아님이 문득 고맙다

- 「저녁 무렵」 전문, 33쪽

　'나'는 도랑물에 손과 얼굴을 씻고 하루가 저무는 것에 고마워한다. '나'
의 하루는 인간으로서 '나' 자신이 가꾸는 하루가 아니다. 그 하루는 '하
늘'이 준 하루다. '나'는 인간의 자리에서 내려와 산짐승의 자리에서 오늘
하루도 무사히 저물도록 해 준 하늘에 감사드리고 있다. 그 감사의 마음은
'새소리'와, 또 그 새소리로 덮인 '산촌'과, '사람의 마을을 품은 숲'에 대
한 감사로 이어진다. 하늘과 숲과 새 등의 자연물에 감사하는 마음을 가진
'나'는 자신의 삶을 두고 '풍요롭지도 외롭지도 않은 무심한 생'이라 말한
다. 하루 목숨을 연명하기 위해, 또 자급자족을 위해 생과 사의 경계선을
넘나드는 그런 '풍요롭지도' 않은 삶이지만, 멧돼지가 있고 산이 있고 풀
과 나무와 새가 있기에 산촌에서의 생활은 '외롭지도 않'다. 하루해가 저
물고 하늘이 저물 듯이 모든 것이 저물 때 화자도 저무는 것. 그렇게 자연
의 섭리에 순응하면서 '무심한 생'을 살아가는 '나'. 그런 '나'가 저무는
숲을 바라보는 시선은 예사롭지 않다. 자연의 모든 생명체가 하루를 힘들
게 마감하는 그런 고단함이, 그러면서 살아서 또 다른 하루를 맞이할 수
있음에 대한 고마움이, 고요하면서도 담담한 어조로 그려지고 있다.

　(i)
　가을은 살며시 다가올 거라고

환각의 인을 찾아서　**325**

오는지도 모르게 와서 곁에 서 있을 거라고
하던 말을 기억하지 않아도 돼

멀리 가버린 날들을 아쉬워할 필요도 없어
북풍이 곧 몰아친다 해도
맞아들이면 돼
몸이 얼어 쨍그렁 몇 조각으로 깨진다 해도
받아들이면 돼

아무런 말도 하지 않아도 돼
움직임 하나 없어도 돼

― 「은은한 햇살」 전문, 17쪽

(ii)

밑둥 껍질이 썩었던 나무가 쓰러지며 전신주를 쳤다 전기가 끊겼다

몰아치던 비가 잠시 그친 틈을 타고 푸른 나뭇잎들이 하늘로 솟아올랐다 바람이 나뭇잎들의 목을 끊었다 그래도 나뭇잎은 좋은 것인지 하늘 높이 올라 하늘하늘 배를 타다 스르르륵 스키를 타기도 하다가 휘휙 등성이 너머로 날아간다 이왕 떨어진 몸, 그렇지, 즐겨라 붙어 살려는 의지를 끊어버린 힘이라면 한번 몸을 맡겨 봄직도 하다 쓰리쓰리 히꼬꺼걱 깍깍 끽 끽, 푸르름이 사라지기 전, 어찌한들 어떠랴

헤어져야지 놓아줘야지 끝끝내 함께하지 못할 인연인데 붙잡진 말아야지 매달리진 말아야지 아내여 당신도 바람 따라 가야지

추우우우우 촤아아아아 태풍이 왔다 방파제를 넘어 파도를 몰아 산을 덮쳤다

산중턱에 붙어 살아가던 나를 후린다 비를 퍼부어 앞길조차 지운다 길조차 버리고 가라고?

― 「태풍 볼라벤이 왔다」 전문, 47쪽

(i)에서, 가을의 은은한 햇살이 비치는 어느 날 '나'는 다가올 겨울을 생

각하면서 어떻게 살 것인지를 생각한다. 계절은 늘 갔다가 다시 오는 법, 겨울이 닥쳐와 '북풍'이 몰아치고 '몸이 얼어 쨍그렁 몇 조각으로 깨진다 해도' 그 모든 것을 자연의 순리라고 생각하고 받아들이는 것, 인간이랍시고 '말'을 하거나 '움직이지' 않고 산짐승처럼 그 모든 것을 받아들이고 사는 것, 그런 삶에 대한 지향이 이 시에 제시되어 있다. (ii)에서, 태풍이 몰아치는 날 '나'는 '나무'가 쓰러지고 '전기'가 끊기고, 하늘 높이 솟아오른 '푸른 나뭇잎'을 보면서 삶과 죽음에 대해 생각한다. 인간이 위대하다 하지만, 그 인간이 만든 '전신주'라는 것이 태풍 앞에서는 아무것도 아니라는 것. 자연은 그렇게 위대한 존재라는 인식을 할 때, 그 자연의 이치에 따라 바람에 '목'이 끊긴 나뭇잎도 자신의 상황을 기꺼운 마음으로 받아들이고 있음을 '나'는 간파한다. 자연에서 삶과 죽음은 하나라는 깨달음은 만남과 이별 또한 하나라는 깨달음으로 이어진다. 아내와 언젠가는 죽음이라는 통과제의를 통해 헤어지게 될 것이고, 또 언젠가는 만나게 될 것이다. 그런 모든 깨달음은 인간의 '길'을 버릴 때 가능하다는 것, 그것이 이 시의 전언이다.

이 순간 시인은 인간이 얼마나 볼품없는 존재인가를 자각하고, '만물의 영장'이라 자부하는 인간의 가면을 벗는다.

이거 봐, 사람 이가 분명하잖아 내장을 덜 뺐던 모양이야 먹다 보니까 씹히잖아

아내가 손바닥에 놓인 이를 내 눈앞으로 들이민다 어둠이 스며든 이는 내가 보기에도 사람의 이다
사람을 먹었나 먹을 수도 있겠지 그 넓은 바다에 사람 시체가 한두 구만 가라앉겠어, 맛있는 먹이를 갈치가 놔둘 리도 없을 테고

어쩌 갈치 맛이 그만이더라니

이거 벌써 다 먹었나 좀 더 없어
근데 이는 괜찮아 이가 이를 씹었으니

아내는 말없이 일어나 밖으로 나갔다 들어온다
뒤꼍 두충나무 아래 묻었어요

쩝쩝, 거뭇거뭇한 갈치조림 국물에 밥을 비벼 먹으며 태평양 어디 햇살
몇 오라기 겨우 비집고 들어가는 바닷속에서 우라타당 어둠을 흔들며 송
장을 물어뜯는 갈치를 바라본다 육식동물의 이빨로 사람의 입까지 찢어내
어 삼키는 갈치의 즐거운 노동, 갈치의 몸에서 튕겨 나온 은빛이 잘게 부
서져 퍼져나간다 죽음을 파먹으며 허연 살을 찌우는 갈치의 팔팔한 흔들
림이 심해의 구덩이에서 떠오른다

숟가락을 놓은 뒤 배를 가린 옷을 슬쩍 들춰본다 살결이 바닷물처럼 출
렁이고 있다 산산이 조각난 갈치의 몸이 녹아내리며 일렁이는 뱃속이 보
인다
- 「뱃속의 이」 전문, 18~19쪽

'나'는 아내와 갈치조림으로 밥을 먹다가 갈치 내장에 들은 사람의 '이'
를 씹는다. '나'는 그 '이'를 보고 '태평양 어디 햇살 몇 오라기 겨우 비집
고 들어가는 바닷속에서 우라타당 어둠을 흔들며 송장을 물어뜯는 갈치'
를 떠올린다. 보통 '사람'이라면 그런 생각이 날 때 토악질을 하거나 갈치
조림 먹는 것을 포기할 것이다. 그런데 '나'는 '어째 갈치 맛이 그만이더
라니/ 이거 벌써 다 먹었나 좀 더 없어'라고 하면서 갈치조림으로 맛있게
배부르게 밥을 먹는다.

이런 행위는 인간과 갈치의 차별을 지울 때 가능하다. 인간은 죽어 송장
이 되면 갈치의 '맛있는 먹이'일 뿐이다. '육식동물의 이빨로 사람의 입까
지 찢어내어 삼키는' 갈치의 행위를 두고 '나'는 '즐거운 노동', '죽음을

파먹으며 허연 살을 찌우는 갈치의 팔팔한 흔들림'이라 표현하고 있다. 이러한 표현은 갈치가 송장을 먹고 살을 찌우는 것이나, '나'가 산짐승이 되어 닭과 돼지를 먹고 살을 찌우는 것이 다를 바가 하나 없다는 인식이 성립되지 않으면 불가능하다. 갈치조림을 먹고 '배 살결이 바닷물처럼 출렁'이는 '나'는 인간이 아니라 포식을 한 산짐승일 뿐이다. 인간이나 산짐승이나 갈치나 다를 바가 전혀 없다는 인식, 그들 모두에게 삶과 죽음은 늘 함께 하는 것이라는 인식, 인간이 갈치가 되기도 하고 갈치가 인간이 되기도 한다는 인식, 그런 인식은 산짐승인 '나'가 자연을 통해 깨달은 삶의 진리에 다름 아니다.

해 달 화성 토성

누군가는 죽고 누군가는 태어나고

봄 여름 가을 겨울 봄

잎 꽃 열매

하루 이틀 사흘 나흘
다시 하루 이틀 사흘 나흘

갔다가 오고

윤회와 돌아가다

앞으로 앞으로 가다 보면 제자리 그래도 또 가는 사람

머리 콧구멍 입 눈

－「둥글다」전문, 24쪽

인간은 세계의 중심인가. 그렇지 않다, 라고 이 시는 단언한다. 인간은 '해 달 화성 토성' 등으로 이루어진 광활한 우주와, '봄 여름 가을 겨울 봄'으로 순환하는 영원한 자연의 일부에 불과하다. 인간의 '머리'와 '콧구멍'과 '입'과 '눈'은 광활한 우주와 자연의 모든 존재처럼 '둥글다'. 그 원환 속에서 인간은 만물의 영장이라 떠들지만, 그래봐야 대우주의 질서에 순응해야 하고 또 대우주의 다른 모든 존재와 유사한 형상을 한 미미한 존재일 뿐이다.

인간이 중심이 되어 사고할 때 시간은 과거에서 현재로 다시 미래로 흘러가고, 그 직선적 시간의 흐름 속에서 인간은 '앞으로 앞으로' 나아가면서 진보한다고 믿는다. 그러나 인간은 대우주와 자연의 일부라는 인식을 지닐 때, 시간은 자연의 사계절이 순환하듯 그렇게 순환한다. 잎이 피고 꽃이 피고 열매가 열리고, 그 열매가 떨어지면 다시 잎이 핀다. 사람도 태어나 죽고 다시 태어난다. 하루도 이틀도 사흘도 끝없이 반복된다. 그러한 영원한 원환 속에서 인간은 앞으로 나아가고 진보하는 것이 아니라 '제자리' 걸음을 하는 것에 불과하다.

이러한 인식을 두고 불교적 윤회 사상과 연결할 수도 있고, 대우주와 소우주의 모든 존재가 서로 닮아 있다는 푸코의 유사성 이론과도 연결할 수 있을 것이다. 시인 유승도가 그런 이론서를 읽고 이런 시를 썼을지도 모른다. 그런데 유승도의 시는 그런 차원을 넘어서고 있다. 오랫동안 망경대산 중턱에서 산짐승으로의 삶을 영위해 오는 과정에서 자연스럽게 터득되어 나온 시편이 바로 유승도의 이번 시들 아니겠는가.

> 슬금슬금 스으으윽 슥슥 사살살 주물렁주물렁 쑥 턱 쑥 턱 으샤샤샤 으
> 싸으싸 헉헉 아이아이 와오와오 으헤헤헷 씨굴텅씨굴텅 조조조좃 차차차
> 차 으이여차 와라차차 싸싸싸 쪽 텅 쪽 텅 쭈쭈 뿌뿌 파바바박 푸삐푸삐
> 짜짜짜짜짜짜짜 짜아아짜 짜아짜

첩첩 찹찹 퍽퍽 팍팍 뿌석뿌석 철썩철썩 뽀뽀뽀뽀 쪽쪽 싹싹 헐레헐레
후후후후 꿍짜라라 쿠쿠쿠쿠 찌부락찌부락 으헉헉헉 떡떡 쿵따라빠 빠바
바박 으랏차차차차차차 씨부락쿵떡 쿵떡쿵떡 으허허허 하아하아 흐응흐응
처처처척 착착 히오히오 헐떡허덕 으어어억, 하이고야 하이고
                    ─「봄날, 들판에 아지랑이 숨 가쁘다」전문, 15쪽

　이번 시집에는 자연물의 온갖 소리를 의성어로 표현한 시편들이 다수
있다. 그런데 그런 각종 의성어가 수사적 내지 기교적 차원에서 마련된 것
이 아니라는 점을 강조하고 싶다. 이번 시집에서 각종 의성어 혹은 의태어
는 산짐승이 된 '나'가 모든 자연 존재물과 교감하면서 마련된 것이라는
점에서, 이 또한 유승도만의 고유한 시적 영역인 것으로 판단된다.

　　나뭇가지가 힘들어하지 않을 정도의 무게를 가진 새들이 겨울바람 몇
줄기 걸치고 있는 살구나무에 떼 지어 날아와 운다
　　화화화화화
　　새소리는 옆의 뽕나무 느릅나무로 퍼져가면서 나뭇가지에 매달려 꽃으
로 피어난다
　　들을수록 가지가지에 새록새록 피어나 내 집 앞에 집보다 큰 꽃송이들
이 놓였다

　　연분홍빛이 겨울산으로 퍼져나간다 화화화화 둘러선 산들이 꽃으로 피
어난다
　　아무래도 오던 봄이 돌아가겠다
                    ─「겨울에도 꽃은 피고」전문, 27쪽

　'나뭇가지가 힘들어하지 않을 정도의 무게를 가진 새'는 산짐승이 된
'나' 자신일지도 모른다. 인간적인 모든 무게를 떨쳐버리고, 나무와 함께
어우러져 있는 새가 운다. 그 새소리는 온갖 나무로 퍼지면서 '연분홍빛'

꽃이 되고, 그 꽃이 '겨울산'으로 '화화화화' 퍼지면서 '둘러선 산들이 꽃으로 피어난다'. 겨울산에서 이런 황홀한 꽃 잔치를 볼 수 있는 것은 인간으로서는 불가능하다. 인간의 무게와 탈을 벗고 산짐승 그 자체가 되었을 때, 그래서 자연의 소리로 자연과 교감할 때, 그런 황홀경을 맛볼 수 있을 것이다.

4. 시인과 '땅의 별'

망경대산의 자연에 파묻혀 산짐승으로서 자급자족하며 살아가는 '나'. 밭을 갈고 나무를 베고 닭을 잡고 돼지를 잡으면서 살아가는 '나'. 그러면서 자연과 교감하고 자연의 일부가 된 '나'. 봄날 그러한 '나'의 집 마당 풍경을 다루는 시 한 편을 보자.

아침부터 수탉들이 암탉 머리를 쪼아 누르며 등에 올라타 바바바바 박으며 몸을 부르르 떤다 한 마리가 끝나면 옆에 놈이 올라탄다 암컷들을 지키던 나이 먹은 수탉도 뇌두기 일쑤다 암탉에게 달려드는 젊은 수탉들 위로 날아올라 내리꽂던 부리와 발톱의 예리함도 무뎌졌다
아이고야 암탉 죽겠다 등의 털이 다 뽑히고 머리에서 피가 흐르는 놈도 보인다 수탉들을 빨리 처리해야지 암탉들이 병신 되겠네
꼬에엑꼬에엑 타타타타 화타다닥 꼬에에에엑 꼬댁꼬꼬꼬, 살려달라고 소리 지르며 달아나는 암탉을 좇아 달려가는 수탉과 수탉 뒤를 따라가는 또 다른 수탉과 목을 길게 늘여 올리며 주위를 두리번거리느라 모이조차 먹지 못하는 암탉들로 닭장이 들썩인다
아이고야 암탉 다 잡겠다 여보, 봄 맞으러 온다던 사람들 빨리 좀 오라고 그래

- 「봄닭」 전문, 59쪽

봄날 교미를 하는 닭들을 실감 나게 묘사하고 있는 이 시에서 산에서 생활하는 산짐승 부부의 한가로우면서도 분주한 일상을 읽을 수 있다. 이처럼 '봄닭'을 시화하면서 눈에 잡힐 듯이 선명한, 살아 있는 자연 풍경을 그린 시를 본 적이 있는가. 또 그 풍경에 파묻혀 풍경의 일부가 되어 아무 걱정 없이, 아무 욕심 없이 살아가는 부부의 모습을 그린 시를 본 적이 있는가. 아마도 이 부분 또한 유승도만이 가질 수 있는 시적 영역일 것이다.

다음 시에서 별이 되고자 하는 유승도 시인의 간절함 바람을 읽을 수 있을 것이다. 그 별은 하늘의 별이 아니다. 그 별은 시인이 발 딛고 '울고 웃으며' 하루하루를 생활하는 삶의 터전인 망경대산, 그 '땅의 별'이다. 그 별은 자연의 일부가 되어 살아가는 모든 존재들, 곧 산짐승으로서의 시인의 마음속에, 또 그 산짐승의 '친구'이고 '선생님'이고 '부모님'이고 '이웃 사람들'인 그 모두에게, 또 '나뭇잎'과 '풀잎'과 '돌멩이'와 '강물' 등의 모든 자연물에 살아 숨 쉬는, 늘 함께 하는 그런 별이다. 시인은 그러한 '땅의 별'을 꿈꾸면서 오늘도 망경대산 중턱에서 밭을 갈고, 닭과 돼지를 기르고, 또 그들을 잡아먹기도 한다.

물론 시인의 시선이 망경대산이라는 자연에만 국한된 것은 아니다. 시인의 시선은 도시와 현실 사회문제로 향하기도 한다. 4부의 '빙하기' 시편들이 그것이다. 그러나 적어도 산짐승으로 살아가는 시인 유승도에게 있어서 현실을 향한 시선은 그렇게 날카로워 보이지는 않는다. 그의 시선이 자신이 붙박여 살아가는 망경대산의 자연으로 향할 때, 그 시편들에는 지금까지 한국시사에서 보지 못했던 '자연시'의 새로운 경지를 개척하고 있는 것으로 보인다. 그래서 이번 시집은 한국시사에서, 또 현 단계 한국 시단에서 매우 큰 의의를 가질 것이다. 시인의 산짐승으로서의 생활과 시 쓰기가 더욱 깊이 어우러져 '겨울산의 꽃 잔치'가 더욱 황홀한 경지로 거듭나기를 기대해본다.

별을 바라보는 사람은 별이랍니다
웃으며 바라보면 웃는 별이랍니다
울면서 바라보면 우는 별이랍니다

친구의 얼굴에서 별을 보는 사람은 별이랍니다
선생님의 얼굴에서 별을 보는 사람은 별이랍니다
부모님의 얼굴에서 별을 보는 사람은 별이랍니다
이웃 아저씨와 아주머니의 얼굴에서 별을 보는 사람은 별이랍니다

나뭇잎이나 풀잎이 바람에 흔들리며 반짝반짝 빛나는 모습을 바라보는
사람은 별이랍니다
툭 발로 찬 돌멩이가 굴러가는 모습이 아프게 다가오는 사람은 별이랍
니다
재잘재잘 흐르는 강물 소리를 벗 삼아 걸어가는 사람은 별이랍니다

자신이 별임을 아는 사람은 누가 뭐래도 별이랍니다
자신이 이 땅의 별임을 아는 사람은 언제까지나 이 땅의 별이랍니다

2015년 망경대산에서
유승도

- 「별들이 반짝이는 땅 - 별을 바라보는 사람들에게」 전문, 5~6쪽

얼음과 물 사이, 새로운 길 찾기의 노래 : 황명강

1. 냉혹한 얼음 세계를 녹이려는 물

　황명강의 첫 시집 『샤또마고를 마시는 저녁』(서정시학, 2011)은 촉촉이 젖어 있다. 시집의 도처에 '가루비, 여우비, 오란비, 소낙비'(「붉은 장마」) 등 온갖 비들이 내리고 있다. 시인은 '안개비 내리는 길 끝'에 서서 누군가를 기다리기도 하고(「루나팜」), "혼곤히 비 젖은/ 자목련꽃잎"을 바라보면서 "빗물에 밟혀버린 약속의 잔해"(「부재」)들을 떠올리기도 하고, 물금역을 통과하는 새마을호 기차 안에서 사선을 그으면서 내리는 빗줄기(「물금역 지나며」)를 바라보며 상념에 잠기기도 하고, '보슬비 같은 전화'(「100일의 사랑」)를 걸기도 한다. "비오는 날 떠나보낸 한 사람이 떠올라/ 달고 시고 쓸쓸한 생각들 앵두처럼 열린다."(「앵두나무 곁에서」)라고 하면서 시인은 언제 어디서든 비와 함께 시적 사유를 펼치고 있다.

　비를 매개로 한 물의 상상력이 시집 전편을 지배하고 있는 듯이 보인다. 그런데 이 유동적인 물의 상상력과 대립되는 또 다른 요소가 시집을 관통하고 있는 바, 그것이 바로 '얼음'이다.

얼음의 몸 위로 김이 오른다
꺼칠한 살결 껴안는 고지식한 바람만 기어 다닐 뿐
메기씨, 붕어씨, 개구리양
연못의 주민들은 보이지 않는다 톱니처럼 자란
얼음의 이빨엔 빙그레 우유갑 미동 없이 앉아 있다
침묵으로 항변하는 저마다의 길 앞에
지난여름에 보았던 것들이 오류였다고
물음표처럼 쪼그라든 마른 풀잎이
한때 태양을 연모했다고 아무도 기억하지 않는다

물의 혀가 얼음을 핥는다
기울어진 문장을 아이러니가 추켜세우듯
겨우내 굳어가던 물고기들의 들숨과 날숨
푸른 멍이 투명해지도록 핥아댄다
저 무수한 혀들의 수면 아래엔
어린 것들 눈빛이 웅크리고 있을 것이다
숨구멍 열어 줄 혀마저 없던 내 지난 시절의 빙하
혀가 움직일 때마다 얼음이 제 몸을 풀어낸다
　　　　　　　　　　　　　　　　　　　－「물의 혀」 전문, 18쪽

　‘얼음’과 ‘물’, ‘몸’과 ‘혀’가 선명한 대조를 이루고 있음을 볼 수 있다. ‘얼음’으로 표상되는 것은 생명적인 것을 말살하는 어떤 세계이다. 온갖 물고기, 개구리, 무성했던 여름의 풀, 심지어 인간(주민)과 인간적인 흔적들(우유갑)마저 ‘톱니처럼 자란 얼음의 이빨’에 ‘쪼그라’들고 만다. 생명적인 기억이 사라진 황폐한 곳, 그곳이 바로 ‘얼음’으로 표상되는 세계이다.

　그러나 그 냉혹한 얼음 바로 밑에서 ‘물의 혀’가 얼음을 핥는다. ‘푸른 멍이 투명해지도록 핥아댄다.’ 핥아대는 주체는 ‘굳어가던 물고기들’이다. 시인은 얼어붙은 호수를 바라보며 비생명적인 불모의 세계를 떠올리지만, 아이러니하게 그 불모의 세계 아래 생명을 향한 강렬한 열망이 살아 숨 쉬고 있음을 감지하고 있는 것이다. 그러한 시선이 물 속 깊이 투사되면서 '어린 것들의 눈빛'에 닿는 순간, 시인은 '숨구멍 열어 줄 혀마저 없던 내 지난 시절의 빙하'를 떠올린다. 이 순간 얼음을 핥는 주체는 시인으로 전이된다. 시인이 곧 '물의 혀'인 것이다. '내 지난 시절의 빙하'를 생각하면서 시인은 '얼음'과 같은 냉혹한 세상을 물의 혀로 녹이려 하고 있는 것이다.

　냉혹한 얼음의 세계를 보면서 시인의 지난 시절을 떠올리고 물의 상상력으로 그 얼음의 세계를 녹이고자 하는 것, 그것이 황명강 시의 출발점이다. 시인이 바라본 '얼음'은 현실의 상징일 것이다. 여기서 시인이 왜 현실을 얼음과 같은 불모의 땅으로 인식하는지에 대한 구체적인 이유는 제시되지 않고 있다. 다만 천안함 사건(「오징어」), 대구 지하철 참사 사건(「자전거가 있는 무대」)과 같은 사회적 맥락이 시집에 부분적으로 언급되고 있다. 이런 사회적 문맥 때문에 시인이 현실을 얼음과 같은 세계로 인식했다고 단정하기에는 무리일 것이다. 시인의 시선은 늘 사회적 맥락을 개인적인 것으로 추체험하여 내면화하기 때문에 그러하다.

　그렇다면 '지난 시절의 빙하'로 함축되고 있는 개인의 실존적 상황과 '얼음'이 관련이 있을 것이라 생각할 수 있다. 늦깎이로 등단한 시인의 이력을 염두에 둘 때 그러한 판단은 유효할 수 있을 것이다. 그러나 아쉽게도 이번 시집에서는 그런 개인의 실존적 고뇌를 담고 있는 시편을 만나기가 어렵다. 다만 다음 시에서 그런 단서를 유추할 수 있을 뿐이다.

　　(……)
　　외로움도 꽃이라면 내 꽃잎은 너무 붉었다 홀로 방 안에 갇혀 나를 죽여야 했던 나날들, 생각은 자꾸 시들어가고 다홍에서 검붉은 빛깔로 변해갔지만 한줌 향기를 만들고 싶어 내일을 기다렸다 어제는 눈이 내렸고 오늘은 바람이 불었다 누군가는 죽었고 또 누군가는 그 무엇으로 태어났다 모르지 천년쯤 지나면 내 몸에서도 붉은 향기가 배어나올지 나는 꽃이 되

고 싶은데 밤은 너무 춥고 폭설에 갇힌 겨울은 흔들어 깨워도 눈감은 채
다

─「장미스탠드」에서, 61쪽

'홀로 방 안에 갇혀 나를 죽여야 했던 나날들', 그 외로운 지난 날 시인
은 '붉은 향기가 배어나올 꽃'이 되고 싶었지만, '폭설에 갇힌 겨울'로 그
꿈은 좌절된다. '붉은 꽃'/ '밤, 폭설'의 이분법적 구도를 이 시에서도 읽을
수 있는 바, 시인의 의식 속에 자리하고 있는 '얼음'의 이미지는 이처럼
시인의 개인적 실존과 밀접한 관련이 있는 것으로 보인다.

2. '노래'와 '비', 그리고 '얼음공주'의 새로운 길 찾기

황명강의 이번 시집은 얼음과 같은 현실과 그것을 녹이려는 물의 상상
력이 이분법적 구도를 형성하면서 큰 틀을 유지하고 있다. 그런데 여기서
다시 주목할 것은 그 이분법적 구도 사이에 '길'이 놓여 있다는 점이다.
그런데 이 길은 '토막 나고, 끊어지고, 상처 박힌' 길이다.

(i) 두 개의 귀와 눈이 걸어온 길들/ 토막 난 채 구부렁거리고

─「낙지의 자서전」에서, 16쪽

(ii) 튀김솥에 갇힌 길들이 버둥거린다

─「동행同行」에서, 26쪽

(iii) 상처 박힌 모든 길은 문양이 되었다// 흙으로 빚는 여행은 길 위에
자신의 과오를 묻거나/ 상처의 무늬를 새기는 일

─「청공다완」에서, 88쪽

(iv) 늘 같은 몸짓 떠날 길 재촉하는 레일이/ 들길 가로질러 달려가는데/ 길 잃은 바람의 노래에나 귀 기울이는/ 내 안의 창은 출구를 찾지 못해 흔들린다

- 「시월에」에서, 96쪽

  토막 나고 끊어진 길은 얼음 위의 길이다. 시인은 그 길 위에서 새로운 길을 찾고자 한다. 응고된 얼음 위에서의 새로운 길 찾기는 유동적인 물의 상상력에 의해 촉발된다. 이처럼 얼음과 물의 대립 사이에 놓인 이 끊어진 길 위에서 물의 상상력을 통해 새로운 길을 찾고자 하는 것이 이번 시집의 주조음이다. 그 길 찾기의 과정을 보자.

  먼저, 노래를 통한 얼음 녹이기와 새로운 생명 부여이다.

> 격자무늬 창을 주저앉힌 방
> 기타 줄에 갇힌 열사흘이 뱅어포처럼 굳어버렸어
> 오늘은 차가운 그녀
> 부드러운 혀와 음성을 손질하는 날
> 뜨겁고 높은 음을 골라야 하는데
> 비틀린 손가락이 자꾸만 코드를 헛짚고 있어
>
> 쌓이는 함박눈처럼
> 흰 붕대가 욱신대는 두 눈 칭칭 동여매던 그날
> 문 밖으로 이어진 길은 지워지고 있었지
> 잘린 붕대의 끝을 잡고 깜깜하고 긴 며칠을 견뎠어
> 허방 건너 여섯 가닥 현이 회전그네처럼 돌아가는 곳
> 심장만 할딱이며 서 있는 그녈 만났지
>
> 맨 먼저 팔을 꺼내주고 싶었어
> 익숙한 C코드를 손에 쥐고
> 차가운 심장에 입김을 불어넣었지

매끈한 두 팔, 다음은 동그란 어깨 억새꽃 같은
머리칼 뒤척이며 그녀 오늘은 노랠 부르네

아멜리아의 유언, 슬픔의 성당, 우두둑
그 붉은 흐느낌의 파편들이 포르테 또는
아다지오로 별꽃을 피우기 시작할 때
뒷산 자작나무들 눈 털어내는 소리
이젠 붕대를 놓고도 어디로든 갈 수 있을 것 같아
어떻게 알겠어 모든 경계가 사라진 곳
내일이면 뜨거운 얼음궁전에 닿을 수 있을지

— 「얼음공주」 전문, 13~14쪽

'격자무늬 창을 주저앉힌 방'에서 '열사흘' 동안 '뱅어포'처럼 굳어버린 '차가운 얼음 공주'가 있다. 그녀는 '쌓이는 함박눈' 같은 '흰 붕대'로 '두 눈'이 동여매인 채 '문 밖으로 이어진 길'을 잃고 '심장'만 할딱이며 서 있다. 그런 '얼음공주'는 얼음 같은 황폐한 곳에 던져진 시인의 분신이다. 시인은 그런 공주에게 생명을 불어넣기 위해 또 다른 자아를 설정하고 그 자아로 하여금 노래를 부르도록 한다. 계모에 의해 독살된 병약한 공주인 '아멜리아의 유언'이나 '슬픔의 성당' 같은 클래식 기타 연주곡들이 다양한 선율을 타고 울려 퍼진다. 그 노래는 감미로운 것이 아니라 '차가운 심장'에 불어넣는 '붉은 흐느낌의 파편' 같은 격정적인 것이다. 그 흐느낌에 의해 '자작나무'는 '눈'을 털고 가야할 길을 되찾는다. 그 길을 통해 '뜨거운 얼음궁전'에 도달하고자 하는 것, 그것이 첫 번째 방법론이다.

시인은 격정적인 노래를 통한 길 찾기를 시도할 뿐만 아니라 물의 상상력에 의한 꿈꾸기를 통해 일상으로부터의 배반을 기획한다.

열이틀째 비가 내렸다

저마다의 길이 우기로 꿈틀거리는 동안
빗줄기의 이빨은 단단하고 뾰족해져갔다
늘 그랬던 것처럼 취재수첩을
뒤적이며 카메라 렌즈를 닦으며 태연한 척 난
장마가 그친 뒤의 스케줄을 챙겼다
무릎 적시며 심장까지 차오르는 그도
홀연히 지워질 거라 믿으며

꿈은 밤마다 덜컹거렸다 끈적끈적한 빗줄기
물어뜯고 싶은 비의 살점은 평온한 식탁을 적시고
꿈이길 바라는 내 꿈까지 침몰시켰다
칸나와 지렁이와 악어가죽 핸드백 그리고 바슐라르
즐겁게 훔쳤던 마음들이 채찍처럼 날아왔으나
아프진 않았다 빗속이었으므로
빗물의 뜨거운 혀에 감전되는 중이었으므로

가루비, 여우비, 오란비, 소낙비, 창밖엔
그해 여름 배반했던 모든 비들이
나뭇잎에 앉아 빤히 들여다보고 있다 내일도
누구에겐가 비 내리고 장마가 시작되겠지만
재킷에 가려진 붉은 심장처럼
장마 지나간 뒤의 웅덩이는 그들만의 문제일 뿐

- 「붉은 장마」 전문, 38~39쪽

   시인은 '열이틀 째' 내리는 장맛비에 '무릎 적시며 심장까지 차오르는 그'를 느낀다. '그'는 물의 유동적 심상을 지향하는 시인의 또 다른 내면적 자아이다. 내리는 비를 통해 시인은 자신이 가고자 하는 '길이 우기로 꿈틀거리'는 것을 감지한다. 하지만 시인은 그 자아를 인식하지 않은 척 하려고 한다. 취재수첩을 뒤적이며 장마가 그친 뒤의 스케줄을 챙기는 것이 그것이다. 그러나 비가 지속될수록 물의 상상력을 지향하는 '그'는 밤마다 꿈속을 파고든다. '끈적끈적한 빗줄기'는 '단단하고 뾰족한 이빨'이 되어, 또는 '뜨거운 혀'가 되어 시인의 꿈속을 파고든다. 그리고 급기야는 꿈과 현실의 경계를 허물고 일상마저 침범하면서 시인으로 하여금 일탈을 부추긴다. 잊고 있던 '칸나'와 '바슐라르'로 표상되는 기억들이 채찍처럼 날아와 시인을 질타한다. '얼음'과 같은 일상을 배반하라고 그 배반의 채찍질로 시인의 심장은 붉게 붉게 물들어간다. 그리곤 장마가 끝나고, '붉은 심장'은 '재킷'에 가려진다. 그러나 가려진 '붉은 심장'은 일상의 '재킷'에 숨어서 비가 올 때마다 더욱 붉어진다.

'노래'와 '비', 또는 '바람'의 자유로운 상상력에 의한 이러한 길 찾기 과정에서 시인은 때로는 "문을 열어야하는데/ 문을 열어야하는데// 문을 찾지 못해 열지 못하는 집// 처음부터 문은 없었던 걸까"(「안개의 집」)라는 회의를 드러내기도 하고, 때로는 절망하여 "끊어진 길 닫힌 길을 떠돌다/ 차가운 방바닥에 홀로 눕"(「열쇠고리」)기도 한다.

> (……)
> 하얗게 질린 새벽이
> 컹컹 골목길 물어뜯는 밤
>
> 빙벽 헐고 일어서려는 바람은
> 다시 또
> 차가운 감옥에 주저앉고 말았다
>
> — 「폭설」에서, 36~37쪽

> (……)
> 덜컹거리는 레일 위를 나는
> 달리고 있다 기착지는

보이지 않고
손 흔들어주는 플랫폼도 없이
터널 같은 괘종시계 속으로
들어가는
새벽 두시

- 「새벽 두시 기차소리」에서, 71~72쪽

지향점이 보이지 않는 불면의 밤, 주저앉은 바람이 되어 버린 시인이지만, 그럼에도 불구하고 시인은 '새벽어둠(얼음)'을 핥는 '젖은 문장(물의 상상력)'(「시」)으로 시를 쓰고자 한다. 그러면서 완성되지 않는 시로 인해 고통스러워한다. 이런 과정을 되풀이하면서 시인은 '그(물의 상상력과 관련된 길 찾기)'와의 짝사랑에 빠지게 되면서 시인의 길 찾기에 대한 열망은 심화된다.

누가 말해주지 않아도 올 것이 왔음을 예감한다 콘크리트 벽 뚫고 달려오는 햇살에 현기증 느끼며 두꺼운 커튼을 내렸다 창이란 창은 모두 닫고 방문을 걸어 잠그고 세 겹의 이불 뒤집어쓰고 그를 막아보지만 화분에 심어놓은 여섯 포기의 고추 서로를 앓으며 익어가는 소리 걷잡을 수 없는 마음 흔들어대는 조율 안 된 바람소리까지 그런데 이 깊은 허기는 어디서 오는 것일까 나는 미라가 된다 입도 코도 눈도 봉합하고 그러나 뱀처럼 스멀스멀 기어드는 이 아찔함을 어떻게 견뎌낼 것인가 이불 걷고 나면 찰나처럼 눈이 멀어버릴지도 모를 햇살의 구애를

- 「짝사랑」 전문, 40쪽

3. 푸른 스무 살의 '나', 꽃과 우주와 일체가 된 '나'

이번 시집에서 또 다른 특징으로 들 수 있는 측면이 기억의 회상이다.

이 기억의 회상은 바로 물의 상상력과 관련이 있다. 유동적인 물의 상상력
을 통해 '지금 이곳'이라는 시간과 공간과 일정한 거리를 두고 추억으로
의식을 지향한 자리에 기억의 회상이 있는 것이다. 이번 시집에서 그 기억
은 스무 살 시절을 거쳐 유년기로, 그리고 우주적 공간으로 심화, 확장된
다.

사각사각
억새꽃 하얀 입들 벌어지는 것좀 봐!
수백 가닥 길 끌고 온
바람의 지느러미를 삼켜버리네
낮달, 쓰르라미
내가 사랑한 당신도 먹어치우네

랄라
조금 전 걸어 내려온 6층 사무실
질긴 계단마저 물고 흔드는
저 절정의 확신
마음 속 식탁엔
클라라의 찻잔과 갓 구워낸 슈만의 멜로디
슈크림처럼 흘러내리네

먹힌다는 건 즐거운 부활이야
코트의 단추를 풀고 눈물까지도
벗어버린 샛강의 가벼움처럼 말이지
억새꽃 깊숙한 뱃속
푸른 스물을 걷던 그리운 별
당신이 걸어 나와 손을 흔드네
　　　　　　　　　　　　　　- 「즐거운 부활」 전문, 33~34쪽

억새꽃이 하얀 입을 벌리는 절정의 순간, 시인은 그 속에 자신을 투사시키면서 스무 살의 기억으로 침전해 들어간다. 그 속에는 내가 사랑한 '스무 살의 나'인 '당신'도 있다. 그 입 속에 먹힘으로써 부활하고자 한다. 그 부활은 '지금 이곳'의 일상의 '나'가 아니라 '푸른 스물을 걷던 그리운 별'로 회귀하는 것이다. '코트의 단추를 풀고 눈물까지도 벗어버린 샛강의 가벼움처럼' '나'는 자유롭고 발랄하고 경쾌하고 때묻지 않는 스무 살 시절의 '나(당신)'와 조우한다. 그 순간 나는 억새꽃 깊숙한 뱃속에서 새로운 생명을 부여받는다. 황폐한 얼음나라의 공주가 아닌 '푸른 스무 살'의 '나'로 거듭 태어나는 것, 그럼으로써 '랄라'라고 흥얼거릴 수 있는 것, 그것은 스무 살 기억과의 조우에 의해 가능하다. 다음 시편에서도 그런 기억과의 조우를 확인할 수 있다.

스물에 잃어버렸던 반지가 뚜벅뚜벅 걸어왔다 어느 날
맵고 달고 쓴 시간들에 매달려 있던 낡은 편지와 반짝이던 구두 굽 소리와 눈부신 머리카락과

식은 찻잔을 앞에 놓은 창가
하현처럼 기울어진 산자락 보며 나는 엉뚱하게도 달의 뒤편 같은 시간의 저쪽을 생각하는데
그는 흐릿한 가로등처럼 웃고 있었다.
(……)

– 「유리반지」에서, 41쪽

이러한 기억으로의 침잠은 보다 근원적인 기억에 해당하는 유년기의 기억으로 심화되고, 다시 어머니 자궁 속과 같은 우주적 공간으로 확장되면서 그 깊이와 넓이를 배가시킨다.

(i)

으아리꽃 뜨거운 넝쿨손 위로
초저녁별 웅성거리던 마을

젊은 보건의사는 환한 그 기와지붕 아래 살았고
'건천 보건지소' 간판 앞을 지날 때면 나는
으아리꽃처럼 얼굴이 화끈거렸다

보일러가 터져도 송아지가 아파도
개가 새끼를 낳아도 모두
이 선생을 불러대던
고샅길 달리던 낡은 자전거의 시절

검은 지붕 수놓던 으아리꽃잎 같은
그의 손이 닿을 때마다
아픈 것들은 모두 치유가 되곤 했는데

홍역처럼 열이 오르고
식은땀으로 새벽꿈 헤매던 그날 이후로
내 이마에 찍혀버린 하얀 손바닥

으아리꽃 피는 오월이 오면
가슴안쪽 거짓말처럼 꽃잎이 만져 진다

- 「으아리꽃」 전문, 91~92쪽

(ii)

(……) 꿈밖엔 비가 내리는지 창문이 덜컹거려요 모르죠 나는 어느 별에서 떨어진 운석인지도요 아 이제와 가만히 생각해보니 그녀가 나를 낳기 전 나는 별이었어요 황화 코스모스 같은 주홍의 별 그런데 이 캄캄한 블랙홀의 마지막은 어디일까요 나는 다시 태어나는 것일까요 아니면 이대로 추락하고 마는 것일까요 가만 지금은 몇 만 년이 흘렀죠? 꿈 밖에서 누

군가 나를 흔들어 깨우고 있어요 나는 태어나고 싶지 않은데 누가 나를
낳으려나 봐요 나는 별이어야 하는데 나는 별이 되어야 하는데
— 「로너르 여인」에서, 64~65쪽

  (i)에서는 어린 시절 '으아리꽃잎' 같은 '이 선생'의 손길을 떠올리고 있
다. "누군가 지금도 서정을 말하라면/ 나는 전봇대를 떠올린다/ 단발머리
계집애 하나/ 감꽃처럼 쪼그리고 앉아 있는"(「서정적 풍경」)에서 보듯, 이 유
년기의 기억을 통해 시인은 삭막한 얼음 현실에서 서정을 떠올리고 있는
것이다. 그 서정의 세계는 '으아리꽃'과 '초저녁별'과 '송아지'와 '나'가
사랑으로 합일된 곳이다.
  한편 (ii)에서 시인의 상상력은 우주적 공간으로 확산되고 있다. '로너르'
는 약 5만 년 전에 마하라스트라주 평원에 떨어진 별의 분화구로, 그곳의
물 맑은 호수 바닥 수백 미터 아래에 운석이 있을 것으로 추정되고 있다.
시인은 물의 상상력을 통해 의식을 우주적인 공간으로 확장시키고, 이를
어머니의 자궁 속과 관련된 기억으로 연결시킴으로써, 우리를 인간의 원
초적인 고향으로 이끌어가고 있는 것이다.
  이처럼 물의 상상력을 통해 기억으로 침잠함으로써 시인은 어떤 것에도
얽매이지 않고 자유로우면서 상큼하고 순수한 세계(스무 살의 기억), 꽃과 인
간이 일체가 된 세계(유년기 기억), 나아가 인간과 우주가 일체가 된 세계로
그 의식을 확산, 심화시키고 있다.

4. '그대의 집'과 '모반의 시간', 사이

다음 두 편의 시를 보자.

(i)

마음의 한 평
집을 짓기 시작했네
푸른 기왓장 몇 지붕에 얹는 일
오늘 내가 한 일의 전부였네
마음 닿지 않은 허방 서까래엔
어둠 한 폭 흘러내리고
지붕 위엔 눈썹 파란 별들이 떴네
(……)
그대라는 집 한 채
이리 오래고 이리 더디고
이리 까다로워서
내일은 텃밭에 그대 웃음 닮은
분홍샐비어나 심어야겠네

– 「그대라는 집 한 채」에서, 50~51쪽

(ii)

홍등이 켜지고
둥근 테이블 걸터앉는 바람의 딸

최초의 생각인 듯 최후의 결심인 듯 그녀
한 겹 두 겹 옷을 벗는다 불빛은 과거와
현재 사이를 곡선으로 흘러내리고

태초의 봉긋한 그리움 후려치며 바람이
분다 발효의 시간은 길었고 단단하게 밀봉된

코르크마개를 따는 데는 60초밖에 걸리지
않았다 비틀수록 고혹적인 눈빛의 1958년 산
샤또마고 빈티지

혀끝에서 타닥타닥 뜨거운 관능이
뛰어내린다 입술 물어뜯는 악령의 아메바들,
전생의 비밀 담은 붉은 눈알들이 우루루 흩어진다

창밖엔 가을을 지우는 첫눈이 내리고
이 황홀한 취기, 누가
세 겹 네 겹 절정의 껍질 벗겨내고 있나
또 다른 사랑을 꿈꾸는
지금은 완벽한 모반의 시간
　　　　　　　　－「샤또마고를 마시는 저녁」 전문, 20~21쪽

  (i)의 시는 '푸른 기왓장', '별', '그대 웃음 닮은 분홍샐비어'처럼 매우
단아하고 정제된 형태를 취하고 있다. 반면, (ii)의 시는 '홍등', '관능', '악
령', '붉은 눈알'이라는 시어에서 보듯 대단히 관능적이고 도발적이다.

  시인은 한편으로는 매일 온갖 정성을 들여 마음속에 '그대의 집'을 짓
는다. 또 한편으로 시인은 눈 내리는 날 샤또마고를 마신다. 바람의 딸이
되어 또 다른 사랑을 꿈꾸는 시인, 악령의 아메바들 같은 뜨거운 관능의
샤또마고를 마시면서 완벽한 모반의 시간을 준비하는 시인.

  이처럼 대단히 상반되는 두 계열의 시가 이번 시집을 관통하고 있다. 이
와 관련해서 다음 측면에 대한 검토가 필요한 듯하다. 그것은 '그대의 집'
과 '모반의 시간' 사이의 거리와 관련되어 있다. '그대의 집'이 기억으로의
침잠과 관련이 있다면, '모반의 시간'은 기억의 현재화와 관련이 있다. 여
기서 주목할 것은 기억 속에 침잠할 때 황명강 시의 중요한 한 축을 이루
는 '얼음'에 대한 시적 인식이 약화된다는 점이다. '기억'과 '얼음'이 분리
되어 있는 시편들이 그 한 예이다.

  이를 극복하는 방법이 바로 기억을 현재화하는 것이다. 기억의 현재화를
위해서는 시인의 의식이 현실로 열려야 하고 현실에 밀착되어야 한다. '얼

음'의 실체와 그 구체적 현실태에 대한 인식이 심화될 때 기억은 현재적 의미를 획득하면서 얼음과 정면으로 충돌하게 된다. '얼음/ 물의 상상력에 의한 기억'의 대립과 충돌은 시적 자아의 분열로 이어지기 마련이다. 얼음 속에 갇힌 '일상의 나'와 그것을 벗어나고자 '욕망하는 나'의 분열과 충돌을 통한 길 찾기야말로 '얼음'에 대한 강렬한 비판을 가능하게 하고, 동시에 욕망의 궁극적 지향점을 보다 질적으로 강화시킬 것이다. '모반의 시간'이 갖는 의미가 여기에 있다. 황명강의 시는 「물의 혀」, 「얼음공주」, 「붉은 장마」에서 보듯, 이 '모반의 시간'에도 깊숙이 발을 디디고 있다. 그러면서 내적 자아의 분열과 충돌을 다루는 다른 시인들의 시편들과는 다른 황명강만의 독특한 시적 무늬를 확보하고 있다.

'모반의 시간'과 '그대의 집' 사이의 거리를 좁히는 것, 그리고 종국에는 '모반의 시간' 속에 '그대의 집'을 질적으로 통합하는 것, 또한 이를 통해 서구적 감각(지식의 영역)과 천년 고도 경주의 기억(체험의 영역)이 통합되는 것, 그런 시를 기대하는 것은 황명강의 이번 시집이 갖는 매력 때문이다.